Diplômé de littérature anglaise, Lincoln Child a été responsable éditorial aux éditions St. Martin's Press à New York avant de se consacrer entièrement à l'écriture. Il vit aujourd'hui dans le New Jersey.
Douglas Preston a débuté sa carrière comme auteur et éditeur au Muséum d'histoire naturelle de New York. Il a également enseigné à l'université de Princeton.

Preston et Child ont entamé leur collaboration dans les années 1990. Vivant à plusieurs centaines de kilomètres l'un de l'autre, ils coécrivent leurs livres par téléphone, fax et via Internet. Leurs thrillers connaissent tous un vif succès.

Le piège de l'architecte

Des mêmes auteurs
aux Éditions J'ai lu

Douglas Preston et Lincoln Child

LA CHAMBRE DES CURIOSITÉS
N° 7619
LES CROASSEMENTS DE LA NUIT
N° 8227
ICE LIMIT
N° 8433
LE VIOLON DU DIABLE
N° 8671
DANSE DE MORT
N° 8815
LE LIVRE DES TRÉPASSÉS
N° 9078
CROISIÈRE MAUDITE
N° 9257
RELIC
N° 9373
VALSE MACABRE
N° 9561
LE GRENIER DES ENFERS
N° 9644
FIÈVRE MUTANTE
N° 9915

Douglas Preston

Le Codex
N° 8602
T-REX
N° 8892
CREDO
N° 9179
IMPACT
N° 9766

Lincoln Child

DEEP STORM
N° 9170

Douglas Preston et Mario Spezi

LE MONSTRE DE FLORENCE
N° 9544

DOUGLAS
PRESTON
&
LINCOLN
CHILD

Le piège de l'architecte

*Traduit de l'anglais (États-Unis)
par Michèle Garène*

J'AI LU

Titre original :
RIPTIDE

Éditeur original :
Warner Books Inc., New York, 1998.

À ma fille, Veronica
Lincoln Child

À mon frère, Richard
Douglas Preston

« Quelle journée ! plus une goutte de rhum à bord – la compagnie avait le gosier à sec... Le chaos le plus total ! Des coquins fort occupés à comploter : cela sentait la mutinerie à plein nez. Il était temps de faire une prise : et on en a fait une, et une belle, avec quantité d'alcool à bord, de quoi largement désaltérer la compagnie. Et tout rentra dans l'ordre. »

Extrait du livre de bord
d'Edward Teach, dit Barbe-Noire,
vers 1718

« Appliquer des solutions du XXe siècle à des problèmes du XVIIIe débouche soit sur une réussite totale, soit sur le parfait chaos : il n'y a pas de juste milieu. »

Orville Horn

Prologue

Par un après-midi de juin 1790, un pêcheur de morue du Maine, un certain Simon Rutter, fut surpris par une tempête et un violent courant. Son doris chargé de poissons, il perdit son cap et fut obligé de relâcher à Ragged Island, une île cernée de brouillard à six milles de la côte. En attendant le retour au calme, il décida d'explorer l'endroit. Derrière les falaises à pic, il trouva un énorme chêne, aux branches basses duquel pendait un vieux palan. Juste en dessous, le sol s'était affaissé. Bien que l'île fût connue pour être inhabitée, Rutter trouva des preuves évidentes de présence humaine bien des années auparavant.

Sa curiosité éveillée, il enrôla un de ses frères et retourna sur les lieux un dimanche, armé de pioches et de pelles. Les deux hommes entreprirent de creuser sous l'arbre. À un mètre cinquante de profondeur, ils touchèrent une plate-forme constituée de grosses poutres de chêne. Ils les hissèrent à la surface et se remirent à l'ouvrage. En fin d'après-midi, à six mètres de profondeur, ils heurtaient une nouvelle plate-forme de chêne, sous des couches successives de charbon de bois et d'argile. Les deux frères rentrèrent chez eux, avec l'intention de reprendre leur exploration quand la saison du maquereau serait terminée. Mais, une semaine plus tard, le frère de Rutter se noyait dans le chavirement de son doris. Le puits fut provisoirement abandonné.

Deux ans après, Rutter et un groupe de marchands de la région décidèrent de mettre leurs ressources en commun et de reprendre les travaux sur Ragged Island. Ils ne tardèrent pas à tomber sur plusieurs solives et poutres en chêne qui semblaient être l'ancien boisage d'un puits remblayé. On ignore jusqu'où le groupe creusa... sans doute à près de trente mètres de profondeur. Là, les hommes heurtèrent une pierre plate gravée d'une inscription :

D'abord, tu mentiras
Maudit, tu pleureras
Puis, tu mourras.

Dégageant la pierre, ils la remontèrent à la surface. Ce faisant, ils durent briser un dispositif d'étanchéité puisque, quelques instants plus tard, un flot d'eau de mer s'engouffra dans le puits. Tous les hommes en réchappèrent... sauf Simon Rutter. Le Puits inondé, comme on en vint bientôt à le surnommer, venait de faire sa première victime.

Ce Puits inondé donna naissance à de nombreuses légendes. Selon la plus plausible, c'était là qu'en 1695 le tristement célèbre pirate anglais Edward Ockham avait enseveli son énorme butin, peu avant sa mort mystérieuse. Aussitôt après le décès de Rutter, le bruit commença à courir que le trésor était maudit et que quiconque tenterait de s'en emparer connaîtrait le destin gravé dans la pierre.

Les tentatives pour assécher le Puits inondé se multiplièrent... toutes vaines. En 1800, deux des anciens associés de Rutter créèrent une nouvelle société et recueillirent des fonds pour forer un second trou, à trois mètres cinquante au sud du puits initial. Jusqu'à trente mètres de profondeur, tout se passa bien, puis ils tentèrent de creuser un passage horizontal sous le Puits inondé, pensant pouvoir ainsi remonter jusqu'au trésor. Mais à peine eurent-ils obliqué vers le puits initial que leur tunnel se remplit rapidement d'eau. Les hommes s'en tirèrent de justesse.

En 1831, un ingénieur des mines du nom de Richard Parkhurst fonda la Société de récupération de Bath. Ami de l'un des marchands du groupe initial, Parkhurst put obtenir de précieux renseignements sur les travaux antérieurs. Il ponta l'orifice du Puits inondé et installa dessus une grosse pompe à vapeur. Il découvrit alors qu'il était impossible d'assécher le puits. Sans se décourager, il fit venir un équipement de forage de mine qu'il plaça directement au-dessus de l'orifice. La foreuse dépassa de loin la profondeur initiale du puits, heurtant un coffrage à plus de cinquante mètres de fond, jusqu'à ce qu'un obstacle impénétrable arrête sa course. Lorsqu'on remonta l'engin, on découvrit des morceaux de fer et des traces de rouille incrustés dans son extrémité tordue. Le mandrin remonta également de la potée de fer, du ciment et une grande quantité de fibres. L'analyse de cette fibre révéla qu'il s'agissait de « chanvre de Manille », c'est-à-dire de fibre de coco. Cette plante, qui ne pousse que sous les tropiques, était communément utilisée pour arrimer les cargaisons à bord des bateaux. Peu après, la société fit faillite, et Parkhurst fut obligé de quitter l'île.

En 1840, la Société de récupération de Boston entreprit de creuser un troisième trou dans le voisinage du Puits inondé. À vingt mètres de la surface, les hommes tombèrent accidentellement sur un tunnel latéral qui semblait provenir du puits initial. Leur propre trou se remplit instantanément d'eau et s'effondra.

Sans se décourager, ils forèrent un autre puits, très large, à trente mètres de là, qu'on finit par appeler le puits de Boston. Contrairement à ses prédécesseurs, le puits de Boston ne fut pas percé verticalement, mais en plan incliné. Touchant un éperon de roche à vingt et un mètres de profondeur, les hommes se mirent à creuser verticalement sur encore quinze mètres au prix de gros efforts, à l'aide de sondes trépans et de dynamite. Puis ils percèrent un passage horizontal sous la base présumée du Puits inondé initial, où ils découvrirent du boisage et le reste du premier puits remblayé. Enthousiastes, ils creusèrent verticalement, dégageant le vieux puits. À quarante mètres de profondeur, ils heurtèrent une nouvelle plate-forme, qu'ils laissèrent en place tout en se demandant s'il ne fallait pas l'enlever. Cette nuit-là, le camp fut tiré du sommeil par un grand fracas. Accourus, les hommes découvrirent que le fond du Puits inondé s'était effondré dans le nouveau tunnel avec une violence telle que de la boue et de l'eau avaient giclé à neuf mètres autour de l'orifice du puits de Boston. Dans cette boue, ils découvrirent un verrou en métal grossier comme ceux qu'on voit sur les coffres d'amarrage.

Au cours des vingt années suivantes, on creusa une douzaine de puits supplémentaires dans l'espoir d'atteindre la salle du trésor, mais tous s'effondrèrent, ou furent inondés. Quatre nouvelles sociétés firent faillite. Dans plusieurs cas, des ouvriers jurèrent que l'inondation n'était pas un accident, que les constructeurs du Puits inondé avaient conçu un mécanisme diabolique pour engloutir tout puits latéral.

La guerre civile interrompit brièvement les recherches. Puis, en 1869, une nouvelle société de chasse au trésor acheta les droits de creuser sur l'île. Le contremaître, F.X. Wrenche, remarqua que, dans le puits, l'eau montait et descendait selon le rythme des marées, et il émit la théorie que le puits et ses pièges à eau devaient être reliés à la mer par un tunnel d'inondation artificiel. Il suffirait d'obstruer ce tunnel pour assécher le puits et retirer le trésor sans danger. En tout, Wrenche creusa plus d'une douzaine de puits exploratoires de profondeurs diverses dans le voisinage du Puits inondé. La plupart rencontrèrent des tunnels horizontaux et des veines rocheuses que l'on dynamita dans l'espoir d'arrêter l'eau. Mais on ne parvint jamais à découvrir le tunnel d'inondation fautif. La société fit faillite et quitta les lieux, laissant ses machines rouiller dans l'air iodé.

Au début des années 1880, un consortium d'industriels du Canada et d'Angleterre créa la Société des chercheurs d'or. On transporta dans l'île de puissantes pompes et un nouveau type de foret, ainsi que des chaudières pour les alimenter. Le 23 août 1883, le foret heurta enfin la plaque de fer qui avait eu raison de celui de Parkhurst un demi-siècle plus tôt. On y fixa une nouvelle mèche diamantée et on alimenta les chaudières pour les faire tourner à plein régime. Cette fois, le foret traversa le fer pour se ficher dans le bloc solide d'un métal plus mou. Lorsqu'on remonta la mèche, on découvrit une longue et lourde boucle d'or pur à l'intérieur de ses cannelures, ainsi qu'un lambeau de parchemin sur lequel était inscrit : « soies, vin des Canaries, ivoire » et « John Hyde pourrissant sur le gibet de Deptford ».

Une demi-heure après la découverte, une des grosses chaudières explosait, tuant un chauffeur irlandais et démolissant la plus grande partie des échafaudages de la société. L'accident fit treize blessés, dont l'un des mandants, Ezechiel Harris, qui perdit la vue. La Société des chercheurs d'or suivit ses prédécesseurs dans la banqueroute.

Juste avant et après 1900, trois autres sociétés tentèrent leur chance au Puits inondé. Ne réussissant pas à renouveler la découverte de la Société des chercheurs d'or, elles utilisèrent des pompes de conception récente, ainsi que des charges explosives sous-marines disposées de manière aléatoire dans une tentative d'assécher l'île gorgée d'eau. Travaillant à plein régime, les pompes parvinrent à faire baisser d'environ six mètres le niveau de l'eau dans plusieurs des principaux puits à marée basse. Les ouvriers envoyés au fond pour établir un état des lieux se plaignirent de la présence de gaz toxiques : plusieurs s'évanouirent et on dut les remonter à la surface. Début septembre 1907, la troisième société creusait quand un de ses hommes perdit un bras et les deux jambes à la suite de l'explosion prématurée d'une charge. Deux jours plus tard, un méchant nordet balayait la côte et démolissait la pompe principale. La société renonça à son chantier.

Si aucune autre société ne se mit sur les rangs, des chercheurs et des passionnés vinrent seuls tenter leur chance. À ce moment-là, on avait perdu la trace du puits initial au milieu des innombrables puits, trous et tunnels inondés qui criblaient le cœur de l'île. Devenue instable et dangereuse, systématiquement évitée par les gens du continent, Ragged Island finit par être abandonnée aux orfraies et aux buissons de merisiers de Virginie. En 1940, Alfred Westgate Hatch, un jeune et riche financier de New York, vint avec sa famille passer l'été dans le Maine. Apprenant l'existence de l'île, intrigué par son histoire, il fit des recherches. La documentation était maigre : aucune des sociétés ne s'était souciée de conserver des archives. Six ans plus tard, Hatch achetait l'île à un spéculateur foncier et installait sa famille sur la côte à Stormhaven.

Comme tant d'autres avant lui, Alfred Hatch finit par être obsédé et ruiné par le Puits inondé. En moins de deux ans, il avait mis les finances familiales à sec et il fut obligé de se déclarer en faillite personnelle : il se mit à boire et mourut peu après, laissant comme unique soutien de famille son fils de dix-neuf ans.

1

Juillet 1971

L'été commençait à paraître longuet à Martin Hatch. Johnny et lui avaient passé le début de la matinée à bombarder de cailloux le nid de guêpes à côté du vieux puits. Ils s'étaient bien amusés. Mais maintenant il n'y avait plus rien à faire. Il était à peine 11 heures, et Martin avait déjà mangé les deux sandwiches au beurre de cacahuètes et à la banane préparés par sa mère pour son déjeuner. Assis en tailleur sur le dock flottant en bas de la maison, il scrutait le large, dans l'espoir de repérer la fumée d'un cuirassé à l'horizon. Même un gros pétrolier ferait l'affaire. Un pétrolier qui foncerait droit dans l'une des îles, s'échouerait et exploserait. Là, au moins, il y aurait de l'animation.

Johnny descendit le rejoindre en courant, un glaçon pressé contre son cou.

— Eh bien, elle t'a pas raté ! s'exclama Martin, pas mécontent d'avoir échappé aux piqûres, contrairement à son frère aîné qui était pourtant censé être plus futé.

— Tu te serais approché un peu plus, tu y serais passé aussi, répliqua Johnny à travers sa dernière bouchée de sandwich. Trouillard.

— Je me suis approché autant que toi !

— Oui, tu parles. Les guêpes n'ont rien vu d'autre que ton cul maigre qui s'enfuyait, grogna son frère en balançant son glaçon dans l'eau.

— Non, monsieur. Je suis allé tout à côté.

Johnny se laissa choir à côté de lui sur le dock.

— On leur en a fait voir à ces guêpes, hein, Martin ? dit-il en effleurant de l'index la tache enflammée sur son cou.

— Ça, c'est sûr.

Ils se turent. Martin contempla les îles au large dans la baie : Hermit Island, Wreck Island, Old Hump, Killick Stone. Et loin derrière, les contours bleus de Ragged Island, flous dans la brume têtue qui refusait de se lever même par cette belle journée d'été. Au-delà des îles, l'océan était, comme le disait souvent son père, aussi calme qu'une retenue d'eau.

Martin lança dans l'eau un caillou qui ricocha sous son œil indifférent. Il regrettait presque de ne pas avoir accompagné ses parents en ville. Au moins, cela l'aurait occupé. Il aurait donné n'importe quoi pour se trouver ailleurs dans le monde, à Boston, à New York… partout sauf dans le Maine.

— Tu es déjà allé à New York, Johnny ?

Son frère hocha gravement la tête.

— Une fois. Avant ta naissance.

Quel menteur ! Comme s'il pouvait se rappeler ce qui lui était arrivé à moins de deux ans. Mais il valait mieux garder cette réflexion pour soi, sinon c'était la bourrade dans le bras assurée.

Martin regarda alors le petit hors-bord amarré à l'extrémité du dock. Et une idée lui vint. Une très bonne idée.

— Sortons avec, dit-il en baissant la voix.

— Tu es dingue. Papa nous arracherait la peau du dos.

— Allez ! Ils déjeunent chez les Hasting après leurs courses. Ils ne rentreront pas avant trois ou quatre heures. Qui le saura ?

— Oh ! rien que toute la ville, en nous voyant partir.

— Personne ne regardera. C'est qui le trouillard maintenant ?

Mais Johnny ne parut même pas remarquer son audace. Il fixait le bateau des yeux.

— C'est quoi ton idée géniale ?

Bien qu'ils fussent seuls, Martin baissa encore la voix.

— Aller à Ragged Island.

Johnny se tourna vers lui.

— Papa nous tuera, murmura-t-il.

— Pas si nous trouvons le trésor.

— Il n'y a pas de trésor, riposta Johnny, avec un mépris manquant de conviction. De toute façon, c'est dangereux là-bas, avec tous ces puits.

Martin connaissait suffisamment son frère pour deviner au son de sa voix qu'il venait d'éveiller son intérêt. Il garda le silence, laissant la monotonie matinale faire le travail de persuasion à sa place.

Soudain, Johnny se leva pour aller fouiller dans le bateau. Martin attendit, frissonnant d'impatience. Son frère revint avec une ceinture de sauvetage dans chaque main.

— Quand on abordera, on n'ira pas plus loin que les rochers sur la côte, dit Johnny d'une voix délibérément bourrue, comme pour rappeler à Martin qu'avoir une bonne idée ne modifiait pas l'équilibre des pouvoirs entre eux. Compris ?

Martin acquiesça, tenant la lisse du canot pendant que Johnny lançait à bord son sac et les ceintures de sauvetage. Pourquoi n'y avaient-ils pas songé plus tôt ? Aucun des deux ne s'était jamais rendu sur Ragged Island. Et apparemment aucun de leurs copains de Stormhaven n'y avait mis les pieds. Cela ferait une sacrée histoire à leur raconter.

— Assieds-toi à l'avant, dit Johnny. Je prends la barre.

Martin le regarda tripoter le levier de changement de vitesses, pousser le starter, enfin tirer sur la corde de démarrage. Le moteur toussa, puis se tut. Johnny recommença la manœuvre. Ragged Island était distante de six milles, mais, avec une mer aussi belle, ils avaient une chance de l'atteindre en une demi-heure. On approchait de la marée haute quand les forts courants qui balayaient l'île s'apaisaient avant de s'inverser.

Le moteur démarra en crachotant.

— Largue les amarres.

Johnny mit les pleins gaz, et le minuscule moteur de dix-huit chevaux gémit sous l'effort. Le bateau bondit en avant et gagna la baie en passant devant Breed's Point. L'air et les embruns picotaient délicieusement le visage de Martin.

Le bateau laissait un sillage crémeux derrière lui. Il y avait eu une tempête monumentale la semaine précédente, mais comme d'habitude elle semblait avoir calmé la surface de l'eau. Old Hump apparut à tribord, petit dôme nu de granit, couvert de fientes de mouette et frangé d'algues noires. Lorsqu'ils entrèrent dans le chenal, des mouettes, somnolant sur une patte sur les rochers, relevèrent la tête et les fixèrent de leurs yeux jaune brillant. Deux d'entre elles prirent leur envol et vinrent les frôler en poussant des cris aigus.

— J'ai eu une idée géniale, n'est-ce pas, Johnny ?

— Peut-être, mais si on se fait prendre, ce sera *ton* idée.

Bien que leur père fût propriétaire de Ragged Island, il leur avait toujours interdit de s'y rendre. Il détestait l'île et n'en parlait jamais. À l'école, on racontait que plein de gens s'y étaient tués en cherchant le trésor ; que l'île était maudite ; qu'elle grouillait de fantômes. On avait creusé tant de puits et de tunnels dedans que ses entrailles étaient une vraie passoire, prête à engloutir les visiteurs imprudents. Martin avait même entendu parler de la pierre de la malédiction. On l'avait trouvée dans le Puits inondé des années avant, mais on disait qu'on la conservait dans une salle spéciale au sous-sol de l'église, bouclée à double tour parce que c'était l'œuvre du diable. Johnny lui avait expliqué un jour que lorsque les gamins se tenaient vraiment mal à l'école du dimanche, on les enfermait dans la crypte avec la pierre de la malédiction. Martin fut parcouru d'un frisson d'impatience.

L'île attendait, morte, droit devant, enveloppée de lambeaux de brume. En hiver ou par temps de pluie, la brume se transformait en un brouillard suffocant, épais comme de la soupe de pois. En ce beau jour d'été, elle ressemblait plutôt à de la barbe à papa translucide. Johnny avait essayé de lui expliquer les courants qui provoquaient ce phénomène, mais Martin n'avait rien compris, et il aurait donné sa main à couper que son frère n'y comprenait rien non plus.

La brume lécha la proue du bateau, les enveloppa, et soudain ils se retrouvèrent dans un étrange monde crépusculaire, qui parut assourdir le rugissement du moteur. Presque inconsciemment, Johnny ralentit.

Ils trouvèrent un passage entre les récifs. Quand la brume au niveau de la mer s'éclaircit, Martin aperçut leurs sommets verdâtres, déchiquetés, couverts d'algues ondulantes ; ces rochers que redoutaient tant les pêcheurs de homards à marée basse ou par épais brouillard. Mais la marée était haute, et le petit bateau à moteur les franchit sans difficulté. Après une discussion pour savoir qui se tremperait les pieds, ils accostèrent sur les galets. Martin sauta à l'eau avec l'amarre et tira le bateau au sec.

— Pas mal, dit Johnny, l'air de rien, en mettant son sac sur l'épaule, les yeux fixés sur l'intérieur de l'île.

Les hautes herbes et les buissons de merisiers de Virginie poussaient juste à la lisière de la plage de galets. Une étrange lumière argentée, filtrant à travers le plafond de brume, baignait la scène. Martin aperçut une énorme chaudière en acier, d'au moins trois mètres de haut, qui les dominait, couverte de gros rivets, orange de rouille. On voyait à sa base une fente déchiquetée et effeuillée. Sa moitié supérieure disparaissait dans les brumes.

— Je te parie que c'est la chaudière qui a explosé, dit Johnny.

— Et moi je te parie qu'elle a tué un homme, ajouta Martin avec gourmandise.

— Pas un, deux.

Du côté du large, la plage de galets était bordée de roches de granit polies par les vagues. Martin savait que les marins empruntant le chenal de Ragged Island les surnommaient les dos de baleine. Il escalada la plus proche et se dressa sur la pointe des pieds, s'efforçant de voir l'intérieur de l'île derrière les falaises.

— Descends de là, lui hurla Johnny. Qu'est-ce que tu crois que tu vas voir dans ce brouillard ? Crétin.

— C'est celui qui dit qui..., commença Martin, en redescendant, et il reçut une tape sur la tête pour sa peine.

— Reste derrière moi. On va faire le tour par le rivage, puis on remontera.

Johnny longea le pied des falaises d'un bon pas, le bronzage de ses jambes prenant une teinte chocolat dans cette faible lumière. Martin le suivit, plutôt chagrin. Johnny prenait toujours la direction des opérations.

— Hé ! s'écria ce dernier en se penchant pour ramasser un objet long et blanc. Regarde ! Un os.

— Tu parles ! répliqua Martin, toujours contrarié.

C'était son idée de venir dans l'île. C'est lui qui aurait dû le trouver.

— Si. Et je parie que c'est un os humain, dit Johnny en balançant sa trouvaille d'avant en arrière comme une batte de base-ball. C'est le tibia d'un type qui est mort en essayant de récupérer le trésor. Ou celui d'un pirate. Je vais le rapporter à la maison, je le cacherai sous mon lit.

La curiosité de Martin l'emporta.

— Montre.

Johnny lui tendit l'os. Il était étonnamment lourd, froid, et il empestait.

— Beurk ! fit Martin en le lui rendant aussitôt.

— Peut-être que le crâne est encore dans le coin, dit Johnny.

Ils inspectèrent les rochers, mais ne trouvèrent qu'un cadavre de roussette avec des yeux à fleur de tête. En contournant l'extrémité de l'île, ils aperçurent une barge échouée à la laisse de marée haute, souvenir d'une opération de récupération depuis longtemps oubliée. Ce n'était plus qu'un enchevêtrement de métal tordu et rouillé, ballotté par des décennies de tempêtes.

— Regarde-moi ça ! fit Johnny, l'intérêt perçant dans sa voix.

Il grimpa sur le pont en pente qui disparaissait sous des bouts de métal rouillé, des tuyaux, des outils cassés et des tas de câbles enroulés. Martin se mit à fouiller parmi les débris, cherchant du coin de l'œil l'éclat d'un doublon de pirate. Le pirate, Ned Ockham, était si riche qu'il avait bien dû laisser tomber quelques doublons par terre. Ned le Rouge qui était censé avoir enterré des millions et des millions d'or sur l'île, avec une arme sertie de pierres précieuses qu'on appelait l'épée de saint Michel, si puissante qu'elle pouvait tuer quiconque la regardait. On racontait que Ned le Rouge avait coupé les oreilles d'un homme pour les miser dans un jeu de dés. Cindy, une des grandes de l'école, avait dit à Martin qu'en fait c'étaient les couilles et non les oreilles que Ned le Rouge avait coupées, mais il ne l'avait pas crue. Une autre fois, après s'être soûlé, le pirate avait éventré un homme, l'avait balancé par-dessus bord et traîné par ses entrailles jusqu'à ce que les requins le dévorent. À l'école, les anecdotes sur Ned le Rouge ne manquaient pas.

Se désintéressant de la barge, Johnny fit signe à Martin de le suivre dans les rochers éparpillés au pied des falaises du côté du large. Les dominant de toute sa hauteur, un haut talus de terre se découpait contre le ciel, des racines de sapins desséchés jaillissant perpendiculairement de ses flancs comme des doigts tordus. Le sommet du talus se perdait dans la brume. Certaines parties des falaises s'affaissaient et s'effondraient, victimes des tempêtes qui giflaient l'île chaque année à l'automne.

Il faisait frais à l'ombre des falaises, et Martin pressa le pas. Excité par ses trouvailles, Johnny fonçait devant, oubliant ses propres avertissements, en balançant l'os à bout de bras. Martin était sûr que sa mère jetterait ce vieux truc puant dans l'océan dès qu'elle le trouverait.

Johnny s'arrêta brièvement pour regarder des débris rejetés par la mer : de vieilles bouées à homards, des pièges cassés, des planches pourries. Puis il se dirigea vers une brèche, un peu plus haut dans les falaises. Un talus venait de s'effondrer, répandant de la terre et des gros rochers sur la plage de galets. Johnny franchit cet obstacle sans difficulté et disparut.

Martin se mit à courir. Il n'était pas question de perdre Johnny de vue. L'air semblait vibrer. La journée avait été ensoleillée avant qu'ils ne s'enfoncent dans la brume de Ragged Island, mais n'importe quoi pouvait se produire maintenant. Le vent était froid, comme si une tempête s'annonçait, et la mer commençait à se briser violemment sur les récifs. La marée ne tarderait pas à s'inverser. Peut-être feraient-ils mieux de rentrer.

Entendant soudain un cri aigu, Martin se figea, sûr que Johnny s'était blessé en glissant sur les rochers. Puis le cri retentit de nouveau : son frère l'appelait, et Martin grimpa sur l'éboulis de roches. Il découvrit alors un énorme bloc de granit, bizarrement penché, sans doute arraché du talus par la dernière tempête. Johnny l'attendait de l'autre côté, doigt tendu, l'air effaré.

Au début, Martin en resta sans voix. En se déplaçant, le bloc avait mis à nu l'ouverture d'un tunnel au pied de la falaise, juste assez grande pour qu'on puisse se faufiler à l'intérieur. De l'air vicié s'en échappait.

— Ben vrai ! s'écria-t-il en courant rejoindre son frère.

— Je l'ai trouvé ! Je l'ai trouvé ! hurlait Johnny, haletant d'excitation. Je te parie ce que tu veux que le trésor est là-dedans. Regarde, Martin.

— C'était mon idée.

Johnny lui adressa un sourire suffisant.

— Peut-être, dit-il en posant son sac. Mais c'est moi qui l'ai découvert. Et qui ai apporté les allumettes.

Martin se pencha vers la bouche du tunnel. Au fond de lui-même, il avait cru son père lorsqu'il racontait qu'il n'y avait jamais eu de trésor dans Ragged Island. Maintenant, il n'en était plus si sûr. Son père pouvait-il s'être trompé ?

Il recula, fronçant le nez devant l'odeur de renfermé qui s'échappait du tunnel.

— Qu'est-ce que tu as ? Tu as peur ?

— Non, fit Martin d'une petite voix.

L'entrée du tunnel paraissait très sombre.

— Je passe le premier. Tu me suis. Et tu ferais bien de ne pas te perdre.

Jetant son précieux os par terre, Johnny s'agenouilla et se faufila dans l'ouverture. Martin hésita. Le sol était dur et froid. Mais Johnny disparaissait déjà, et Martin n'avait pas envie de rester tout seul sur cette côte déserte, cernée de brume. Il franchit l'ouverture à la suite de son frère.

Il entendit le craquement d'une allumette et se redressa en retenant sa respiration. Il se trouvait dans une sorte de petite antichambre, aux parois et au plafond étayés par des poutres. Devant lui, un étroit tunnel s'enfonçait dans l'obscurité.

— Nous nous partagerons le trésor moitié-moitié, dit Johnny avec un sérieux, une intonation que Martin ne lui avait encore jamais entendus.

Puis il fit une chose encore plus surprenante : il se tourna vers lui et lui serra la main avec gravité.

— Toi et moi, Martin, associés à égalité.

Martin déglutit, se sentant déjà un petit peu mieux.

L'allumette s'éteignit quand ils avancèrent. Johnny se figea : Martin entendit le craquement d'une autre allumette. Il vit la casquette des Red Sox de son frère dans le halo de la flamme vacillante. Soudain, une coulée de terre et de cailloux tomba des poutres, rebondissant sur le sol de pierre avec fracas.

— Ne touche pas aux parois et tâche de ne pas faire de gros bruits, sinon tout va s'effondrer sur nous.

Sans rien dire, Martin se rapprocha de son frère.

— Ne me suis pas de trop près, lui siffla ce dernier.

Johnny cria et agita la main. L'allumette s'éteignit.

— Johnny ? s'écria Martin, pris de panique, tendant la main pour agripper le bras de son frère. Et la malédiction ?

— Arrête, il n'y a pas de malédiction, répliqua l'autre dans un murmure méprisant.

Il y eut un nouveau craquement.

— Ne t'en fais pas, poursuivit-il. J'ai au moins quarante allumettes. Et regarde, dit-il en tirant de sa poche un gros trombone dans lequel il coinça le petit bout de bois allumé. Qu'est-ce que tu dis de ça ? Plus de brûlures aux doigts.

Le tunnel obliqua vers la gauche, et Martin remarqua que, derrière eux, le croissant rassurant de lumière de l'entrée sur la plage avait disparu.

— Peut-être que nous devrions aller chercher une torche.

Soudain il entendit un bruit affreux, un gémissement creux qui parut jaillir du cœur de l'île et envahir l'espace confiné.

— Johnny ! hurla-t-il en agrippant de nouveau le bras de son frère.

Le gémissement s'évanouit, se transformant en profond soupir, puis un filet de terre leur dégringola sur la tête.

Johnny se dégagea de son étreinte.

— Enfin, Martin ! C'est juste le changement de marée. Cela fait toujours ce bruit dans le Puits inondé. Ne crie pas, je t'ai dit.

— Comment tu sais ça ?

— Tout le monde le sait.

Il y eut un autre gémissement, un gargouillis, puis un grand craquement qui s'estompa lentement. Martin se mordit la lèvre pour l'empêcher de trembler.

Quelques allumettes plus tard, le tunnel tourna encore, et sa pente s'accentua : là, les parois étaient moins hautes et plus rugueuses au toucher.

Johnny leva son allumette.

— La salle du trésor devrait se trouver au fond.

— Je ne sais pas, dit Martin. Peut-être que nous devrions rentrer chercher papa.

— Tu plaisantes, siffla Johnny. Papa déteste cet endroit. Nous lui dirons après avoir trouvé le trésor.

Il gratta une nouvelle allumette et passa la tête dans l'étroit tunnel. Le passage ne faisait plus guère qu'un mètre trente de haut. Les poutres vermoulues du plafond étayaient des rochers fissurés. L'odeur de moisi était plus forte, mêlée à une odeur d'algues et d'autre chose, qui paraissait encore bien pire.

— Il va falloir ramper, marmonna Johnny, une nuance de doute dans la voix.

Il se tut et, l'espace d'une seconde, Martin crut qu'ils allaient rebrousser chemin. Puis Johnny redressa un bout du trombone et se le glissa entre les dents. Les ombres mouvantes créées par l'allumette creusaient ses traits.

C'en fut trop.

— Je n'irai pas plus loin, annonça Martin.

— Très bien ! fit Johnny. Reste donc ici dans le noir.

— Non ! sanglota son frère. Papa va nous tuer. Johnny, je t'en prie...

— Quand papa verra combien on est riches, il sera bien trop content pour être en colère. Il va économiser deux bons dollars d'argent de poche par semaine.

Martin renifla et s'essuya le nez d'un revers de main.

Johnny se tourna vers lui et posa gentiment une main sur sa tête.

— Allons, si on cale maintenant, on n'aura jamais de seconde chance. Sois sympa, d'accord, Martin ? conclut-il en lui ébouriffant les cheveux.

— D'accord, renifla Martin.

Il se mit à quatre pattes et suivit Johnny dans le tunnel en pente. Les cailloux et le gravier s'incrustaient dans ses genoux et les paumes de ses mains. Johnny paraissait gratter plein d'allumettes, et Martin avait presque rassemblé le courage de demander combien il lui en restait quand son frère s'arrêta net.

— Il y a quelque chose devant, chuchota-t-il.

Martin tenta de jeter un coup d'œil par-dessus son épaule, mais le tunnel était trop étroit.

— Qu'est-ce que c'est ?

— Une porte ! siffla Johnny. Je te jure, c'est une vieille porte !

Le plafond remontait pour former un étroit vestibule, et Martin tendit le cou pour mieux voir. Il découvrit une rangée de planches épaisses, avec deux vieux gonds métalliques scellés dans les plaques de pierre dressées qui formaient les parois. C'était tout humide et moisi. On avait calfaté la porte avec ce qui ressemblait à de l'étoupe.

— Regarde ! s'écria Johnny en tendant le doigt.

Au milieu de la porte, on voyait un sceau en relief fait de cire et de papier, avec un blason. Malgré la couche de poussière, on se rendait compte que le sceau était intact.

— Une porte scellée ! murmura Johnny, pétrifié. Pareil que dans les livres !

Martin regardait, figé comme dans un rêve, un rêve à la fois merveilleux et terrifiant. Ils avaient vraiment trouvé le trésor. Et c'était *son* idée.

Johnny saisit la vieille poignée en fer et tira. Les gonds grincèrent.

— Tu entends ça ? haleta Johnny. Elle n'est pas fermée à clé. Il suffit de briser le sceau. Éclaire-moi pendant que je tire, d'accord ? Et recule un peu, tu veux ?

Martin jeta un coup d'œil dans la boîte d'allumettes.

— Il n'en reste plus que cinq ! s'écria-t-il, consterné.

— Tais-toi et fais ce que je te dis. On peut ressortir dans le noir, je te jure que c'est vrai.

Martin gratta une allumette d'une main tremblante, mais sans succès. Plus que quatre, pensa-t-il pendant que Johnny s'impatientait. Il eut plus de chance avec la suivante, et Johnny prit la poignée à deux mains.

— Prêt ?

Martin ouvrit la bouche pour protester, mais Johnny tirait déjà sur la poignée. Le sceau céda, et la porte s'ouvrit avec un grincement qui fit sursauter Martin. Une bouffée d'air vicié éteignit son allumette. Dans l'obscurité, il entendit Johnny inspirer. Puis ce dernier hurla, seulement sa voix semblait si haletante, si perçante, que Martin ne la reconnut pas. Il entendit une sorte de grondement, et le sol du tunnel trembla violemment. Sous la pluie de terre et de sable qui lui entra dans les yeux et dans les narines, il crut entendre un autre bruit : étrange, étranglé ; si bref qu'on aurait dit une toux. Enfin un bruit d'éponge qu'on presse.

— Johnny ! cria Martin en lâchant la boîte d'allumettes pour s'essuyer instinctivement le visage.

Il faisait noir comme dans un four, et les choses avaient mal tourné si vite que la panique le gagna. Dans l'obscurité, il perçut une sorte de raclement étouffé. Il lui fallut un moment pour comprendre ce que c'était : comme si on tirait quelque chose.

Il se retrouva alors à quatre pattes dans le noir, cherchant la boîte d'allumettes à tâtons tout en beuglant le nom de son frère. Il effleura quelque chose d'humide et retira sa main au moment où l'autre se refermait sur la boîte d'allumettes. Se redressant sur les genoux, réprimant ses sanglots, il saisit une allumette et la frotta frénétiquement jusqu'à ce qu'elle s'embrase.

Ébloui, il regarda autour de lui. Johnny avait disparu. La porte était ouverte, le sceau brisé… mais derrière on ne voyait qu'un mur de pierres lisses. L'air avait l'odeur de la poussière.

Martin sentit de l'humidité contre ses jambes et il baissa les yeux. À l'endroit où Johnny s'était tenu, il vit une grosse flaque noire coulant lentement entre ses genoux. L'espace d'un instant, il crut qu'il y avait une fissure dans le tunnel et que l'eau de mer s'y infiltrait. Mais la flaque fumait légèrement dans la lumière vacillante de son allumette. Se penchant, il se rendit compte qu'elle n'était pas noire mais rouge : du sang, plus de sang qu'il n'aurait cru qu'un corps puisse en contenir. Paralysé, il regarda la flaque s'étendre, ruisseler dans les creux, disparaître dans les fissures, pénétrer dans ses tennis trempées, le cerner telle une pieuvre pourpre jusqu'à ce que l'allumette tombe dedans avec un sifflement, le plongeant de nouveau dans l'obscurité.

2

Cambridge, Massachusetts, de nos jours

Situé dans l'annexe de l'hôpital Mount Auburn, au sommet d'une colline plantée d'érables, le petit laboratoire dominait les eaux lentes et maussades de la Charles River. Dans un kayak à la coque aussi effilée qu'une aiguille, un rameur fendait l'onde sombre de ses mouvements puissants, laissant derrière lui un sillage scintillant. Martin Hatch l'observa, un instant fasciné par l'accord parfait entre l'homme, le bateau et le fleuve.

— Docteur Hatch ? Les colonies sont prêtes.

Réprimant une bouffée d'irritation contre son assistant zélé qui le tirait de sa rêverie, Hatch se détourna de la fenêtre.

— Bien ! Sortons le premier plateau pour jeter un coup d'œil à ces petits couillons.

Avec sa nervosité habituelle, Bruce ouvrit brutalement la porte de l'incubateur qui émettait des bip pour en sortir un grand plateau d'agar-agar, des colonies bactériennes croissant en forme de sous et brillantes en leur centre. Il s'agissait de bactéries relativement inoffensives, qui ne nécessitaient pas de précautions particulières, en dehors des procédures stériles habituelles mais, connaissant son laborantin, Hatch le regarda faire avec inquiétude : comme de bien entendu, ce dernier heurta le plateau contre l'autoclave en effectuant un demi-tour.

— Attention ! Sinon c'est fichu.

Bruce posa tant bien que mal le plateau sur la boîte à gants.

— Désolé, fit-il, l'air penaud, en s'essuyant les mains sur sa blouse.

Hatch jeta un coup d'œil exercé au plateau. Les rangées deux et trois se développaient convenablement ; pour les rangées un et quatre, les résultats étaient variables ; quant à la cinquième, elle resterait stérile. L'expérience serait un succès. Tout marchait comme prévu ; dans un mois il publierait un nouvel article impressionnant dans le *New England Journal of Medecine*, et tout le monde s'extasierait devant les compétences de l'étoile montante qu'il était au sein du département.

Cette perspective l'emplit d'une immense sensation de vide.

Distraitement, il prit une loupe pour procéder à un grossier examen des colonies. Il avait fait ces gestes si souvent qu'il était capable d'identifier les souches d'un seul regard, en comparant leur texture superficielle et leurs schémas de croissance. Au bout de quelques instants, il s'installa à son bureau, repoussa un clavier d'ordinateur et entreprit de jeter des notes sur son carnet.

L'Intercom retentit.

— Bruce ? murmura Hatch sans cesser d'écrire.

Bruce sursauta, faisant tomber son bloc-notes par terre. Une minute plus tard, il revenait.

— Un visiteur.

Hatch redressa sa haute stature. Les visites étaient rares au laboratoire. Comme la plupart de ses confrères, il divulguait peu l'adresse et le numéro de téléphone de son lieu de travail.

— Voudriez-vous lui demander ce qu'il veut ? À moins qu'il ne s'agisse d'une urgence, renvoyez-le à mon cabinet. Le docteur Winslow est de garde aujourd'hui.

Bruce sortit, et le silence se fit. Le regard de Hatch se tourna de nouveau vers la fenêtre. La lumière de fin de journée entrait à flots, éclaboussant d'or les éprouvettes et les appareils. Il s'obligea à se replonger dans ses notes.

— Il ne s'agit pas d'un patient, dit Bruce en faisant irruption dans le labo. Il prétend que vous accepterez de le recevoir.

Hatch leva le nez de son carnet. Probablement un chercheur de l'hôpital.

— Très bien, fit-il avec un soupir. Faites-le entrer.

Une minute plus tard, on entendit un bruit de pas dans l'antichambre. Levant les yeux, Martin vit une silhouette maigre s'encadrer dans la porte. Le soleil couchant qui frappait l'homme de plein fouet dessinait une peau tannée tendue sur un visage avenant éclairé d'un regard gris.

— Gerard Neidelman, fit l'inconnu d'une voix basse et rauque.

Il ne doit pas passer beaucoup de temps dans un labo ou en salle d'op avec un hâle pareil, songea

Hatch. Encore un spécialiste qui hante les terrains de golf.

— Entrez, je vous en prie, docteur Neidelman.

— Capitaine, répondit l'autre. Je ne suis pas médecin.

Il franchit le seuil et se redressa de toute sa taille. Hatch comprit aussitôt que son titre n'était pas purement honorifique. À la manière dont il avait passé la porte, tête baissée, une main sur le haut du chambranle, il était clair que son visiteur avait longtemps vécu en mer. Il ne devait pas avoir plus de quarante-cinq ans, mais il avait les yeux plissés et la peau tannée du marin. Son expression inhabituelle, presque ascétique, intrigua Hatch.

Il se présenta. L'autre lui tendit une main sèche et légère.

— Pourrions-nous parler en privé ?

Bruce intervint.

— Qu'est-ce que je fais de ces colonies, docteur Hatch ? On ne devrait pas les laisser trop longtemps...

— Pourquoi ne pas les remettre au réfrigérateur ? Il leur faudra bien quelques milliards d'années avant que des pattes ne leur poussent.

Hatch jeta un coup d'œil à sa montre, puis croisa le regard paisible de son visiteur. Il prit une décision rapide.

— Et rentrez chez vous, Bruce. Je vous inscrirai pour 5 heures. Mais pas un mot au professeur Alvarez.

Bruce eut un bref sourire.

— Très bien, docteur Hatch. Merci.

Le laborantin disparut avec ses colonies, et Hatch se tourna vers son étrange visiteur qui s'était approché de la fenêtre.

— C'est ici que vous faites le plus gros de votre travail, docteur ? demanda ce dernier en passant son porte-documents en cuir d'une main à l'autre.

Il était si mince qu'il aurait eu l'apparence d'un spectre sans l'intensité de la tranquille assurance qui irradiait de lui.

— La presque totalité, oui.

— Jolie vue, murmura Neidelman toujours tourné vers la fenêtre.

Hatch contempla son dos, vaguement surpris de ne pas être agacé par cette intrusion. Il songea à lui demander ce qui l'amenait, puis se ravisa. Il pressentait qu'il n'était pas là sous un prétexte banal.

— Les eaux de la Charles sont si noires, dit le capitaine. « Loin d'ici, en un flot lent et silencieux, coule Léthé, le fleuve de l'oubli. » Les fleuves sont un symbole d'oubli, n'est-ce pas ?

— Je ne me rappelle pas, dit Hatch d'un ton léger, mais un peu sur ses gardes à présent, attendant la suite.

Le capitaine sourit et s'éloigna de la fenêtre.

— Vous devez vous demander pourquoi j'ai fait intrusion dans votre laboratoire. Pourriez-vous m'accorder quelques minutes ?

— N'est-ce pas déjà fait ? répliqua Hatch en lui indiquant une chaise. Asseyez-vous. J'ai presque terminé ma journée, et cette expérience importante à laquelle je travaille..., continua-t-il en gesticulant en direction de l'incubateur, est, comment dire, barbante.

Neidelman leva un sourcil.

— Pas aussi exaltante que de combattre une épidémie de dengue dans les marécages d'Amazonie, j'imagine.

— Pas vraiment, répondit Hatch après un silence.

L'homme sourit.

— J'ai lu l'article du *Globe*.

— Les journalistes ne s'embarrassent pas des faits quand il s'agit de captiver le lecteur. Ce n'était pas aussi passionnant qu'on le laissait entendre.

— C'est la raison de votre retour ?

— Je me suis lassé de voir mes malades mourir faute d'une piqûre d'amoxilline à cinquante *cents*, dit-il en levant les mains d'un air fataliste. Et pourtant je regrette de ne plus y être. Étrange, non ? La vie à Memorial Drive paraît tiède par comparaison.

Il se tut soudain et jeta un coup d'œil à Neidelman : mais qu'avait donc cet homme pour le rendre aussi bavard ?

— L'article évoquait aussi vos voyages en Sierra Leone, à Madagascar et aux Comores. Peut-être votre vie aurait-elle besoin d'un peu de piment ?

— Ne faites pas attention à mes jérémiades, répondit Hatch d'un ton qu'il espérait léger. Un peu d'ennui de temps à autre peut être un tonique pour l'âme.

Il aperçut sur le porte-documents en cuir de Neidelman une sorte d'insigne en relief.

— Peut-être. Quoi qu'il en soit, on dirait que vous êtes allé à peu près partout dans le monde au cours de ces vingt-cinq dernières années. Partout sauf à Stormhaven, dans le Maine.

Hatch se figea. Il sentit ses doigts s'engourdir. Soudain tout devenait clair : les questions détournées, le passé de marin, le regard intense de l'homme.

Immobile, Neidelman le fixait tranquillement.

— Ah ! fit Hatch en s'efforçant de recouvrer son sang-froid. Et vous, capitaine, détenez justement le remède à mon ennui.

Neidelman acquiesça.

— Laissez-moi deviner. Cela concernerait-il, par le plus grand des hasards, Ragged Island ?

Un frémissement des traits de l'autre lui apprit qu'il avait deviné juste.

— Et vous donnez dans la chasse au trésor. Je me trompe ?

— Nous préférons le terme de « spécialiste en récupération ».

— Les euphémismes sont à la mode. Spécialiste en récupération. Une sorte d'« ingénieur sanitaire ». Vous voulez creuser sur Ragged Island. Et maintenant vous allez me dire que vous, et vous seul, détenez le secret du Puits inondé.

Neidelman ne releva pas.

— Et bien entendu vous disposez aussi d'un gadget hypersophistiqué qui vous montrera l'emplacement du trésor. Ou peut-être vous êtes-vous assuré les services de Mme Sosostris, fameuse pythonisse ?

— Je sais qu'on vous a déjà sollicité, continua Neidelman, imperturbable.

— Vous savez donc ce qui est arrivé à ceux qui l'ont fait. Sourciers, médiums, barons du pétrole, ingénieurs, tous armés de plans infaillibles.

— Leurs plans présentaient peut-être des défauts, mais non leurs rêves. Je suis au courant des tragédies que votre famille a connues après l'achat de l'île par votre grand-père. Mais ses intentions étaient bonnes. Elle renferme effectivement un grand trésor. Je le sais.

— Bien sûr que vous le savez. Ils le savent tous. Mais, si vous vous prenez pour la réincarnation de Ned le Rouge soi-même, laissez-moi vous dire que vous n'êtes pas le premier. Ou peut-être avez-vous acheté une de ces vieilles cartes du trésor qu'on trouve de temps à autre à Portland. Capitaine, il ne suffit pas d'avoir la foi pour que le trésor devienne réalité. Il n'y a jamais eu et il n'y aura jamais de trésor de Ragged Island. Je suis navré pour vous, vraiment. Maintenant, peut-être pourriez-vous partir avant que j'appelle le gardien... pardon, le spécialiste de la sécurité... afin qu'il vous escorte jusqu'à la sortie.

Sans broncher, Neidelman haussa les épaules, puis se pencha vers lui.

— Je ne vous demande pas de me croire sur parole.

Il y avait une telle assurance dans son haussement d'épaules que Hatch sentit la colère l'envahir.

— Si vous saviez combien de fois j'ai entendu cette histoire, vous auriez honte d'être ici. En quoi seriez-vous différent des autres ?

Neidelman sortit une feuille de son porte-documents et la posa sur le bureau.

Hatch parcourut le document sans y toucher. Il s'agissait d'un rapport financier simplifié, certifié conforme, indiquant qu'une société du nom de Thalassa Holdings Ltd. avait recueilli des fonds pour créer la Société de récupération de Ragged Island. Le montant était de vingt-deux millions de dollars.

Hatch leva les yeux vers Neidelman puis se mit à rire.

— Vous voulez dire que vous avez eu le culot de rassembler ces fonds avant même de me demander mon autorisation ? Vos investisseurs doivent être drôlement accommodants.

Une fois de plus, Neidelman eut ce sourire qui semblait être sa marque de fabrique : réservé, sûr de lui, mais dénué d'arrogance.

— Docteur Hatch, vous avez été tout à fait en droit de mettre les chasseurs de trésor à la porte depuis vingt ans. Je comprends parfaitement votre réaction. Ils étaient sous-financés et sous-préparés. Mais ce n'était qu'un aspect du problème : l'autre, c'est vous. Je ne vous connais pas très bien, c'est évident. Mais j'ai le sentiment qu'au bout d'un quart de siècle d'incertitude vous êtes peut-être enfin prêt à apprendre ce qui est vraiment arrivé à votre frère.

Neidelman s'interrompit un instant. Puis il reprit, d'une voix si basse qu'elle en devenait à peine audible.

— Je sais que vous ne recherchez pas le profit. Et je comprends que votre chagrin vous ait fait haïr cette île. Voilà pourquoi je viens vous voir avec un plan au point. Thalassa est la meilleure au monde pour ce genre de travail. Et nous disposons d'un équipement dont votre grand-père ne pouvait que rêver. Nous avons affrété les bateaux. Nous disposons de plongeurs, d'archéologues, d'ingénieurs, d'un médecin, tous prêts à partir. Un mot de vous, et je vous promets que, d'ici un mois, le Puits inondé aura livré ses secrets. Nous saurons tout de lui.

— Pourquoi ne pas le laisser en paix ? murmura Hatch. Pourquoi ne pas le laisser garder ses secrets ?

— Ce n'est pas dans ma nature, docteur Hatch. Est-ce dans la vôtre ?

Les cloches de Trinity Church sonnèrent 5 heures. Puis le silence s'installa.

Au bout de cinq minutes, Neidelman récupéra sa feuille pour la ranger dans son porte-documents.

— Votre silence est éloquent, reprit-il sans la moindre trace de rancœur dans la voix. Je vous ai fait perdre suffisamment de temps. Demain, j'informerai nos associés que vous avez décliné notre offre. Au revoir, docteur Hatch.

Il se leva et se retourna à moitié, juste avant de sortir.

— Autre chose. Pour répondre à votre question, il existe bien un détail qui nous rend différents des autres. Nous avons découvert un renseignement sur le Puits inondé que personne ne connaît. Pas même vous.

Le ricanement de Hatch s'étrangla dans sa gorge quand il vit l'expression de Neidelman.

— Nous savons qui l'a conçu.

Hatch sentit ses doigts se raidir et se replier vers ses paumes.

— Quoi ?

— Oui. Et ce n'est pas tout. Nous avons le journal qu'il a tenu pendant sa construction.

Dans le silence soudain, Hatch prit une inspiration et souffla. Il regarda son bureau et secoua la tête.

— Génial, réussit-il à articuler. Tout simplement génial. Je vous ai sous-estimé, on dirait. Depuis toutes ces années, c'est la première fois que j'entends quelque chose d'original. Merci, capitaine.

Mais Neidelman avait disparu ; Hatch parlait dans le vide.

Il lui fallut plusieurs minutes pour se décider à se lever de son bureau. En fourrant le reste de ses papiers dans sa serviette, les mains encore un peu tremblantes, il remarqua que son visiteur avait laissé sa carte. Il avait ajouté un numéro de téléphone dessus, probablement celui de l'hôtel dans lequel il était descendu. Hatch envoya la carte dans la corbeille d'un revers de la main, prit sa serviette, sortit et regagna sa maison d'un pas vif par les rues plongées dans le crépuscule estival.

À 2 heures du matin, de retour au laboratoire, il faisait les cent pas devant la fenêtre noire, la carte de Neidelman serrée dans la main. Il était 3 heures du matin quand il décrocha enfin son téléphone.

3

Hatch se gara sur le terre-plein surplombant la jetée et descendit lentement de sa voiture de location. Il ferma la portière et se perdit dans la contemplation du port, la main toujours crispée sur la poignée : la crique tout en longueur, bordée de granit, parsemée de bateaux de pêche et de dragueurs, et baignée d'une froide lumière argentée. Vingt-cinq ans après, les noms étaient les mêmes : le *Lola B*, le *Maybelle W*.

La petite ville de Stormhaven s'accrochait à la colline, ses étroites maisons de bardeaux suivant un zigzag de rues pavées, puis s'espaçant, laissant place à des bosquets d'épinettes noires et à de petites prairies entourées de murets. Tout au sommet de la colline se dressait l'église congrégationaliste, sa sévère flèche blanche perçant le ciel gris ardoise. De l'autre côté de la crique, Hatch aperçut la maison de son enfance, dominant la cime des arbres de ses quatre pignons, avec sa prairie qui descendait vers le petit dock flottant.

Il se détourna aussitôt, ayant l'impression de tout voir à travers les yeux d'un inconnu.

Il chaussa une paire de lunettes noires et se dirigea vers la jetée. Il se sentait un peu ridicule d'éprouver le besoin de dissimuler ainsi son regard. Mais jamais il n'avait été aussi inquiet, même au milieu d'un village raruana jonché de cadavres infectés par la dengue, ou pendant l'épidémie de peste bubonique en Sierra Madre occidentale.

Sur la jetée qui avançait dans le port s'alignaient des petites cabanes en bois : la Coop du homardier, un snack-bar à l'enseigne de « Chez Ned le Rouge », une cabane à appâts et une remise à outils. Au bout de la jetée se dressaient une pompe à essence rongée par la rouille, des treuils de chargement et des tas de casiers à homards en train de sécher. L'entrée du port était fermée par un banc de brume léchant la mer, si bien que l'eau semblait se confondre avec le ciel. On aurait dit que le monde s'arrêtait à une centaine de mètres de la côte.

La Coop en bardeaux était le premier bâtiment de la jetée. À en juger par les joyeuses volutes de fumée qui s'échappaient d'un tuyau en fer-blanc, on faisait cuire des homards à l'intérieur. Hatch s'arrêta devant le tableau pour lire les prix. À travers la vitre embuée, il jeta un coup d'œil à la rangée de cuves, grouillantes de homards indignés à peine sortis des fonds marins. On avait placé un de leurs congénères bleus, très rares, dans un aquarium, pour attirer le chaland.

Martin s'éloigna de la fenêtre. Un pêcheur de homards en ciré et cuissardes faisait rouler un tonneau d'appâts pourris sur la jetée. Il l'immobilisa sous un treuil, l'attacha et le poussa dans un bateau qui attendait en dessous, gestes que Martin avait vus d'innombrables fois pendant son enfance. Il y eut des cris, le vrombissement soudain d'un diesel, et le bateau s'éloigna, poursuivi par une nuée hurlante de mouettes. Hatch le regarda se fondre, tel un fantôme, dans le brouillard qui se levait. Bientôt les îles les plus proches seraient visibles. Déjà Burnt Head émergeait, grande croupe de granit s'enfonçant dans l'océan au sud de la ville. La houle grondait et se brisait à sa base. Au sommet de la falaise un phare se dressait au milieu des ajoncs et des touffes de bleuets, ses rayures rouge et blanc et sa coupole de cuivre ajoutant une joyeuse touche de couleur au brouillard monochrome.

Debout sur la jetée, humant le mélange d'odeurs d'appâts de rascasse du Nord, d'air salé et de vapeurs de diesel, Martin sentit ses défenses soigneusement consolidées pendant un quart de siècle s'effriter doucement. Les années s'effacèrent, et une puissante nostalgie douce-amère lui serra la gorge. Cette fois il était bien revenu dans une ville qu'il pensait ne jamais revoir. Tant de changements s'étaient produits en lui, alors qu'ici rien ne semblait avoir bougé. Il eut du mal à retenir ses larmes.

Une portière de voiture claqua derrière lui. Il se retourna. Gerard Neidelman s'avançait vers lui de son pas assuré, droit comme un I, visiblement de bonne humeur. Il serrait une pipe en bruyère entre ses dents, et ses yeux brillaient d'une exaltation soigneusement maîtrisée mais indéniable.

— Merci d'avoir accepté de me retrouver ici, dit-il en retirant sa pipe de sa bouche et en tendant la main à Hatch. J'espère que cela ne vous a pas posé trop de problèmes.

Notant sa légère hésitation à l'énoncé de ce dernier mot, Hatch se demanda si le capitaine avait deviné ses propres motivations de vouloir revoir la ville et l'île avant de s'engager.

— Non, aucun.

— Et où se trouve notre bateau ? dit Neidelman, en contemplant le port.

— C'est le *Plain Jane,* là-bas.

— Ah ! un homardier bien solide. Mais je ne vois pas de canot derrière. Comment accosterons-nous sur Ragged Island ?

— Le canot est à quai. Mais nous n'accosterons pas. Il n'y a pas de port naturel. Comme la plus grande partie de l'île est cernée de falaises à pic, de toute façon, nous ne verrions pas grand-chose depuis le rivage de galets. Et le reste de l'île est trop dangereux pour qu'on l'explore. Vous vous ferez une meilleure idée de l'endroit du large.

En outre, je ne suis pas encore prêt à remettre les pieds dans cette île, songea-t-il.

— Parfait, dit Neidelman en tirant sur sa pipe, les yeux levés vers le ciel. Le brouillard ne va pas tarder à se dissiper. Le vent vire au sud-ouest, la mer est étale. Au pire, nous aurons un peu de pluie. Excellent ! J'ai hâte de découvrir enfin votre île, docteur Hatch.

— Vous voulez dire que vous ne l'avez jamais vue ?

— Je m'en suis tenu aux cartes et aux relevés.

— J'aurais cru qu'un homme comme vous aurait fait le pèlerinage depuis longtemps. Jadis, on voyait des tordus venir faire du tourisme autour de l'île et même tenter d'aborder. Cela m'étonnerait que cela ait changé.

Neidelman posa son regard calme sur Hatch.

— Je ne voulais la voir que si nous avions une chance de creuser.

À l'extrémité de la jetée, une passerelle branlante rejoignait un dock flottant. Hatch détacha le canot du *Plain Jane* et saisit le fil du démarreur.

— Vous êtes descendu en ville ? demanda Neidelman en sautant prestement dans le canot avant de s'asseoir à l'avant.

Hatch secoua la tête.

— J'ai retenu une chambre dans un motel à Southport, à quelques kilomètres au sud sur la côte.

Même la location du bateau avait été souscrite par un intermédiaire. Il n'était pas encore prêt à se faire connaître.

Neidelman acquiesça, le regard braqué vers la terre ferme.

— Superbe endroit, dit-il, changeant de sujet en douceur.

— C'est vrai. Mais si on a construit quelques maisons d'été en plus et une pension de famille, Stormhaven reste un grand oublié du progrès.

— Ce doit être trop loin au nord, trop éloigné des sentiers battus.

— C'est une raison, effectivement. Mais tout ce pittoresque si charmant, ces vieux bateaux en bois, ces cabanes ternies par l'air marin, ces jetées un peu bancales, n'est rien d'autre qu'une conséquence de la pauvreté. Stormhaven ne s'est jamais vraiment remis de la Grande Dépression.

Ils rejoignirent le *Plain Jane*. Neidelman monta à bord pendant que Hatch accrochait le canot à l'arrière. Lorsqu'il tira sur le starter, il fut soulagé d'entendre le diesel démarrer au quart de tour. Si le bateau n'était pas de la première jeunesse, on l'avait entretenu avec soin. À la sortie du port, Hatch mit les gaz, et le *Plain Jane* bondit en avant, fendant l'onde calme. Droit devant, le soleil luttait à travers la couche de nuages, luisant comme une lampe froide dans les derniers lambeaux de brume. Hatch regarda vers le sud-est, au-delà du chenal d'Old Hump, mais ne distingua rien.

— Il va faire frais là-bas, dit-il en jetant un coup d'œil à la chemise à manches courtes de Neidelman.

Ce dernier se retourna et lui sourit.

— J'ai l'habitude.

— Vous vous faites appeler capitaine. Vous étiez dans la marine ?

— Oui. Capitaine d'un dragueur de mines dans le delta du Mékong. Après la guerre, j'ai acheté un dragueur en bois à Nantucket et j'ai longé la George Bank en quête de coquilles Saint-Jacques et de flets. C'est comme ça que j'ai fini par m'intéresser à la chasse au trésor.

— Vraiment ? dit Hatch en regardant le compas et en rectifiant son cap.

Il jeta un coup d'œil au compteur. Ragged Island était à six milles au large ; ils y seraient dans vingt minutes.

Neidelman acquiesça.

— Un jour, le filet a remonté un énorme bloc de corail. Mon second a tapé dessus avec une épissoire, et le truc s'est ouvert comme une huître. À l'intérieur, il y avait un petit coffret en argent hollandais du XVIIe siècle. Ce fut le début de ma première chasse au trésor. Je me suis un peu documenté et j'ai compris que nous avions dû passer au-dessus de l'épave du *Cinq Ports*, un trois-mâts commandé par le corsaire français Charles Dampier. Alors j'ai vendu le bateau, fondé une société, réuni un million de dollars de capitaux, et tout est parti de là.

— Qu'est-ce que vous avez récupéré ?

Neidelman eut l'ombre d'un sourire.

— Un peu plus de neuf mille dollars en pièces, porcelaines et antiquités. C'est une leçon que je n'ai jamais oubliée. Si j'avais pris la peine d'effectuer de vraies recherches, j'aurais lu les livres de bord des navires hollandais que Dampier attaquait. Ils transportaient surtout du bois, du charbon et du rhum.

Il tira rêveusement sur sa pipe.

— Tous les pirates n'étaient pas aussi doués que Ned le Rouge Ockham.

Le silence tomba quand ils mirent le cap vers le large. Les derniers rubans de brume s'estompèrent, et Hatch distingua les premières îles, Hermit et Wreck, bosses vertes disparaissant sous les épicéas. Bientôt Ragged Island serait visible. Neidelman avait le regard fixé dans la direction de l'île cachée. Il était temps d'entrer dans le vif du sujet.

— Bien, foin de bavardages, dit Hatch tranquillement. J'aimerais que vous me parliez de l'homme qui a conçu le Puits inondé.

Neidelman resta muet un instant.

— Je suis désolé, docteur Hatch, finit-il par répondre. J'aurais dû être plus clair sur ce point dans votre bureau. Vous n'avez pas encore signé l'accord. Toute notre entreprise de vingt millions de dollars repose sur les renseignements que nous avons obtenus.

Hatch sentit la colère l'envahir.

— Bonjour la confiance !

— Vous comprenez notre position…

— Bien sûr. Vous craignez que je ne m'empare de ce que vous avez découvert, déterre le trésor moi-même et vous coupe l'herbe sous le pied.

— Pas la peine d'ergoter. Oui.

Il y eut un bref silence.

— J'apprécie votre franchise. Que dites-vous de cette réponse ? dit Hatch en virant brusquement à tribord.

Neidelman lui jeta un regard interrogateur en s'agrippant à la lisse de plat-bord.

Hatch remit le cap vers le port et poussa les gaz.

— Docteur Hatch ?

— C'est très simple. Ou bien vous me dites tout de cette mystérieuse découverte et me convainquez que vous êtes autre chose qu'un cinglé de plus, ou bien notre petite balade prend fin ici.

— Peut-être que si vous étiez disposé à signer notre accord de confidentialité…

— Nom de Dieu ! s'exclama Hatch. Capitaine et avocat spécialisé en droit maritime de surcroît ! Si nous devons nous associer, une possibilité qui ne cesse de s'éloigner, il faut nous faire confiance. Je vous serrerai la main en vous donnant ma parole et cela suffira, sinon vous perdez tout espoir de jamais creuser sur cette île.

Neidelman sourit.

— Une poignée de main. Comme c'est pittoresque.

Hatch maintint son cap, repassant dans les derniers vestiges du sillage créé par le *Plain Jane* quelques instants avant. La masse sombre de Burnt Head réapparut progressivement, suivie des toits de la ville.

— Très bien. Faites demi-tour, s'il vous plaît. Serrons-nous la main.

Hatch mit le moteur au point mort et laissa le *Plain Jane* caboter quelques instants. Puis il vira de nouveau et accéléra progressivement vers les rochers cachés de Ragged Island.

Neidelman passa un long moment à tirer sur sa pipe, les yeux fixés sur l'horizon, apparemment plongé dans une profonde contemplation. Hatch finit par se demander s'il ne cherchait pas à gagner du temps.

— Vous êtes allé en Angleterre, n'est-ce pas ?

Hatch acquiesça.

— Joli pays, continua Neidelman, avec nonchalance. Surtout le Nord, à mon goût. Vous connaissez Houndsbury ? Une charmante petite ville, mais sans rien de remarquable, si ce n'est son exquise cathédrale. Et Whitstone Hall dans les Pennines ? Le berceau de famille du duc de Wessex ?

— La célèbre demeure construite comme une abbaye ?

— Exactement. Deux ravissants exemples de l'architecture religieuse du XVIIe siècle.

— Ravissants, répéta Hatch avec une trace de sarcasme. Et alors ?

— Ils sont tous les deux l'œuvre de sir William Macallan. L'homme qui a aussi conçu le Puits inondé.

— Conçu ?

— Oui. Macallan était un très grand architecte, peut-être le plus grand d'Angleterre après sir Christopher Wren. Mais c'était un homme bien plus intéressant, dit Neidelman, le regard toujours fixé sur l'horizon. Outre ses ouvrages et son travail sur le vieux pont de Battersea à Londres, il nous a laissé un texte monumental sur l'architecture religieuse. Le monde a perdu un vrai visionnaire lorsqu'il a disparu en mer en 1696.

— Disparu en mer ? L'intrigue se corse.

Neidelman fit la moue, et Hatch se demanda s'il avait enfin réussi à le faire sortir de ses gonds.

— Oui. Une horrible tragédie. Sauf que..., dit-il en se tournant vers Hatch, sauf qu'il n'a pas disparu en mer. L'année dernière, nous avons découvert un exemplaire original de son traité. Dans les marges, on voyait des sortes de taches et de décolorations. Notre laboratoire a pu confirmer que ces décolorations étaient en fait des notes, écrites à l'encre invisible, qui devenaient visibles avec l'altération du temps. L'analyse chimique a révélé que l'encre était un composé organique dérivé de vinaigre et d'oignons blancs. Une autre analyse a permis de situer cette « tache », comme on appelait alors les encres invisibles, aux alentours de 1700.

— De l'encre invisible ? Vous avez lu trop de romans d'aventures.

— Les encres invisibles étaient très courantes aux XVIIe et XVIIIe siècles, continua Neidelman, imperturbable. George Washington s'en servait pour ses envois secrets. Les colons appelaient cela écrire à l'encre blanche.

Hatch chercha une réplique sarcastique, mais se surprit à être incapable d'articuler un son. Malgré lui, il croyait à moitié à l'histoire de Neidelman.

— Notre laboratoire a pu récupérer le reste de l'écrit à l'aide d'une solution chimique. Il s'agit en fait d'un document d'environ quatre mille caractères, écrits de la main de Macallan dans les marges de son livre. Le document était codé, mais un spécialiste de Thalassa a pu assez aisément déchiffrer la première partie. La traduction nous a appris que sir William Macallan était un architecte encore plus curieux qu'on ne le pensait jusqu'alors.

Hatch déglutit.

— Je suis désolé, mais toute cette histoire paraît absurde.

— Non, docteur Hatch. Elle n'a rien d'absurde. Macallan a dessiné le Puits inondé. L'écriture codée était un journal secret qu'il a tenu lors de son dernier voyage... Macallan était un Écossais et un catholique clandestin. Après la victoire de Guillaume III à la bataille de la Boyne, il est parti, dégoûté, pour l'Espagne. Là, la Couronne espagnole lui a confié la tâche de construire une cathédrale, la plus grande du Nouveau Monde. En 1696, il a appareillé pour le Mexique à bord d'un brick à deux mâts, escorté par un navire de guerre espagnol. Les bateaux disparurent, et on n'entendit plus jamais parler de Macallan. On pensa qu'ils avaient disparu en mer. En fait, ce journal nous apprend ce qui s'est vraiment passé. Leurs bateaux ont été attaqués par Edward Ockham. Le capitaine espagnol amena le pavillon sans même tenter de résister et révéla la nature de sa mission sous la torture. Ensuite Ockham passa tout le monde par le fil de l'épée, n'épargnant que Macallan. On lui amena l'architecte enchaîné. Le pirate lui colla un sabre contre la gorge et lui dit, et là je cite le journal : « Que Dieu se charge de construire lui-même sa maudite église, j'ai un autre projet pour toi. »

Hatch se sentit parcouru d'un étrange frisson d'exaltation.

Le capitaine s'appuya contre le plat-bord.

— Voyez-vous, Ned le Rouge voulait que Macallan lui dessine un puits pour abriter son immense trésor. Un puits imprenable, dont Ockham seul aurait le secret. Ils longèrent la côte du Maine, choisirent Ragged Island, on construisit le puits et on enterra le trésor. Mais, comme vous le savez, peu après, Ockham et son équipage périrent. Et Macallan fut sans doute assassiné dès la fin de la construction du puits. Avec eux mourut le secret du Puits inondé.

Neidelman s'interrompit, son regard presque blanc dans la réverbération de l'eau.

— Bien sûr, ce n'est plus vrai. Parce que le secret n'est pas mort avec Macallan.

— Expliquez-vous.

— Au milieu de son journal, Macallan a changé de code. Nous pensons qu'il l'a fait justement pour noter la clé secrète du Puits inondé. Mais aucun code du XVIIe siècle ne résiste à des ordinateurs, et nos spécialistes ne devraient pas tarder à le percer.

— Et que recélerait donc ce fameux trésor ? réussit à demander Hatch.

— Bonne question. Nous connaissons la capacité de chargement des bateaux d'Ockham, nous savons qu'ils étaient chargés au maximum, et nous avons les livres de bord de la plupart des bateaux qu'il a arraisonnés. Saviez-vous qu'il fut le seul pirate à réussir à venir à bout de la Flotte de l'or espagnole ?

— Non, murmura Hatch.

— Quand on fait le compte, pour les estimations les plus modestes, on évalue en valeur actuelle le trésor... (Neidelman s'interrompit, une ombre de sourire sur ses lèvres)... entre un milliard huit et deux milliards de dollars.

On n'entendit plus que le ronronnement du moteur, les cris monotones des mouettes et le bruit des vagues contre la coque. Hatch s'efforçait de prendre la mesure de l'énormité de la somme.

Neidelman baissa la voix.

— C'est-à-dire, sans compter l'épée de saint Michel, le plus grand trophée d'Ockham.

Le charme fut rompu.

— Allons, capitaine, fit Hatch avec un rire. Ne me dites pas que vous croyez à cette vieille légende.

— Il a fallu que je lise le journal de Macallan. Docteur Hatch, elle s'y trouve. Macallan a vu les pirates l'enterrer avec le trésor.

Hatch était en proie au plus parfait désarroi. C'était incroyable, littéralement incroyable.

Il leva les yeux et sentit les muscles de son ventre se contracter. Les innombrables questions qu'il s'était posées s'évanouirent soudain. Il pouvait à présent distinguer le long banc de brouillard qui dissimulait Ragged Island, ce même banc de brouillard qui avait enveloppé l'île plus de vingt-cinq ans auparavant.

Neidelman lui dit quelque chose. Martin se tourna vers lui, la respiration courte, tentant de calmer les battements de son cœur.

— Pardon ?

— Je disais que je sais que vous ne vous intéressez guère à l'argent. Mais je voulais que vous sachiez que, selon l'accord que j'ai proposé, vous recevrez la moitié du trésor, hors frais. En échange de ma prise de risque financier, je garderai l'épée de saint Michel. Votre part devrait se situer aux alentours d'un milliard de dollars.

— Vous avez raison. Cela m'est indifférent.

Il y eut un long silence, puis Neidelman prit ses jumelles pour examiner l'île.

— Pourquoi est-elle toujours plongée dans le brouillard ?

— Il y a une bonne raison à cela, dit Hatch, content de changer de sujet. L'île est située à la rencontre du courant froid du Labrador et du courant chaud de Cape Cod, ce qui donne naissance à ce phénomène. Parfois elle est simplement entourée de brume, parfois elle disparaît complètement dans une purée de pois.

— Qu'est-ce qu'un pirate pourrait demander de plus ? murmura Neidelman.

Ce ne sera plus très long maintenant, pensa Hatch. Il tenta de se perdre dans le sifflement de l'eau contre la coque, l'odeur d'iode, le cuivre froid de la barre contre ses paumes. Il jeta un coup d'œil à son compagnon et vit un muscle de sa mâchoire tressaillir : lui aussi était en proie à une vive émotion.

Le banc de brouillard se rapprocha. Hatch lutta en silence, s'obligeant à maintenir le cap vers ces doigts crochus, si étranges sur un horizon à présent complètement dégagé. Il réduisit les gaz quand le bateau s'enfonça dans la purée de pois. Des gouttelettes de condensation commençaient à se former sur ses doigts et sur sa nuque.

Il s'efforça de percer cette masse. Une sombre ligne lointaine semblait apparaître, pour disparaître aussitôt. Il réduisit encore les gaz. Dans le silence relatif, il percevait à présent le bruit du ressac et le tintement de la bouée à cloche de Ragged Island, enjoignant aux marins de s'éloigner de ses récifs traîtres. Il fit cap vers le nord, pour amener le bateau sous le vent de l'île. Soudain un derrick de fer rouillé apparut à environ deux cents mètres à bâbord, tordu par les tempêtes, rongé de rouille.

Retenant son souffle, Neidelman leva ses jumelles, mais le bateau venait de plonger dans un autre banc de brouillard et l'île disparut de nouveau. Un vent frais s'était levé et un léger crachin se mit à tomber.

— Pouvons-nous nous approcher ? murmura Neidelman.

Hatch mit le cap vers les récifs. Lorsqu'ils entrèrent dans la partie sous le vent, le ressac se calma. Ils traversèrent une nappe de brouillard, et l'île se révéla dans sa totalité.

À la poupe, Neidelman avait les jumelles collées au visage, sa pipe oubliée coincée entre les dents, le tissu de sa chemise noircissant sous la pluie. Hatch vira pour faire face au large, se mit au point mort et laissa le bateau dériver. Enfin il se tourna vers l'île.

4

La terrible silhouette sombre de l'île, si tenace dans ses souvenirs et dans ses cauchemars, se dressait devant lui. Ce n'était guère plus qu'un grossier trait noir sur le gris de la mer et du ciel : de la forme d'une table bizarrement inclinée, montant en pente douce de la côte sous le vent vers des falaises à pic du côté du large, avec une bosse de terre au centre. Le ressac battait les falaises et bouillonnait au-dessus des bancs de récifs, créant une traînée d'écume semblable au sillage d'un bateau. L'île lui parut encore plus sinistre que dans son souvenir : balayée par les vents, nue, un mille de long sur huit cents mètres de large. Un unique épicéa déformé dominait la plage de galets, sa cime depuis longtemps déchiquetée par un éclair, ses branches entortillées griffant le ciel comme la main d'une sorcière.

Partout, des carcasses rouillées de machines infernales se dressaient au-dessus des herbes ondoyantes et des roses thé : de vieux compresseurs à vapeur, des treuils, des chaînes, des chaudières.

Bancales et sans toit, des cabanes en bois blanchi par le sel se groupaient d'un côté du vieil arbre. À l'autre bout de la plage, Hatch aperçut les rondeurs lisses des dos de baleine que Johnny et lui avaient franchis, plus de vingt-cinq ans auparavant. Le long des rochers les plus proches gisaient les carcasses éparpillées de plusieurs gros bateaux, ballottées par d'innombrables tempêtes, leurs ponts et gréements brisés et disséminés sur les rochers de granit. Sur des écriteaux battus par les vents, plantés tous les cent mètres au-dessus de la laisse de pleine mer, on pouvait lire :

ATTENTION !
DANGER EXTRÊME !
PAS D'ACCOSTAGE !

— Enfin ! souffla Neidelman après un long silence.

Il baissa ses jumelles et se tourna vers Hatch.

— Docteur ?

Hatch s'agrippait à la barre, tentant de surmonter la vague de souvenirs. L'horreur l'avait saisi comme un mal de mer tandis que la bruine s'écrasait contre les vitres du poste de pilotage et que la bouée à cloche sonnait lugubrement, dans le brouillard. Mais un nouveau sentiment venait se mêler à l'horreur : Hatch prenait conscience qu'il y avait effectivement un vaste trésor enfoui là-dedans... que son grand-père n'avait pas été un dément total qui aurait détruit trois générations de sa famille pour rien. En une seconde, sa décision fut prise : la réponse définitive que méritaient son grand-père, son père et son frère.

— Docteur Hatch ? insista Neidelman, son visage creux luisant de pluie.

Hatch respira profondément et s'obligea à relâcher la barre.

— On fait le tour ? suggéra-t-il, réussissant à maîtriser le tremblement de sa voix.

Neidelman le fixa sans rien dire. Puis il hocha la tête et reprit ses jumelles.

Mettant les gaz, Hatch partit face au vent. Sans pousser le moteur, il maintint le bateau à une vitesse de trois nœuds, évitant de regarder les dos de baleine et les autres repères plus terrifiants qui l'attendaient juste derrière.

— Pas très hospitalier comme endroit. Encore moins que je ne l'imaginais.

— Il n'y a pas de port naturel, répondit Hatch. L'île est cernée de récifs, et il y a un méchant courant. Elle est balayée par des nordets chaque automne. On y a creusé tant de puits et de tunnels qu'une bonne partie de son sol est gorgée d'eau et instable. En plus, certaines sociétés y sont allées à l'explosif. Outre les bâtons de dynamite encore intacts, les détonateurs, Dieu seul sait de quoi son sous-sol est truffé.

— Qu'est-ce que c'est que cette ruine ? dit Neidelman en désignant une massive structure métallique tordue gisant sur des rochers couverts d'algues.

— Une barge datant de l'époque de mon grand-père. Elle mouillait au large avec une grue flottante lorsqu'elle a été prise dans un nordet qui l'a jetée contre les rochers. Quand l'océan en a eu fini avec elle, il n'y avait plus rien à sauver. Cela a sonné la fin de la tentative de mon grand-père.

— A-t-il laissé des archives ?

— Mon père les a détruites. Mon grand-père a causé la faillite de la famille avec cette île, et mon père a toujours détesté cet endroit et tout ce qui s'y rapportait. Même avant l'accident...

Hatch s'agrippa de nouveau à la barre, les yeux perdus dans le vague.

— Désolé, dit Neidelman, son visage s'adoucissant. Je suis tellement obsédé par cette aventure qu'il m'arrive d'oublier votre tragédie personnelle. Pardonnez-moi si j'ai pu vous paraître insensible.

— Il n'y a pas de mal, répondit Hatch, les yeux toujours fixés sur l'avant.

Neidelman eut la bonne idée de ne rien ajouter. Rien n'était plus douloureux que les habituelles platitudes des gens bien intentionnés, surtout les « mais vous n'avez rien à vous reprocher, ce n'était pas votre faute ».

Le *Plain Jane* doubla l'extrémité sud de l'île et prit la houle de travers. Hatch accéléra un peu.

— Incroyable, marmonna Neidelman. Penser que cette petite île de sable et de rochers nous sépare de la plus grosse fortune jamais enterrée.

— Attention, capitaine, répondit Hatch, en espérant donner un ton mutin à l'avertissement. C'est le genre de pensée enthousiaste qui a causé la faillite de dizaines de sociétés. Mieux vaut se rappeler le vieux poème : « Parce que... ce temple réserve son autel sacré au ciel ; parce que, en bref, il n'est pas et ne sera jamais mien. »

Neidelman se tourna vers lui.

— Je vois que vous avez eu le temps de lire autre chose que les dictionnaires d'anatomie. Je connais peu de toubibs capables de citer Coventry Patmore.

Hatch haussa les épaules.

— Je ne déteste pas la poésie, de temps à autre. Je la sirote comme un bon vieux porto. Quelle est votre excuse ?

Neidelman eut un bref sourire.

— J'ai passé plus de dix ans de ma vie en mer. Parfois il n'y a pas grand-chose à faire sinon lire.

Un bruit de toux s'éleva brusquement de l'île. Il s'amplifia, vira au grondement sourd avant de finir dans un gémissement rauque, comme le cri d'agonie d'un monstre sous-marin.

— Qu'est-ce que c'est que ça ?

— Le changement de marée, répondit Hatch en frissonnant dans l'air froid et humide. Le Puits inondé est apparemment relié à la mer par un tunnel caché. Quand les clapotis changent et que le flot s'inverse dans le tunnel, on entend ce bruit. C'est du moins une théorie.

Le gémissement persista, se transformant lentement en un bredouillement humide, avant de mourir.

— Les pêcheurs du coin ont une autre théorie, continua Hatch. Peut-être avez-vous remarqué l'absence de casiers à homards autour de l'île ?

— La malédiction de Ragged Island, dit Neidelman en acquiesçant, une lueur sardonique dans le regard. J'en ai entendu parler.

Il se tut, les yeux rivés sur le pont. Puis il releva lentement la tête.

— Je ne peux pas ramener votre frère à la vie. Mais je peux vous faire cette promesse : nous saurons ce qui lui est arrivé.

Hatch agita la main, rendu muet par une soudaine bouffée d'émotion. Il tourna la tête vers la fenêtre ouverte, offrant son visage au vent, heureux de la présence de la pluie. Il prit conscience qu'il ne pourrait pas supporter de passer un instant de plus près de l'île. Il vira vers l'ouest sans explication, mettant les gaz dès qu'ils pénétrèrent dans le cercle de brouillard. Il voulait regagner sa chambre au motel, commander un déjeuner et le faire passer avec une carafe de bloody mary.

Derrière le banc de brouillard, un soleil étincelant les attendait. Le vent se leva, et Hatch sentit les gouttelettes commencer à s'évaporer de son visage et de ses mains. Il ne se retourna pas. Mais le simple fait de savoir que l'île s'évanouissait rapidement à l'horizon diminua sa sensation d'étouffement.

— Il faut que vous sachiez que nous travaillerons en étroite collaboration avec une archéologue et un historien de premier plan, dit Neidelman planté à ses côtés. Les connaissances que nous accumulerons sur l'ingénierie du XVIIe siècle, la piraterie en haute mer et la technologie navale, voire sur la mort mystérieuse de Ned le Rouge, seront d'une valeur inestimable. C'est autant une fouille archéologique qu'une récupération de trésor.

Il y eut un bref silence.

— Je voudrais me réserver le droit de tout arrêter si j'ai le sentiment que la situation devient trop dangereuse.

— Parfaitement compréhensible. Notre contrat de location comprend dix-huit clauses. Nous en ajouterons une dix-neuvième.

— Et, si je m'engage là-dedans, reprit Hatch plus lentement, je ne veux pas être un associé passif, un simple bailleur de fonds réduit à l'état de spectateur.

Neidelman vida sa pipe.

— Une expédition pareille est une entreprise extrêmement risquée, surtout pour un néophyte. Quel rôle proposez-vous de jouer ?

— Vous avez engagé un médecin, n'est-ce pas ?

Neidelman cessa de gratter sa pipe, leva les yeux et haussa les sourcils.

— Comme l'exige la loi du Maine. Suggéreriez-vous un changement ?

— Oui.

Neidelman sourit.

— Et cela ne vous pose pas de problèmes de quitter l'hôpital Mount Auburn avec un préavis aussi court ?

— Mes recherches peuvent attendre. De toute façon, ce ne sera pas pour très longtemps. Nous sommes déjà fin juillet. Il faudra donc que tout soit terminé en quatre semaines... pour le meilleur ou pour le pire. On ne peut pas continuer à creuser pendant la saison des tempêtes.

Neidelman se pencha par-dessus bord pour vider sa pipe.

— Dans quatre semaines, tout sera terminé, affirma-t-il en se redressant. Votre combat et le mien.

5

Hatch se gara sur le terre-plein à côté de la supérette. Cette fois, il conduisait sa propre voiture, et il lui parut étrangement troublant de voir son passé à travers le pare-brise d'un véhicule aussi ancré dans sa vie présente. Il contempla les sièges de cuir craquelé, les auréoles de café sur le boîtier de vitesses en ronce de noyer. Du connu rassurant… Il lui fallut un effort colossal pour ouvrir la portière. Il prit ses lunettes de soleil sur le tableau de bord, puis les reposa. Il était temps de se présenter à visage découvert.

Sur la petite place, les pavés perçaient sous l'asphalte usé. À l'angle, le vieux kiosque à journaux, avec ses présentoirs branlants de bandes dessinées et de magazines, avait cédé la place à un marchand de glaces. En contrebas, la ville dévalait la colline, toujours aussi pittoresque, ses toits d'ardoise et ses bardeaux de cèdre luisant au soleil. Ciré sur l'épaule, un homme chaussé de bottes en caoutchouc remontait du port : un homardier rentrant de la pêche. Il jeta un coup d'œil à Hatch en passant, puis disparut dans une impasse. Il était jeune, pas plus de vingt ans, et Hatch prit soudain conscience que cet homme n'était pas né lorsqu'il avait quitté la ville avec sa mère. Une génération entière avait grandi en son absence. Et nul doute qu'une génération entière était également morte. Bud Rowell vivait-il encore ?

De l'extérieur, la supérette de Bud avait exactement le même aspect que dans son souvenir : la porte verte à moustiquaire qui fermait mal, la vieille enseigne « Coca-Cola », le porche battu par les vents et délabré. Hatch entra, faisant craquer le plancher, et prit un chariot près de la porte, content de trouver l'endroit désert. Longeant les allées étroites, il fit une provision de vivres pour le *Plain Jane*, à bord duquel il avait décidé de s'installer tant que la maison de famille ne serait pas prête. Il remplit son chariot de produits indispensables, jusqu'à ce qu'il comprenne qu'il repoussait le moment fatidique. S'obligeant à rejoindre la caisse, il se retrouva nez à nez avec Bud Rowell : grand, chauve et enjoué, ceint d'un tablier de boucher bien repassé. Très souvent, Hatch s'en souvenait, Bud leur avait glissé en douce des bâtons de réglisse rouge à Johnny et à lui. Cela rendait folle leur mère.

— Bonjour, dit Bud, son regard allant du visage de Hatch aux plaques de la voiture garée dehors.

Il n'était pas courant qu'une Jaguar de collection se gare devant la supérette.

— Vous arrivez de Boston ?

Hatch acquiesça, ne sachant encore quelle attitude adopter.

— En vacances ? demanda Bud en plaçant soigneusement un artichaut dans le sac avant de l'enregistrer sur la vieille caisse avec son habituelle lenteur glaciale.

Un second artichaut alla rejoindre le premier.

— Non. Je suis ici pour affaires.

La main se figea. Personne ne venait jamais à Stormhaven pour affaires. Et, en bonne pipelette qu'il était, Bud se devait de découvrir le pourquoi de cette exception.

La main reprit son va-et-vient.

— Pour affaires, hein ?

Hatch acquiesça, luttant contre sa réticence à sortir de son anonymat. Une fois que Bud saurait, cela ferait le tour de la ville. Faire ses courses à la supérette était le point de non-retour. Il pouvait encore prendre ses sacs et partir, sans éclairer la lanterne de Bud. L'alternative était douloureuse : la perspective de voir renaître les murmures sur la tragédie, les hochements de tête et les moues attristées. Les petites villes peuvent avoir la sympathie brutale.

La main prit un berlingot de lait et l'inséra dans le sac.

— Représentant ?

— Non.

Il y eut un silence pendant lequel Bud, plus lent que jamais, plaça le jus d'orange à côté du lait. La caisse tinta.

— Vous ne faites que passer ?

— J'ai des affaires à régler ici à Stormhaven.

C'était si incroyable que Bud n'y tint plus.

— Et quel genre d'affaires ?

— Des affaires d'une nature délicate, dit Hatch en baissant la voix.

La consternation qui se peignit sur le visage de Bud fut si éloquente que Hatch dut réprimer un sourire, malgré son trac.

— Je vois, fit Bud. Descendu en ville ?

— Non, répondit Hatch en respirant un grand coup. Je vais vivre de l'autre côté du port. Dans l'ancienne maison des Hatch.

Bud faillit en lâcher un steak. La maison était fermée depuis vingt-cinq ans. Mais le steak rentra dans le sac ; il n'y avait plus rien à ranger, et Bud était à court de questions, du moins s'il voulait rester poli.

— Bien. Je suis un peu pressé. Combien je vous dois ?

— Trente et un dollars vingt-cinq, dit Bud, lamentable.

Hatch prit ses sacs. C'était le moment. S'il devait s'installer dans cette ville, même provisoirement, il fallait qu'il se découvre.

Il reposa les sacs, ouvrit l'un d'eux et glissa une main dedans.

— Excusez-moi, fit-il en passant au second sac. N'auriez-vous pas oublié quelque chose ?

— Je ne crois pas.

— Oh ! mais si, insista Hatch en vidant le contenu des sacs sur le comptoir.

— Tout est là, répliqua Bud avec une touche d'agressivité typique du Maine.

— Non, pas du tout, dit Hatch en désignant du doigt un petit tiroir juste au-dessus du comptoir. Et mon bâton de réglisse gratuit ?

Les yeux de Bud se posèrent sur le tiroir, puis remontèrent le bras de Hatch jusqu'à son visage, le regardant vraiment pour la première fois. L'épicier blêmit.

Hatch eut peur d'avoir poussé le bouchon trop loin. Le vieux monsieur poussa un grand soupir.

— Nom de Dieu ! Nom de Dieu de bon Dieu de bois ! Martin Hatch !

Les joues de l'épicier reprirent vite leur couleur normale, mais il garda l'expression d'un homme venant de voir un fantôme.

— Alors, Bud, comment ça va ?

Soudain, l'autre fit le tour de son comptoir et écrasa la main de Hatch entre ses deux battoirs.

— Regardez-moi ça, dit-il en prenant Hatch par les épaules, un grand sourire illuminant son visage joufflu. Penser que tu es devenu un si grand jeune homme. Je ne sais pas combien de fois je me suis demandé ce qui t'était arrivé, si on te reverrait jamais par ici. Et te voilà en chair et en os.

Hatch respira l'odeur de l'épicier, un mélange de jambon, de poisson et de fromage, et se sentit à la fois soulagé et gêné, comme s'il était soudain redevenu un petit garçon.

Bud le contempla encore un instant, puis se tourna vers le tiroir.

— Petit chenapan ! Tu manges encore de la réglisse. Tiens, c'est la maison qui régale, dit-il en posant un bâton sur le comptoir.

6

Assis dans des rocking-chairs sous le porche arrière de la boutique, ils sirotaient de la bière de bouleau, les yeux fixés sur un bosquet de sapins en bas d'une prairie. Interrogé par Bud, Martin avait raconté certaines de ses aventures d'épidémiologiste au Mexique et en Amérique du Sud. Mais il avait réussi à détourner la conversation des vraies raisons de son retour. Il ne se sentait pas tout à fait prêt à se lancer dans des explications. Il se surprit à avoir hâte de retourner sur son bateau, d'accrocher son gril portable sur le plat-bord, de jeter un steak dessus et de se détendre avec un Martini bien tassé. Mais il savait aussi que l'étiquette de la petite ville exigeait de lui qu'il passe une heure à parler de tout et de rien avec le vieil épicier.

— Que s'est-il passé ici depuis mon départ ? dit-il pour combler un silence et éviter de nouvelles questions.

Il était évident que Bud mourait d'envie de connaître les raisons de son retour, mais la politesse du Maine l'empêchait de le demander.

— Eh bien, il y a eu de sacrés changements ici.

Et Bud raconta la nouvelle aile ajoutée au lycée cinq ans plus tôt, l'incendie de la maison de la famille Thibodeaux pendant leur voyage aux chutes du Niagara, le naufrage de Frank Pickett lorsqu'il avait foncé droit dans Old Hump avec son bateau après avoir bu quelques coups de trop. Finalement, il demanda à Hatch s'il avait vu la magnifique nouvelle caserne des pompiers.

— Et comment ! dit Hatch, regrettant secrètement qu'on ait démoli la vieille cabane en bois pour la remplacer par cette horreur en zinc.

— Et on n'arrête pas de construire partout. Des vacanciers, continua Bud avec un ricanement désapprobateur, mais Hatch savait parfaitement que sa caisse ne se plaignait pas.

De plus, la fameuse fièvre de construction de Bud se résumait à trois ou quatre nouvelles maisons d'été sur Breed's Point, plus quelques fermes rénovées et une pension de famille.

Bud conclut en hochant tristement la tête :

— Cela a complètement changé par ici depuis que tu es parti. Tu reconnaîtras à peine l'endroit. Alors tu es venu vendre la maison ?

Hatch se raidit légèrement.

— Non, je suis venu m'installer ici. Jusqu'à la fin de l'été, du moins.

— Vraiment ? Des vacances ?

— Je vous l'ai déjà dit, répliqua Hatch en essayant de conserver un ton léger, je suis ici pour des affaires d'une nature assez délicate. Mais promis, Bud, ce ne sera plus un secret bien longtemps.

Bud se cala dans son fauteuil, un peu vexé.

— Tu sais que tes affaires ne m'intéressent pas. Mais je croyais que tu étais médecin.

— Je le suis, et c'est en cette qualité que je suis ici.

Hatch prit une gorgée de bière tout en glissant un coup d'œil à sa montre.

— Mais, Martin, fit l'épicier, en s'agitant sur son siège, on a déjà un médecin en ville, le docteur Frazier. Solide comme il est, il vivra bien encore vingt ans.

— Il suffit parfois d'un peu d'arsenic.

L'épicier lui jeta un regard inquiet. Ce genre d'humour n'était pas vraiment prisé dans le Maine rural.

— Ne vous inquiétez pas, Bud, dit Hatch en souriant. Je n'ai pas l'intention de faire de la concurrence au docteur Frazier.

— Ah bon ! s'exclama Bud, soulagé, qui ajouta, en glissant un regard en coin à son invité : Alors cela a peut-être un rapport avec ces hélicoptères.

— Les hélicoptères ?

— C'était hier. Une belle journée dégagée. Deux hélicoptères. Des gros engins, en plus. Ils ont survolé la ville et sont partis en direction des îles. Je les ai vus faire du surplace au-dessus de Ragged Island pendant un bon bout de temps. J'ai cru qu'ils venaient de la base militaire. Mais peut-être pas, après tout.

Le grincement de la porte d'entrée épargna un mensonge à Hatch. Bud partit servir son client.

— Les affaires ont l'air de marcher, lui dit Hatch à son retour.

— Pas vraiment. Hors saison, la population ne dépasse pas les huit cents habitants.

Hatch se fit la réflexion que Stormhaven n'en avait jamais compté davantage.

— Hé oui ! fit Bud, les mômes partent dès qu'ils sortent de l'école, maintenant. Ils ne veulent pas rester ici. Ils préfèrent aller tenter leur chance dans les grandes villes, Bangor, Augusta. Il y en a même un qui est allé jusqu'à Boston. En trois ans, cinq jeunes ont quitté la ville. Sans les vacanciers, ou ce camp de nudistes de Pine Neck, je n'aurais pas un sou de côté.

Hatch se contenta d'acquiescer. Bud prospérait manifestement, mais il aurait été impoli de le contredire sur son territoire. Le fameux camp de nudistes était en fait une colonie d'artistes, installée dans une vieille propriété au milieu d'une forêt de pins à une quinzaine de kilomètres au nord sur la côte. Trente ans avant, un pêcheur de homards tirant ses paniers avait vu un homme nu se bronzer sur leur plage. La ville côtière avait la mémoire longue.

— Et comment va ta mère ?

— Elle est morte en 1985. Cancer.

— J'en suis désolé. C'était une brave femme et elle a élevé de... un bon gars.

Après un bref silence, Bud se balança dans son fauteuil et vida sa bière.

— Tu as vu Claire ? enchaîna-t-il le plus nonchalamment possible.

Il y eut un silence.

— Elle est toujours dans le coin ?

— Ouais. Il y a eu des changements dans sa vie. Et toi ? Des enfants ?

— Non, je ne suis pas marié. Pas encore, du moins, dit Hatch en posant sa canette vide et en se levant : il était temps de partir. Bud, cela m'a fait plaisir de vous revoir. Je crois que je vais aller me préparer de quoi dîner.

Bud hocha la tête et lui donna une tape amicale dans le dos. Puis il se racla la gorge.

— Ah ! autre chose, Martin.

Hatch se figea. Cela s'était trop bien passé. Il attendit, redoutant la question à venir.

— Fais attention avec cette réglisse, fit Bud, solennel. Tes dents ne sont pas éternelles.

7

Hatch sortit sur le pont du *Plain Jane*, s'étira, puis regarda autour de lui en plissant les yeux. La ville de Stormhaven était paisible, presque léthargique dans la lumière vive de cet après-midi de juillet, et il se réjouit de ce silence. La veille au soir, il avait fait glisser son steak en forçant un peu sur le whisky et il s'était réveillé avec sa première gueule de bois depuis plus de dix ans.

La veille, il avait d'ailleurs collectionné les premières. C'était la première journée qu'il passait dans la cabine d'un bateau depuis sa descente de l'Amazone. Il avait oublié combien cela pouvait être apaisant de n'avoir pour toute compagnie que le doux clapotis de l'eau contre la coque. C'était aussi la première fois qu'il se retrouvait sans programme précis. Il avait fermé son laboratoire pour le mois d'août et confié Bruce, son laborantin maladroit, à un confrère. Sa maison de Cambridge était fermée elle aussi, et sa femme de ménage, prévenue qu'il ne rentrerait pas avant septembre. Et il avait garé sa Jaguar, le plus discrètement possible, sur le terre-plein derrière la vieille quincaillerie.

La veille, tandis qu'il réglait sa note à l'hôtel de Southport, on lui avait remis un message laconique de Neidelman, lui fixant rendez-vous au large de Ragged Island au crépuscule. Cela lui laissait la journée. Au début, il avait craint de la passer à ressasser ses souvenirs. Il songea un instant à prendre sa boîte d'aquarelles, son passe-temps favori, pour aller peindre la côte. Mais il ne donna pas suite à cette idée. Là, sur l'eau, il se sentait envahi d'une paix proche de la torpeur. Il était revenu à Stormhaven. Il s'était même approché de Ragged Island. Il avait regardé la bête et survécu.

Il jeta un coup d'œil à sa montre : presque 19 h 30. Il était temps d'y aller.

Il donna un tour de manivelle et fut heureux d'entendre le gros moteur Diesel obéir au quart de tour. Les vibrations sous ses pieds, les crachotements du pot d'échappement lui rappelèrent le chant d'une sirène sorti du passé, à la fois agréable et douloureux. Il embraya et mit le cap sur Ragged Island.

C'était une belle journée. Hatch regarda son ombre voleter devant lui, drapée sur la mer par le soleil couchant. À part un homardier en train de remonter ses paniers au large de Hermit Island, l'océan était désert. Hatch avait examiné l'horizon à plusieurs reprises au cours de la journée, s'attendant à voir un peu d'agitation autour de Ragged Island. Mais il n'y avait que la mer et le ciel. Il n'aurait pas su dire s'il était déçu ou soulagé.

À la sortie du port, l'air se rafraîchit. Au lieu de réduire les gaz et d'enfiler son ciré, Hatch se surprit à accélérer, offrant son visage aux embruns. C'était presque purifiant de se retrouver ainsi tout seul ; à croire que le vent et l'eau allaient nettoyer la poussière et les toiles d'araignée accumulées depuis un quart de siècle.

Soudain, une ombre noire apparut droit devant, basse sur l'horizon. Hatch réduisit les gaz, sentant la vieille trépidation revenir. Aujourd'hui, le brouillard était moins épais, mais les contours de l'île restaient flous et inquiétants, les derricks et les treuils se découpant vaguement sur le ciel comme les minarets en ruine de quelque ville inconnue. Hatch vira à tribord, restant à distance, se préparant à tourner en rond.

Puis, près de la côte sous le vent, il aperçut un bateau, mouillé à un quart de mille au large. En s'approchant, il vit qu'il s'agissait d'un ancien bateau-pompe, en somptueux bois brun, de l'acajou ou du teck. On avait peint en sobres lettres dorées son nom à l'avant : *Griffin*. Et en dessous, en plus petit : *Mystic, Connecticut*.

Hatch songea à l'aborder, puis, changeant d'avis, coupa les gaz à une centaine de mètres. Personne n'apparut sur le pont. Un instant il se demanda s'il n'appartenait pas à un touriste ou à quelque chasseur de trophées. Non, le crépuscule approchait ; la coïncidence serait trop grande.

Curieux, il observa le bateau. S'il s'agissait du navire amiral de Neidelman, c'était un choix peu courant mais pratique. La stabilité du bâtiment compensait sa lenteur : Hatch était sûr qu'il pourrait étaler n'importe quoi sinon une très grosse mer et qu'avec ses moteurs à l'avant et à l'arrière il devait être très maniable. On avait retiré les dévidoirs de manche et les canons, ce qui avait libéré beaucoup d'espace sur le pont. On avait conservé les bossoirs, le kiosque de timonerie, les projecteurs, et ajouté une grue contrôlée par ordinateur à la poupe. Il vit ensuite un spacieux abri de navigation et la passerelle découverte. Au-dessus, foisonnaient les grappes habituelles d'antennes électroniques, le loran et le radar, de même que des appareils supplémentaires pas vraiment nautiques : une corne à micro-ondes, une antenne parabolique, un radar de surveillance au sol et des antennes à très basses fréquences. Plutôt impressionnant comme matos ! Hatch mit la main sur son tableau de bord, prêt à déclencher sa sirène.

Puis il hésita. Derrière le bateau silencieux et l'île ceinte de brouillard, il perçut un vrombissement sourd, si bas qu'il en était presque inaudible. Sa main retomba et il tendit l'oreille. Une minute plus tard, il avait compris : il s'agissait du moteur d'un bateau, encore lointain, mais approchant vite. Il scruta l'horizon jusqu'à distinguer une tache grise au sud. Il y eut un éclair : le reflet du soleil sur du métal poli. Probablement un bateau Thalassa, venant de Portland.

Puis la tache se divisa lentement, d'abord en deux, puis en trois, et en six. Hatch regarda, pétrifié, une véritable flotte d'invasion se diriger vers l'île minuscule. Une énorme barge arrivait sur lui, révélant son ventre rouge foncé quand les vagues d'étrave descendaient au-dessous de la ligne de flottaison. Dans son sillage avançait péniblement un remorqueur, son filet avant luisant d'eau, tirant une grue flottante de cent tonnes derrière lui. Venaient ensuite un faisceau de hors-bord, épuré et musclé, hérissé d'électronique, et un bateau de ravitaillement, alourdi par sa cargaison. À son mât flottait un petit drapeau rouge et blanc, dont l'emblème ressemblait à celui du porte-documents de Neidelman.

Le dernier bateau était un navire élégant, vaste et superbement équipé, le *Cerberus*. Son nom avait été peint au pochoir, en lettres bleues, à la proue. Hatch admira la superstructure étincelante, le canon à harpons sur la plage avant, les hublots aux vitres teintées. Un 15 000 tonnes, au bas mot.

En une sorte de ballet silencieux, les navires vinrent se placer autour du *Griffin*. Les plus gros s'immobilisèrent de l'autre côté du bateau-pompe ; les plus petits, près du *Plain Jane*. On entendit un cliquètement de chaîne et le chant des amarres quand ils jetèrent l'ancre. Hatch regarda les hors-bord à bâbord et à tribord. Certains de leurs occupants lui sourirent et le saluèrent d'un signe de tête. Sur le pont du hors-bord le plus proche, Hatch remarqua un homme aux cheveux gris acier et au visage rond et blanc qui l'observait avec un intérêt poli. Il portait une grosse ceinture de sauvetage orange au-dessus d'un costume soigneusement boutonné. À côté de lui se prélassait un jeune homme arborant un bouc et de longs cheveux graisseux, vêtu d'un bermuda et d'une chemise à fleurs. Il mordait dans une sorte de bâton enveloppé de papier blanc et il rendit son regard à Hatch avec une sorte d'indifférence insolente.

Le dernier moteur se tut, et un silence étrange, presque irréel, s'abattit sur l'assemblée. Tous les regards étaient fixés sur le pont vide du bateau-pompe au centre.

Une minute, puis deux s'écoulèrent. Enfin une porte de l'abri de pilotage s'ouvrit sur le capitaine Neidelman. En silence, il s'approcha du bastingage et, droit comme un I, contempla la compagnie qui l'entourait. Le soleil couchant donnait un reflet bordeaux à son visage hâlé et faisait flamboyer ses cheveux blonds clairsemés. Sa silhouette mince paraissait dominer l'eau et la foule de bateaux. Le silence s'épaissit, et un autre homme, petit et sec, sortit discrètement par la même porte que Neidelman et se figea derrière lui, mains croisées.

Neidelman resta coi un long moment. Puis il prit enfin la parole, d'une voix basse, solennelle, mais qui portait loin sur l'eau.

— Nous vivons à une époque où l'inconnu est connu et où la plupart des mystères de la Terre sont percés. Nous sommes allés au pôle Nord, nous avons escaladé l'Everest et marché sur la Lune. Nous avons brisé l'atome et cartographié les plaines abyssales de l'océan. Ceux qui se sont attaqués à ces mystères ont souvent mis leur vie en danger, dilapidé leur fortune et risqué tout ce qui leur était cher. On ne peut percer un grand mystère qu'en y mettant le prix... parfois le plus coûteux.

Il fit un geste en direction de l'île.

— Ici, à moins de cent mètres, repose l'une de ces grandes énigmes, peut-être la plus grande qui demeure en Amérique du Nord. Regardez-la. Elle n'a l'air de rien, d'un trou dans un bout de terre et de rocs. Et pourtant ce trou, ce Puits inondé, a sucé la moelle de tous ceux qui ont essayé de pomper ses secrets. Des millions de dollars ont été dépensés. Des vies ont été ruinées et perdues. Il en est parmi nous aujourd'hui qui ont fait l'expérience de la cruauté de la gueule du Puits inondé.

Neidelman contempla la foule massée sur les bateaux autour de lui. Son regard croisa celui de Hatch.

— D'autres énigmes du passé, les monolithes de Sacsahuaman, les statues de l'île de Pâques, les pierres debout de Grande-Bretagne, se drapent de mystère. Ce n'est pas le cas du Puits inondé. Sa situation, son objet, voire son histoire sont connus. Il repose ici devant nous, oracle impudent, défi à tous les nouveaux venus.

« En 1696, Edward Ockham était devenu le pirate le plus redouté de toutes les hautes mers. Gonflés de butin, les bateaux de sa flotte en devenaient peu maniables. La moindre tempête pouvait leur porter un coup fatal. Ockham avait retardé le moment de dissimuler son trésor et il était alors désespéré. Une rencontre fortuite avec un architecte lui offrit la solution.

Neidelman s'accouda au bastingage, le vent jouant dans ses cheveux.

— Ockham kidnappa cet architecte et le chargea de concevoir un puits pour abriter son trésor. Un puits si formidablement imprenable qu'il contrecarrerait les desseins du chasseur de trésor le mieux équipé. Tout se passa comme prévu. On construisit le puits ; on y enfouit le trésor. Puis, comme le pirate partait pour une nouvelle expédition de meurtres et de saccages, la Providence frappa. Ned le Rouge mourut. Depuis ce jour, son trésor sommeille au fond du Puits inondé, attendant l'instant où la technologie et la détermination humaine le ramèneront enfin au grand jour.

« Malgré la valeur colossale de ce trésor, aucun de ceux qui s'y sont attaqués n'a réussi à en tirer un seul objet précieux. Sinon ceci ! dit le capitaine en levant le bras.

L'objet qu'il brandissait étincelait tellement dans le soleil couchant qu'on avait l'impression qu'il avait le bout des doigts en feu.

Hatch se pencha pour mieux voir. Ce devait être l'or remonté par la foreuse plus d'un siècle auparavant.

Immobile, Neidelman resta longtemps le bras tendu. Puis il reprit la parole.

— D'aucuns prétendent qu'il n'y a pas de trésor au fond du Puits inondé. À ceux qui doutent, je dis : regardez ceci.

Dans le crépuscule rose qui nimbait la scène, il se saisit d'un petit marteau, plaça la boucle d'or contre le toit de l'abri de pilotage et, d'un seul coup, l'enfonça dans le bois comme un clou. Puis il se retourna vers son auditoire.

— Aujourd'hui, le reste du trésor d'Ockham demeure au fond du Puits, loin du soleil ou de la pluie, intact depuis trois cents ans. Mais demain marque le commencement de la fin de ce long repos. Parce que la clé perdue vient d'être retrouvée. Et, avant la fin de l'été, le trésor sortira de son sommeil.

« Il y a fort à faire. Il faut retirer les détritus des échecs passés et rendre l'île de nouveau sûre. Il faut localiser le puits initial. Ensuite, il faudra trouver et sceller le tunnel sous-marin caché qui permet à l'eau de mer d'entrer. Il faut pomper l'eau à l'intérieur du Puits et l'assécher avant de mettre au jour la salle du trésor. Le défi est immense.

Mais nous arrivons équipés d'une technologie plus qu'appropriée pour le relever. Cette création, peut-être la plus ingénieuse d'un esprit du XVIIe siècle, ne fait pas le poids devant des instruments du XXIe siècle. Avec l'aide de tous ceux rassemblés ici aujourd'hui, nous ferons de cette entreprise la plus grande et la plus célèbre expédition de récupération de l'histoire.

Des acclamations s'élevèrent que Neidelman fit taire d'un geste de la main.

— Nous avons aujourd'hui parmi nous le docteur Martin Hatch. C'est grâce à sa générosité que cette entreprise existe. Et il est mieux placé que quiconque pour savoir que nous sommes ici aujourd'hui pour bien plus que de l'or. Nous sommes ici pour l'histoire. Nous sommes ici pour la connaissance. Enfin nous sommes ici pour nous assurer que les sacrifices ultimes des braves qui nous ont précédés n'auront pas été vains.

Neidelman inclina la tête puis s'éloigna du bastingage. Il y eut quelques applaudissements, une petite chute d'eau chevauchant les vagues, puis des acclamations éclatèrent spontanément : on leva les bras au ciel, on lança sa casquette en l'air, on poussa des cris de joie, d'impatience et de jubilation. Hatch prit conscience qu'il criait lui aussi et, sentant une larme couler sur sa joue, il eut le sentiment absurde que Johnny regardait par-dessus son épaule, observant les événements avec un intérêt narquois, impatient de reposer en paix.

8

Le lendemain, debout à la barre du *Plain Jane* au large de l'île, Hatch observait les préparatifs. Presque malgré lui, il sentait croître son enthousiasme. À ses côtés, deux moniteurs de communication, un scanner en circuit fermé couvrant tous les canaux de l'expédition et une radio réglée sur la fréquence médicale émettaient de temps à autre des gazouillements et des bribes de conversation. L'océan était calme, à peine ridé par une douce brise. L'éternel brouillard, léger aujourd'hui, enveloppait Ragged Island d'un voile de gaze. C'était un temps idéal pour décharger, et le capitaine Neidelman l'exploitait au maximum.

Le *Plain Jane* avait beau être ancré exactement au même endroit que la veille au soir, juste avant les récifs, le paysage avait radicalement changé. Le montage qui avait commencé peu après le coucher du soleil s'était accéléré à l'aube. L'équipe de plongeurs avait ancré l'énorme barge de haute mer au large de la côte est, avec de grosses chaînes rivées aux fonds rocheux. On était en train d'amarrer la grue flottante de cent tonnes au large de l'extrémité ouest de l'île, son long bras hydraulique dominant la côte comme une queue de scorpion, prête à soulever le varech de deux siècles de chasse au trésor. Dans son ombre se tenait le *Griffin*, le navire amiral de Neidelman. Hatch distinguait tout juste la silhouette raide et maigre du capitaine qui surveillait les manœuvres de la passerelle supérieure.

Le grand navire océanographique, le *Cerberus*, se trouvait au-delà du cercle de brouillard, silencieux et immobile, comme s'il ne daignait pas s'approcher de la terre. Les deux vedettes, le *Naiad* et le *Grampus,* avaient débarqué des équipes sur l'île dans les premières heures de la matinée, et s'activaient à présent au large. Aux mouvements du *Naiad,* Hatch comprit qu'il était en train de faire le relevé du fond de la mer. Le *Grampus* se chargeait de celui de l'île, à l'aide d'équipements que Hatch ne connaissait pas.

Puis son regard se posa enfin sur l'île elle-même. Sa vue l'emplissait encore d'une sorte de malaise, qui ne se dissiperait peut-être jamais. Mais il avait pris sa décision, et il se sentait déjà mieux. Chaque matin maintenant, il se réveillait plus sûr d'avoir fait le bon choix. La veille au soir, il s'était surpris à imaginer l'usage qu'il pourrait faire de près d'un milliard de dollars. Aussitôt il avait su : il placerait le tout, jusqu'au dernier sou, dans une fondation au nom de son frère.

Un éclair blanc sur l'île retint brièvement son attention avant d'être avalé par la brume. Quelque part, des équipes s'activaient, localisant d'anciens puits, cordant des sentiers, étiquetant de vieux débris à enlever au milieu des hautes herbes.

De hautes herbes recouvrent, depuis de nombreux printemps, la herse rouillée, la charrue usée et le rouleau de pierre.

D'autres ouvriers prélevaient des carottes de poutres dans les innombrables puits consolidés. On les daterait au carbone 14 dans le laboratoire du *Cerberus* afin de repérer le puits d'origine. Hatch prit ses jumelles et balaya le terrain. Déployés en une ligne brisée, des hommes avançaient lentement, coupant les buissons de merisiers de Virginie à l'aide de serpes et de haches, s'arrêtant de temps à autre pour prendre des photos ou des notes. Un homme baladait un détecteur de métal en arc de cercle devant lui ; un autre sondait le sol avec un long instrument fin. En tête du groupe, Hatch remarqua un berger allemand, le nez collé au sol. Il devait être dressé pour détecter les explosifs.

En tout, une cinquantaine de personnes travaillaient autour et sur l'île, tous des employés de Thalassa et tous extrêmement bien payés : Neidelman lui avait dit que, en dehors de la demi-douzaine d'entre eux qui recevraient une part des bénéfices au lieu d'un salaire, l'ouvrier moyen toucherait vingt-cinq mille dollars. Pas mal, compte tenu que la majorité quitterait l'île au bout de quinze jours, une fois les diverses installations terminées et le sol stabilisé.

À l'extrémité nord de l'île, le seul endroit où l'on pouvait marcher sans risque, une jetée et un dock avaient fait leur apparition. À côté, le remorqueur déchargeait du matériel : des générateurs, des citernes d'acétylène, des compresseurs, des équipements de commutation électronique. On voyait déjà des piles bien nettes de fer d'angle, de tôle ondulée, de bois de construction et de contreplaqué. Un robuste petit véhicule tout-terrain aux pneus bulbeux tirait un chargement sur un sentier improvisé. Non loin de là, un groupe de techniciens commençait l'installation du système téléphonique de l'île, pendant qu'un autre montait des préfabriqués. Dès demain matin, l'un d'eux abriterait le cabinet de Hatch. L'opération progressait à une vitesse incroyable.

Mais Hatch n'était pas du tout pressé de poser le pied sur Ragged Island. Il serait bien temps demain.

Il y eut un grand vacarme quand on déchargea une lourde pièce d'équipement sur la jetée. Le son portait bien sur l'eau. Hatch savait que, même sans l'aide de Bud Rowell, tout Stormhaven devait à présent bourdonner de la nouvelle de son retour et du soudain regain d'activité sur l'île. Il se sentait un peu coupable de n'avoir pas pu tout dire à Bud l'avant-veille. À présent, ce dernier devait certainement avoir compris de quoi il retournait. Hatch se demanda ce que l'on racontait en ville. Certains habitants devaient soupçonner ses motivations. Si c'était le cas, grand bien leur fasse ; il n'avait à rougir de rien. Même si la faillite de son grand-père avait lavé sa famille de toute responsabilité légale, son père avait remboursé, péniblement et en de nombreuses années, toutes les dettes familiales. Son père était l'élégance même. Et son élégance rendait d'autant plus douloureuse sa fin grotesque et pathétique... Hatch se détourna de l'île, refusant d'y penser.

Il était 11 heures : l'heure du déjeuner dans le Maine. Hatch descendit dans la cabine, fit une razzia dans son réfrigérateur alimenté au gaz, et remonta sur le pont avec un sandwich au homard et une bouteille de ginger-ale. Il s'assit dans le fauteuil du capitaine, posa les pieds sur l'habitacle et mordit voracement dans son sandwich. C'était drôle comme l'air marin pouvait creuser. Peut-être devrait-il explorer cette donnée pour le *Journal of the American Medical Association*. En outre, une bonne dose d'air salé ne ferait pas de mal à son laborantin. Salé ou non, d'ailleurs.

Une mouette se posa sur le chouque et examina Hatch d'un œil interrogateur. Il savait que les pêcheurs de homards détestaient les mouettes, qu'ils surnommaient des rats de cale ailés, mais il avait toujours eu un faible pour ces bruyants volatiles amateurs d'ordures. Il lança un bout de homard en l'air ; la mouette l'attrapa au vol et fila, poursuivie par deux de ses congénères. Elles ne tardèrent pas à revenir se percher sur la lisse, le dévisageant de leurs yeux noirs affamés. Hatch lança un nouveau bout de sandwich à l'oiseau du milieu.

Les trois larrons décollèrent dans un battement d'ailes affolé. L'amusement de Hatch se transforma en surprise lorsqu'il remarqua que les mouettes ne cherchaient pas à rattraper le bout de homard, mais s'enfuyaient au contraire vers le continent. Dans le silence soudain qui suivit leur départ, il entendit le bout de homard retomber sur le pont.

Les yeux fixés sur les oiseaux, il sentit le bateau vibrer. Il bondit de son fauteuil, sûr que le câble de l'ancre avait cédé et que le *Plain Jane* venait de s'échouer. Mais le câble était toujours tendu. À part le fin voile de brume enveloppant l'île, le ciel était dégagé ; il n'y avait pas l'ombre d'un éclair. Une charge de dynamite ? Non, c'était trop tôt...

Il regarda alors dans la direction des récifs, à moins d'une centaine de mètres de là.

Sur environ neuf mètres de diamètre, la surface placide de l'eau s'agitait. Une masse de bulles jaillit à la surface. Il y eut une seconde vibration, une nouvelle explosion de bulles. À leur disparition, la surface de l'eau se mit à tourner dans le sens inverse des aiguilles d'une montre : lentement d'abord, puis plus vite. Une ondulation apparut au centre du cercle, implosant presque immédiatement en entonnoir. Un tourbillon. Mais qu'est-ce que...

Une explosion de crépitements dans le scanner amena Hatch à la lisse. On entendait des cris hystériques sur les bandes, d'abord une, puis plusieurs voix : « ... un homme au fond. Passez-lui une corde autour de la taille ! Attention ! Les poutres vont céder. »

Soudain la radio privée de Hatch grésilla.

— Hatch ? vous me recevez ? fit la voix saccadée de Neidelman. On a un homme coincé dans l'île.

— Compris, dit Hatch en mettant les gaz. Je rejoins la jetée.

Une risée repoussa des lambeaux de brume, et il distingua un groupe d'hommes vêtus de combinaisons blanches courant à toutes jambes vers le centre de l'île.

— Oubliez la jetée, reprit Neidelman, avec une note d'urgence dans la voix. Pas le temps. Il sera mort dans cinq minutes.

Hatch regarda autour de lui, affolé. Puis il coupa les gaz, saisit sa serviette et ramena le canot du *Plain Jane*. Libérant la corde, il la jeta à bord et sauta à sa suite. Le canot gîta dangereusement sous son poids. À moitié à genoux, à moitié affalé sur le siège arrière, Hatch tira sur la corde du démarreur. Le hors-bord vint à la vie avec un bourdonnement de colère. Agrippant la manette des gaz, Hatch mit le cap vers les récifs. Quelque part près de l'extrémité sud, se trouvaient deux passages étroits dans les fonds rocheux. Mais où ? S'en souviendrait-il ?

À l'approche de la côte, il vit l'eau à l'avant virer au vert. *Si seulement la houle était plus forte, je pourrais voir les rochers sous les déferlantes*, se dit-il. Il jeta un coup d'œil à sa montre : pas le temps de jouer la sécurité. Il mit les gaz. Le bateau bondit en avant, et le contour vert des récifs submergés devint plus pâle à mesure que l'eau se faisait moins profonde. Hatch se raidit, attendant l'impact.

Il franchit les récifs sans encombre. Il visa une petite zone de galets entre deux dos de baleine, laissant les gaz à fond jusqu'à la dernière seconde. Il sentit un choc quand la proue du canot heurta le rivage et monta sur les galets.

Sans attendre l'immobilisation complète du canot, Hatch saisit sa serviette et se mit à escalader la pente. Il entendait des cris et des hurlements au-dessus de sa tête. Au sommet, il s'arrêta. Devant lui s'étendait une masse compacte d'herbes hautes et de roses thé odorantes, ondulant dans la brise, dissimulant le sol traître. Le relevé de l'extrémité sud de l'île en friche n'avait pas encore été fait par l'équipe de Thalassa. C'était pur suicide de passer par ici, mais il courait déjà à travers les buissons, sautant par-dessus de vieilles poutres, traversant des plates-formes au bois pourrissant, évitant des trous béants.

Une minute plus tard, il avait rejoint les silhouettes vêtues de blanc groupées autour de l'orifice déchiqueté d'un puits exhalant une odeur d'eau de mer et de terre fraîchement retournée. On avait installé un treuil à côté.

— Streeter, hurla la silhouette la plus proche. Chef d'équipe.

C'était celui qui était resté figé derrière Neidelman pendant son discours de la veille, un homme mince aux lèvres fines et à la coupe de cheveux militaire.

Sans un mot, deux équipiers entreprirent de harnacher Hatch.

Il jeta un coup d'œil dans le puits, et son ventre se contracta. À quelques mètres de la surface, il était impossible de dire exactement à quelle profondeur, il aperçut les faisceaux jaunes de deux torches. Deux silhouettes encordées semblaient tirer sur une poutre épaisse. En dessous, on distinguait une autre silhouette qui bougeait faiblement. La bouche ouverte. Par-dessus le tumulte de l'eau, Hatch crut percevoir un cri d'angoisse.

— Que s'est-il passé ? demanda-t-il en prenant une trousse d'urgence dans sa serviette.

— Un des membres de l'équipe de datation est tombé dans ce puits, répondit Streeter. Il s'appelle

Ken Field. On a lancé une corde, mais elle a dû s'accrocher à une poutre. Cela a provoqué une sorte d'éboulement. Il a les jambes coincées sous la poutre, et l'eau monte rapidement. Nous disposons de trois minutes, pas plus.

— Trouvez-moi une bouteille de plongée, hurla Hatch en faisant signe à l'homme qui contrôlait le treuil de le descendre dans le puits.

— Pas le temps, fit Streeter. Les plongeurs sont trop loin au large.

— Jolie façon de diriger une équipe !

— Il a déjà une corde autour de la taille, continua Streeter après un silence. Libérez-le et on le remontera à la surface.

Libérez-le ? pensa Hatch en descendant dans le puits. Il se retrouva en train de se balancer dans le vide, presque assourdi par le rugissement de l'eau. Il tomba en chute libre, puis s'immobilisa dans une secousse à côté des deux sauveteurs. Il trouva un appui et regarda le blessé.

L'homme gisait sur le dos ; une grosse poutre qui reposait en diagonale sur sa cheville gauche et son genou droit l'immobilisait complètement. L'homme se remit à hurler de douleur. Un sauveteur dégageait la masse de cailloux et de terre qui le dissimulait à moitié, tandis que l'autre s'efforçait de couper la poutre avec une grosse hache. Il faisait voltiger des copeaux, remplissant le puits d'une odeur de bois pourri. En dessous, l'eau montait à un rythme terrifiant.

Hatch comprit aussitôt que c'était sans espoir ; ils ne parviendraient jamais à couper la poutre à temps. Il jeta un coup d'œil au niveau de l'eau et fit un rapide calcul : avant deux minutes, l'homme serait submergé… il restait encore moins de temps que Streeter ne le pensait. Il passa ses options en revue, puis comprit qu'il n'en avait pas. Pas le temps d'injecter ni analgésique ni anesthésiant : il fallait faire vite. Hatch fouilla désespérément dans sa trousse : deux scalpels assez longs pour couper une envie, mais rien de plus. Il sortit sa chemise de son pantalon.

— Assurez-vous que sa corde tient bon, cria-t-il au premier sauveteur. Puis prenez ma trousse et repartez en surface.

Il se tourna vers l'autre :

— Préparez-vous à remonter cet homme !

Il déchira sa chemise en deux. Tordant une manche, il la noua le plus serré possible autour de la jambe gauche de l'homme piégé, à une dizaine de centimètres en dessous de son genou. Il noua l'autre autour de la partie charnue de sa cuisse droite.

— Passez-moi la hache, cria-t-il au sauveteur qui restait. Puis préparez-vous à tirer.

Sans un mot, l'homme lui tendit la hache. Hatch se mit à cheval au-dessus du blessé. Raidissant les jambes, il leva l'outil au-dessus de sa tête.

Les yeux de la victime s'écarquillèrent. Il venait de comprendre.

— Non ! Pitié ! Non !

De toutes ses forces, Hatch abattit la hache sur le tibia gauche de l'homme. Quand la lame entra, Hatch eut la curieuse impression de tailler le tronc vert d'un jeune sapin. Il y eut une légère résistance, puis cela céda brusquement. L'homme se tut aussitôt, mais il garda les yeux ouverts, et les veines de son cou gonflèrent. Une coupure large et irrégulière se forma sur la jambe, et pendant un instant l'os et la chair furent visibles dans la pénombre du puits. Puis l'eau montante atteignit la coupure qui se remplit de sang. Aussitôt, Martin rabattit la hache, et la jambe se détacha, l'écume virant au rouge autour de la poutre. L'homme rejeta la tête en arrière et ouvrit grande la bouche en un cri silencieux, les plombages de ses molaires luisant faiblement dans la lueur de la torche.

Hatch recula et reprit plusieurs fois son souffle. S'efforçant de maîtriser le tremblement de ses bras, il se positionna en travers de la cuisse droite de l'homme. Ce serait pire. Bien pire. Mais l'eau bouillonnait déjà au-dessus du genou du blessé, et il n'y avait pas de temps à perdre.

Le premier coup fendit une matière plus souple que le bois, caoutchouteuse et résistante. L'homme s'effondra sur le flanc, inconscient. Le second coup rata l'empreinte du premier, entaillant le genou. Le niveau de l'eau montait, léchait la taille de l'homme. Estimant l'endroit où placer le coup suivant, Hatch remonta la hache au-dessus de sa tête, hésita et l'abattit avec force. Lorsqu'elle plongea dans l'eau, Hatch comprit qu'il avait visé juste en entendant l'os craquer.

— Tirez-le ! hurla-t-il.

Le sauveteur tira deux fois sur la corde. Immédiatement elle se tendit. Les épaules de l'homme se redressèrent et il se retrouva en position assise, toujours prisonnier de la poutre. La jambe n'était pas complètement coupée. La corde se détendit, et l'homme s'affaissa dans l'eau noire qui bouillonnait autour de son visage.

— Passez-moi votre serpe, hurla Hatch au sauveteur.

Il respira un grand coup et plongea sous l'eau. Il tâtonna dans le noir à la recherche de la coupure et trancha rapidement le muscle de la loge postérieure de la cuisse avec la serpe.

— Recommencez ! cracha-t-il en refaisant surface.

Cette fois l'homme inconscient jaillit de l'eau, ses moignons ruisselants de sang et d'eau boueuse. Quelques secondes plus tard, Hatch était hors du puits humide et obscur, accroupi dans l'herbe à côté du blessé. Il vérifia les fonctions vitales : l'homme ne respirait pas, mais son cœur battait toujours, faiblement et vite. Malgré les garrots improvisés, le sang coulait à flots des moignons.

Libérer les voies aériennes, ventiler, pratiquer une réanimation cardio-respiratoire, se dit Hatch. Il ouvrit la bouche du blessé, la vida d'un doigt recourbé de la boue et du vomi qui l'encombraient, puis le fit rouler sur son flanc gauche, en le mettant en position fœtale. À son grand soulagement, il vit un filet d'eau couler sur le menton du blessé. Il commença aussitôt une manœuvre de stabilisation : bouche-à-bouche dix secondes, puis un arrêt pour resserrer le garrot autour de la jambe gauche ; dix bouche-à-bouche de plus, une pause pour resserrer l'autre garrot, dix bouche-à-bouche de plus, puis une prise du pouls.

— Ma serviette ! hurla-t-il au groupe pétrifié. Il me faut une hypodermique !

L'un des équipiers se mit à fouiller dans la serviette.

— Lâchez-la par terre, bordel !

Hatch plongea la main dans sa serviette et en ressortit une seringue et un flacon. Remplissant la seringue d'un centimètre cube d'épinéphrine, il fit une piqûre sous-cutanée dans l'épaule de la victime. Puis il reprit son bouche-à-bouche. Au cinquième, l'homme toussa et suffoqua.

Streeter s'approcha, un portable à la main.

— On a appelé un hélicoptère du Samu. On le retrouve sur la jetée de Stormhaven.

— Pas question !

Streeter fronça les sourcils.

— Mais l'hélico...

— ... vient de Portland. Et aucun pilote abruti du Samu n'est capable de descendre un panier en faisant du surplace.

— Mais ne faudrait-il pas le ramener à terre...

— Appelez les gardes-côtes.

Streeter appuya sur un bouton de la mémoire du téléphone et tendit l'appareil à Hatch sans un mot.

Ce dernier demanda à parler à un urgentiste, à qui il décrivit l'état du blessé.

— Double amputation, une au-dessus, l'autre en dessous du genou. Perte de sang massive, profond état de choc, pouls filant à 55, de l'eau dans les poumons, toujours inconscient. Envoyez-moi un hélico avec votre meilleur pilote. Il n'y a pas de piste d'atterrissage, il faudra descendre une civière. Accrochez-y un sac de solution salée et apportez de l'O négatif si vous en avez. Faites vite.

Il couvrit le téléphone et se tourna vers Streeter.

— Une chance de récupérer les jambes avant une heure ?

— Je ne sais pas. L'eau va rendre le puits instable. Nous pourrons peut-être envoyer un plongeur dedans en reconnaissance.

Hatch secoua la tête et reprit le téléphone.

— Vous transporterez directement le blessé à l'Eastern Main Medical. Avertissez l'équipe de trauma, faites préparer une salle d'op. Il est possible que nous récupérions les membres amputés. Nous aurons besoin d'un chirurgien microvasculaire sous la main au cas où.

Il referma le portable et le tendit à Streeter.

— Si vous pouvez récupérer ces jambes sans risquer de vies, faites-le.

Il reporta son attention sur le blessé. Son pouls était faible mais régulier. Et surtout il reprenait conscience, remuant faiblement et gémissant. C'était bon signe : dans le cas contraire, le pronostic aurait été pauvre. Hatch fit une piqûre de cinq milligrammes de morphine au blessé, suffisamment pour le soulager sans risquer de faire encore baisser son pouls. Puis il se tourna vers ce qui restait des jambes. Il frémit devant l'état des blessures et les os déchiquetés ; la lame de la hache n'avait pas la précision de la scie du bloc opératoire. De gros vaisseaux sectionnés saignaient, notamment l'artère fémorale de la jambe droite. Dans sa serviette, Hatch prit une aiguille et du fil et entreprit de recoudre les veines et les artères.

— Docteur Hatch ? fit Streeter.

— Quoi ? dit Hatch, le nez sur le moignon, tirant à l'aide de brucelles une veine de taille moyenne qui s'était déjà rétractée.

— Quand vous aurez une seconde, le capitaine Neidelman aimerait vous parler.

Hatch hocha la tête, sutura la veine, vérifia les garrots et rinça les plaies. Il prit la radio :

— Oui ?

— Comment va-t-il ? dit Neidelman.

— Il a de bonnes chances de survivre. À condition que l'hélico ne merde pas.

— Dieu soit loué ! Et ses jambes ?

— Même si on les retrouve, je doute qu'on puisse les regreffer. Vous feriez mieux de revoir les procédures de sécurité de base avec votre chef d'équipe. Cet accident aurait pu être évité.

— Compris, dit Neidelman.

Hatch coupa la communication et regarda vers le nord-est, où était situé le poste de gardes-côtes le plus proche. Dans trois minutes, peut-être quatre, ils devraient voir l'hélico apparaître à l'horizon. Il se tourna vers Streeter.

— Vous devriez lancer une fusée éclairante et faire évacuer cette zone, il ne faudrait pas qu'on se retrouve avec de nouveaux accidents sur les bras. Et quand l'hélico arrivera, il nous faudra quatre hommes pour hisser le blessé sur la civière, pas plus.

— Entendu, fit Streeter en serrant les lèvres.

Hatch remarqua l'air sombre de son interlocuteur, dont les veines battaient aux tempes. Il s'était visiblement fait un ennemi. Il tâcherait d'arranger les choses plus tard. De toute façon, ce n'était pas cet incapable qui serait cul-de-jatte pour le restant de ses jours.

Il scruta de nouveau l'horizon. Un point noir approchait. Quelques secondes plus tard, le bruit des rotors emplit l'air quand l'hélico traversa l'île et vira pour se placer au-dessus du petit groupe massé autour du puits. Le souffle des pales aplatit les hautes herbes et souleva un nuage de poussière. La porte arrière s'ouvrit et une plate-forme de secours descendit. On sangla le blessé dessus et on le remonta. Hatch fit signe qu'on lui renvoie la plate-forme. Dès qu'il fut à bord, l'infirmier fit signe au pilote de remettre les gaz et l'hélico vira à droite, prenant la direction du sud-ouest.

Hatch fit le point d'un coup d'œil : un sac de solution salée, une bouteille d'oxygène et un masque, des antibiotiques, des bandes, des garrots et des antiseptiques.

— Nous n'avions pas d'O négatif, docteur.

— Ce n'est pas grave. Vous avez fait de votre mieux. Il faut qu'on le place sous perfusion tout de suite. Il faut qu'on augmente son volume sanguin.

L'infirmier le regardait d'un drôle d'air. Hatch comprit alors pourquoi : torse nu, couvert de boue et de sang séché, il n'avait pas vraiment l'allure d'un médecin de campagne du Maine.

Un gémissement s'éleva de la civière.

Une heure plus tard, Hatch se retrouvait seul dans le silence d'une salle d'opération vide, empestant la bétadine et le sang. Ken Field, le blessé, était dans la salle voisine, entre les mains du meilleur chirurgien de Bangor. Il ne récupérerait pas ses jambes, mais il survivrait. Le travail de Hatch était fini.

Il inspira profondément, expira lentement, tentant de chasser l'accumulation des poisons de la journée. Puis il s'accouda à la table d'opération, les poings pressés contre les tempes. « On aurait pu l'éviter », murmurait une voix dans sa tête. Il se revit sur le *Plain Jane* en train de déjeuner tranquillement en compagnie des mouettes, et cette pensée lui donna la nausée. Il se maudit de ne pas s'être trouvé sur l'île quand l'accident s'était produit, de les avoir autorisés à commencer les opérations avant que son cabinet et son matériel ne soient en place. À nouveau il avait été pris au dépourvu, à nouveau il avait sous-estimé la puissance de l'île. Jamais plus ! Jamais plus !

Retrouvant progressivement son calme, il prit conscience que c'était la première fois qu'il remettait les pieds sur Ragged Island depuis la mort de son frère. Dans l'urgence, il n'avait pas eu le temps d'y songer. Seul dans l'obscurité de la salle d'opération, il lui fallut réunir tout son sang-froid pour contrôler la crise de tremblements qui menaçait.

9

Doris Bowditch, agent immobilier de son état, franchit d'un pas vif le perron du 5, Ocean Lane. Les vieilles planches du porche protestèrent sous ce poids inhabituel. Lorsqu'elle se pencha pour mettre sa clé dans la serrure de la porte d'entrée, un vaste assortiment de bracelets en argent cascadèrent sur son bras, dans un tintement qui rappela à Hatch celui des clochettes de luge. Doris lutta brièvement avec la serrure, tourna la poignée et ouvrit la porte avec un grand geste de la main.

Hatch attendit qu'elle ait franchi le seuil, toutes voiles dehors, pour la suivre dans l'intérieur frais et sombre de la maison. Il eut l'impression de recevoir un coup au plexus en retrouvant la vieille odeur familière de pin, de naphtaline et de fumée de pipe. Il ne l'avait pas respirée depuis vingt-cinq ans.

— Alors ! fit Doris de sa voix joviale en refermant la porte derrière eux. Superbe, non ? Quel dommage que cette vieille maison soit restée fermée si longtemps ! Qu'est-ce que vous en dites ?

continua-t-elle en s'avançant jusqu'au centre de la pièce dans un tourbillon de voiles roses.

— C'est parfait, dit Hatch en la suivant timidement.

Le salon de devant était tel qu'il se souvenait l'avoir quitté, le jour où sa mère avait fini par renoncer et où ils étaient partis pour Boston : les chaises longues tapissées de chintz, le vieux sofa couvert de toile, la gravure du *Leander* au-dessus de la cheminée, le piano droit Herkeimer avec son tabouret rond et le tapis tressé.

— On a amorcé la pompe, lavé les carreaux, branché l'électricité, rempli la cuve de propane, continua Doris, comptant sur ses doigts aux ongles longs et rouges.

— Tout m'a l'air parfait, fit Hatch distraitement.

Il s'approcha du vieux piano, caressa le couvercle et se souvint de ces après-midi d'hiver qu'il avait passés à s'acharner sur un morceau de Bach. Sur l'étagère à côté de la cheminée était rangé le Monopoly, son couvercle perdu depuis longtemps, les rectangles roses, jaunes et verts de ses billets usés et fripés par d'innombrables parties. Sur l'étagère du dessus, on avait placé plusieurs paquets de cartes crasseuses retenues ensemble par des élastiques. Hatch repensa aux parties de poker avec Johnny, aux allumettes en guise de jetons, et aux vigoureuses disputes pour savoir qui avait le plus de points, une main pleine ou une quinte. Tout était là, rappel douloureux toujours en place ; comme un musée du souvenir.

Ils étaient partis en n'emportant que des vêtements. Au début, ils étaient censés ne rester qu'un mois. Le mois s'était transformé en un trimestre, puis en une année, et la vieille maison devint vite un rêve lointain, s'enfonçant dans les brumes du passé : fermée, invisible, jamais évoquée, mais attendant néanmoins. Hatch se demanda de nouveau pourquoi sa mère n'avait jamais vendu la maison, même dans les passes difficiles qu'ils avaient connues à Boston. Et pourquoi lui-même n'en avait rien fait après la mort de sa mère.

Il passa dans la salle de séjour et, s'approchant du bow-window, contempla le bleu infini de l'océan, étincelant sous le soleil matinal. Quelque part à l'horizon se trouvait Ragged Island, qui avait fait sa première victime en un quart de siècle. Après l'accident, Neidelman avait décrété une pause d'une journée. Hatch contempla ensuite la prairie au premier plan, manteau vert qui descendait de la maison jusqu'à la côte. Il n'était pas obligé de faire ça. Il pouvait s'installer ailleurs, dans d'autres endroits vierges de souvenirs. Mais cela l'obligerait à renoncer à Stormhaven ; en montant à la maison, il avait vu près d'une douzaine d'employés de Thalassa groupés devant l'unique pension de famille de la ville, impatients de louer les cinq chambres disponibles. Hatch soupira. Puisqu'il était là, autant aller jusqu'au bout.

Des grains de poussière voletaient sous les rayons du soleil matinal. Debout devant la fenêtre, Hatch sentit le temps se dissoudre, s'évanouir. Il avait campé dans cette prairie avec Johnny ; allongés dans leurs sacs de couchage sur l'herbe humide et odorante, ils avaient compté les étoiles filantes dans le ciel d'été.

— Vous avez reçu ma lettre l'année dernière ? fit la voix de Doris. J'ai cru qu'elle s'était perdue.

Hatch se détourna de la fenêtre, tenta de comprendre ce que cette femme racontait, puis abandonna et repartit dans le passé. Il retrouva le coussin de siège en tapisserie inachevé, virant au pastel. Fané. L'étagère des livres de son père : Richard Henry Dana, Melville, Slocum, Conrad, la vie de Lincoln par Sandberg, et les deux étagères des romans policiers de sa mère. En dessous une pile de *Life* en lambeaux et une rangée jaune de *National Geographic*. Il passa dans la salle à manger, l'agent immobilier sur ses talons.

— Docteur Hatch, vous savez combien ça coûte d'entretenir une maison pareille. Je l'ai toujours dit, c'est trop vaste pour une personne seule…

Elle lui laissa le soin de compléter lui-même en lui adressant un grand sourire.

Hatch fit lentement le tour de la pièce, laissant glisser sa main sur la table à abattants, effleurant du regard les chromos d'Audubon aux murs. Il entra dans la cuisine. Le vieux Frigidaire s'y trouvait encore avec ses chromes arrondis. Un aimant tenait sur la porte un bout de papier, racorni et jauni : *Maman, des fraises s'il te plaît*. Son écriture d'adolescent. Hatch s'attarda dans le coin du petit déjeuner, avec sa table abîmée et ses bancs qui lui rappelaient des batailles de nourriture et de lait renversé ; des images de son père, le dos droit, digne au milieu du chaos, racontant des histoires de mer de sa voix lente pendant que son dîner refroidissait. Puis, plus tard, sa mère et lui seuls à la table, la tête de sa mère courbée de chagrin, ses cheveux gris dans le soleil matinal, ses larmes tombant dans sa tasse de thé.

— Bref, reprit la voix, je vous écrivais pour vous parler de ce jeune couple de Manchester avec deux enfants. Des gens charmants. Ils louent la maison Figgins depuis plusieurs étés et ils cherchent à acheter.

— Bien sûr, murmura vaguement Hatch.

Le coin du petit déjeuner donnait sur la prairie derrière la maison, où les pommiers étaient retournés à l'état sauvage. Hatch se rappela les matins d'été, quand la brume couvrait les champs et qu'un daim sortait des bois avant le lever du soleil pour manger des pommes, se glissant à travers la fléole des prés avec une précision nerveuse.

— Je pense qu'ils sont prêts à monter jusqu'à deux cent cinquante. Je les appelle ? Cela n'a rien d'une obligation, bien sûr...

Hatch se força à se tourner vers elle.

— Quoi ?

— Je me demandais si vous aviez l'intention de vendre, c'est tout.

Hatch cligna des yeux.

— Vendre ? La maison ?

Le sourire demeura intact sur le visage de Doris Bowditch.

— Je pensais juste que, comme vous êtes célibataire... cela paraît, enfin, euh... peu pratique.

Elle flanchait un peu, mais tenait bon.

Hatch réprima sa première impulsion. Il fallait être prudent dans une petite ville comme Stormhaven.

— Je ne crois pas, répondit-il d'un ton neutre.

Il repartit vers la porte d'entrée, la femme toujours sur ses talons.

— Pas tout de suite, bien sûr, ajouta-t-elle, enjouée. Si vous trouvez le trésor, bien sûr... Cela ne devrait pas prendre si longtemps, n'est-ce pas ? Surtout avec toute l'aide que vous avez.

Son visage se voila.

— Oh ! quelle horreur ! Ces deux hommes morts hier et tout cela.

Hatch la dévisagea.

— Deux morts ? Il n'y a pas eu deux morts, Doris. Pas même un. Il y a eu un accident. Qui vous a raconté cela ?

Doris eut l'air très légèrement perplexe.

— Hilda McCall. La propriétaire du salon de coiffure. Quoi qu'il en soit, une fois tout cet argent en poche, vous n'aurez pas envie de rester ici, de sorte que vous pourriez aussi bien...

Hatch lui ouvrit la porte d'entrée.

— Merci, Doris, dit-il en s'efforçant de sourire. La maison est dans un état superbe.

La femme s'arrêta sur le seuil. Elle hésita.

— Pour ce jeune couple. Le mari est un avocat très en vue. Deux enfants, un garçon et une...

— Merci, répéta Hatch un peu plus fermement.

— À vous de voir, bien sûr. Je pense que deux cent cinquante mille dollars serait un bon prix pour une maison de vac...

Hatch sortit sous le porche, s'éloignant suffisamment pour obliger Doris à le suivre si elle voulait se faire entendre.

— Les prix de l'immobilier grimpent en ce moment, docteur Hatch, dit-elle en s'encadrant dans la porte. Mais, comme je l'ai toujours dit, on ne sait jamais quand viendra la prochaine baisse. Il y a huit ans...

— Doris, vous êtes un amour, et je vous recommanderai à tous mes amis médecins qui ont envie de venir s'installer à Stormhaven. Merci encore. Envoyez-moi votre facture.

Hatch rentra dans la maison et ferma doucement la porte.

Il attendit dans le salon, se demandant si sa visiteuse aurait l'audace de sonner. Mais elle se contenta d'hésiter un long moment sous le porche avant de se décider à rejoindre sa voiture, toutes voiles dehors, son sourire irrépressible toujours collé sur son visage. Une commission de six pour cent sur deux cent cinquante mille dollars était une jolie somme pour Stormhaven. Hatch se rappela avoir entendu dire que le mari de l'agent immobilier était un alcoolique dont le bateau avait été repris par la banque. *Elle ne peut comprendre ce que je ressens*, se dit-il, réussissant à trouver un peu de compassion pour Doris Bowditch.

Il s'installa sur le petit tabouret devant le piano et plaqua doucement le premier accord du prélude en *mi* mineur de Chopin. Il fut satisfait de trouver le piano accordé. Au moins Doris avait scrupuleusement suivi ses instructions : nettoyez la maison, préparez tout, mais ne touchez et ne déplacez rien. Il joua le prélude rêveusement, *pianissimo*, s'efforçant de se vider la tête. Où qu'il regardât, la maison lui offrait les souvenirs d'une enfance heureuse. Après tout, elle avait été heureuse. Seule la fin avait été insupportable. *Si seulement...*

Il chassa ce refrain glacial et insistant.

Deux morts, avait dit Doris. C'était plutôt imaginatif, même pour un moulin à rumeurs d'une petite ville. Pour l'instant, les habitants de Stormhaven semblaient accepter les visiteurs avec une sorte de curiosité hospitalière. Ce serait bon pour les affaires. Mais Hatch se dit qu'il faudrait que quelqu'un se dévoue pour jouer les porte-parole de Thalassa. Sinon, Dieu sait quelles histoires bizarres jailliraient de la supérette de Bud ou du salon de coiffure de Hilda. Il comprit avec accablement qu'il n'y avait en fait qu'une personne toute désignée pour cette tâche.

Il resta assis au piano pendant une autre longue minute. Avec un peu de chance, le vieux Bill Banns serait encore rédacteur en chef du journal local. En soupirant, Hatch partit dans la cuisine, où un bocal de café instantané et, si Doris n'avait pas oublié, un téléphone en état de marche l'attendaient.

10

Le groupe réuni autour de la table ancienne en érable du poste de pilotage du *Griffin* le lendemain matin n'avait rien de commun avec la foule bruyante et enthousiaste qui avait noyé le bateau sous ses acclamations trois soirs plus tôt. La plupart des personnes présentes semblaient sombres, voire démoralisées, après l'accident.

Hatch examina le centre nerveux du bateau de Neidelman. La baie vitrée incurvée offrait une vue imprenable de l'île, de l'océan et du continent. L'abri de navigation, lambrissé de palissandre brésilien et équipé d'accessoires en laiton, était superbement restauré sous son plafond à moulures ornées de perles. À côté du compas se trouvait ce qui ressemblait à un sextant hollandais du XVIIIe siècle, sous verre, et la barre elle-même avait été taillée dans un bois noir exotique. Les cabinets de palissandre flanquant la barre abritaient un discret arsenal d'équipements haute technologie, dont des écrans de loran, sonar et GPS. Le mur du fond disparaissait derrière des appareils électroniques dont la fonction échappait à Hatch. Le capitaine lui-même n'était pas encore sorti de ses quartiers. La porte basse en bois portant une plaque de cuivre gravée de l'inscription PRIVÉ et un vieux fer à cheval accroché à l'envers restait close. Dans la salle, on n'entendait que le grincement des amarres et le doux clapotis de l'eau contre la coque.

En s'asseyant à la table, Hatch jeta un coup d'œil à ses compagnons. Il en avait rencontré certains le premier soir, mais les autres restaient des inconnus. Lyle Streeter, le chef d'équipe, se détourna ostensiblement lorsqu'il lui adressa un sourire. Hatch se dit qu'il lui faudrait se rappeler à l'avenir que, contrairement au premier interne de médecine venu, le commun des mortels ignorait que les cris, les hurlements et les jurons étaient monnaie courante en cas d'urgence.

On entendit un bruit, puis le capitaine s'encadra dans la porte de l'abri de navigation. Il vint se placer en bout de table et, s'appuyant dessus des deux mains, les regarda tous tour à tour. La tension diminua de façon palpable, comme si tout le monde tirait force et sang-froid de cette arrivée. Le regard de Neidelman se posa sur Hatch.

— Comment va Ken ?

— État grave, mais stable. Il y a un petit risque d'embolie, mais on le surveille de près. Vous devez savoir qu'ils n'ont pas pu récupérer ses jambes.

— C'est ce que j'ai cru comprendre, oui. Merci, docteur Hatch, de lui avoir sauvé la vie.

— Je n'y serais pas arrivé sans l'aide de M. Streeter et de son équipe.

Neidelman acquiesça, laissant le silence s'installer.

— L'équipe de relevé n'a fait que suivre mes instructions, reprit-il d'un ton calme et assuré, en prenant toutes les précautions que je jugeais utiles. Si quelqu'un est responsable de cet accident, c'est moi ; nous avons renforcé nos mesures de sécurité depuis. On peut déplorer ce malheureux accident. On peut éprouver de la sympathie pour Ken et ses proches. Mais je n'accepterai aucune récrimination.

« Tous les jours, poursuivit-il un peu plus fort, nous prendrons des risques. Nous tous. Demain, vous ou moi pourrions perdre nos jambes. Voire pire. Le danger est très réel, et il fait partie de notre entreprise. S'il était aisé de récupérer deux milliards au fond d'une tombe inondée, ce serait chose faite depuis des années. Voire des siècles. Nous sommes ici à cause du risque. Et nous venons d'en avoir une preuve. Mais il ne faut pas que cela nous décourage. Aucun trésor n'a jamais été enterré avec autant d'ingéniosité. Et il nous faudra déployer encore plus d'ingéniosité pour le récupérer.

Neidelman s'approcha de la baie la plus proche, contempla un instant l'extérieur, puis se tourna vers l'assemblée.

— Je suis sûr que la plupart d'entre vous connaissent à présent les circonstances de l'accident. Son équipe progressait dans l'île quand Ken Field est tombé dans un puits bouché par des planches, probablement creusé au milieu du XIXe siècle. Sa corde de sûreté l'a empêché de tomber jusqu'au fond. Mais alors qu'on le remontait à la surface, sa corde s'est coincée sous une poutre dont les étais étaient pourris. La traction de la corde a délogé la poutre, provoquant un éboulement et la rupture du puits voisin inondé...

« Nous savons quelles leçons tirer de cette expérience. Aucun de nous n'ignore les tâches qui nous attendent. Demain, nous commençons les préparatifs du test de teinture du Puits inondé afin de localiser le tunnel secret relié à la mer. Pour ce faire, il faudra que les principaux systèmes informatiques soient en place et en état de marche. Il va falloir monter le sonar, les séismographes, les systèmes tomographiques et les magnétomètres à protons avant de commencer le travail. Il faudra vérifier l'état de l'équipement de plongée. Mais, surtout, je veux que les deux pompes soient installées et prêtes pour le test avant la fin de la journée.

Neidelman s'interrompit pour les regarder tour à tour.

— En tant que membre de mon équipe principale, chaque personne assise à cette table recevra une part du trésor en lieu et place d'un salaire. Vous savez que, si nous réussissons, chacun d'entre vous se retrouvera à la tête d'une fortune colossale. Cela peut paraître rentable pour quatre semaines de travail jusqu'à ce que l'on songe à ce qui est arrivé à Ken Field. Si certains d'entre vous envisagent de partir, c'est maintenant ou jamais. Vous recevrez la prime de compensation habituelle de Thalassa, mais pas de part. On ne vous en tiendra pas rigueur, on ne vous posera pas de questions. Mais ne venez pas me dire après que vous avez changé d'avis. Nous irons jusqu'au bout, quoi qu'il arrive. C'est maintenant que vous vous décidez.

Le capitaine se tourna vers un placard dont il sortit une vieille pipe en bruyère. Il prit un pot de tabac Dunhill, bourra sa pipe et l'alluma avec une allumette. Tout cela avec une lenteur délibérée. À l'extérieur, l'omniprésent brouillard de Ragged Island s'était épaissi, ondoyant autour du *Griffin* en une caresse presque sensuelle.

Enfin, le capitaine se tourna vers l'assemblée et reprit la parole à travers une couronne de fumée bleue.

— Bien. Avant de lever la séance, j'aimerais vous présenter le membre le plus récent de l'expédition. Docteur, j'aurais préféré que vous fassiez connaissance des membres de mon équipe dans des circonstances plus agréables. Comme la plupart d'entre vous le savez, voici Martin Hatch, propriétaire de Ragged Island et associé de cette opération. Il sera notre médecin. Docteur Hatch, je vous présente Christopher Saint John, l'historien de l'expédition.

Il s'agissait de l'homme au visage rondouillard que Hatch avait vu sur le pont d'une vedette, l'avant-veille. Une tignasse rebelle de cheveux gris dominait son crâne rond, et son costume en tweed fripé portait les traces visibles de plusieurs petits déjeuners.

— Saint John est un spécialiste de l'histoire élisabéthaine et des Stuarts, plus précisément de la piraterie et de l'usage de codes sous ces règnes. Et voici, continua Neidelman en désignant l'homme négligé en bermuda qui se curait les ongles avec une expression de profond ennui, une jambe sur l'accoudoir de son fauteuil, Kerry Wopner, notre informaticien. Kerry est très doué pour la conception de réseaux et la cryptographie. Inutile de vous dire qu'il est de la plus grande importance de déchiffrer la seconde moitié du journal, surtout après cette tragédie. Macallan ne doit plus avoir de secrets pour nous.

« Vous avez déjà rencontré notre chef d'équipe, Lyle Streeter, hier. Il est à mes côtés depuis l'époque où nous croisions dans le delta du Mékong. Et voici Sandra Magnusen, ajouta-t-il en désignant une petite femme à l'air ombrageux, habillée de façon pratique, l'ingénieur en chef de Thalassa et la spécialiste de l'exploration à distance. Au bout de la table, Roger Rankin, notre géologue.

Il désignait un gros ours hirsute assis dans un fauteuil qui paraissait deux fois trop petit pour lui. Le grand barbu blond adressa un large sourire spontané et un petit salut militaire à Hatch.

— Le docteur Bonterre, continua Neidelman, notre archéologue et chef de plongée, a été retardé et devrait arriver en fin de soirée. À moins que vous n'ayez des questions, reprit-il après un silence, ce sera tout pour le moment. Merci, je vous reverrai tous demain matin.

Tout le monde se leva. Neidelman s'approcha alors de Hatch.

— J'ai gardé une équipe spéciale sur l'île, pour préparer la mise en réseau et le camp de base. Votre cabinet médical sera approvisionné et prêt à l'aube.

— Vous m'en voyez soulagé.

— Vous avez probablement hâte d'en apprendre plus long sur le projet. Pourquoi ne viendriez-vous pas à bord du *Cerberus* vers 14 heures ?

Un mince sourire se dessina sur ses lèvres.

— À partir de demain, les choses devraient s'accélérer.

11

À 14 heures précises, le *Plain Jane*, progressant lentement sur une mer calme, se libéra des dernières vrilles de brouillard ceignant Ragged Island. Devant lui, Hatch découvrit la forme blanche et longiligne du *Cerberus*. Près de la ligne de flottaison, il aperçut une coupée dans laquelle s'encadrait la haute silhouette du capitaine.

Coupant les gaz, Hatch vira pour se placer parallèlement au *Cerberus*. Il faisait agréablement frais à l'ombre du navire.

— Jolie petite coquille de noix ! s'écria Hatch en s'immobilisant juste en face du capitaine.

— C'est le plus gros de la flotte de Thalassa, répondit Neidelman. Il s'agit surtout d'un laboratoire flottant et d'une station de recherche de secours. Nous ne pouvons pas débarquer tout l'équipement sur l'île. Le gros matos, les microscopes électroniques et les accélérateurs de particules C^{14}, par exemple, resteront à bord.

— Surprenant, ce lance-harpons à l'avant ! Vous arriverait-il de temps à autre de harponner une baleine bleue, quand les matelots ont un petit creux ?

Neidelman sourit.

— Cela trahit l'origine du bateau, cher ami. Il s'agissait d'un baleinier hypersophistiqué construit par une société norvégienne il y a environ six ans. L'interdiction internationale de la pêche à la baleine l'a transformé en objet inutile et coûteux avant même qu'il soit armé. Thalassa l'a racheté pour un excellent prix. On a retiré tous les daviers et les machines à dépouiller, mais personne n'est jamais allé jusqu'à démonter le lance-harpons. Venez, allons voir ce que les gars fabriquent.

Hatch amarra le *Plain Jane*, monta à bord et suivit Neidelman dans un long couloir étroit peint en gris clair. Le capitaine passa devant plusieurs laboratoires vides et un carré, puis s'arrêta devant une porte dont la plaque annonçait SALLE DES ORDINATEURS.

— Nous avons plus de puissance informatique derrière cette porte qu'une petite université, dit Neidelman avec une trace de fierté dans la voix. Mais ce n'est pas seulement pour effectuer des calculs. On a aussi un système expert de navigation et un pilote automatique à réseau neuronal. En cas d'urgence, le bateau peut pratiquement se diriger tout seul.

— Je me demandais où était l'équipage.

— Nous ne gardons qu'un équipage minimal à bord. C'est pareil pour le reste de la flotte. C'est la philosophie de Thalassa que d'entretenir une main-d'œuvre légère. En cas de nécessité, nous pourrions faire venir une dizaine de scientifiques en vingt-quatre heures. Ou encore une dizaine de manœuvres. Mais nous nous efforçons d'opérer avec l'équipe la plus réduite et la plus compétente possible.

— Endiguement des coûts. Les comptables de Thalassa doivent être ravis, plaisanta Hatch.

— Pas seulement, répondit très sérieusement Neidelman. C'est aussi une question de sécurité. Pas la peine de tenter le diable.

Le capitaine passa devant une lourde porte métallique entrebâillée. Jetant un coup d'œil à l'intérieur, Hatch aperçut diverses pièces de matériel de sauvetage accrochées à des taquets muraux, un râtelier de fusils de chasse, ainsi que deux armes plus petites en métal brillant qu'il ne put identifier.

— Qu'est-ce que c'est que ça ? demanda-t-il en désignant des appareils au ventre rond. On dirait des aspirateurs gros comme des poings.

— Des lance-fléchettes.

— Pardon ?

— Une sorte de pistolet à clous. Il tire de minuscules fléchettes à ailettes en fil de carbure de tungstène.

— Cela m'a l'air plus douloureux que dangereux.

Neidelman eut un petit sourire.

— À cinq mille coups par minute, tirés à une vitesse supérieure à un kilomètre par seconde, ils sont plutôt dangereux. Cette salle devrait rester fermée. Il faudra que j'en glisse un mot à Streeter.

— Pourquoi diable avez-vous besoin de tout cela ? demanda Hatch, soucieux.

— Souvenez-vous, Martin, que le *Cerberus* ne croise pas toujours dans des eaux aussi amicales que celles du Maine rural, répondit le capitaine en reprenant sa marche. Nous sommes souvent obligés d'opérer dans des zones infestées de requins. Le jour où vous vous retrouverez face à face avec un grand blanc, vous serez amené à apprécier ce qu'une fléchette peut faire. L'année dernière, dans la mer de Corail, j'en ai vu une déchiqueter un requin sur toute sa longueur en une seconde et demie.

Hatch le suivit sur le pont supérieur. Neidelman s'immobilisa devant une porte sans écriteau, puis frappa bruyamment.

— J'suis occupé, fit une voix plaintive.

Neidelman adressa un sourire entendu à Hatch et ouvrit la porte sur une cabine de luxe plongée dans la pénombre. Hatch le suivit à l'intérieur, trébucha et regarda autour de lui en clignant des paupières. La paroi du fond et les hublots disparaissaient derrière des étagères d'équipements électroniques : oscilloscopes, unités centrales de traitement et innombrables pièces d'électronique spécialisée dont l'utilité lui était inconnue. On s'enfonçait jusqu'à la cheville dans un amas de papiers froissés, de canettes vides, d'emballages de bonbons, de chaussettes et de sous-vêtements sales. Les draps de la couchette murale traînaient par terre. L'odeur d'ozone et d'appareils électroniques chauds emplissait la pièce et l'unique lumière provenait de nombreux écrans clignotants. Au milieu de ce chaos, Hatch distingua la silhouette fripée en chemise à fleurs et bermuda qui, dos tourné, tapait fiévreusement sur un clavier.

— Kerry, vous pourriez nous accorder une minute ? Le docteur Hatch est avec moi.

Wopner se détourna de l'écran pour regarder Neidelman puis Hatch en clignant des paupières.

— C'est vous le chef, dit-il d'une voix haute et irritée. Mais comme avec vous tout est toujours urgentissime, j'ai passé les dernières quarante-huit heures à installer le réseau et j'ai pas touché au code.

Neidelman eut un sourire indulgent.

— Je suis sûr que le docteur Saint John et vous pouvez consacrer quelques minutes à l'associé principal de l'expédition. On ne le dirait pas à le voir, ajouta-t-il en se tournant vers Hatch, mais Kerry est l'un des cryptographes les plus brillants en dehors de la NSA.

— Ben voyons ! s'exclama Wopner, malgré tout visiblement touché par le compliment.

— Vous avez un sacré équipement, dit Hatch en refermant la porte derrière lui. C'est un CAT, là à gauche ?

— Très drôle, fit Wopner en remontant ses lunettes dans un grand reniflement. C'est rien ce que vous voyez là, juste le système de secours. Ils ont débarqué le matos principal sur l'île hier matin. Ça, c'était quelque chose !

— Vous avez terminé les tests en ligne ? demanda Neidelman.

— Je suis en train de finir les dernières séries, répondit Wopner en repoussant une mèche graisseuse avant de se retourner vers son moniteur.

— Une équipe termine la mise en réseau de l'île cet après-midi, expliqua Neidelman. Vous voyez ici le système redondant, une réplique exacte du réseau informatique de Ragged Island. Un procédé pas vraiment économique, mais un vrai gain de temps. Kerry, montrez-lui ce que je veux dire.

— Oui, chef !

Wopner enfonça quelques touches et un écran vide revint à la vie au-dessus de leurs têtes. Hatch vit une image fil de fer de Ragged Island apparaître et tourner lentement autour d'un axe central.

Neidelman désigna l'écran.

— Tout sur l'île, des pompes aux turbines en passant par les compresseurs et les derricks, est relié au réseau. Nous pourrons tout contrôler sur l'île à partir du centre de commandement. Une instruction, et les pompes se mettront en marche ; une autre commande opérera un treuil ; une troisième éteindra les lumières dans votre cabinet, etc.

— Parfait, dit Hatch. Et ça, qu'est-ce que c'est ? s'exclama-t-il en désignant un autre écran, sur lequel s'étalait une vue aérienne de ce qui ressemblait à un village médiéval.

De petites figurines de chevaliers et de sorciers étaient disposées en diverses attitudes d'attaque et de défense.

— C'est l'épée de Blackthorne. Un jeu de rôle que j'ai inventé. Cela vous ennuie ?

— Aucunement, si le capitaine n'y voit pas d'inconvénient, dit Hatch en jetant un coup d'œil à Neidelman.

Il était clair que ce dernier accordait pas mal de liberté à ses subordonnés. Et Hatch eut l'impression que, si incongru que cela puisse paraître, Neidelman avait une certaine tendresse pour ce jeune excentrique.

On entendit un gros bip, puis une colonne de chiffres défila sur un des écrans.

— Et voilà, dit Wopner en examinant les données. Scylla est bouclé.

— Scylla ?

— Ouais. Scylla est le système à bord du bateau. Charybde est celui de l'île.

— Le test du réseau est terminé, expliqua Neidelman. Une fois l'installation de l'île finie, il ne nous restera plus qu'à charger le programme dans Charybde. Tout est d'abord testé ici, puis téléchargé sur l'île.

Il jeta un coup d'œil à sa montre.

— J'ai deux ou trois choses à régler. Kerry, je sais que le docteur Hatch aimerait en savoir plus long sur votre travail avec Saint John sur les codes Macallan. Martin, je vous verrai là-haut.

Neidelman sortit de la cabine en refermant la porte derrière lui.

Wopner se remit à taper frénétiquement sur son clavier, et pendant une bonne minute Hatch se demanda s'il n'avait pas l'intention de l'ignorer complètement. Puis, sans quitter son écran des yeux, Wopner prit une tennis par terre et la balança contre le mur du fond. La chaussure fut suivie d'un livre.

— Hé, Chris ! hurla Wopner. C'est l'heure de jouer les singes savants.

Hatch comprit alors que Wopner avait dû viser une petite porte dans le mur opposé de la cabine.

— Laissez-moi faire, dit-il. Vous visez plutôt mal.

Derrière la porte, Hatch découvrit une autre cabine qui n'avait de commun avec la première que la taille. Elle était claire, propre et monacale. Assis à une table en bois au centre de la pièce, l'Anglais, Christopher Saint John, enfonçait lentement les touches d'une machine à écrire Royal.

— Bonjour. Le capitaine Neidelman m'a offert vos services pendant quelques minutes.

Saint John se leva et prit deux livres sur le bureau.

— C'est un plaisir de vous avoir avec nous, docteur Hatch, dit-il en lui serrant la main, visiblement contrarié par cette intrusion.

— Appelez-moi Martin.

Saint John s'inclina légèrement avant de suivre Hatch dans la tanière de Wopner.

— Prenez un siège, cher Martin, proposa Wopner. Je vais vous expliquer le vrai travail que j'ai accompli, et Chris vous racontera tout sur les tomes poussiéreux qu'il ne cesse de soulever et de laisser bruyamment tomber dans la cabine voisine. Nous travaillons ensemble, pas vrai, vieille branche ?

Saint John serra les lèvres. Même en pleine mer, l'historien avait l'air de sentir la poussière et les toiles d'araignée. Il aurait semblé plus à sa place chez un bouquiniste que dans une chasse au trésor.

Repoussant du pied les détritus jonchant le sol, Hatch s'assit sur une chaise à côté de Wopner qui, lui désignant l'un des écrans, enfonça quelques touches et fit apparaître une image numérisée du traité de Macallan avec ses inscriptions mystérieuses dans les marges.

— Herr Neidelman a le sentiment que la seconde moitié du journal contient des renseignements cruciaux sur le trésor, dit Wopner. Nous utilisons donc une double approche pour percer le code. Je m'occupe des ordinateurs. Chris, de l'histoire.

— Le capitaine a parlé de deux milliards de dollars, dit Hatch. Comment est-il arrivé à ce chiffre ?

— Bien, dit Saint John en se raclant la gorge comme avant de se lancer dans un long discours. À l'instar de la plupart des pirates, Ockham avait une flotte hétéroclite composée des divers navires qu'il avait capturés : deux galions, quelques brigantins, un sloop rapide et, je crois, un navire de la Compagnie des Indes. Neuf bateaux en tout. Nous savons qu'ils étaient chargés au point d'en devenir dangereux à manœuvrer. Il suffit d'additionner leur charge utile et de la comparer aux livres de bord des bateaux qu'Ockham rançonnait. Nous savons, par exemple, que Ned le Rouge a volé quatorze tonnes d'or à la seule flotte espagnole et dix fois plus en argent. À d'autres victimes, il a pris des chargements de lapis-lazuli, de perles, d'ambre, de diamants, de rubis, de cornaline, d'ambre gris, de jade, d'ivoire et de bois de gaïac. Sans parler des trésors d'art religieux, subtilisés à des villes de la mer des Antilles.

Saint John rajusta machinalement son nœud papillon, le visage illuminé du plaisir de discourir.

— Attendez ! Vous avez bien dit quatorze tonnes d'or ? s'exclama Hatch, ébahi.

— Absolument.

— Un vrai Fort Knox flottant, dit Wopner en se léchant les babines.

— Sans oublier l'épée de saint Michel, ajouta Saint John. Un objet d'une valeur inestimable. Nous avons affaire au plus grand trésor de pirate jamais réuni. Ockham était un homme brillant et éclairé, un érudit, ce qui le rendait d'autant plus dangereux.

Il tira une fine chemise en plastique d'une étagère et la tendit à Hatch.

— Voici l'extrait bibliographique que l'un de nos chercheurs a préparé. Vous verrez ainsi que, pour une fois, les légendes n'exagèrent pas. Ockham jouissait d'une réputation si formidable qu'il lui suffisait de faire entrer son navire amiral dans un port, de hisser le pavillon de pirate et de tirer une bordée pour que tout le monde, des citadins au prêtre, accoure avec ses objets de valeur.

— Et les vierges ? s'écria Wopner, feignant un grand intérêt. Quel sort leur réservait-on ?

Saint John prit un air las.

— Kerry...

— Non, vraiment, insista Kerry, feignant l'innocence, il faut que je sache.

— Vous savez très bien quel était le sort des vierges, lâcha Saint John en se tournant vers Hatch. Ockham avait une suite de deux mille hommes sur ses neuf bateaux. Il avait besoin de vastes équipages pour charger et tirer les canons. On accordait généralement vingt-quatre heures de sortie à terre aux hommes dans la malheureuse ville choisie. Les résultats étaient parfaitement immondes.

— Il n'y avait pas que les bateaux à être armés de lames de quatorze centimètres, si vous voyez ce que je veux dire, ricana Wopner.

— Vous comprenez ce que je dois endurer, murmura Saint John.

— Je suis absolument navré, vieille branche, reprit Wopner avec l'accent british. Certains n'ont aucun sens de l'humour.

— Un tel butin finit par devenir plus gênant qu'autre chose, continua vivement Saint John. Comment et où l'enterrer ? En l'occurrence, il ne s'agit plus de quelques kilos de pièces d'or faciles à dissimuler sous un rocher. C'est là que Macallan intervient. Et indirectement que *nous* intervenons. Parce que Macallan tenait un journal codé.

Il tapota les livres coincés sous son bras.

— Ce sont des manuels de cryptologie. Celui-ci est *Polygraphiae*, de John Trithemius, publié à la fin des années 1500. Ce fut le premier traité de déchiffrement du monde occidental. Celui-là est le *De furtivus literarum notis*, un texte que tous les espions élisabéthains connaissaient pratiquement par cœur. J'en ai une demi-douzaine d'autres, couvrant l'état de l'art cryptographique jusqu'à l'époque de Macallan.

— Ils ont l'air encore plus ardus que mes manuels de seconde année de médecine.

— En fait, ils sont proprement fascinants.

— L'écriture codée était-elle courante à cette époque ?

Saint John lâcha un rire, une sorte d'aboiement de phoque qui fit trembloter ses joues rouges.

— Courante ? Pratiquement universelle, oui. C'était un des arts essentiels de la diplomatie et de la guerre. Les gouvernements britannique et espagnol avaient des services spécialisés dans l'invention et le déchiffrement de codes. Même certains pirates disposaient d'hommes capables de faire du déchiffrement. Après tout, les papiers des bateaux comprenaient toutes sortes de documents codés intéressants.

— Mais codés comment ?

— Il y avait généralement des tables de correspondance, de longues listes de substitution de mots. Par exemple, dans un message, le mot « aigle » pouvait remplacer le « roi George » et celui de « jonquilles », les « doublons »... Parfois elles renfermaient de simples alphabets de substitution, où une lettre, un chiffre ou un symbole remplaçait chacune des lettres de l'alphabet.

— Et le code de Macallan ?

— La première partie du journal a été rédigée à l'aide d'un code de substitution monophonique assez astucieux. Quant à la seconde... nous travaillons toujours dessus.

— Ça, c'est mon rayon, fit Wopner, avec une trace de fierté mêlée de jalousie. Tout est dans l'ordinateur.

Il enfonça une touche et une longue suite incompréhensible de lettres et de chiffres apparut sur l'écran.

— C'est la clé du premier code.

— Comment l'avez-vous percé ?

— Allons ! Les lettres de l'alphabet anglais apparaissent selon des fréquences fixes, *e* étant la lettre la plus courante et *x* la plus rare. On crée ce qu'on appelle une table de fréquence des symboles et des paires de lettres. Et paf ! l'ordinateur se charge du reste.

Saint John fit un geste méprisant de la main.

— Kerry programme l'attaque informatique contre le code, moi je fournis les données historiques. Sans les vieilles tables, l'ordinateur n'est bon à rien. Il ne connaît que le programme qu'on lui envoie.

Wopner vira sur sa chaise pour regarder fixement Saint John.

— Bon à rien ? En fait, il aurait percé ce code sans vos précieuses tables. Cela aurait juste pris un petit peu plus longtemps.

— Pas plus de temps qu'il n'en faudrait à vingt singes pour taper *Le Roi Lear* à la machine, fit Saint John avec un autre aboiement de rire.

— Ha ! ha ! ha ! Pas plus longtemps que Saint John tapant avec deux doigts sur sa vieille machine à vapeur. Bon Dieu, mais procurez-vous donc un portable. Et une vie. Bon, pour faire bref, voilà comment c'est décodé.

Wopner enfonça plusieurs touches et l'écran se divisa en deux, montrant le code d'un côté et la traduction en regard.

Le 2e de juin, an du Seigneur 1696. Le pirate Ockham s'est emparé de notre flotte, a coulé les bateaux et massacré toutes les âmes à bord. Notre navire amiral a scandaleusement amené ses couleurs sans combat et le capitaine est mort en pleurnichant comme un nouveau-né. Moi seul ai été épargné, enchaîné et conduit aussitôt dans la cabine d'Ockham où cette canaille m'a menacé de son sabre en me disant : « Que Dieu se débrouille donc tout seul pour construire sa maudite église, j'ai une nouvelle mission pour toi. » Puis il plaça le contrat devant moi. Que ce journal soit le témoin devant Dieu de mon refus de signer…

— Incroyable, souffla Hatch en arrivant en bas de l'écran. Je peux en lire davantage ?

— Je vais vous en sortir un exemplaire, dit Wopner en enfonçant une touche.

Une imprimante se mit à bourdonner dans la pénombre.

— En deux mots, reprit Saint John, cette partie déchiffrée du journal raconte comment Macallan a été fait prisonnier, a accepté de dessiner le Puits inondé sous la menace, et comment l'île a été choisie. Malheureusement, Macallan passe à un autre code à l'instant même où la construction commence. Nous pensons que le reste du journal est une description de la conception et de la construction du Puits lui-même. Et, bien entendu, qu'il renferme le secret de l'accès à la salle du trésor.

— Neidelman dit que le journal parle de l'épée de saint Michel.

— Et comment ! s'exclama Wopner en enfonçant quelques touches.

Un autre texte apparut.

Ockham a déchargé trois de ses bateaux dans l'espoir de faire une bonne prise le long de la côte. Aujourd'hui on a débarqué un long coffre plombé orné d'or, avec une douzaine de coffrets de bijoux. Les corsaires prétendent que le coffre renferme l'épée de saint Michel, un trésor de prix saisi sur un galion espagnol et très estimé par le capitaine qui s'est vanté sans vergogne d'avoir fait là la plus belle prise des Antilles. Le capitaine interdit qu'on ouvre le coffre, qu'il fait garder jour et nuit. Les hommes se soupçonnent mutuellement et ne cessent de se disputer. Sans la cruelle discipline imposée par le capitaine, il est à craindre que tout le monde connaîtrait un vilain sort, et sans attendre.

— Et voilà à quoi ressemble le second code, dit Wopner en enfonçant de nouvelles touches.

— Le vieux est devenu malin. Plus d'espaces, de sorte que nous ne pouvons pas nous fonder sur la forme des mots. Rien que des chiffres, pas une seule lettre. Regardez-moi ce bordel.

Saint John soupira.

— Kerry, êtes-vous obligé d'employer un tel langage ?

— Mais oui, vieux, mais oui.

Saint John lança un regard d'excuse à Hatch.

— Jusqu'ici ce code a résisté à toutes les petites tables de clés de Chris. J'ai donc pris les choses en main et rédigé une attaque frontale. Elle tourne en ce moment.

— Une attaque frontale ?

— Ben oui, quoi. Un algorithme qui passe un texte codé au crible, en essayant tous les schémas possibles par ordre de vraisemblance. C'est juste une question de temps.

— De perte de temps, plutôt, oui, fit Saint John. Je suis en train d'établir une nouvelle série de tables de correspondance à partir d'un livre hollandais sur la cryptographie. Ce qu'il faut, en l'occurrence, c'est pousser la recherche historique, non pas accumuler du temps ordinateur. Macallan était un homme de son époque. Il n'a pas inventé ce code dans le vide ; il doit y avoir un précédent historique. Nous savons déjà qu'il ne s'agit pas d'une variante du code Shakespeare, ni du code rosicrucien, mais je suis convaincu qu'un code moins connu dans ces livres nous donnera la clé que nous cherchons. Il devrait être évident pour l'être le plus buté…

— La ferme, d'accord ? l'interrompit Wopner. Regardez les choses en face, mon vieux, ce n'est pas en se plongeant dans les livres d'histoire qu'on va percer ce code. Celui-là, il est fait pour l'ordinateur. On va lui faire la peau, hein, mon vieux ? fit-il en caressant son clavier.

Il vira sur sa chaise et ouvrit ce qui n'était autre qu'un congélateur médical servant à stocker des échantillons de tissus. Il en sortit un Esquimau.

— Quelqu'un en veut ?

— Je préférerais encore avaler un tandoori dans un restoroute, lâcha Saint John, l'air dégoûté.

— Vous pouvez parler avec votre bouffe british, dit Wopner en mâchonnant. Vous mettez de la viande dans vos tartes, bordel. Là, vous avez l'aliment parfait. Graisses, protéines, sucre et hydrates de carbone. J'ai dit graisse ? On peut vivre éternellement avec ce genre de truc.

— Et en plus ce sera vraisemblablement son cas, dit Saint John en se tournant vers Hatch. Vous devriez voir le nombre de cartons qu'il a stockés dans les cuisines.

Wopner fronça les sourcils.

— Quoi ? Faut bien, vous croyez que j'en trouverais suffisamment dans ce trou pour tenir ? Aucune chance. Les traces de pneus sur mes caleçons sont plus longues que la rue principale de ce bled.

— Peut-être devriez-vous consulter un proctologue à ce sujet, dit Hatch, provoquant chez Saint John un chapelet d'aboiements de phoque.

L'Anglais avait l'air ravi de se trouver un allié.

— Jetez donc un œil, doc, dit Wopner en faisant mine de baisser culotte.

— Ce ne serait pas de refus, mais j'ai l'estomac fragile, dit Hatch. Alors le Maine profond vous laisse froid ?

— Kerry refuse même de s'installer en ville. Il préfère dormir à bord.

— Croyez-moi, dit Wopner en terminant son Esquimau. Je n'aime pas plus les bateaux que ce foutu continent. Mais ici j'ai tout le nécessaire. De l'électricité, par exemple. De l'eau courante. Et l'air conditionné.

Il se pencha en avant, son bouc anémique tremblant sur son menton.

— L'air conditionné, je peux pas faire sans.

Hatch se dit *in petto* que c'était peut-être aussi bien qu'avec son accent de Brooklyn et ses chemises à fleurs Wopner n'ait pas de raisons de faire un tour en ville. Dès l'instant où il mettrait le pied à Stormhaven, il deviendrait un objet de curiosité, comme le veau à deux têtes empaillé qu'on sortait chaque année pour la foire du comté. Il était temps de changer de sujet.

— Ma question va peut-être vous paraître stupide. Mais qu'est donc exactement l'épée de saint Michel ?

Il y eut un silence embarrassé.

— Voyons un peu, dit Saint John en faisant la moue. J'ai toujours pensé qu'elle avait une poignée sertie de pierreries, bien sûr, avec de l'argent repoussé et l'intérieur en vermeil, peut-être une lame à multiples entailles, ce genre de choses.

— Mais pourquoi Ockham la considérait-il comme la plus belle prise des Antilles ?

Saint John eut l'air un peu désarçonné.

— Je n'y ai pas vraiment réfléchi en ces termes. Je ne sais pas, en fait. Peut-être a-t-elle un sens spirituel ou mythique. Comme Excalibur.

— Mais si Ockham possédait un butin aussi énorme que vous le dites, pourquoi aurait-il accordé une valeur aussi extraordinaire à cette épée ?

Saint John tourna vers Hatch un regard embué.

— En vérité, docteur Hatch, rien dans ma documentation ne donne d'indication sur cette épée de saint Michel. Seulement qu'il s'agissait d'un objet étroitement surveillé et profondément respecté. Je crains de ne pouvoir répondre à votre question.

— Moi, je sais, dit Wopner avec un rictus.

— Quoi ? fit Saint John, tombant dans le piège.

— Vous savez comment c'est en mer, quand il n'y a pas de femmes à bord…

12

Hatch ouvrit la porte-fenêtre de la chambre de ses parents et sortit sur le petit balcon. Il n'était que 21 h 30, mais Stormhaven dormait déjà. La délicieuse brise de fin d'été qui s'était levée dans les arbres autour de la vieille maison vint lui chatouiller la nuque. Il posa ses deux chemises noires sur le rocking-chair rongé par l'air marin et alla s'accouder au balcon.

De l'autre côté du port, la ville dévalait la colline en bracelets de lumières jusqu'au rivage. Le silence était si profond qu'on percevait le bruit des galets roulés par les vagues, le cliquetis des mâts le long de la jetée. Une ampoule blafarde brillait au-dessus de la porte d'entrée de la supérette de Bud. Dans les rues, la lune se reflétait sur les pavés. Plus loin, la haute forme étroite du phare de Burnt Head clignotait au sommet de sa falaise.

Hatch avait presque oublié ce petit balcon du premier étage, niché sous le pignon de la façade de la vieille maison style second Empire. Un flot de souvenirs l'assaillit. Sa partie de poker avec Johnny à minuit, un soir que leurs parents étaient partis fêter un anniversaire de mariage, à l'affût des phares remontant de Bar Harbor, se sentant coupable et adulte en même temps. Et plus tard, attendant, les yeux fixés sur la maison Northcutt en contrebas, que la silhouette de Claire s'encadre dans la fenêtre de sa chambre.

Claire...

Il entendit un rire et des murmures. Revenant au présent, il vit deux employés de Thalassa entrer dans la pension de famille et la porte se refermer derrière eux. Le silence revint.

Hatch regarda la bibliothèque avec sa façade de brique virant au rose foncé dans la nuit, la maison de Bill Banns, masse biscornue et branlante, l'une des plus anciennes de la ville. Et, au sommet, la vaste demeure couverte de bardeaux réservée au pasteur congrégationaliste, le seul exemple de ce type d'architecture dans le comté.

Il s'attarda un instant de plus à contempler le large et l'obscurité voilée à l'emplacement de Ragged Island, puis, avec un soupir, il prit les chemises noires et s'assit.

Il lut d'abord la partie déchiffrée du journal de Macallan. Comme Saint John l'avait dit, elle décrivait en langage concis la capture et le travail forcé de l'architecte, concevant une cachette pour le butin d'Ockham qui permettrait au seul pirate de récupérer l'or. Le mépris de Macallan pour le pirate, son aversion pour son équipage barbare, sa consternation devant la grossièreté et la débauche ambiantes étaient manifestes à chaque ligne.

Le journal était bref. Combien de temps faudrait-il à Wopner pour déchiffrer la seconde partie ? Le programmeur s'était plaint amèrement à Hatch de devoir jouer aussi les techniciens en informatique.

— Cette foutue mise en réseau, c'est un job de plombier, pas de programmeur. Mais le capitaine rêve de réduire l'équipe à Streeter et lui-même. Problèmes de sécurité, mon cul. Personne ne va aller lui piquer son trésor. Mais vous verrez. Demain, dès que la structure physique sera en place, tous les géomètres et les assistants ingénieurs partiront. Aux oubliettes.

— Cela se tient, avait répliqué Hatch. Pourquoi garder du personnel inutile ? Pour ma part, je préférerais cent fois traiter un vilain cas de maduromycose plutôt que d'être enfermé dans cette cabine, les yeux fixés sur un fouillis de lettres.

Wopner avait eu une moue méprisante.

— Cela montre bien l'étendue de votre ignorance. Pour vous, c'est peut-être un fouillis de lettres. Mais vous savez, derrière ce fouillis, celui qui l'a chiffré vous dit d'aller vous faire voir. C'est le défi ultime. Vous trouvez son algorithme, vous faites main basse sur ses joyaux de la Couronne. Il peut s'agir du code d'accès à une base de données de carte de crédit. Ou des séquences de mise à feu pour une attaque nucléaire. Ou encore de la clé d'un trésor. Il n'y a rien de plus excitant que de percer un code. La cryptographie est le seul jeu digne d'intérêt pour un être vraiment intelligent. Et je vous assure que je me sens sacrément seul ici.

Hatch soupira et se replongea dans le contenu de ses chemises. La seconde contenait la brève biographie d'Ockham que lui avait confiée Saint John. Se calant dans son siège pour profiter du clair de lune, il se mit à lire.

13

EXTRAIT

Numéro du document : T14-A-41298
Bobine : 14049
Unité logique : UL-48
Associé de recherche : T. T. Ferrell
Extrait demandé par C. Saint John

EXEMPLAIRE 001 DE 003

Les droits de reproduction de ce document appartiennent à Thalassa Holdings Ltd.

Tout usage non autorisé sera considéré comme un délit et une violation du Code pénal de l'État de Virginie.

NE PAS REPRODUIRE

BIOGRAPHIE SOMMAIRE
D'EDWARD OCKHAM
T. T. Ferrell, Thalassa. Shreveport.

Edward Ockham naquit en 1662 en Cornouailles, dans une famille de la petite aristocratie terrienne. Il fit ses études à Harrow et passa ensuite deux ans au Balliol College à Oxford, avant d'être renvoyé pour fautes non précisées.

Sa famille désirait le voir s'engager dans la marine et, en 1682, ayant reçu son ordre de mission, Ockham s'embarqua comme lieutenant dans la flotte méditerranéenne sous les ordres de l'amiral Poynton. Montant rapidement en grade et se distinguant dans plusieurs actions contre les Espagnols, il quitta la marine pour devenir capitaine d'un corsaire, s'étant vu accorder une lettre de marque par l'Amirauté britannique.

Après plusieurs prises de choix, Ockham décida de ne plus partager son butin avec la Couronne. Début 1685, il se lança dans le commerce d'esclaves, entre la côte de la Guinée en Afrique et la Guadeloupe dans les îles Caraïbes. Après deux ans de voyages lucratifs, Ockham se fit piéger dans un port bloqué par deux vaisseaux de ligne. Pour faire diversion, il mit le feu à son navire et s'enfuit à bord d'un petit cotre. Toutefois, avant de prendre la poudre d'escampette, il passa au fil de l'épée tous les esclaves présents sur le pont. Les autres esclaves, au nombre de quatre cents, enchaînés ensemble dans la cale, périrent dans les flammes. Des documents attestent qu'Ockham doit son surnom de Ned le Rouge à cet épisode.

Cinq hommes de l'équipage d'Ockham furent capturés et ramenés à Londres, où on les pendit sur Execution Dock à Wapping. Ockham réussit à gagner le havre de pirates malfamé de Port Royal dans les Caraïbes où il rejoignit ladite « Confrérie de la côte » en 1687. [Cf. document Thalassa P6-B19-110292, trésors pirates de Port Royal (supposés).]

Au cours des dix années suivantes, Ockham se fit connaître comme le pirate le plus cruel, vénal et ambitieux à opérer au large du Nouveau Monde. On lui doit de nombreuses techniques de triste renommée : la planche, l'utilisation du crâne et des os croisés sur les pavillons pour terrifier les adversaires et le rançonnement de prisonniers civils. Lorsqu'il attaquait villes ou vaisseaux, il n'hésitait pas à employer la torture pour trouver le butin. Imposant physiquement et intellectuellement, il fut l'un des rares capitaines pirates à exiger, et à se voir accorder, une part de butin plus importante que celle de son équipage.

Il remportait ses victoires grâce à un rare mélange de psychologie, de sens tactique et de cruauté. Par exemple, lorsqu'il attaqua la ville espagnole fortifiée de Portobelle, il obligea les nonnes d'une abbaye voisine à placer elles-mêmes les pièces et les échelles de siège, se disant qu'en catholiques convaincus les Espagnols ne se résoudraient jamais à ouvrir le feu. Son arme préférée devint le mousqueton, une arme à canon court qui tirait un feu mortel de grains de plomb. Fréquemment, sous le prétexte de négocier, il réunissait les édiles d'une ville assiégée ou les officiers commandants d'un navire ennemi. Puis, un mousqueton dans chaque main, il détruisait le groupe de deux rafales.

Son cynisme crût proportionnellement à sa soif de butin. En 1691, il tenta un siège par voie de terre de la ville de Panamá, lequel se solda par un échec. Battant en retraite sur l'autre rive du Chagres, il aperçut dans la baie voisine un galion qui faisait route vers le large et l'Espagne. Lorsqu'il apprit que le navire transportait trois millions de pesos, on raconte qu'il jura de ne jamais plus laisser un seul galion lui échapper.

Au cours des années suivantes, il s'intéressa d'encore plus près à l'or espagnol, aux villes qui le conservaient et aux navires qui le transportaient. Il devint si doué pour repérer les transports d'or que certains érudits pensent qu'il parvint à percer le code des capitaines et des envoyés espagnols. [Cf. document classé Thalassa Z-A4-050997.] À l'automne 1693, après un seul mois de pillage de colonies espagnoles, chacun des huit cents hommes d'équipage d'Ockham reçut six cents pesos comme part de butin.

Plus sa puissance s'accrut, plus Ockham se laissa aller à ses tendances sadiques. Sa cruauté barbare devint légendaire. Souvent, après s'être emparé d'un bateau, il coupait les oreilles des officiers, les saupoudrait de sel et de vinaigre et obligeait ses victimes à les consommer. Au lieu de retenir ses hommes lors de la mise à sac d'une ville, il s'arrangeait pour les mettre dans un état de fureur lubrique, avant de les lâcher sur la populace impuissante, se délectant des actes de violence et de débauche qui en résultaient. Quand ses victimes n'étaient pas en mesure de lui donner la rançon qu'il exigeait, il ordonnait qu'on les fasse lentement rôtir sur des broches en bois, ou bien qu'on les éviscère avec des crocs d'embarcation chauffés à blanc.

Ockham remporta son plus grand succès en 1695, quand sa petite armada de navires parvint à capturer, piller et couler la *Flota de plata* espagnole en route pour Cadix. On a estimé à plus d'un milliard de dollars en valeur nominale son butin de barres et lingots d'or, de lingots et saumons d'argent, de perles et de bijoux.

Le destin d'Ockham reste un mystère. En 1697, on découvrit son navire amiral dérivant au large des Açores, l'équipage décimé par une maladie inconnue. On ne trouva pas de trésor à bord, et les historiens de cette période s'accordent pour dire qu'il l'avait dissimulé sur la côte est du Nouveau Monde peu avant sa mort. Bien que cela ait donné lieu à de nombreuses légendes plus ou moins crédibles, les données disponibles semblent désigner trois sites potentiels : l'île à Vache au large d'Hispanolia ; l'île de Palms en Caroline du Sud, ou Ragged Island au large du Maine, à soixante-dix milles au nord de Monhegan.

FIN D'IMPRESSION
TEMPS DE BOBINE : 001 :02
NOMBRE D'OCTETS : 15 425

14

Hatch jeta l'ancre du *Plain Jane* à vingt mètres au large de la côte sous le vent de Ragged Island. Il était 6 h 30, et le soleil venait d'apparaître à l'horizon, noyant l'île d'une gaze dorée. Pour la première fois depuis son retour à Stormhaven, le brouillard protégeant l'île était complètement levé. Il sauta dans son canot et mit le cap sur la jetée préfabriquée du camp de base. La journée était déjà chaude et humide, et une certaine lourdeur dans l'air laissait présager du mauvais temps.

Ses vieilles peurs commençaient à s'estomper. Au cours des dernières quarante-huit heures, Ragged Island était devenue agréablement méconnaissable. On avait accompli une énorme somme de travail, plus qu'il ne l'aurait cru possible. On avait entouré les zones instables de rubans jaunes de police, pour délimiter des couloirs sûrs. Les prés dominant l'étroite bande de plage de galets étaient sortis de leur silence désertique pour se transformer en ville miniature. On y avait disposé en cercle des remorques et des préfabriqués. Derrière eux, deux générateurs massifs vibraient, vrombissaient, faisant ondoyer des panaches de diesel dans l'air. À côté d'eux se trouvaient deux énormes réservoirs de carburant. Des faisceaux de tubes en PVC blanc serpentaient sur le sol boueux, protégeant les câbles des intempéries et des piétinements intempestifs. Au milieu du chaos se dressait Île 1, le centre de commandement, une remorque double hérissée d'appareils de communication et d'émetteurs. Amarrant son canot, Hatch rejoignit le camp de base en courant. Il passa devant le magasin et entra dans le préfabriqué qui abritait son cabinet, impatient de le découvrir. Spartiate mais agréable, il sentait le contreplaqué, l'éthanol et la tôle galvanisée. Hatch fit le tour des lieux, admirant l'équipement neuf, surpris et ravi de voir que Neidelman avait acheté ce qu'il y avait de mieux sur le marché. Le cabinet était complètement équipé : un magasin fermé à clé plein d'instruments, des placards à médicaments et même un électrocardiographe. Presque trop équipé, en fait : parmi les fournitures médicales dans les placards, Hatch trouva un côlonoscope, un défibrillateur, un compteur Geiger électronique sophistiqué et divers gadgets visiblement coûteux qu'il ne put identifier. La construction elle-même était plus vaste qu'elle n'en avait l'air. Elle renfermait un bureau, une salle d'examen, et même une infirmerie de deux lits. À l'arrière, se trouvait un petit appartement où Hatch pourrait passer la nuit en cas de tempête.

Sortant de sa hutte, il se dirigea vers Île 1 en évitant les ornières et les sillons creusés par le passage de l'équipement lourd. À l'intérieur du centre de commandement, il trouva Neidelman, Streeter et l'ingénieur, Sandra Magnusen, penchés sur un écran. Magnusen ressemblait à un petit insecte compact, le reflet de l'écran de l'ordinateur donnant une teinte bleuâtre à son visage, les lignes de données semblant défiler sur ses verres épais. Elle avait à nouveau l'air revêche, et Hatch avait le sentiment que sa misanthropie englobait les médecins.

Neidelman leva les yeux et hocha la tête.

— Le transfert de données à partir de Scylla est terminé depuis plusieurs heures. Nous sommes en train de finir la simulation de la pompe.

Il s'écarta pour permettre à Hatch de voir le terminal :

SIMULATION TERMINÉE À 06 :39 :45 :21
RÉSULTATS SUIVENT
DIAGNOSTICS

ÉTAT DU SERVEUR GÉNÉRAL	OK
RELAIS DE RÉSEAU	OK
RELAIS DE SECTEUR	OK
ANALYSEUR DE FLOT DE DONNÉES	OK
CONTRÔLEUR PRINCIPAL	OK
CONTRÔLEUR DES SITES À DISTANCE	OK
ÉTAT DE LA POMPE	OK
CAPTEURS DE FLUX	OK
ARRÊT D'URGENCE	OK
FILE D'ATTENTE DE MÉMOIRE	30538S295
RETARD DES PAQUETS	.000045
VÉRIFICATION PAR SOMMATION DES TRAITEMENTS À DISTANCE	OK

ÉCARTS	00,00000 %
ÉCARTS VS SCYLLA	00,15000 %
ÉCART VS PRÉCÉDENT	00,37500 %
RÉSULTAT FINAL	
SIMULATION RÉUSSIE	

Le front de Magnusen se plissa.

— Tout va bien ? demanda Neidelman.

— Oui, soupira l'ingénieur. Non. En fait, je ne sais pas. L'ordinateur a l'air de faire des siennes.

— Mais encore ? dit Neidelman calmement.

— Il tourne un peu lentement, notamment quand on a testé les interruptions d'urgence. Et regardez-moi ces écarts. Le réseau de l'île dit que tout est normal. Mais il y a un écart par rapport à la simulation que nous avons faite sur le système du *Cerberus*. Et il s'est accentué depuis l'essai d'hier soir.

— C'est dans la marge de tolérance ?

Magnusen acquiesça.

— Il pourrait s'agir d'une anomalie dans les algorithmes de sommes de contrôle.

— C'est une manière polie de dire qu'il y a une merde.

Neidelman se tourna vers Streeter.

— Où est Wopner ?

— En train de dormir sur le *Cerberus*.

— Réveillez-le.

Neidelman se tourna vers Hatch et lui indiqua la porte. Ils sortirent tous les deux dans le soleil brumeux.

15

— J'aimerais vous montrer quelque chose, dit le capitaine à Hatch.

Sans attendre de réponse, il s'éloigna avec sa rapidité coutumière, fendant les herbes hautes à grandes enjambées, laissant derrière lui un panache de fumée de pipe et d'assurance. À deux reprises, des employés de Thalassa l'arrêtèrent pour le consulter, et il parut diriger plusieurs opérations à la fois avec une précision sereine. S'efforçant de ne pas se laisser distancer, Hatch avait à peine le temps d'évaluer les changements autour de lui. Ils suivaient un chemin bordé d'une corde par les géomètres de Thalassa. Çà et là, de courtes passerelles en aluminium couvraient de vieux puits et des zones à risque.

— Joli temps pour une balade, haleta Hatch.

Neidelman sourit.

— Votre cabinet vous plaît ?

— Tout est impeccable, merci. Je pourrais soigner un village entier.

— Dans un sens, c'est ce qui va se passer.

Ils montaient vers la bosse centrale de l'île, où se regroupaient la plupart des vieux puits. On avait placé des plates-formes d'aluminium et des petits derricks au-dessus des gouffres boueux. Le sentier principal se divisait en plusieurs branches qui contournaient les anciennes installations. Saluant un géomètre, Neidelman choisit l'un des sentiers du milieu. Une minute plus tard, Hatch se retrouvait au bord d'un trou béant. Mis à part la présence de deux ingénieurs occupés à relever des mesures avec un instrument que Hatch ne reconnut pas, le puits était identique à la douzaine de ses voisins. Il disparaissait sous les herbes et les buissons, au travers desquels on distinguait vaguement l'extrémité d'une poutre pourrissante. Hatch se pencha prudemment au-dessus du trou. Il ne vit qu'obscurité. Un tuyau articulé en métal d'un diamètre impressionnant jaillissait des profondeurs invisibles et partait en serpentant sur le sol boueux vers la côte ouest.

— C'est bien un puits, dit Hatch. J'aurais dû apporter un panier de pique-nique et un livre de poèmes.

Neidelman sourit, tira un papier plié de sa poche et le tendit à Hatch. Ce dernier vit une longue colonne de dates, accompagnées de chiffres. L'une des couples de données était surlignée de jaune : 1690 + 40.

— On a terminé les tests de carbone 14 tôt ce matin dans le labo du *Cerberus*. Voici les résultats, expliqua Neidelman en tapotant du doigt les chiffres surlignés.

Hatch y jeta un nouveau coup d'œil, puis lui rendit la feuille.

— Qu'est-ce que cela veut dire ?

— C'est lui, dit tranquillement Neidelman.

Il y eut un silence.

— Le Puits inondé ? s'exclama Hatch, incrédule.

Neidelman acquiesça.

— Soi-même. Le bois utilisé pour étayer ce puits a été coupé vers 1690. Tous les autres datent d'entre 1800 et 1930. Il n'y a aucun doute possible. Il s'agit bien du Puits inondé dessiné par Macallan et construit par l'équipage d'Ockham.

Neidelman désigna un autre trou plus petit à environ trois mètres de là.

— Et, à moins que je ne me trompe, voilà le puits de Boston, creusé cent cinquante ans plus tard. On le reconnaît à sa dénivellation progressive, après la chute initiale.

— Mais vous avez fait si vite pour le trouver ! s'écria Hatch, ébahi. Pourquoi personne n'avait-il encore pensé à la datation au carbone 14 ?

— Le dernier à creuser sur cette île a été votre grand-père à la fin des années 1940. La datation au carbone 14 n'a été inventée que dix ans plus tard. Et ce n'est là qu'un des progrès technologiques que nous exploiterons ces prochains jours. Nous commencerons la construction d'Orthanc cet après-midi. Ses éléments attendent d'être assemblés au dock de ravitaillement.

Hatch fronça les sourcils.

— Orthanc ?

Neidelman éclata de rire.

— Nous nous en sommes servis pour la première fois lors d'une opération de récupération à Corfou l'année dernière. Orthanc est un poste d'observation au sol vitré construit au sommet d'un grand derrick. Un des hommes de l'équipe de l'année dernière était un dingue de Tolkien, et le nom est resté. La tour est équipée de treuils et de matériel de télédétection. Nous allons pouvoir regarder dans la gueule de la bête, littéralement et métaphoriquement.

— Et pourquoi ce tuyau ? demanda Hatch.

— Le test de coloration. Ce tuyau est relié à une série de pompes sur la côte ouest. Dans environ une heure, à marée haute, nous allons envoyer cinquante mille litres d'eau de mer dans le Puits inondé. Ensuite, nous y lâcherons une teinture spéciale de haute densité. Au reflux, les pompes s'emploieront à repousser la teinture dans le tunnel d'inondation caché de Macallan, vers l'océan. Comme nous ignorons de quel côté de l'île la teinture va apparaître, le *Naiad* et le *Grampus* monteront la garde aux deux extrémités. Dès que nous verrons la teinture apparaître au large, nous enverrons une équipe de plongeurs sceller le tunnel avec des explosifs. L'eau de mer ainsi bloquée, nous pourrons pomper l'eau et assécher toute l'installation. Nous déblaierons le puits de Macallan. À cette même heure vendredi, nous y descendrons munis d'un ciré et de bottes. Ensuite nous aurons tout le loisir de déterrer le trésor.

Hatch ouvrit la bouche, puis la referma en secouant la tête.

— Quoi ? fit Neidelman avec un sourire amusé, le soleil levant donnant un reflet doré à ses yeux pâles.

— Je ne sais pas. Tout va si vite.

Neidelman inspira un grand coup et contempla les installations hérissant l'île.

— Vous l'avez dit vous-même, reprit-il après un silence. Le temps nous est compté... Bien, nous ferions mieux d'y aller. J'ai demandé au *Naiad* de venir vous chercher. Vous pourrez assister au test de la teinture depuis son bord.

Les deux hommes reprirent le chemin du camp de base.

— Vous avez réuni une bonne équipe, dit Hatch en jetant un coup d'œil aux silhouettes qui s'activaient avec une précision méthodique sur le dock de ravitaillement.

— Oui, murmura Neidelman. Excentriques, difficiles parfois, mais tous de braves gens. Je ne m'entoure pas de béni-oui-oui... c'est trop dangereux dans ce domaine.

— Ce Wopner est vraiment un drôle de gus. On dirait un sale môme odieux de treize ans. Ou certains chirurgiens de ma connaissance. Est-il aussi doué qu'il le croit ?

Neidelman sourit.

— Vous vous rappelez ce scandale en 1992, quand chacun des retraités d'une zone postale particulière de Brooklyn s'est retrouvé avec deux zéros de plus sur son chèque de Sécurité sociale ?

— Vaguement.

— C'était Kerry. Il a fait trois ans à Allenwood. Mais il est plutôt susceptible sur ce sujet, alors évitez les blagues sur les taulards.

— Nom de Dieu ! siffla Hatch.

— Et il est aussi doué pour la cryptographie que pour le piratage. Sans ses jeux de rôle en ligne qu'il refuse de lâcher, il serait parfait. Ne vous laissez pas déconcerter par sa personnalité. C'est un brave type.

Ils approchaient du camp de base, et, comme sur un signal, Hatch entendit la voix plaintive de Wopner jaillir d'Île 1.

— Vous m'avez réveillé à cause d'un pressentiment ? J'ai exécuté ce programme une centaine de fois sur Scylla, et c'était parfait. Parfait ! Un programme simple pour des cervelles simples. Il ne fait que diriger ces stupides pompes.

La réponse de Magnusen se perdit dans le bourdonnement des moteurs du *Naiad* qui se plaçait au bout du dock. Hatch fonça chercher sa trousse de médecin, puis sauta à bord du puissant hors-bord à moteurs doubles. À côté, son jumeau le *Grampus* attendait Neidelman avant d'aller prendre position de l'autre côté de l'île.

Hatch tiqua en découvrant Streeter à la barre du *Naiad*, le visage aussi avenant qu'une statue de granit. Il le salua et lui adressa ce qu'il espérait être un sourire amical, n'obtenant qu'un signe de tête sec en retour. Bah ! Streeter avait l'air d'un pro, et rien d'autre ne comptait. S'il boudait encore à cause de ce qui s'était passé pendant l'urgence, c'était son problème.

À l'avant, deux plongeurs vérifiaient leur équipement. La teinture ne resterait pas longtemps à la surface, et il leur faudrait agir vite pour trouver le tunnel sous-marin. Le géologue, Rankin, attendait à côté de Streeter. Voyant Hatch, il sourit, vint vers lui et lui tendit une grande paluche poilue.

— Eh bien, docteur Hatch ! dit-il, dents blanches étincelantes au milieu d'une barbe énorme. Nom de Dieu ! elle est fascinante, votre île.

Hatch avait déjà entendu plusieurs variantes de cette remarque chez d'autres employés de Thalassa.

— C'est la raison de notre présence à tous ici...

— Non, non, je veux dire sur le plan géologique.

— Vraiment ? J'ai toujours cru qu'elle était comme les autres, rien qu'un gros rocher granitique dans l'océan.

Rankin tira de la poche de son ciré ce qui ressemblait à une poignée de muesli.

— Certainement pas, dit-il en mâchant. Du granit ? C'est du schiste biotite, oui, en d'autres termes du mica noir, hautement métamorphosé, altéré et faillé à un degré incroyable. Avec un drumlin dessus. Dingue, mec, dingue.

— Un drumlin ?

— Une espèce vraiment étrange de colline glaciaire, pointue d'un côté et effilée de l'autre. Personne ne sait comment elles se forment, mais je dirais que...

— Plongeurs, tenez-vous prêts, dit la voix de Neidelman dans la radio. Toutes les stations, au rapport, par numéro.

— Station de surveillance, reçu, grinça la voix de Magnusen.

— Station informatique, reçu, dit Wopner, d'un ton qui paraissait las même à la radio.

— Observateur alpha, reçu.

— Observateur bêta, reçu.

— Observateur gamma, reçu.

— *Naiad*, reçu, dit Streeter.

— *Grampus*, reçu, fit la voix de Neidelman. Mettez-vous en position.

Le *Naiad* prit de la vitesse ; Hatch vérifia l'heure : 8 h 20. La marée ne tarderait pas à s'inverser. Il rangeait sa trousse quand les deux plongeurs sortirent en riant de la cabine. L'un était un homme grand et mince, arborant une moustache noire. Il portait une combinaison en Néoprène si moulante qu'elle ne laissait rien ignorer de son anatomie.

L'autre, une femme, se tourna et aperçut Hatch. Elle eut un sourire espiègle.

— Ah ! Alors c'est vous le mystérieux médecin ?

— J'ignorais que j'étais mystérieux.

— Mais c'est bien l'île du docteur Hatch, non ? J'espère que vous ne m'en voudrez pas si j'évite vos services.

— J'espère aussi que vous n'en aurez pas besoin, répondit Hatch en regrettant de ne pas trouver réplique plus spirituelle.

Des gouttes d'eau étincelaient sur la peau dorée de son interlocutrice et ses yeux noisette avaient des reflets de miel. Elle ne pouvait pas avoir plus de vingt-cinq ans. Elle avait un accent exotique, un peu créole.

— Je m'appelle Isabelle Bonterre, dit-elle en enlevant son gant de Néoprène pour lui tendre une main fraîche et humide.

— Heureux de faire votre connaissance, répondit Hatch avec un temps de retard.

— Et vous êtes le brillant médecin de Harvard dont Gerard parlait. Il vous aime beaucoup, vous savez.

Hatch se sentit rougir.

— J'en suis ravi.

Il ne s'était jamais demandé si Neidelman l'aimait bien, mais il ne fut pas mécontent de l'apprendre. Du coin de l'œil, il surprit un regard haineux de Streeter.

— Contente que vous soyez à bord. Cela m'évite d'avoir à vous chercher.

Hatch fronça les sourcils.

— Je vais localiser le vieux camp pirate, le mettre à nu. Vous êtes le propriétaire de cette île, non ? Où camperiez-vous si vous deviez y passer trois mois ?

Hatch réfléchit.

— À l'origine, l'île était couverte de sapins et de chênes. J'imagine qu'ils auraient déboisé du côté sous le vent. Sur le rivage, près de l'endroit où étaient amarrés leurs bateaux.

— La côte sous le vent ? Ils auraient été visibles depuis le continent par temps clair, non ?

— Eh bien, je suppose, oui. Mais cette côte était peu peuplée en 1696.

— Et ils auraient eu besoin de monter la garde du côté du large, n'est-ce pas ? Au cas où un bateau leur serait tombé dessus.

— Oui, exact, dit Hatch, légèrement agacé, se demandant pourquoi elle posait toutes ces questions, si elle connaissait déjà toutes les réponses. La principale route de navigation entre Halifax et Boston passait juste ici, à travers le golfe du Maine... Mais, si cette côte était peuplée, comment auraient-ils dissimulé neuf bateaux ?

— Je crois le savoir. Il y a un port très enfoncé dans les terres à deux milles au nord, protégé par une île.

— Black Harbor.

— Exactement.

— Cela tient debout. Black Harbor n'a été peuplée qu'à la moitié du XVIIIe siècle. L'équipe de travail et Macallan pouvaient vivre sur l'île, pendant que les bateaux restaient à l'abri du port.

— La côte sous le vent, alors ! fit Bonterre. Merci pour votre aide. Maintenant il faut que je me prépare.

Toute trace d'agacement de Hatch avait fondu devant le sourire éblouissant de l'archéologue. Cette dernière remonta ses cheveux pour les glisser dans son capuchon et mit son masque. L'autre plongeur la rejoignit pour arranger ses réservoirs. Il se présenta à Hatch.

— Sergio Scopatti.

Bonterre regarda la combinaison de l'homme d'un air appréciateur, comme si elle la découvrait.

— *Grande merde du noir* ! murmura-t-elle. Je ne savais pas qu'ils fabriquaient des combinaisons de plongée chez Speedo.

— Les Italiens fabriquent tout ce qui est à la mode, rit Scopatti. Et *molto svelta*.

— Comment marche ma vidéo ? demanda Bonterre à Streeter par-dessus son épaule en tapotant une petite caméra montée sur son masque.

Streeter toucha une série de commutateurs et un écran vidéo s'éclaira sur la console, montrant la face souriante de Scopatti.

— Regarde ailleurs, ou tu vas dérégler ta caméra.

— Bien, je vais regarder notre médecin alors.

Hatch vit son propre visage apparaître sur l'écran.

— Vous avez tort, cela va non seulement dérégler la caméra, mais faire aussi imploser l'objectif, dit Hatch en se demandant pourquoi il n'arrivait pas à trouver ses mots avec cette femme.

— La prochaine fois, c'est moi qui prends l'équipement vidéo, dit Scopatti.

— Jamais. Le célèbre archéologue, c'est moi. Tu n'es rien que de la main-d'œuvre italienne bon marché.

Scopatti se contenta de sourire, pas vexé pour deux sous.

On entendit alors la voix de Neidelman.

— Cinq minutes avant le changement de marée. Est-ce que le *Naiad* est en position ?

Streeter acquiesça.

— Monsieur Wopner, est-ce que le programme fonctionne correctement ?

— *No problemo*, capitaine. Tout tourne impec, maintenant. Maintenant que je suis là, je veux dire.

— Compris. Docteur Magnusen ?

— Les pompes sont prêtes, capitaine. L'équipe dit que la bombe à teinture est accrochée au-dessus du Puits inondé et que la commande à distance est en place.

— Excellent. Magnusen, vous lâcherez cette bombe à mon signal.

Le silence se fit sur le *Naiad*. Deux guillemots filèrent à côté, rasant la surface de l'eau. À l'autre extrémité de l'île, Hatch distingua le *Grampus*, sur la mer étale juste derrière les récifs. La tension monta.

— Pleine mer moyenne, dit la voix calme de Neidelman. Lancez les pompes.

Le vrombissement des pompes arriva, porté par l'eau. Comme en réponse, l'île grogna et toussa avec l'inversion de la marée. Hatch frissonna ; si une chose lui faisait encore horreur, c'était bien ce bruit.

— Pompes à dix, annonça la voix de Magnusen.

— Maintenez ce débit. Monsieur Wopner ?

— Charybde réagit normalement, capitaine. Marges de tolérance normales pour tous les systèmes.

— Très bien. Allons-y. Les observateurs sont prêts ?

Il y eut un nouveau chœur de oui. Se tournant vers l'île, Hatch aperçut plusieurs hommes équipés de jumelles alignés sur les falaises.

— Le premier qui repère la teinture a une prime. Bien, lâchez la bombe de teinture.

Il y eut un silence, puis un faible bruit du côté du Puits inondé.

— Teinture lâchée, dit Magnusen.

Tous les regards se braquèrent vers la surface légèrement ondulante de l'océan. L'eau était sombre, presque noire, mais il n'y avait pas de vent, ce qui rendait les conditions idéales. Malgré le courant croissant, Streeter réussissait à préserver l'immobilité du bateau grâce à un maniement expert des manettes. Une minute s'écoula, puis une autre, le seul bruit étant le vrombissement des pompes envoyant de l'eau de mer dans le Puits inondé, poussant la teinture du cœur de l'île vers la mer. À l'arrière, Bonterre et Scopatti attendaient, silencieux et vigilants.

— Teinture à vingt-deux degrés, dit la voix hachée d'un des observateurs sur l'île. À quarante-deux mètres au large.

— *Naiad*, c'est votre quadrant, dit Neidelman. Le *Grampus* vient vous aider. Bravo !

On entendit des acclamations.

C'est là que j'ai vu le tourbillon, pensa Hatch.

Streeter vira de bord, mit les gaz et Hatch ne tarda pas à apercevoir une tache claire sur l'océan à environ trois cents mètres. Leurs masques et régulateurs en place, Bonterre et Scopatti se tenaient prêts à plonger, pistolets à goupilles à la main et bouées à la ceinture.

— Teinture à deux cent quatre-vingt-dix-sept degrés, à trente mètres au large, dit la voix d'un autre observateur, à travers les acclamations.

— Quoi ? fit Neidelman. Vous voulez dire que la teinture apparaît à un autre endroit ?

— Affirmatif, capitaine.

Il y eut un silence choqué.

— On dirait qu'on a deux tunnels à sceller, dit Neidelman. Le *Grampus* va marquer le second. Allons-y.

Le *Naiad* se rapprochait du remous de teinture jaune brisant la surface juste à l'intérieur des récifs. Streeter coupa les gaz et fit tourner le bateau au ralenti pendant que les plongeurs sautaient. Épaule contre épaule avec Rankin, Hatch regarda les écrans. Il ne distingua d'abord que des nuages de teinture jaune. Puis l'image s'éclaircit. Une grande lézarde apparut sur le fond boueux du récif, la teinture en jaillissant comme de la fumée.

— Le voilà, dit la voix excitée de Bonterre.

L'image s'agita lorsqu'elle nagea vers la lézarde, tira une petite goupille explosive dans le rocher voisin et attacha une bouée gonflable. Cette dernière remonta, et Hatch se pencha par-dessus la lisse pour la voir surgir à la surface, avec une petite cellule solaire et une antenne s'agitant à son sommet.

— Marqué ! s'écria Bonterre. Paré pour placer les charges.

— Regardez-moi ça, haleta Rankin, son regard allant de l'image vidéo au sonar. Il leur a suffi de creuser des fractures existantes dans le roc. Incroyablement en avance pour une construction du XVIIe siècle...

— Teinture à cinq degrés, vingt-sept mètres au large.

— Vous êtes sûr ? fit la voix incrédule de Neidelman. D'accord, on a un troisième tunnel. *Naiad*, à vous de jouer. Observateurs, pour l'amour de Dieu, gardez l'œil au cas où la teinture se dissoudrait avant qu'on arrive.

— Une autre teinture ! Trois cent trente-deux degrés, vingt et un mètres au large.

La première voix retentit de nouveau.

— Teinture à quatre-vingt-cinq degrés, je répète, quatre-vingt-cinq degrés, à douze mètres au large.

— On prend celle à trois cent trente-deux, dit Neidelman avec une intonation étrange. Combien de tunnels ce foutu architecte a-t-il construits ? Streeter, cela vous en fait deux en plus. Faites remonter vos plongeurs le plus vite possible. Pour l'instant, contentez-vous de marquer les sorties, on placera les explosifs plus tard. Il ne nous reste que cinq minutes avant que cette teinture ne se dissipe.

Une seconde plus tard, Bonterre et Scopatti remontaient à bord et, sans un mot, Streeter vira et mit les gaz. Hatch aperçut un autre nuage de teinture jaune bouillonnant à la surface. Le bateau décrivit des cercles pendant que Bonterre et

Scopatti plongeaient. On vit surgir une autre bouée ; les plongeurs remontèrent, et le *Naiad* se dirigea vers l'endroit où la troisième tache de teinture apparaissait. Bonterre et Scopatti sautèrent de nouveau à l'eau, et Hatch se tourna vers l'écran vidéo.

Scopatti nageait devant, visible sur la caméra de Bonterre, silhouette fantomatique au milieu des tourbillons de teinture. Ils se trouvaient déjà à une plus grande profondeur que les deux premières fois. Enfin, les rochers déchiquetés au fond du récif devinrent visibles, de même qu'une ouverture carrée, bien plus grande que les autres, d'où s'échappaient les dernières volutes de teinture.

— Qu'est-ce que c'est que ça ? fit la voix incrédule de Bonterre. Sergio, attends !

Soudain la voix de Wopner retentit dans la radio.

— On a un problème, capitaine.

— Quoi ?

— J'sais pas. J'obtiens des messages d'erreur, mais le système fait état d'un fonctionnement normal.

— Passez sur le système de secours.

— C'est ce que je fais, mais… attendez, maintenant c'est le réseau… Oh merde !

— Quoi ?

Hatch entendit alors le bruit des pompes sur l'île diminuer.

— Panne de système, dit Wopner.

Le micro de Bonterre émit un son déformé, indistinct. Hatch regarda l'écran vidéo : il était mort. Non, pas mort, noir. Puis de la neige fit son apparition dans l'obscurité jusqu'à ce que le signal se perde dans une tempête hurlante de distorsion électronique.

— Bonterre ? cria Streeter en pressant compulsivement le bouton de communication. Vous m'entendez ? Nous ne recevons plus votre image. Bonterre !

Scopatti remonta à la surface à environ trois mètres du bateau et arracha le régulateur de sa bouche.

— Bonterre a été aspirée par le tunnel, haleta-t-il.

— Quoi ? fit la voix de Neidelman.

— Il a dit que Bonterre a été aspirée..., commença Streeter.

— Bordel, mais allez la chercher ! aboya Neidelman.

— C'est mortel, là-dessous, hurla Scopatti. Il y a un contre-courant énorme et...

— Streeter, donnez-lui une filière ! fit Neidelman. Et Magnusen, oubliez l'ordinateur, mettez les pompes en marche manuellement. Leur arrêt a dû créer une sorte de refoulement...

— Oui, monsieur, dit Magnusen. J'ai besoin d'au moins cinq minutes.

— Dépêchez-vous.

La voix de Neidelman était dure mais de nouveau calme.

— Je vous accorde trois minutes.

— Oui, monsieur.

— Et, Wopner, mettez-moi le système en ligne.

— Mais, capitaine, les diagnostics me disent que tout est...

— Taisez-vous. Réparez.

Scopatti accrocha une filière à sa ceinture et sauta par-dessus bord.

— Je dégage cette zone, dit Hatch à Streeter en commençant à étaler des serviettes sur le pont pour recevoir son blessé potentiel.

Streeter dévidait la filière, aidé par Rankin. Après une secousse, cette dernière se tendit.

— Streeter ? fit la voix de Neidelman.

— Scopatti est dans le contre-courant. Je le sens au bout de la filière.

Hatch fixait la neige sur l'écran avec une sensation macabre de déjà-vu. C'était comme si Bonterre avait disparu, évaporée aussi brutalement que...

Il inspira un grand coup et détourna les yeux. Il ne pouvait rien faire tant qu'on ne l'aurait pas ramenée à la surface. Rien.

Dans l'île, les pompes se remirent en marche.

— Bravo, dit Neidelman.

— La filière est molle, dit Streeter.

Il y eut un silence tendu. Hatch vit les derniers bouillons de teinture disparaître quand le flot ressortit du tunnel. Puis l'écran vidéo redevint noir, et on perçut un bruit de souffle sur la ligne. L'écran noir s'éclaircit, et Hatch vit avec soulagement un carré vert de lumière grandir sur l'écran : la sortie du tunnel.

— Merde ! dit la voix de Bonterre lorsqu'elle fut éjectée de l'ouverture, l'image de sa caméra s'agitant dans tous les sens.

Quelques secondes plus tard, on aperçut un bouillonnement à la surface. Hatch et Rankin se précipitèrent pour aider Bonterre à remonter à bord. Scopatti suivit, la débarrassant de ses réservoirs et de son casque pendant que Hatch l'allongeait sur les couvertures.

Hatch lui ouvrit la bouche pour vérifier les voies respiratoires. Parfait. Il descendit la fermeture Éclair de sa combinaison et l'ausculta avec son stétho. Elle respirait normalement, il n'y avait pas de bruit d'eau dans ses poumons, et son cœur battait vite et bien. Hatch remarqua une entaille dans sa combinaison à la hauteur de l'estomac.

— Incroyable, toussa Bonterre, essayant de se redresser en brandissant un objet gris.

— Ne bougez pas ! ordonna sèchement Hatch.

— Du ciment ! Du ciment vieux de trois siècles ! Il y avait une rangée de pierres encastrées dans le récif...

Hatch lui palpa la base du crâne, cherchant un signe de contusion ou de blessure spinale. Il n'y avait ni gonflements, ni coupures, ni dislocations.

— Ça suffit ! dit-elle en tournant la tête. Vous vous prenez pour un phrénologue ?

— Streeter ! Au rapport ! aboya Neidelman dans la radio.

— Ils sont à bord, monsieur. Bonterre a l'air d'aller bien.

— Je vais bien, mais débarrassez-moi de ce médecin ! s'écria-t-elle en se débattant.

— Une seconde, que j'examine votre estomac, dit Hatch en la retenant gentiment.

— Ces pierres, elles ressemblaient à des fondations, continua-t-elle en se recouchant. Sergio ? Tu as vu ? Qu'est-ce que ça peut bien être ?

D'un coup, Hatch descendit la fermeture Éclair de sa combinaison jusqu'au nombril.

— Hé !

Ignorant ses protestations, Hatch examina rapidement la coupure : une vilaine écorchure sous les côtes, mais elle paraissait superficielle.

— C'est juste une éraflure, protesta Bonterre en tendant le cou pour voir ce que Hatch était en train de faire.

Il retira sa main avec un frisson qui n'avait rien de professionnel.

— Peut-être avez-vous raison, dit-il d'un ton un peu plus sardonique qu'il n'aurait voulu, en tirant une pommade antibiotique à usage local de sa trousse. La prochaine fois, j'irai dans l'eau et vous jouerez au médecin. En attendant, je vais vous mettre un peu de ça, pour éviter une infection. Vous n'êtes pas passée loin.

— Ça chatouille !

Scopatti, nu jusqu'à la taille, contemplait la scène avec un sourire attendri. Quant à Rankin, il avait les yeux brillants. Cette femme faisait décidément des ravages.

— J'ai atterri dans une grande caverne sous-marine. Je n'ai pas trouvé les parois tout de suite, et j'ai cru ma fin arrivée.

— Une caverne ? dit Neidelman d'un ton dubitatif.

— Parfaitement. Une grande caverne. Mais ma radio était morte. Comment vous expliquez ça ?

— Le tunnel a dû bloquer la transmission.

— Et pourquoi ce contre-courant ? La marée sortait.

Il y eut un bref silence.

— Je n'ai pas la réponse, finit par dire Neidelman. Peut-être saurons-nous pourquoi une fois le Puits et ses tunnels asséchés. J'attends un rapport complet. En attendant, vous devriez vous reposer. *Grampus,* terminé.

— Marqueurs en place. Retour à la base, fit Streeter.

Le moteur vrombit, et la vedette fendit les flots. Hatch rangea ses instruments en écoutant le bavardage à la radio. Sur le *Grampus,* Neidelman parlait à Île 1.

— Je vous jure, lui disait Wopner. On a affaire à un fantôme cybernétique. Je viens juste de décharger une mémoire morte sur Charybde, et je l'ai comparée à celle de Scylla. C'est le foutoir le plus total. Ce putain de système est maudit. Même un génie de l'informatique pourrait pas récrire une mémoire morte...

— Ne commencez pas à parler de malédiction, dit sèchement Neidelman.

À l'approche de la jetée, Bonterre retira sa combinaison, la rangea dans un placard, dénoua ses cheveux et se tourna vers Hatch.

— Eh bien voilà, docteur, mon cauchemar s'est réalisé. J'ai eu besoin de vos services, finalement.

— Ce n'était rien, assura Hatch, furieux de se sentir rougir.

— Oh ! mais ce fut loin d'être désagréable.

16

Les ruines du fort Blacklock dominaient l'entrée du port de Stormhaven. Le fort circulaire se dressait au milieu d'une grande prairie parsemée de sapins blancs, qui descendait vers des champs cultivés et un « buisson de sucre », un bosquet d'érables. En face du fort, on avait dressé une grande tente jaune et blanc, décorée de rubans et de fanions flottant joyeusement au vent. Une banderole proclamait en lettres peintes à la main : 71e FÊTE ANNUELLE DU HOMARD.

Hatch remonta la pente douce de la colline avec une certaine appréhension. La fête du homard était pour lui la première véritable occasion de rencontrer les habitants de la ville et il ne savait pas trop quel genre d'accueil espérer. Mais il ne nourrissait guère de doutes sur celui qui serait réservé à l'expédition elle-même.

Thalassa n'avait passé qu'une semaine à Stormhaven, mais l'impact de sa présence était déjà considérable. Les membres de l'équipe occupaient la plupart des maisons et des chambres à louer, en payant parfois le prix fort. La minuscule pension de famille affichait complet. Les deux restaurants de la ville, « Anchors Away » et « The Landing », étaient bondés tous les soirs. La station à essence de la jetée avait dû faire tripler ses livraisons et, à la supérette, bien que Bud se gardât de l'admettre, les ventes avaient été multipliées par deux. La ville voyait la chasse au trésor d'un si bon œil que le maire s'était empressé de faire de Thalassa l'invité d'honneur de la fête du homard. Que Neidelman prenne discrètement en charge la moitié de la note, sur la suggestion de Hatch, avait tout simplement été la cerise sur le gâteau.

En s'approchant de la tente, Hatch aperçut la table d'honneur, déjà occupée par le gratin local et les cadres de Thalassa. On avait installé un petit podium et un micro derrière. Les citadins et les membres de l'expédition se pressaient autour, une limonade ou une bière à la main, ou faisaient la queue pour avoir leur homard.

Il entendit un cri nasal familier. Kerry Wopner tenait d'une main une assiette en carton gémissant sous le poids de deux homards, d'une salade de pommes de terre et d'un épi de maïs, et de l'autre une énorme bière à la pression. Le cryptographe avançait avec précaution, bras tendus en avant, s'efforçant d'empêcher le contenu de son assiette et de son verre de se répandre sur sa chemise hawaiienne, son bermuda, ses socquettes blanches et ses tennis noires.

— Comment on mange ces trucs ? s'écria-t-il en coinçant un pêcheur de homards un peu décontenancé.

— Quoi ? fit l'autre, penchant la tête comme s'il n'avait pas bien entendu.

— On mangeait pas de homards là où j'ai grandi.

— Pas de homards ?

— Ouais. À Brooklyn. C'est en Amérique. Vous devriez aller voir à quoi ça ressemble un jour. J'ai encore jamais mangé ce genre de truc. Comment on ouvre les carapaces ?

— On s'assoit dessus et on force, répliqua l'autre, impassible.

Ses voisins éclatèrent de rire.

— Ah ! très drôle.

— Non, il vous faut une pince, reprit le pêcheur plus gentiment.

— Une pince ?

— Une pince pour briser la carapace. Ou encore un marteau, continua le pêcheur en brandissant un marteau de bateau, rouge et dégoulinant de jus de homard, couvert d'éclats de carapacc rose.

— Manger avec un marteau sale ? Bonjour, l'hépatite.

— Je vais l'aider, lança Hatch au pêcheur qui s'éloigna en hochant la tête.

Il conduisit Wopner à une des tables, le fit asseoir et l'initia rapidement à la consommation du homard : comment ouvrir la carapace, ce qu'il fallait manger, ce qu'il fallait laisser. Puis il partit chercher une assiette, s'arrêtant en chemin pour se remplir un demi à un tonnelet énorme. La bière, qui venait d'une petite brasserie de Camden, était froide avec un goût de malt ; il vida son verre, sentit son serrement de poitrine s'évanouir et le remplit de nouveau avant de se joindre à la queue.

On avait cuit les homards et le maïs à la vapeur, dans des algues entassées sur un foyer de chêne qui envoyait des nuages de fumée odorante vers le ciel bleu. Trois cuisiniers s'agitaient derrière les montagnes d'algues, surveillaient les feux et plaçaient des homards rouge vif sur des assiettes en carton.

— Docteur Hatch !

C'était Doris Bowditch avec un autre splendide bonbon gonflé derrière elle comme un parachute pourpre. Son mari se tenait à côté d'elle, petit, les joues rouges de traces de rasoir et silencieux.

— Comment avez-vous trouvé la maison ?

— Merveilleuse, répondit Hatch chaleureusement. Merci d'avoir fait accorder le piano.

— Ce n'est rien. Pas de problèmes d'électricité, ni d'eau ? Bien. Je me demandais si vous aviez eu l'occasion de réfléchir à ce gentil petit couple de Manchester...

— Oui, répliqua Hatch, prêt à présent. Je ne vends pas.

— Oh ! fit Doris, déconfite. Ils comptaient tellement sur...

— Oui, bien sûr, mais j'ai grandi dans cette maison, Doris.

Son interlocutrice sursauta, comme si les événements de l'enfance de Hatch et les circonstances de son départ lui revenaient en mémoire.

— Évidemment, reprit-elle avec un sourire crispé en posant la main sur son bras. Je comprends. C'est dur de renoncer à la maison de famille. N'en parlons plus. Pour l'instant.

Arrivant en tête de la file, Hatch s'intéressa aux énormes piles d'algues fumantes. Un cuisinier ouvrit l'une des piles, exposant des homards rouges serrés en rang d'oignons, des épis de maïs et des œufs. Il prit un œuf d'une main gantée et le fendit en deux pour vérifier qu'il était dur. On procédait ainsi pour savoir si les homards étaient cuits.

— Parfait ! dit le cuisinier.

Sa voix rappela vaguement quelque chose à Hatch. Reconnaissant son ancien condisciple Donny Truitt, il se raidit.

— Mais c'est ce vieux Martin Hatch ! s'écria Truitt en le voyant. Je me demandais quand je finirais par te croiser. Bon Dieu ! comment tu vas ?

— Donny ! s'écria Hatch en lui serrant la main. Pas mal, et toi ?

— Pareil. Quatre gosses. À la recherche d'un nouveau job depuis que Martin's Marine a bu le bouillon.

— Quatre gosses ! Tu n'as pas perdu ton temps.

— Encore moins que tu le crois. Divorcé deux fois. Tu as sauté le pas ?

— Pas encore.

Donny eut un sourire suffisant.

— Tu as vu Claire ?

— Non, fit Hatch, soudain irrité.

Il regarda son vieux camarade de classe faire glisser un homard sur son assiette. Hormis son ventre proéminent, on aurait dit qu'ils s'étaient quittés la veille, alors que vingt-cinq ans avaient passé. Le môme bavard, sans cervelle, mais avec un cœur gros comme ça, n'avait visiblement pas changé.

Donny lui adressa un clin d'œil appuyé.

— Allons, Donny, Claire et moi, c'était juste de l'amitié.

— C'est ça, de l'amitié. Je ne savais pas qu'on pouvait surprendre des amis en train de se bécoter à Squeaker's Glen. Vous faisiez que vous bécoter, c'est bien ça, Martin ?

— C'était il y a très longtemps. Je ne me rappelle pas les détails de toutes mes histoires.

— Mais un premier amour, ça ne s'oublie pas, hein, Martin ? gloussa Donny en clignant de l'œil sous sa masse de cheveux carotte. Elle ne doit pas être loin. Quoi qu'il en soit, faudra que tu ailles voir ailleurs, parce qu'elle...

Hatch en avait suffisamment entendu.

— Je retarde tout le monde.

— Exact. Je te verrai plus tard.

Donny agita sa fourchette avec un sourire radieux et ouvrit d'autres couches d'algues, mettant à nu une nouvelle rangée de homards d'un rouge étincelant.

Donny cherche un boulot, pensa Hatch en rejoignant la table d'honneur. Cela ne ferait pas de mal à Thalassa d'engager un peu de main-d'œuvre locale.

Il trouva une place à la table d'honneur entre Bill Banns, le rédacteur en chef du journal, et Bud Rowell. Le capitaine Neidelman était assis deux sièges plus loin, entre le maire, Jasper Fitzgerald, et Woody Clay, le pasteur congrégationaliste. Lyle Streeter était le voisin de Clay.

Hatch regarda les deux notables de la ville avec curiosité. Le père de Jasper Fitzgerald avait dirigé les pompes funèbres, et le fils devait en avoir hérité. La cinquantaine, c'était un homme au teint coloré avec une moustache en guidon de vélo, des bretelles en croco et une voix de baryton aussi sonore qu'un contrebasson.

Woody Clay, lui, n'avait pas du tout l'allure de quelqu'un du coin. Il était, presque sur tous les plans, l'antithèse de Fitzgerald. Il avait la maigreur d'un ascète, avec le visage creux et spirituel d'un saint de retour du désert. Mais il y avait aussi une lueur revêche dans son regard. Il était visiblement mal à l'aise à la table d'honneur ; il faisait partie de ces gens qui s'adressent à vous à voix basse, comme s'ils ne voulaient pas qu'on les entende, à en croire sa conversation murmurée avec Streeter. Hatch se demanda ce qu'il pouvait bien lui raconter qui mettait le chef d'équipe aussi mal à l'aise.

— Tu as vu le journal, Martin ? demanda Bill Banns de sa voix traînante.

Jeune homme, Banns avait vu *Spéciale Première* au cinéma local. Depuis, son idée de l'aspect que devait avoir un journaliste n'avait pas bougé d'un iota. Il portait toujours ses manches retroussées, même par les pires gelées, et il avait si longtemps arboré une visière verte qu'aujourd'hui son front paraissait désert sans elle.

— Non, répondit Hatch. J'ignorais qu'il était sorti.

— Ce matin. Il devrait te plaire. J'ai écrit l'éditorial moi-même. Avec ton aide, bien sûr, dit Banns en se touchant le nez comme pour dire : tu me tiens au courant, et je continuerai à répandre la bonne parole.

Hatch se dit qu'il s'arrêterait à la supérette de Bud au retour, pour acheter un exemplaire de *La Gazette*.

Divers outils pour la dissection des homards gisaient sur la table : des marteaux, des pinces et des maillets en bois, tous visqueux d'entrailles. Au centre de la table deux grands saladiers débordaient de débris de carapace. Tout le monde tapait, fendait et mangeait. Wopner avait fini par échouer à la table occupée par les employés de la coopérative locale.

— Est-ce que vous saviez, disait-il, que biologiquement parlant, les homards ne sont rien d'autre que des insectes ? En fait, ce ne sont que de gros cafards rouges sous-marins...

Hatch se détourna et avala une autre généreuse gorgée de bière. Cela se révélait supportable, finalement ; voire mieux que supportable. Tout le monde en ville devait connaître son histoire, mot pour mot. Mais, peut-être par politesse, peut-être par une sorte de pudeur rurale, personne n'avait rien dit. Il leur en était reconnaissant.

Il observa la foule, en quête de visages connus. Il aperçut Christopher Saint John, pris en sandwich entre deux obèses du coin, se demandant apparemment comment démanteler son homard sans faire trop de dégâts. Il vit ensuite Kai Estenson, propriétaire de la quincaillerie, et Tyra Thompson, directrice de la bibliothèque, qui semblait ne pas avoir pris une ride depuis l'époque où elle les poussait dehors Johnny et lui parce qu'ils riaient trop fort des blagues qu'ils se racontaient. *La méchanceté doit effectivement conserver*, se dit-il. Puis il reconnut la tête blanche et les épaules voûtées du professeur Horn, son vieux professeur de biologie, debout à la lisière de la tente comme s'il refusait de se mêler à la foule. Le professeur Horn, qui l'avait noté plus sévèrement qu'aucun prof de faculté, qui lui disait qu'il avait vu des victimes de la route mieux disséquées que les grenouilles sur lesquelles Hatch travaillait. L'intimidant mais loyal professeur Horn qui, plus que tout autre, avait éveillé son intérêt pour la science et la médecine. Hatch fut surpris et soulagé de le savoir encore parmi les vivants.

Il se tourna vers Bud qui suçait une patte de homard.

— Parlez-moi de Woody Clay.

Bud lança la patte vide dans le saladier le plus proche.

— Le révérend Clay ? C'est le pasteur. Un ancien hippie, il paraît.

— D'où vient-il ?

— Des environs de Boston. Il est venu ici il y a vingt ans pour prêcher et il a décidé de rester. On raconte qu'il a renoncé à un gros héritage quand il a pris l'habit.

Bud ouvrit la queue de son homard d'un geste expert avant d'en extraire la chair en un seul morceau. La légère hésitation dans sa voix intrigua Hatch.

— Pourquoi est-il resté ?

— Oh ! l'endroit a dû lui plaire. Tu sais comment ça se passe.

Bud termina son homard en silence.

Hatch jeta un coup d'œil à Clay qui ne parlait plus à Streeter. Il l'examinait avec curiosité quand, relevant la tête, l'autre croisa son regard. Gêné, Hatch se tourna vers Bud, pour découvrir que l'épicier était parti chercher un autre homard. Du coin de l'œil, il vit le pasteur se lever et s'approcher.

— Martin Hatch ? Je suis le révérend Clay.
— Ravi de vous rencontrer, révérend, répondit Hatch en se levant et en serrant la main froide que l'homme lui tendait.
Clay hésita un instant, puis montra la chaise vide.
— Vous permettez ?
— Si Bud n'y voit pas d'inconvénient, moi non plus.
Le pasteur glissa maladroitement sa silhouette angulaire sur la chaise, ses genoux osseux presque au niveau de la table, et braqua un grand regard intense sur Hatch.
— J'ai vu toute l'activité sur Ragged Island, commença-t-il à voix basse. Je l'ai entendue aussi. Du bruit, de nuit comme de jour.
— On est un peu comme un service postal, dit Hatch d'un ton qu'il voulait léger, ne sachant trop où cette conversation les mènerait. Nous ne dormons jamais.
Si Clay fut amusé, il n'en montra rien.
— Cette opération doit coûter fort cher, dit-il en haussant les sourcils.
— Nous avons des investisseurs.
— Des investisseurs. De ces gens qui vous confient dix dollars dans l'espoir que vous leur en rendrez vingt ?
— On peut dire ça comme ça.
Clay hocha la tête.
— Mon père aimait l'argent, lui aussi. Non que cela ait fait de lui un homme plus heureux, ou que cela ait prolongé sa vie d'une seule minute. À sa mort, j'ai hérité de ses actions et de ses obligations. Le comptable appelait cela un portefeuille.

Quand je l'ai ouvert, j'ai découvert des noms de producteurs de tabac, de sociétés minières qui éventraient des montagnes entières, de scieries qui déboisaient des forêts vierges.

Il parlait en regardant Hatch droit dans les yeux.

— Je vois, finit par dire ce dernier.

— Mon père avait confié de l'argent à ces gens, dans l'espoir qu'ils lui rendraient le double. Et c'est exactement ce qui s'était passé. Ils lui avaient rendu deux, trois, quatre fois plus. Et je me retrouvais à la tête de tous ces gains immoraux.

Hatch acquiesça.

Clay baissa la tête et la voix.

— Puis-je vous demander l'ampleur de la richesse que vous et vos investisseurs espérez tirer de tout cela ?

Quelque chose dans la façon du pasteur de prononcer le mot richesse rendit Hatch encore plus prudent. Mais refuser de répondre à la question aurait été une erreur.

— De l'ordre de deux millions.

Clay sembla chercher ses mots.

— Je suis du genre direct. Je ne suis pas doué pour faire la conversation. Comme je n'ai jamais appris à mettre les formes, je vais dire les choses de mon mieux. Je n'aime pas cette chasse au trésor.

— J'en suis navré.

Clay soutint son regard.

— Je n'aime pas tous ces gens qui envahissent *notre* ville en la couvrant d'argent.

Dès leur arrivée, Hatch s'était préparé à une réaction de ce genre. Maintenant qu'il l'entendait enfin, il se sentait étrangement détendu.

— Je ne suis pas sûr que vos concitoyens partagent votre mépris pour l'argent, répondit-il, très calme. Beaucoup d'entre eux ont été pauvres toute leur vie. Ils n'ont pas eu le luxe de choisir la pauvreté, comme vous.

Le visage de Clay se durcit ; Hatch venait apparemment de toucher un point sensible.

— L'argent n'est pas la panacée, contrairement à ce qu'on croit, continua le pasteur. Vous le savez aussi bien que moi. Ces gens ont leur dignité. L'argent va causer la ruine de cette ville. Il va gâcher la pêche au homard, la tranquillité, tout. Et les plus pauvres n'en verront jamais la couleur, de toute façon. Le développement, le progrès les pousseront dehors.

Hatch ne répondit rien. D'une certaine manière, il comprenait ce que Clay voulait dire. Ce serait une tragédie si Stormhaven se transformait en résidence estivale surdéveloppée et hors de prix, comme Boothbay Harbor. Mais cela paraissait peu probable, que Thalassa réussisse ou non.

— Je ne peux pas répondre grand-chose à cela, dit Hatch. L'opération sera terminée dans quelques semaines.

— Ce n'est pas sa durée qui importe, reprit Clay, un peu plus véhément. C'est la motivation derrière. Cette chasse au trésor est une question de cupidité... de cupidité pure. Un homme y a déjà laissé ses jambes. Aucun bien ne sortira de tout cela. Cette île est un mauvais endroit, maudit, si vous voulez. Je ne suis pas superstitieux, mais Dieu sait punir ceux qui agissent sous l'emprise de mobiles impurs.

Hatch sentit soudain la colère l'envahir.

Notre ville ? Des mobiles impurs ?

— Si vous aviez grandi dans cette ville, vous sauriez pourquoi je fais ça. N'allez pas vous imaginer que vous connaissez mes mobiles.

— Je n'imagine rien, dit Clay en se raidissant. Je sais. Je n'ai peut-être pas grandi dans cette ville, mais au moins je sais où est son intérêt. Tout le monde ici a été séduit par cette chasse au trésor, par cette promesse d'argent facile. Mais moi non, Dieu m'entende, moi non. Je vais protéger cette ville. La protéger de vous, et d'elle-même.

— Révérend Clay, je pense que vous devriez lire la Bible avant de jeter de telles accusations : « Ne jugez pas, pour n'être pas jugés. »

Hatch se rendit compte qu'il criait, que sa voix tremblait de colère. Le silence s'était fait autour d'eux ; aux tables voisines, les convives fixaient leurs assiettes. Il se leva d'un bond, passa devant un Clay silencieux et blême, et partit à grands pas vers les ruines du fort.

17

L'intérieur du fort était sombre et humide. Des hirondelles voletaient dans la tour de granit, allant et venant comme des balles dans le soleil tombant à angle droit des meurtrières.

Hatch passa sous l'arche et s'arrêta, haletant, s'efforçant de retrouver son calme. Malgré lui, il avait laissé le pasteur le mettre en colère. La moitié de la ville avait assisté à la scène, et l'autre moitié ne tarderait pas à être au courant.

Il s'assit sur une pierre. Clay avait certainement parlé à d'autres. Hatch doutait qu'on l'écoute, à l'exception peut-être des pêcheurs de homards. Ils étaient souvent superstitieux, et entendre parler de malédictions risquait de les impressionner. Et puis cette remarque à propos de l'expédition qui causerait la ruine de la pêche au homard... Hatch espéra que la saison serait bonne.

Il se calma lentement, laissant la sérénité du fort éteindre sa colère, écoutant les faibles rumeurs de la fête à l'autre bout de la prairie. Il fallait vraiment qu'il se maîtrise mieux. Ce type était un poseur odieux, mais il ne valait pas la peine qu'on s'emporte à cause de lui.

L'endroit était aussi serein et rassurant qu'un ventre, et Hatch eut l'impression qu'il pourrait passer des heures dans cette fraîcheur. Mais il savait qu'il lui faudrait bientôt retourner à la fête, afficher un air nonchalant, apaiser les choses. De toute façon, il devait y retourner avant les inévitables discours. Il se levait quand il eut la surprise de découvrir une silhouette voûtée qui attendait dans l'ombre de l'arche.

— Professeur Horn !

Le vieux visage se rida de plaisir.

— Je me demandais quand tu finirais par remarquer ma présence, dit-il en avançant, appuyé sur sa canne.

Il serra chaleureusement la main de Hatch.

— Jolie petite sortie !

Hatch secoua la tête.

— J'ai perdu mon calme, c'est idiot. Pourquoi ce type me fait-il sortir de mes gonds ?

— Cela n'a rien d'étonnant. Clay est maladroit, socialement inapte, moralement rigide. Mais sous cet extérieur amer bat un cœur aussi grand et généreux que l'océan. Et aussi violent et imprévisible, je dirais. C'est un homme complexe, Martin ; ne le sous-estime pas.

Le professeur lui mit une main sur l'épaule et ajouta :

— Changeons de sujet. Mon Dieu, Martin, tu as l'air en pleine forme. Je suis très fier de toi. Harvard, un poste de chercheur à Mount Auburn. Tu as toujours été un garçon intelligent. Dommage que tes notes n'aient pas été à la hauteur.

— Je vous dois beaucoup !

Hatch se rappelait ces après-midi passés dans l'immense maison victorienne du professeur, fasciné par ses collections de minéraux, de scarabées et de papillons, durant les dernières années avant son départ de Stormhaven.

— Sottises ! J'ai toujours ta collection de nids, à propos. Je ne savais pas où l'envoyer après ton départ.

Hatch se sentit soudain coupable. Il ne lui était jamais venu à l'esprit que l'auguste professeur puisse désirer avoir de ses nouvelles.

— Je suis surpris que vous n'ayez pas jeté ces cochonneries.

— En fait, c'était une collection remarquable, répliqua le professeur en lui prenant le bras. Ramène-moi à la tente, tu veux ? Je suis un peu branlant, à présent.

— J'aurais donné de mes nouvelles...

— Pas un mot, pas même une adresse où faire suivre le courrier ! Et puis j'ai lu un article sur toi dans *Globe* l'année dernière.

Hatch se détourna, le visage rouge de honte.

— Aucune importance, ronchonna le professeur. Selon les tables de mortalité, je devrais être mort. Je fête mes quatre-vingt-neuf ans jeudi prochain, et tu as intérêt à m'apporter un cadeau.

Ils sortirent dans le soleil baignant la prairie. Des rires leur parvinrent, portés par la brise.

— Vous devez savoir pourquoi je suis revenu.

— Qui ne le sait pas ?

Le professeur n'ajoutant rien, ils poursuivirent en silence.

— Et ? finit par dire Hatch.

Le vieillard le regarda d'un air interrogateur.

— Allez jusqu'au bout. Que pensez-vous de cette chasse au trésor ?

Le professeur continua à marcher, puis il s'arrêta et, se tournant vers Hatch, lui lâcha le bras.

— C'est toi qui as insisté, rappelle-toi.

Hatch acquiesça.

— Je pense que tu es un sacré imbécile.

Hatch en resta sans voix. Clay, il s'y attendait, mais ça, non.

— Pourquoi dites-vous cela ?

— Tu es le mieux placé pour le comprendre. Quoi qu'il y ait là-dedans, vous ne le sortirez pas.

— Écoutez, professeur Horn, nous disposons d'une technologie que les autres chasseurs de trésors n'imaginaient même pas. Sonars, magnétomètres, liaison satellitaire. Nous avons vingt millions de dollars de financement, et nous disposons même du journal de l'homme qui a dessiné le puits.

Hatch avait élevé la voix. Il comprit soudain qu'il était très important pour lui d'avoir l'appui de son professeur.

Le professeur Horn secoua la tête.

— Martin, voilà près d'un siècle que je les vois débarquer et repartir. Ils ont tous le meilleur équipement en date. Des tonnes d'argent. Un renseignement crucial, une intuition brillante. Ils prétendent tous que, cette fois, ce sera différent. Et ils finissent tous de la même manière. Faillite, malheur, voire mort. Vous avez déjà trouvé le trésor ?

— Eh bien, non, pas encore. Il y a un petit problème. Nous savions que le puits devait être relié à la mer par un tunnel d'inondation sous-marin, la raison pour laquelle il est toujours inondé. Nous nous sommes servis de teinture pour localiser la bouche du tunnel. Il semble cependant qu'il n'y ait pas un tunnel, mais cinq...

— Je vois. Une broutille. J'ai déjà entendu ce son de cloche. Peut-être que vous résoudrez votre problème. Seulement il s'en posera un autre, et puis encore un autre, jusqu'à la faillite. Ou la mort. Ou les deux.

— Mais cette fois ce sera différent, s'écria Hatch. Ne venez pas me dire qu'il est impossible de déterrer ce trésor. Ce que l'homme a créé, l'homme peut le vaincre.

Le professeur lui agrippa de nouveau les bras. Il avait des mains extraordinairement fortes, noueuses comme les racines d'un vieil arbre.

— J'ai connu ton grand-père, Martin. Il te ressemblait beaucoup : jeune, intelligent, une brillante carrière devant lui, un extraordinaire amour de la vie. Tu viens de dire exactement ce qu'il m'a dit, mot pour mot, il y a un demi-siècle. Regarde ce qu'il a légué à ta famille. Tu m'as demandé mon avis ? Eh bien, je te le donne : rentre à Boston avant que l'histoire ne se répète.

Il tourna les talons et s'éloigna en boitillant, fauchant l'herbe de sa canne, puis il disparut de l'autre côté de la colline.

18

Le lendemain matin, la tête un peu lourde des bières de la veille, Hatch s'enferma dans le cabinet médicale pour ranger ses instruments et en dresser l'inventaire. Il y avait eu plusieurs blessés au cours des derniers jours, mais rien de plus grave que quelques écorchures et une côte cassée. Il entreprit de vérifier avec sa liste le contenu de ses placards, dans le sifflement monotone des vagues sur les récifs voisins. À l'extérieur, le soleil luttait faiblement pour percer l'omniprésent rideau de brouillard.

Terminant son inventaire, Hatch accrocha sa tablette à côté des étagères et regarda dehors. Il vit la grande silhouette voûtée de Christopher Saint John avancer précautionneusement sur le terrain accidenté du camp de base. L'Anglais évita un gros câble et un tuyau en PVC, puis plongea dans les quartiers de Wopner, sa tignasse grise passant de justesse sous la porte. Hatch prit les deux chemises noires et sortit du cabinet médical pour rejoindre l'historien. Peut-être avait-il progressé avec le code.

Le bureau de Wopner au camp de base était, si c'était possible, encore plus encombré que sa cabine sur le *Cerberus*. La pièce, déjà petite, disparaissait sous l'équipement. Wopner occupait l'unique chaise du bureau, cerné par des câbles. Malgré l'énorme système d'air conditionné qui soufflait de l'air froid par deux conduits au-dessus de sa tête, la chaleur dégagée par l'électronique était étouffante ; quand Hatch entra, Saint John cherchait un endroit où accrocher sa veste. Ne trouvant pas, il finit par l'étaler avec précaution sur une console voisine.

— Bon Dieu, fit Wopner, si vous posez votre vieux tweed tout poilu là-dessus, vous allez provoquer un court-circuit.

Fronçant les sourcils, Saint John récupéra son bien.

— Kerry, vous avez une minute ? Il faut vraiment que nous discutions de ce problème avec le code.

— J'ai l'air d'avoir une minute ? Je viens juste de terminer un diagnostic de l'île. J'ai tout passé en revue, jusqu'au microcode. Une heure que ça m'a pris, même avec la largeur de bande maximum. Tout est vérifié : les pompes, les compresseurs, les serveurs, tout ce que vous voudrez. Aucun problème, aucune erreur.

— Génial, dit Hatch.

Wopner lui lança un regard incrédule.

— Vous n'avez jamais songé à adopter un cerveau ? Génial ? C'est carrément l'horreur, oui !

— Je ne comprends pas.

— On a eu une panne de système, vous vous souvenez ? Ces foutues pompes nous ont pété dans les doigts. Ensuite, j'ai comparé le système de l'île avec Scylla sur le *Cerberus*, et vous savez quoi ? Les puces ROM, en d'autres termes la mémoire morte, de Charybde avaient été modifiées. Modifiées, bordel !

— Et ?

— Et je viens de refaire le diagnostic, et tout va bien. Non seulement ça, mais on ne trouve aucun écart d'aucune sorte sur tout le réseau. Pas d'écarts. Vous pigez ? C'est une impossibilité physique et informatique.

Saint John contemplait l'équipement qui l'entourait, les mains croisées derrière le dos.

— Un fantôme dans la machine, Kerry ?

Wopner l'ignora.

— Je ne m'y connais pas très bien en ordinateurs, poursuivit Saint John, mais je connais une expression : à mauvaise entrée, mauvaise sortie.

— Ha ! ha ! Ce n'est pas la programmation.

— Je vois. Il ne pourrait s'agir d'une erreur humaine. Si je me souviens bien, il a suffi d'une équation FORTRAN incorrecte pour envoyer Mariner dans une chasse au trésor intergalactique, sans retour possible.

— L'important, c'est que cela marche maintenant, dit Hatch. Pourquoi ne pas continuer ?

— C'est ça, pour que cela se reproduise. Je veux savoir pourquoi toute cette saloperie s'est arrêtée net.

— Vous n'y pouvez rien pour le moment, dit Saint John. En attendant, nous prenons du retard dans le décodage. Rien n'a marché. J'ai fait d'autres recherches, et je pense que nous avons écarté trop vite...

— Bordel de merde ! s'écria Wopner en pivotant vers lui. Vous n'allez pas vous remettre à délirer à propos de polyalphabets, hein, vieux machin ? Écoutez, je vais modifier l'algorithme de mon attaque frontale, lui donner une priorité de système à cinquante pour cent, faire avancer les choses. Vous devriez vous retirer dans votre bibliothèque. Revenez donc en fin de journée avec quelques idées utiles.

Saint John jeta un regard à Wopner. Puis il remit sa veste en tweed et sortit dans le soleil matinal brumeux. Hatch le suivit dans son bureau.

— Merci, lui dit-il en lui rendant les deux chemises noires.

— Il a raison, vous savez, dit l'historien en s'asseyant devant sa table minuscule et en tirant sa vieille machine à écrire vers lui. C'est juste que j'ai essayé tout le reste. J'ai fondé mes attaques sur toutes les méthodes de codage connues à l'époque de Macallan. Je m'y suis attaqué comme à un problème arithmétique, comme à un système astronomique ou astrologique, comme à un code en langage étranger. Rien.

— Que sont les polyalphabets ?

— Un code polyalphabétique. C'est assez simple, en fait. Du temps de Macallan, la plupart des codes étaient de simples substitutions monophoniques. Vous aviez l'alphabet usuel, puis un alphabet code, en désordre, pêle-mêle. Pour coder quelque chose, il suffisait de voir quelle lettre de code correspondait à la lettre usuelle suivante dans votre document. Le code pour la lettre *s* pouvait être *y*, et pour *e*, *z*. En codant le mot *se*, par exemple, on obtenait *yz*. C'est ainsi que marchent les cryptogrammes dans votre journal habituel.

— Cela paraît clair.

— Oui. Mais ce n'est pas un système très sûr. Et si vous travailliez avec plusieurs alphabets codés ? Disons qu'au lieu d'un seul vous en ayez dix à votre disposition. Et mettons qu'en codant votre document lettre par lettre vous utilisiez les dix, avant de recommencer avec le premier. Voilà ce qu'on appelle un code polyalphabétique. À ce moment-là, *se* ne serait pas seulement *yz*. Chaque lettre serait codée à partir d'une table différente.

— Cela paraît difficile à percer.

— Oui, très. Kerry a raison en disant que les codes polyalphabétiques n'étaient pas utilisés à l'époque de Macallan. Certes, on les connaissait. Mais on jugeait qu'ils prenaient trop de temps, qu'ils étaient source de trop d'erreurs. Et, dans ce cas précis, le plus gros problème est la dissimulation. Si Macallan utilisait un code polyalphabétique, comment aurait-il caché toutes les tables de codage qui lui étaient nécessaires ? Il aurait suffi que Ned le Rouge tombe dessus pour que l'affaire soit éventée. Et, si intelligent fût-il, Macallan n'aurait pu toutes les mémoriser.

— Si vous pensez qu'il peut s'agir d'un code polyalphabétique, pourquoi ne tentez-vous pas de le percer tout seul ?

Saint John eut l'ombre d'un sourire.

— Si j'avais deux mois devant moi, je serais ravi d'essayer. Mais ce n'est pas le cas. En outre, je n'ai aucune idée de la longueur de la clé qu'il utilisait, s'il y en avait une, ni de la manière dont il a disséminé ses nulles.

— Ses nulles ?

— *Nihil importantes*. Les lettres qui ne correspondent à rien, mais que l'on place au hasard pour dérouter le briseur de code.

Une corne de bateau retentit à l'extérieur, profonde et mystérieuse, et Hatch regarda sa montre.

— Il est 10 heures. Je ferais mieux d'y aller. Ils vont sceller les tunnels et assécher le Puits inondé dans quelques minutes. Bonne chance avec Kerry.

19

Quittant le camp de base, Hatch remonta en courant le sentier menant à Orthanc, impatient de voir la nouvelle structure qui s'était matérialisée en moins de quarante-huit heures au-dessus du Puits inondé. Avant même d'atteindre le sommet de l'île, il aperçut la tour d'observation vitrée ceinte de sa galerie étroite, perchée tcl un derrick sur ses piliers massifs à une douzaine de mètres au-dessus du sol sablonneux. Des câbles venant de la tour s'enfonçaient dans l'obscurité du puits. *Mon Dieu !* pensa Hatch. *Ce truc doit être visible du continent*.

Cela lui rappela la fête du homard et ce que Clay et le vieux professeur avaient dit. Il savait que le professeur Horn garderait sa façon de voir pour lui. Clay, c'était une autre affaire. Jusqu'ici, l'opinion publique semblait majoritairement favorable à Thalassa ; il faudrait s'arranger pour que cela reste ainsi. Pendant la fête, il avait suggéré à Neidelman de donner du travail à Donny Truitt. Le capitaine avait aussitôt intégré ce dernier à l'équipe qui commencerait à creuser au fond du Puits inondé dès son assèchement.

Arrivé à la base du derrick, Hatch monta à la galerie par l'échelle extérieure. De là-haut, la vue était superbe. Le brouillard omniprésent se déchiquetait en lambeaux sous la chaleur du soleil estival et on distinguait vaguement la sombre bande pourpre du continent. Prenant des teintes de métal martelé, l'océan étincelait, et les vagues se brisaient sur les récifs au vent, les frangeant d'écume et de varech à la dérive.

Hatch leva la tête en entendant des voix. À l'autre bout de la galerie d'observation, sa combinaison humide luisant au soleil, Isabelle Bonterre s'essorait les cheveux en parlant avec animation à Neidelman.

Voyant Hatch, elle l'accueillit avec un grand sourire.

— Voyez-vous ça ! L'homme qui m'a sauvé la vie !

— Comment va votre blessure ?

— Très bien, monsieur le docteur. Je plongeais déjà à 6 heures du matin pendant que vous deviez encore ronfler comme un bienheureux. Et vous n'imaginez pas ce que j'ai découvert !

Hatch jeta un coup d'œil à Neidelman qui hochait la tête en tirant sur sa pipe, l'air visiblement satisfait.

— Vous savez, les fondations en pierre que j'ai trouvées au fond de la mer l'autre jour ? Elles suivent la ligne intérieure des récifs, tout autour de l'extrémité sud de l'île. J'ai procédé à un relevé des vestiges ce matin. Il n'y a qu'une explication possible : il s'agit des fondations d'un ancien batardeau.

— Un ancien batardeau ? Construit à l'extrémité de l'île ? Mais pourquoi ?... Oh ! mon Dieu ! bien sûr !

Bonterre sourit.

— Les pirates ont construit une digue semicirculaire le long des récifs au sud. Ils ont enfoncé des piles de bois selon un arc de cercle en eau peu profonde, comme une palissade dans la mer. J'ai trouvé des traces de poix et d'étoupe, qu'ils ont probablement utilisées pour assurer l'étanchéité du dispositif. Ensuite ils ont pompé l'eau de mer pour mettre à nu le fond de l'océan autour de la plage et creuser les cinq tunnels. Une fois le travail terminé, ils ont tout simplement détruit le batardeau et laissé la nature reprendre ses droits. Et voilà ! les pièges étaient prêts.

— Oui, ajouta Neidelman. Cela tombe effectivement sous le sens, si on y réfléchit une seconde. Sinon comment auraient-ils pu creuser des tunnels sous-marins ? Macallan était non seulement architecte, mais aussi ingénieur. Comme il avait prodigué ses conseils pour la construction du vieux pont de Battersea, il s'y connaissait en construction en eaux peu profondes. Il a sans aucun doute tout planifié, jusqu'au moindre détail.

— Un batardeau tout le long de la pointe de l'île ? s'exclama Hatch. Cela paraît une tâche colossale.

— Énorme, oui. Mais, rappelez-vous, ils disposaient de plus d'un millier de volontaires enthousiastes. Et de pompes de cale.

On entendit alors une corne de bateau. Neidelman regarda sa montre.

— Dans un quart d'heure, nous faisons sauter les explosifs pour sceller les cinq tunnels. Le brouillard se lève ; nous devrions avoir un bon point de vue d'ici. Venez à l'intérieur.

Le capitaine les fit entrer dans Orthanc. On avait installé le matériel informatique partout dans la salle, sous la baie vitrée circulaire. Magnusen et Rankin, le géologue, se trouvaient devant des stations de travail à deux extrémités opposées de la tour, et deux techniciens branchaient et testaient des composants. Une série d'écrans montrait des images vidéo en circuit fermé de l'ensemble des installations de l'île : le centre de commandement, les abords du Puits, l'intérieur d'Orthanc lui-même.

La caractéristique la plus remarquable de la tour était une énorme plaque de verre placée au centre du plancher qui offrait une vue plongeante sur l'orifice du Puits inondé.

— Regardez-moi ça, dit Neidelman en pressant un interrupteur sur une console voisine.

Une puissante lampe à arc au mercure s'alluma, fendant l'obscurité de son faisceau. En dessous, le Puits était noyé d'eau de mer. Des algues flottaient à la surface sous laquelle s'agitaient des crevettes, attirées par la lumière. À quelques centimètres de profondeur dans l'eau boueuse, Hatch distingua des tronçons de vieilles poutres, couverts de bernacles. Un gros tuyau de pompage courait sur le sol avant de s'enfoncer dans le Puits, rejoignant une demi-douzaine de câbles et de lignes d'alimentation.

— La gueule de la bête, dit Neidelman avec une satisfaction lugubre, puis il ajouta en montrant les consoles alignées sous les baies vitrées : Nous avons équipé la tour des derniers équipements de télédétection, y compris de radars en bande X et bande L à ouverture synthétique pour sonder les profondeurs. Et tout est relié à l'ordinateur du camp de base.

Il regarda de nouveau sa montre.

— Docteur Magnusen, la station de communication est en ordre ?

— Oui, capitaine, dit l'ingénieur en passant la main dans ses cheveux courts. Les cinq bouées marqueuses émettent clairement : elles n'attendent plus que votre signal.

— Wopner est dans Île 1 ?

— Je l'ai bipé il y a environ cinq minutes. Il devrait s'y trouver sous peu, s'il n'y est pas déjà.

Neidelman s'approcha du centre de commande et brancha la radio.

— *Naiad* et *Grampus*, ici Orthanc. Vous m'entendez ? Rejoignez vos positions. Nous faisons exploser les charges dans dix minutes.

Hatch s'approcha de la fenêtre. Le brouillard avait reculé, se transformant en brume lointaine, et il put voir les deux vedettes s'éloigner de la jetée et prendre position au large. À l'intérieur des récifs, à l'extrémité sud de l'île, cinq bouées électroniques marquaient les tunnels, qui avaient été minés avec plusieurs kilos de Semtex. Les antennes des bouées clignotaient, attendant de recevoir le signal de détonation.

— Île 1 au rapport, dit Neidelman à la radio.

— Ici Wopner.

— Est-ce que les systèmes de surveillance sont en ligne ?

— Ouais, tout baigne, fit Wopner, l'air abattu.

— Bien. Prévenez-moi en cas de changement.

— Capitaine, vous pouvez me dire ce que je fiche ici ? continua Wopner d'une voix plaintive. La tour est en réseau, et on va actionner les pompes manuellement. Vous pouvez tout faire d'où vous êtes. Je devrais être en train de travailler sur ce foutu code.

— Je ne veux plus de mauvaise surprise. Nous allons faire exploser les charges, sceller les tunnels, puis pomper l'eau hors du Puits. Vous devriez retrouver votre journal en deux temps, trois mouvements.

On entendit du bruit sous la tour, et Hatch vit Streeter mettre une équipe en place autour du tuyau de pompage. Bonterre entra, cheveux au vent.

— Quand commence le feu d'artifice ?

— Dans cinq minutes environ.

— Génial ! J'adore les grosses explosions, dit-elle en adressant un clin d'œil à Hatch.

— Docteur Magnusen, une dernière vérification, s'il vous plaît, dit Neidelman.

— Certainement, capitaine… Tout est vert. Les signaux sont bons. Les pompes sont prêtes.

Rankin fit signe à Hatch de s'approcher d'un écran.

— Venez vérifier vous-même !

Hatch découvrit une coupe transversale du Puits, avec des repères à intervalles de trois mètres jusqu'à trente mètres de fond. On voyait une colonne bleue à l'intérieur.

— Nous avons pu glisser un sondeur miniature dans le Puits, continua Rankin avec enthousiasme.

Streeter y a déjà envoyé une équipe de plongeurs, mais ils n'ont pas pu descendre à plus de neuf mètres à cause des débris encombrant le boisage. C'est incroyable les cochonneries qui se sont entassées là-dedans. Avec ça, nous allons pouvoir surveiller la descente du niveau de l'eau.

— Tous les postes à l'écoute, dit Neidelman. Nous allons faire exploser les charges en série.

Le silence se fit dans la tour d'observation.

— Bouées armées de un à cinq, dit tranquillement Magnusen, ses doigts boudinés s'agitant sur une console.

— Dix secondes, murmura Neidelman.

L'atmosphère se tendit.

— Mise à feu un.

Hatch regarda en direction de la mer. Pendant un instant qui sembla durer une éternité, tout se figea. Puis un énorme geyser jaillit à la surface de l'océan, semblant poussé par une lueur orangée. Une seconde plus tard, l'onde de choc faisait trembler les baies vitrées de la tour d'observation. Le son roula sur l'eau et, trente secondes après, on entendit un faible écho renvoyé par le continent. Le geyser s'éleva étrangement lentement, suivi par un nuage de poussière de roches, de boue et d'algues. Lorsqu'il retomba en panaches sales, des vagues hautes comme des murs hachèrent l'océan. Le *Naiad* gîta violemment dans cette lame de houle soudaine.

— Mise à feu deux ! dit Neidelman.

Une deuxième explosion déchira le récif sous-marin à une centaine de mètres de la première. Un à un, Neidelman déclencha les explosifs, jusqu'à ce que Hatch ait l'impression que l'entière côte sud de Ragged Island essuyait une violente tempête. *Dommage qu'on ne soit pas dimanche*, songea-t-il. *Nous aurions rendu service à Clay en réveillant tous ceux qu'il endort avec ses sermons.*

Il y eut une brève pause : la surface de l'eau se calma, et les équipes de plongeurs en profitèrent pour aller examiner les résultats. Après avoir reçu la confirmation que les cinq tunnels étaient scellés, Neidelman se tourna vers Magnusen.

— Déclenchez les pompes. Maintenez-les à un débit de vingt mille gallons par minute. Streeter, que votre équipe se tienne prête.

Radio en main, Neidelman se tourna vers le groupe réuni dans la tour.

— Que l'assèchement du Puits inondé commence ! s'exclama-t-il.

On entendit un rugissement sur la côte sud quand les pompes se mirent en route. Simultanément, un grand vrombissement s'éleva presque à contrecœur du Puits, lorsque les pompes commencèrent à aspirer l'eau baignant ses profondeurs. Hatch vit alors le gros tuyau se raidir sous la pression de l'eau qu'il rejetterait dans l'océan. Rankin et Bonterre semblaient fascinés par l'écran montrant la coupe transversale du Puits ; de son côté, Magnusen surveillait le sous-système de pompage. La tour se mit à vibrer légèrement.

— Chute d'un mètre cinquante du niveau de l'eau, annonça Magnusen au bout de quelques minutes.

Neidelman se pencha vers Hatch.

— Ici, le déplacement de marée est de deux mètres quarante. Le niveau de l'eau ne chute jamais de plus de deux mètres quarante dans le

Puits, même à la marée la plus basse. Une fois que nous serons à trois mètres, nous saurons que c'est gagné.

Il y eut un silence tendu de quelques longues minutes. Puis Magnusen leva la tête.

— Chute de trois mètres, annonça-t-elle d'une voix neutre.

L'équipe se regarda. Puis le visage de Neidelman se fendit d'un large sourire.

Un joyeux chahut explosa dans la tour d'Orthanc. Bonterre siffla et sauta au cou d'un Rankin surpris. Les techniciens s'envoyèrent des tapes amicales dans le dos. Et même les lèvres de Magnusen parurent s'étirer. Au milieu des acclamations, quelqu'un brandit une bouteille de Veuve-Clicquot et des flûtes en plastique.

— Ça y est, nom de Dieu ! s'exclama Neidelman en serrant des mains autour de lui. Nous asséchons le Puits inondé.

Il s'empara de la bouteille de champagne pour la déboucher.

— Cet endroit porte bien son nom, dit-il avec un soupçon de frémissement dans la voix en remplissant les verres. Pendant deux siècles, l'ennemi a été l'eau. Tant que le Puits inondé le restait, personne n'avait aucune chance de récupérer le trésor. Mais, mes amis, dès demain, il faudra rebaptiser ce puits. Mes remerciements et mes félicitations à tous, conclut-il en levant sa flûte.

On entendit des acclamations dans l'île.

— Chute de quatre mètres cinquante, annonça Magnusen.

Hatch se dirigea vers le centre de la salle pour regarder à travers la vitre. C'était troublant de contempler ainsi la gueule du Puits. L'équipe de Streeter se tenait près de l'énorme tuyau, surveillant le débit. Comme on pompait à un rythme de vingt mille gallons la minute, l'équivalent du contenu d'une piscine, toutes les deux minutes, Hatch crut même voir le niveau descendre, dénudant les poutres couvertes d'algues, mettant à nu millimètre par millimètre les parois incrustées de bernacles et de varech. Il se surprit à lutter contre un étrange sentiment de regret. Cela paraissait décevant, presque injuste, de réussir en moins de deux semaines ce que deux siècles de douleurs, de souffrances et de morts n'avaient pu obtenir.

Neidelman prit la radio.

— C'est le capitaine qui vous parle. Exerçant par là mon privilège de commandant de cette expédition, j'accorde son après-midi à tout le personnel secondaire.

Il y eut de nouvelles acclamations dans l'île. Hatch jeta un coup d'œil à Magnusen : qu'examinait-elle donc avec autant d'attention ?

— Capitaine ? dit Rankin, les yeux fixés sur son propre écran.

Notant son expression, Bonterre le rejoignit.

— Capitaine ? reprit Rankin plus fort.

Neidelman qui remplissait des flûtes de champagne se tourna vers lui.

Rankin désigna son écran.

— L'eau ne descend plus.

Il y eut un silence, et tous les regards se braquèrent vers le sol vitré.

Un sifflement faible mais continu commença à s'élever du Puits. L'eau sombre tourbillonna quand ses bulles explosèrent à sa surface.

Neidelman s'éloigna de la vitre.

— Passez à trente mille, dit-il tranquillement.

— Oui, monsieur, dit Magnusen.

Le rugissement venant de l'extrémité sud de l'île s'accrut.

Sans un mot, Hatch rejoignit Rankin et Bonterre devant l'écran. Le haut de la colonne bleue était à mi-chemin entre les marques des trois et des six mètres. Sous leurs yeux, le niveau bougea sur l'écran, puis commença à remonter, inexorablement.

— Niveau de l'eau à un mètre cinquante, annonça Magnusen.

— Comment est-ce possible ? s'exclama Hatch. Tous les tunnels d'inondation sont scellés. D'où l'eau peut-elle venir ?

Neidelman prit sa radio.

— Streeter, quel est le débit maximum des pompes ?

— La vitesse de régime est de quarante mille, monsieur.

— J'ai dit maximum, le débit maximum.

— Cinquante mille, mais, capitaine...

— Allez-y.

Dehors, le rugissement des pompes devint presque assourdissant, et la tour se mit à trembler violemment. Personne ne pipait ; tous les regards étaient rivés sur les écrans. La ligne bleue s'immobilisa et vacilla. Hatch souffla, se rendant soudain compte qu'il avait retenu sa respiration.

— Grande merde du noir ! murmura Bonterre.

N'en croyant pas ses yeux, Hatch vit le niveau de l'eau remonter.

— Nous sommes revenus à un mètre cinquante, annonça Magnusen, implacable.

— Poussez les pompes au maximum, dit Neidelman.

— Mais, monsieur, fit la voix de Streeter dans la radio. On ne peut…

— Exécution ! aboya Neidelman, les lèvres serrées, à l'ingénieur.

Magnusen s'exécuta.

Le rugissement des pompes était devenu un mugissement, une sorte de hurlement à la mort qui résonnait dans le crâne de Hatch. Il sentait l'île frémir sous ses pieds. Des petits tas de terre se détachèrent de la gueule du Puits et tombèrent dans le tourbillon noir. La ligne bleue oscillait toujours, mais ne descendait pas.

— Capitaine ! s'écria Streeter. Les valves donnent des signes de faiblesse.

Immobile, Neidelman fixait le Puits, comme pétrifié.

— Capitaine ! reprit la voix de Streeter. Si le tuyau explose, Orthanc risque de s'effondrer.

Hatch ouvrait la bouche quand Neidelman se tourna vers Magnusen.

— Arrêtez les pompes.

Dans le silence qui s'installa progressivement, Hatch perçut les gémissements et les murmures du Puits sous leurs pieds.

— Retour du niveau de l'eau à la normale, dit Magnusen toujours face à son écran.

— Ça ne tient pas debout, marmonna Rankin. Nous avons scellé les cinq tunnels. On a un fichu problème sur les bras.

L'entendant, Neidelman tourna la tête, et Hatch vit son profil taillé à la serpe, l'expression de dureté dans son regard.

— Nous n'avons pas de problème. Nous allons simplement suivre l'exemple de Macallan. Nous allons construire un batardeau.

20

À 21 h 45, Hatch quittait le *Cerberus*. À la fin de sa journée de travail, il était venu inspecter l'appareil à hémogramme qu'il utiliserait si des analyses sanguines se révélaient nécessaires pour l'un des membres de l'expédition. À bord, il avait engagé la conversation avec le timonier et s'était vu invité à partager le dîner de la demi-douzaine de membres d'équipage et de techniciens. Après un copieux repas décontracté de lasagnes aux légumes, arrosé de plusieurs expressos, il avait pris congé de ses hôtes. Longeant les coursives blanches, il avait hésité un instant devant la porte de la cabine de Wopner, avant de renoncer à s'arrêter, trop sûr de recevoir un accueil désagréable.

De retour sur le *Plain Jane*, il largua les amarres dans la nuit chaude. Au loin, les lumières du continent scintillaient dans l'obscurité, et, sur Ragged Island, de minuscules points lumineux luisaient à travers le manteau de brume. À l'ouest, Vénus se mirait dans l'eau comme un fil blanc ondulant. Le moteur du *Plain Jane* s'emballa un peu, puis se calma quand Hatch mit les gaz. Une traînée phosphorescente jaillit de la poupe, telles les étincelles d'un feu de bois vert. Hatch poussa un soupir de satisfaction, impatient de faire ce trajet paisible malgré l'heure tardive.

C'est alors que son moteur fit des siennes. Aussitôt Hatch coupa les gaz et laissa le bateau dériver. Il devait y avoir de l'eau dans le réservoir. Il partit à l'avant chercher une torche et des outils, puis, de retour dans le cockpit, tira le tapis isolant de sécurité protégeant le moteur. Il braqua sa torche sur le séparateur de carburant et dévissa le petit bol. Il était effectivement plein de liquide. Hatch le vida par-dessus bord et entreprit de le remettre en place.

Soudain il se figea. Il venait de percevoir un bruit dans le silence nocturne. Il tendit l'oreille : une voix de femme, basse et mélodieuse, chantait une aria enchanteresse. Elle semblait flotter sur les eaux noires, étrangement déplacée et fascinante avec ses doux accents de souffrance.

Elle venait de la silhouette sombre du *Griffin*, sur lequel on distinguait un unique point rouge : en prenant ses jumelles, Hatch se rendit compte qu'il s'agissait du foyer de la pipe du capitaine sur le pont avant.

Il remit le tapis isolant en place, puis testa le moteur. Ce dernier démarra en ronronnant à la seconde tentative. Hatch mit les gaz et, pris d'une impulsion, se dirigea lentement vers le *Griffin*.

— Bonsoir ! lui lança le capitaine d'une voix paisible qui paraissait d'une clarté presque surnaturelle dans l'air nocturne.

— Bonsoir ! Je parierais n'importe quoi que c'est du Mozart, mais je ne saurais dire quel opéra. *Les Noces de Figaro*, peut-être ?

— Non, il s'agit de « Zeffiretti lusinghieri ».

— Ah ! *Idoménée*.

— Oui. Sylvia McNair le chante superbement, non ? Vous êtes amateur d'opéra ?

— Ma mère l'était. Tous les samedis après-midi, la maison résonnait de trios et de tuttis. Pour ma part, je n'ai commencé à l'apprécier qu'il y a cinq ans, environ.

Il y eut un silence.

— Et si vous montiez à bord ? suggéra brusquement Neidelman.

Hatch amarra le *Plain Jane*, coupa le moteur et accepta la main tendue du capitaine pour se hisser à bord du *Griffin*. Le visage de Neidelman s'illumina brièvement du rougeoiement de sa pipe qui lui creusait les traits.

Sans rien dire, ils écoutèrent les derniers accents de l'aria. Au début du récitatif, Neidelman prit une profonde inspiration et vida sa pipe.

— Pourquoi ne m'avez-vous jamais demandé de m'arrêter de fumer ? Tous les médecins que j'ai rencontrés ont essayé de me faire renoncer au tabac, sauf vous.

Hatch réfléchit.

— Il me semble que je perdrais mon temps.

Neidelman eut un petit rire doux.

— Vous me connaissez plutôt bien, on dirait. Et si nous descendions prendre un verre de porto ?

Hatch lui jeta un regard surpris. Dans la cuisine du *Cerberus*, on venait de lui dire que personne n'était jamais invité dans les quartiers privés du *Griffin* ; qu'en fait personne ne savait à quoi ils ressemblaient. Bien que charmant et agréable avec son équipage, le capitaine gardait ses distances.

— Heureusement que je me suis abstenu de vous faire la morale sur vos vices, hein ? dit Hatch. Merci, oui, j'adorerais un verre de porto.

Suivant Neidelman, il franchit la porte basse de l'abri de navigation, descendit une volée de marches, franchit une autre porte et se retrouva dans une vaste pièce basse de plafond. Il regarda autour de lui avec étonnement : des lambris d'un chaleureux acajou chatoyant, incrusté de nacre ; de délicats vitraux Tiffany encastrés dans les hublots qui dominaient des banquettes en cuir. À l'autre bout de la pièce, un petit feu crépitait, remplissant la cabine d'une vague odeur de bouleau. Des bibliothèques à portes vitrées flanquaient la cheminée ; Hatch aperçut des reliures en peau, aux dos ornés de fleurons dorés. Il s'approcha pour examiner les titres : les *Voyages* d'Hakluyt ; un des premiers exemplaires des *Principes* de Newton. De précieux manuscrits enluminés et autres incunables étaient présentés ouverts ; Hatch reconnut une jolie copie des *Très Riches Heures du duc de Berry*. Il remarqua également une petite étagère exclusivement dédiée à des éditions de vieux textes de pirates. À elle seule la bibliothèque devait avoir coûté une petite fortune. Hatch se demanda si Neidelman avait meublé son bateau grâce aux gains de ses précédentes opérations de récupération.

À côté d'une des bibliothèques, il aperçut un petit paysage dans un cadre doré.

— C'est un Turner, n'est-ce pas ?

— Effectivement, il s'agit d'une étude pour son tableau *Coup de vent sur Beachy Head*.

— Celui qui est à la Tate ? Quand j'étais à Londres il y a quelques années, j'ai essayé de le dessiner plusieurs fois.

— Vous peignez ?

— En dilettante. De l'aquarelle, surtout.

Hatch regarda autour de lui. Les autres cadres accrochés aux murs n'étaient pas des tableaux mais des gravures sur cuivre de spécimens de botanique : des fleurs aux corolles lourdes, des herbes bizarres, des plantes exotiques.

Neidelman s'approcha d'un petit bar, sur lequel étaient disposés des carafes et des verres. Il en remplit deux de porto.

— Ces gravures, dit-il en suivant le regard de Hatch, sont de sir Joseph Banks, le botaniste qui accompagna le capitaine Cook pendant son premier voyage autour du monde. Ce sont des spécimens de plantes qu'il a ramassées à Botany Bay, peu après qu'ils eurent découvert l'Australie. C'est l'incroyable diversité des espèces végétales qui a incité Banks à baptiser ainsi la baie.

— Elles sont magnifiques, murmura Hatch en prenant le verre que Neidelman lui tendait.

— Ce sont probablement les plus belles gravures sur cuivre existantes. Quelle chance il a eue : découvrir un continent inexploré.

— Vous vous intéressez à la botanique ?

— Je m'intéresse aux continents nouveaux, dit Neidelman, les yeux fixés sur le feu. Mais je suis né un peu trop tard. Ils étaient tous pris.

Il sourit, mais Hatch remarqua un éclair de mélancolie dans son regard.

— Avec le Puits inondé, vous avez quand même un mystère digne de ce nom.

— Oui. Peut-être le seul qui reste. Voilà pourquoi les contretemps comme ceux d'aujourd'hui ne devraient pas me remplir de désarroi. Les grands mystères ne révèlent pas facilement leurs secrets.

Il y eut un long silence pendant lequel Hatch sirota son porto. Les silences dans la conversation mettaient la plupart des gens mal à l'aise. Mais Neidelman semblait au contraire les apprécier.

— Une question, finit par reprendre le capitaine. Qu'avez-vous pensé de l'accueil que nous a réservé la ville hier ?

— En gros, tout le monde a l'air content de notre présence ici. Nous sommes certainement un bonus pour le commerce local.

— Pourquoi, en gros ?

— Eh bien, tout le monde n'est pas dans le commerce, dit Hatch, décidant qu'il ne servait à rien de rester évasif. On dirait que nous avons éveillé l'opposition morale du pasteur.

Neidelman eut un sourire ironique.

— Le pasteur désapprouve, c'est ça ? Au bout de deux millénaires de meurtres, d'inquisition et d'intolérance, comment un pasteur se sent-il encore le droit de donner des leçons de morale ? Incroyable !

Hatch remua sur son siège, un peu mal à l'aise ; il découvrait un Neidelman volubile, très différent de l'homme froid qui à peine quelques heures avant avait ordonné qu'on pousse les pompes à plein régime.

— Ils ont dit à Colomb que son bateau tomberait de l'autre côté de la Terre. Ils ont obligé Galilée à renier publiquement sa plus grande découverte.

Neidelman tira sa pipe de sa poche et entreprit de la bourrer.

— Mon père était pasteur luthérien, reprit-il, plus calme, en éteignant son allumette. J'en ai pris pour la vie avec lui.

— Vous ne croyez pas en Dieu ?

Neidelman le contempla sans rien dire. Puis il baissa la tête.

— Pour être honnête, j'ai souvent regretté de ne pas y croire. La religion a joué un si grand rôle dans mon enfance que sa disparition paraît créer un vide. Mais je suis du genre à ne pas croire en l'absence de preuves. C'est plus fort que moi : il me faut des preuves.

Il prit une gorgée de porto.

— Pourquoi ? Vous êtes croyant ?

— Eh bien, oui.

Neidelman attendit la suite en tirant sur sa pipe.

— Mais je n'ai pas envie d'en parler.

Le visage de Neidelman s'illumina d'un sourire.

— Excellent. Je peux vous resservir ?

Hatch tendit son verre.

— Ce n'est pas la seule voix d'opposition que j'ai entendue en ville. J'ai un vieil ami, un professeur d'histoire naturelle, qui pense que nous allons échouer.

— Et vous ?

— Je n'en serais pas si je pensais que nous courons à l'échec. Mais je mentirais en affirmant que le contretemps d'aujourd'hui ne m'a pas fait réfléchir.

— Je vous comprends, Martin, reprit Neidelman presque gentiment en lui rendant son verre. Je dois avouer que j'ai failli céder au désespoir quand les pompes nous ont lâchés. Mais il n'y a pas le moindre doute dans mon esprit : nous allons réussir. Je sais maintenant où nous avons commis une erreur.

— Je suppose qu'il y a plus de cinq tunnels. Ou peut-être qu'on nous a joué un petit tour hydraulique.

— Sans aucun doute. Mais ce n'est pas ce que je voulais dire. Nous avons concentré toute notre attention sur le Puits inondé. Mais j'ai compris que ce n'était pas lui notre adversaire.

Hatch haussa les sourcils, et le capitaine se tourna vers lui, pipe au poing, les yeux brillants.

— Notre adversaire n'est pas le Puits, mais l'homme : Macallan, l'architecte. Il a toujours eu une longueur d'avance sur nous. Il a anticipé tous les coups, les nôtres, comme ceux de nos prédécesseurs.

Posant son verre sur la table couverte de feutre, il s'approcha du mur et ouvrit un panneau de bois qui dissimulait un petit coffre. Il pressa plusieurs boutons sur un cadran, et la porte du coffre s'ouvrit. Il prit un livre qu'il posa sur la table devant Hatch : un in-quarto, relié de cuir. L'ouvrage de Macallan, *Des structures sacrées*. Le capitaine l'ouvrit avec précaution, le caressant de ses longs doigts. Dans les marges, à côté du texte imprimé, apparaissait une petite écriture fine dans un lavis marron clair qui ressemblait à de l'aquarelle : des lignes de lettres, monotones, seulement brisées par des petits croquis de joints, d'arcs, d'armatures et de boisages.

Neidelman tapota la page.

— Si le Puits est l'armure de Macallan, voilà le point faible où l'on peut glisser le couteau. Très bientôt, nous aurons la traduction de la seconde moitié du code. Et avec elle, la clé du trésor.

— Comment pouvez-vous être aussi sûr que ce journal contient le secret du Puits ?

— Parce que c'est la seule conclusion logique. Sinon pourquoi aurait-il tenu un journal secret, non seulement codé, mais écrit à l'encre invisible ? Souvenez-vous, Ockham avait besoin de lui pour bâtir une forteresse imprenable pour son trésor. Une forteresse qui non seulement résisterait aux pilleurs, mais leur ferait courir des risques physiques, noyade, écrasement, etc. Mais on ne crée pas une bombe sans savoir comment la désamorcer. Il fallait donc que Macallan imagine un moyen secret permettant à Ockham lui-même de récupérer son trésor lorsqu'il le souhaiterait : un tunnel caché, peut-être, ou un moyen de neutraliser les pièges. Il était logique que Macallan en garde une trace. Mais ce journal renferme plus que la clé du Puits. Il nous donne un aperçu de l'état d'esprit de l'homme. Et c'est l'homme qu'il nous faut vaincre.

Hatch se pencha au-dessus du livre, qui sentait le moisi, le cuir et la poussière.

— Une chose ne cesse de m'étonner : qu'un architecte, kidnappé et obligé de travailler pour des pirates sur une île paumée, ait la présence d'esprit de tenir un journal secret.

Neidelman hocha lentement la tête.

— Ce n'est pas le geste d'un timoré. Peut-être voulait-il laisser une trace, pour la postérité, de sa création la plus ingénieuse. Comment savoir ce qui le motivait ? Après tout, l'homme est une énigme en soi. Il y a un trou de trois ans dans sa biographie, après son départ de Cambridge, pendant lesquels il semble avoir disparu. Et sa vie privée reste un mystère. Regardez cette dédicace.

Neidelman ouvrit délicatement le livre à la page de garde, puis le poussa vers Hatch qui lut :

Avec son admiration et sa reconnaissance pour lui avoir montré la voie, l'auteur dédie respectueusement cet humble ouvrage à Eta Onis.

— Nous avons remué ciel et terre, mais nous n'avons pas pu déterminer l'identité de cette fameuse Eta Onis. S'agissait-il du mentor de Macallan ? Était-elle sa confidente ? Sa maîtresse ?

Neidelman referma le livre avec soin.

— C'est pareil pour le reste de sa vie.

— J'ai honte de l'avouer, mais, avant vous, je n'avais jamais entendu parler de lui.

— Vous n'êtes pas le seul. À son époque, c'était un visionnaire génial, un pur produit de la Renaissance. Né en 1657, il était le fils illégitime mais préféré d'un comte. Comme Milton, il prétendait avoir lu tous les livres parus en anglais, latin et grec. Après avoir étudié le droit à Cambridge, il semblait se préparer à l'épiscopat lorsqu'il s'est apparemment converti secrètement au catholicisme. Il s'intéressa alors aux arts, à la philosophie naturelle et aux mathématiques. Il avait également la réputation d'être un athlète extraordinaire, capable de faire ricocher une pièce contre la plus haute voûte de sa plus grande cathédrale.

Neidelman se leva pour aller ranger le volume dans le coffre.

— Et son intérêt pour l'hydrologie semble être une constante de son œuvre. Dans son livre, il décrit un aqueduc et un système de siphon ingénieux qu'il a dessinés pour fournir de l'eau à la cathédrale d'Houndsbury. Il a également conçu un système hydraulique pour des écluses sur le canal de la Severn. Il n'a jamais été construit, mais c'était une idée révolutionnaire pour l'époque : Magnusen a fait un peu de modélisation et elle pense que cela aurait marché.

— Est-ce que Ockham est allé le chercher volontairement ?

Neidelman sourit.

— Il est assez tentant de le croire, n'est-ce pas ? Mais c'est hautement improbable. Ce doit être une de ces coïncidences de l'Histoire.

— Et comment avez-vous trouvé ce livre ? S'agit-il aussi d'une coïncidence ?

Le sourire de Neidelman s'élargit.

— Non, pas exactement. Quand j'ai commencé à m'intéresser au trésor de Ragged Island, j'ai fait des recherches sur Ockham. Vous savez que lorsqu'on a trouvé son navire abandonné, avec tout l'équipage mort, on l'a remorqué à Plymouth, puis on a vendu son contenu aux enchères publiques. Aux Archives à Londres, nous avons réussi à mettre la main sur la liste du commissaire-priseur qui donnait le contenu d'un coffre de livres du capitaine. Ockham était un lettré, et il devait s'agir de sa bibliothèque privée. Un volume, *Des structures sacrées*, a retenu mon attention. Il tranchait sur les cartes, la pornographie française et les ouvrages de marine qui constituaient le reste de la bibliothèque. Il nous a fallu trois ans, mais nous avons fini par retrouver la trace de ce volume dans un tas d'ouvrages en train de moisir au fond de la crypte d'une église à moitié en ruine de Glenfarkille, en Écosse.

Neidelman s'approcha du feu et continua d'une voix basse, presque rêveuse.

— Je n'oublierai jamais la première fois que j'ai ouvert ce livre et que j'ai compris que ces vilaines taches dans les marges étaient de l'encre blanche, qui ne commençait à apparaître qu'avec les ravages du temps et de la moisissure. En cet instant, j'ai su, j'ai eu la certitude que le Puits inondé et son trésor m'appartiendraient.

Il se tut, pipe éteinte, le feu dans l'âtre tissant une toile de lueurs rougeoyantes dans la pièce qui s'assombrissait.

21

Kerry Wopner remontait la rue pavée d'un pas allègre, en sifflotant l'air de *La Guerre des étoiles*. De temps à autre, il s'arrêtait suffisamment longtemps pour ricaner devant les vitrines. Minables, toutes autant qu'elles étaient. Comme cette quincaillerie avec sa vitrine de matos poussiéreux et d'outils de jardinage datant de l'ère préindustrielle. Wopner savait pertinemment qu'il n'y avait pas de boutique d'informatique convenable dans un rayon de trois cents kilomètres. Quant aux bagels, il faudrait traverser au moins deux frontières pour trouver quelqu'un qui sache de quoi il parlait.

Il pila net devant une pimpante maison blanche de style victorien. Ce devait être ça, même si cela ressemblait plus à une vieille bicoque qu'à une poste. Le grand drapeau américain flottant au-dessus du porche et le panneau enfoncé dans la pelouse le prouvaient. Ouvrant la porte à moustiquaire, Wopner se rendit compte qu'il entrait effectivement dans une maison : la poste occupait le salon de devant où une forte odeur de cuisine indiquait que les quartiers privés ne devaient pas être loin.

Regardant autour de lui, il contempla avec incrédulité les boîtes aux lettres datant de Mathusalem et les avis de recherche écornés, jusqu'à ce que son œil tombe sur un large comptoir en bois, gravé de l'inscription ROSA POUNDCOOK, POSTIÈRE. Ladite postière était assise derrière le comptoir, tête grise penchée sur une broderie au point de croix représentant une goélette à trois mâts. Wopner comprit avec stupéfaction qu'il n'y avait pas de queue : il était le seul client.

— Excusez-moi, dit-il en s'approchant du comptoir, je suis bien à la poste ?

— C'est bien cela, dit Rosa en prenant le temps de terminer son point avant de poser soigneusement sa broderie sur l'accoudoir de son fauteuil.

À la vue de Wopner, elle sursauta. Elle se plaqua involontairement la main sur le menton comme pour s'assurer que le bouc hirsute de Wopner n'était pas contagieux.

— Tant mieux, parce que j'attends un paquet important. La malle-poste passe bien par ici ?

— Oh ! fit Rosa Poundcook en se levant d'un bond de son rocking-chair. Vous avez un nom ? Je veux dire, pourrais-je avoir votre nom, s'il vous plaît ?

Wopner laissa échapper un petit rire nasal.

— Wopner. Kerry Wopner.

— Wopner ? répéta-t-elle en se mettant à chercher dans un petit fichier en bois rempli de reçus jaunes. W-h-o...

— Non, non, non. Sans *h*, et avec un seul *p*.

— Je vois, dit Rosa en retrouvant son sang-froid à la vue du reçu. Un instant.

Lançant un dernier regard perplexe au programmeur, elle disparut par une porte derrière son fauteuil.

Sifflotant de nouveau, Wopner s'accoudait au comptoir quand la porte à moustiquaire s'ouvrit en grinçant. Jetant un coup d'œil par-dessus son épaule, il vit un grand maigre refermer soigneusement la porte derrière lui. On aurait dit Abraham Lincoln : émacié, le regard creux, tout en longueur. Il portait un col blanc sous un simple costume noir et tenait une petite liasse de lettres à la main. Wopner se dépêcha de détourner les yeux, mais c'était trop tard, leurs regards s'étaient croisés, et il vit avec inquiétude l'homme se diriger vers lui. Il n'avait jamais rencontré de pasteur ou de prêtre de sa vie, n'avait *a fortiori* jamais adressé la parole à l'un d'eux, et il n'avait pas l'intention de s'y mettre. Il tendit la main vers une pile de brochures et se plongea dans leur lecture.

— Bonjour, fit l'autre.

Se tournant à regret, Wopner se retrouva nez à nez avec le pasteur qui lui tendait la main, un sourire mince sur ses traits tirés.

— Bonjour, bredouilla-t-il en serrant mollement la main offerte avant de se replonger dans sa lecture.

— Je m'appelle Woody Clay.

— Parfait.

— Et vous devez faire partie de l'équipe de Thalassa, continua l'autre en venant se placer à côté de lui.

— Ouais, exact.

Wopner s'éloigna d'un pas en feuilletant toujours une brochure.

— Puis-je vous poser une question ?

— Comme vous voudrez.

— Vous pensez vraiment récupérer une fortune en or ?

Wopner leva le nez de sa brochure.

— En tout cas, cela devrait y ressembler fichtrement.

L'homme n'eut pas l'air de goûter sa plaisanterie.

— Bien sûr que je l'espère, reprit Wopner. Pourquoi pas ?

— Pourquoi pas ? Ne devriez-vous pas plutôt dire pourquoi ?

Ce type était vraiment déconcertant.

— Qu'est-ce que vous voulez dire, pourquoi ? Cela représente deux milliards de dollars.

— Deux milliards de dollars ! répéta l'homme, visiblement pris de court.

Puis il hocha la tête, comme si on venait de confirmer ses soupçons :

— Donc c'est juste pour l'argent. Il n'y a pas d'autre raison.

Wopner éclata de rire.

— Juste pour l'argent ? Vous avez besoin d'une meilleure raison ? Soyons réalistes. Je ne m'appelle pas Mère Teresa, bordel.

Puis se souvenant du col :

— Désolé ! je ne voulais pas... vu que vous êtes un homme d'Église et tout cela...

L'homme lui adressa un sourire crispé.

— Ce n'est pas grave, j'ai déjà entendu ce genre de discours. Et je ne suis pas un prêtre, je suis un pasteur congrégationaliste.

— Je vois. C'est une sorte de secte, non ?

— L'argent est-il vraiment si important pour vous ? continua Clay sans le quitter des yeux. Dans ces circonstances ?

— Quelles circonstances ? dit Wopner en jetant un regard inquiet vers les entrailles de la poste.

Que fichait donc cette grosse dame ? À ce rythme-là, elle devait être arrivée à Brooklyn, maintenant.

L'homme se pencha vers lui.

— Et que faites-vous donc pour Thalassa ?

— Je m'occupe des ordinateurs.

— Ah ! ce doit être intéressant.

Wopner haussa les épaules.

— Ouais. Quand ils marchent.

Le souci se peignit sur le visage de l'autre.

— Et tout fonctionne bien ? Pas de problèmes ?

Wopner fronça les sourcils.

— Non, dit-il, sur ses gardes.

Clay hocha la tête.

— Bien.

Wopner reposa la brochure sur le comptoir.

— Pourquoi cette question ? fit-il, feignant la nonchalance.

— Comme ça, sans raison particulière. Rien d'important en tout cas. Sinon que…

Wopner avança le cou.

— Par le passé, cette île a, disons, causé des ennuis à tous ceux qui ont posé le pied dessus. Des chaudières ont explosé. Des machines sont tombées en panne sans raison. Il y a eu des blessés. Des morts.

Wopner recula avec un ricanement.

— Vous voulez parler de la malédiction de Ragged Island. La pierre de la malédiction et tous ces trucs-là. C'est un sacré tas de conneries, si vous permettez.

Clay haussa les sourcils.

— Vraiment ? Eh bien, il y a des gens qui sont là depuis plus longtemps que vous et qui ne le pensent pas. Et quant à la pierre, elle est enfermée dans le sous-sol de mon église, et ce depuis un siècle.

— Vraiment ? dit Wopner, bouche bée.

Clay acquiesça.

Il y eut un silence.

Le pasteur se pencha vers lui et baissa la voix.

— Vous ne vous êtes jamais demandé pourquoi il n'y avait pas de casiers à homards autour de cette île ?

— Vous voulez dire ces trucs qu'on voit flotter partout ?

— Exactement.

— J'ai jamais remarqué qu'il n'y en avait pas.

— Regardez donc la prochaine fois, dit Clay en baissant encore la voix. Et il y a une bonne raison à cela.

— Ah oui ?

— Cela s'est passé il y a environ un siècle. Il y avait un homardier, un certain Hiram Colcord. Il avait l'habitude d'installer ses paniers autour de Ragged Island. Tout le monde le lui avait déconseillé, mais la pêche était bonne, et il répliquait qu'il ne croyait pas aux malédictions. Un jour d'été, semblable à celui-ci, il a disparu dans la brume pour installer ses paniers. Vers le coucher du soleil, on a retrouvé son bateau en train de dériver avec la marée. Seulement il n'était pas à bord : il y avait bien des casiers empilés et un tonneau plein de homards vivants, mais de Colcord, point. On a retrouvé son déjeuner entamé et une bouteille de bière à moitié pleine comme s'il était parti brusquement.

— Il est passé par-dessus bord et il s'est noyé. Et alors ?

— Non, continua Clay. Parce que, ce soir-là, son frère est allé dans l'île pour voir si Hiram n'y était pas bloqué. Il n'est jamais revenu, lui non plus. Le lendemain, c'est son bateau qu'on a vu sortir de la brume.

Wopner déglutit.

— Ils sont tous les deux passés par-dessus bord et ils se sont noyés.

— Deux semaines plus tard, on a retrouvé leurs corps échoués à Breed's Point. Un des témoins de la découverte est devenu fou de terreur. Et aucun des autres n'a jamais voulu dire ce qu'il avait vu. Jamais.

— Allons ! fit Wopner, nerveux.

— Les gens ont raconté que ce n'était plus seulement le Puits qui gardait le trésor. Vous comprenez ? Vous savez ce bruit horrible que fait l'île, à chaque changement de marée ? On dit...

Il y eut un bruit à l'arrière de la maison.

— Désolée d'avoir été si longue, haleta Rosa en faisant son apparition, un paquet coincé sous son bras rond. Il était rangé sous les cartons de mouron pour les oiseaux de la quincaillerie, et avec Eustace qui est à l'enclos ce matin, il a fallu que je déplace tout toute seule.

— Ce n'est pas grave, merci, dit Wopner en lui arrachant le paquet avant de foncer vers la porte.

— Monsieur, attendez !

Wopner s'immobilisa et se retourna à contrecœur, le paquet serré contre sa poitrine.

La femme lui tendait une feuille jaune.

— Il faut signer le reçu.

Wopner revint sur ses pas et griffonna sa signature. Puis, tournant les talons, il sortit en hâte, faisant claquer la porte derrière lui.

Une fois dehors, il respira profondément.

— Et merde ! Qu'il aille se faire voir !

Prêtre ou pas prêtre, il ne retournerait pas sur le bateau sans s'assurer d'abord qu'ils ne s'étaient pas encore gourés dans la commande. Il se mit à tirer sur l'étiquette du paquet, avec une hâte croissante. Le paquet s'ouvrit brutalement, libérant une douzaine de figurines de jeux de rôle, de magiciens et de sorciers qui rebondirent sur les pavés. Un paquet de cartes de sorcier les suivit : pentagrammes, charmes, prières inversées, cercles du diable. Lâchant un juron, Wopner se pencha pour les ramasser.

Clay sortit alors de la poste en refermant soigneusement la porte derrière lui. Il contempla longuement les figurines en plastique et les cartes, puis remonta la rue d'un pas pressé sans ajouter un mot.

22

Le lendemain fut frais et humide, mais à la fin de l'après-midi il ne bruinait plus, et des nuages bas filaient sur un ciel fraîchissant. *Demain l'air sera vif, et il y aura du vent,* pensa Hatch en remontant l'étroit sentier délimité par des rubans jaunes derrière Orthanc. Cette marche quotidienne jusqu'au sommet de l'île était devenue un rituel de fin de journée pour lui. Il longea les falaises au sud jusqu'à ce qu'il domine l'endroit où l'équipe de Streeter travaillait à l'édification du batardeau.

Comme d'habitude, Neidelman avait imaginé un plan d'une élégante simplicité. Pendant que le navire cargo partait pour Portland chercher du ciment et des matériaux de construction, Bonterre avait fait le relevé de la configuration exacte de l'ancien batardeau pirate, en prélevant des échantillons pour procéder ensuite à des analyses archéologiques. Puis des plongeurs avaient coulé un socle en béton sous-marin exactement au-dessus des anciennes fondations. On avait ensuite intégré des fers à I dans ledit socle. Hatch contempla les énormes fers plantés à intervalles de trois mètres, en arc de cercle autour de l'extrémité sud de l'île. De là où il était, il voyait très bien Streeter dans la cabine de la grue flottante, juste à côté de la rangée de fers. Une lourde plaque de béton était accrochée au bout de la grue. Sous les yeux de Hatch, Streeter manœuvra pour placer la dalle rectangulaire de béton exactement dans l'axe de l'intervalle entre deux fers. Une fois la dalle en position, des plongeurs la décrochèrent de la grue. Puis Streeter fit virer la flèche de grue vers la barge, où d'autres plaques attendaient.

Hatch aperçut un éclair de cheveux roux : l'un des hommes sur la barge était Donny Truitt. Neidelman lui avait trouvé un travail malgré le retard pour assécher le Puits, et Hatch fut content de voir que Donny avait l'air d'être efficace.

La grue flottante émit un nouveau rugissement quand Streeter vira de nouveau, pour mettre une autre dalle en place.

Une fois terminé, le batardeau entourerait complètement le sud de l'île et les sorties des tunnels d'inondation. On pourrait alors assécher le Puits inondé et tous les réseaux sous-marins, le batardeau retenant la mer, comme celui des pirates l'avait fait trois cents ans auparavant.

Un coup de sifflet signala la fin de la journée : l'équipe sur la barge entreprit d'amarrer solidement les dalles destinées au batardeau, pendant que le remorqueur jaillissait de la brume pour ramener la grue vers le dock. Hatch prit le chemin du camp de base. Il s'arrêta à son cabinet pour récupérer sa trousse, ferma la porte à clé et descendit vers le dock. Il dînerait chez lui, puis il repartirait en ville pour voir Bill Banns. Le prochain numéro de *La Gazette de Stormhaven* ne tarderait pas à paraître, et Hatch voulait s'assurer que son vieil ami avait de quoi meubler sa première page.

On avait agrandi le mouillage dans la partie la plus sûre du récif et attribué une place à Hatch. Il se préparait à quitter le quai lorsqu'une voix cria : « Ohé du bateau ! » Levant les yeux, il vit Bonterre venir vers lui, vêtue d'une salopette, un foulard rouge autour du cou. Elle avait de la boue sur ses vêtements, le visage et les mains. Elle s'arrêta au pied du dock et leva le pouce comme un autostoppeur, en relevant malicieusement une jambe de pantalon pour exposer une trentaine de centimètres de mollet bronzé.

— Je vous emmène ?

— Comment vous avez deviné ? dit Bonterre en lançant son sac à bord avant de sauter à sa suite. J'en ai déjà ras le bol de votre affreuse vieille île.

Hatch quitta le mouillage.

— Votre ventre guérit ?

— Une vilaine cicatrice défigure mon superbe estomac.

— N'ayez crainte, elle n'a rien de permanent. Vous avez fait des pâtés de sable ?

— Des pâtés de sable ?

— Joué sur la plage ?

Elle gloussa.

— Bien sûr ! C'est ce que les archéologues font de mieux.

— Je vois ça.

Ils approchaient du mince cercle de brume, et Hatch diminua les gaz jusqu'à ce qu'ils en soient sortis.

— Je ne vous ai pas vue parmi les plongeurs.

Bonterre gloussa de nouveau.

— Je suis archéologue avant d'être plongeur. J'ai fait le plus important, en mettant à nu le vieux batardeau. Sergio et ses copains peuvent faire le sale boulot.

— Cela lui sera répété.

Hatch prit le chenal d'Old Hump et contourna Hermit Island. Le port de Stormhaven apparut, bande brillante de blanc et de vert sur le bleu marine de l'océan. Appuyée contre la voûte, Bonterre secoua sa masse de cheveux noir brillant.

— Alors qu'est-ce qu'il y a à faire dans ce trou ?

— Pas grand-chose.

— Pas de boîte ouverte jusqu'à 3 heures du mat ? Merde alors, que peut faire une femme seule ?

— Je dois avouer que ce n'est pas simple, répondit Hatch, résistant à l'envie de répondre à son flirt.

N'oublie pas, cette femme est un danger public.

Elle le regarda, avec un léger sourire.

— Je pourrais dîner avec le médecin.

— Le médecin ? dit Hatch, feignant la surprise. Je pense que le docteur Frazier serait ravi. Pour soixante ans, il a de beaux restes.

— Idiot ! Je voulais dire ce médecin-ci, dit-elle en lui enfonçant un doigt dans la poitrine.

Hatch la regarda. Pourquoi pas ? Quel genre d'ennuis pourrait-il récolter avec un dîner ?

— Il n'y a que deux restaurants en ville, vous savez. Fruits de mer, naturellement. Bien que l'un d'eux serve un steak raisonnable.

— Du steak ? C'est pour moi. Je suis strictement carnivore. Les légumes, je les laisse aux cochons et aux singes. Quant au poisson...

Elle fit mine de vomir par-dessus bord.

— Je croyais que vous aviez grandi dans les Caraïbes.

— Oui, et mon père était pêcheur, et on n'a jamais rien mangé que du poisson, à tous les repas. Sauf à Noël où nous mangions de la chèvre.

— De la chèvre ?

— Oui, j'adore ça. Cuite pendant huit heures dans un trou sur la plage, et on la fait passer avec de la bière Ponlac maison.

— Délicieux, fit Hatch en riant. Vous habitez en ville, non ?

— Oui. Comme tout était plein, j'ai mis une petite annonce à la poste. La dame derrière le comptoir l'a vue et m'a proposé une chambre.

— À l'étage ? Chez les Poundcook ?

— Naturellement.

— La postière et son mari. Un gentil couple bien tranquille.

— Oui, parfois je me dis qu'ils doivent être morts, tellement c'est silencieux en bas.

Attendez de voir ce qui se passe si vous ramenez un homme dans votre chambre. Ou même si vous rentrez après 11 heures, pensa Hatch.

Arrivé à bon port, Hatch jeta l'ancre.

— Il faut que je me change, dit Bonterre en sautant sur le quai, et vous, vous devriez enfiler quelque chose de plus seyant que cette vieille veste barbante.

— Mais je l'aime, cette veste.

— Vous, les Américains, vous ne savez pas vous habiller. Ce qu'il vous faut, c'est un bon costume en lin.

— J'ai horreur du lin, c'est toujours froissé.

— Justement, fit-elle en riant. Quelle taille faites-vous ? du 42 ?

— Comment avez-vous deviné ?

— J'ai l'œil pour les mensurations masculines.

23

Hatch retrouva Bonterre devant la poste, et ils descendirent les rues pavées à pic vers le restaurant. C'était une belle soirée fraîche ; le vent avait chassé les nuages et un ciel constellé d'étoiles dominait le port. Avec les lumières jaunes qui brillaient aux fenêtres et au-dessus des portes, Stormhaven avait soudain l'allure d'un lieu sorti tout droit d'un passé plus aimable.

— C'est une petite ville vraiment charmante, dit Bonterre à Hatch en lui prenant le bras. À Saint-Pierre, là où j'ai grandi en Martinique, c'est beau aussi, mais alors quelle différence ! Ce n'est que lumières et couleurs. Pas comme ici, où tout est noir et blanc. Et il y a beaucoup à faire là-bas, de très bonnes boîtes de nuit pour s'éclater.

— Je n'aime pas les boîtes de nuit.

— Quel dommage !

Ils entrèrent dans le restaurant, et le garçon, reconnaissant Hatch, les installa immédiatement. C'était un endroit douillet : deux salles pleines de coins et de recoins et un bar, décoré de filets, de casiers à homards et de flotteurs. En s'asseyant, Hatch regarda autour de lui. Un bon tiers des clients appartenaient à Thalassa.

— Quel monde ! murmura Bonterre. On ne peut pas échapper aux gens de la société. Vivement que Gerard les renvoie tous chez eux.

— C'est ça les petites villes. Le seul moyen d'y échapper, c'est de prendre un bateau. Et encore, il y a toujours quelqu'un en ville pour vous observer au télescope.

— Pas question de faire l'amour sur le pont, alors.

— Non, en Nouvelle-Angleterre, on fait toujours l'amour dans la cabine.

Elle lui adressa un sourire ravi, et il se demanda quel genre de chaos elle allait créer dans l'équipe dans les jours à venir.

— Qu'est-ce que vous avez donc fait aujourd'hui pour vous salir autant ?

— Qu'est-ce que c'est que cette obsession de la saleté ? La boue est l'amie de l'archéologue... À propos, j'ai fait une petite découverte sur votre vieille île boueuse.

— Racontez.

Bonterre but une gorgée d'eau.

— Nous avons trouvé le camp des pirates.

— Non !

— Si ! Ce matin, nous sommes partis explorer la côte face au large. Vous savez, cet endroit où il y a une grande falaise isolée, à environ dix mètres des rochers.

— Oui.

— Eh bien, là où la falaise s'érode, j'ai trouvé une coupe parfaite. Une verticale, très pratique pour l'archéologue. Cela m'a permis de repérer un gisement de charbon de bois.

— Un quoi ?

— Un gisement de charbon de bois. Les restes d'un feu. Nous avons donc passé le détecteur à métaux dans le coin et nous avons aussitôt commencé à trouver des trucs. De la mitraille, une balle de mousquet et plusieurs fers à cheval.

— Des fers à cheval ?

— Oui. Ils utilisaient des chevaux pour les gros travaux.

— Où les trouvaient-ils ?

— Vous vous y connaissez si mal en histoire navale, docteur ? C'est courant de transporter du bétail sur les bateaux. Des chevaux, des chèvres, des poulets, des cochons.

On leur servit leur dîner, des homards pour Hatch, un steak saignant pour Bonterre. L'archéologue engouffrait sa nourriture à un rythme inquiétant, et Hatch la regarda manger avec amusement : l'air concentré, du jus de viande lui dégoulinant sur le menton.

— Quoi qu'il en soit, reprit-elle en éperonnant un énorme morceau de steak avec sa fourchette, après ces découvertes, nous avons creusé une tranchée test juste derrière les rochers. Et vous savez quoi ? Encore du charbon de bois, une dépression circulaire, quelques os brisés de dinde et de daim. Rankin a l'intention de passer l'endroit au peigne fin avec des détecteurs sophistiqués, au cas où nous aurions raté quelque chose. Mais en attendant nous avons quadrillé le camp et on commence à creuser demain. Mon petit

Christopher commence à être très doué pour creuser.

— Saint John ? Il creuse ?

— Mais bien sûr, je lui ai fait retirer ses horribles chaussures et sa chemise. Une fois qu'il s'est résigné à se salir les mains, il s'est révélé très capable. Maintenant il est mon premier équipier. Il me suit partout et il vient dès que je le siffle.

Elle eut un rire gentil.

— Ne soyez pas trop dure avec ce pauvre homme.

— Au contraire, je lui fais du bien. Il a besoin de bon air et d'exercice, ou il restera aussi blanc et gras qu'un asticot. Vous verrez. Quand j'en aurai fini avec lui, il sera tout en muscles, comme le petit homme.

— Qui ça ?

— Vous savez bien. Streeter.

— Ah !

Au ton de Bonterre, Hatch devina que le surnom n'avait rien d'affectueux.

— D'où sort-il d'ailleurs ?

Bonterre haussa les épaules.

— On entend toutes sortes de choses. Difficile de faire la part de la vérité et du mensonge. Il était sous les ordres de Neidelman au Vietnam. On m'a dit qu'un jour le capitaine lui a sauvé la vie pendant une bataille. Cette histoire-là, j'y crois. Vous avez vu combien il est dévoué au capitaine ? Comme un chien à son maître. Il est le seul en qui le capitaine ait confiance. À l'exception de vous, bien sûr.

Hatch fronça les sourcils.

— Je suppose que c'est bien que le capitaine tienne à lui. Faut bien qu'il y ait un candidat. Ce type n'est pas vraiment le charme personnifié.

Bonterre haussa les sourcils.

— C'est sûr. Cela crève les yeux que vous vous êtes pris en grippe tous les deux. Vous avez tort quand vous dites que le capitaine se soucie de Streeter. Il n'y a qu'une chose qui l'intéresse. Il n'en parle pas beaucoup, mais seul un imbécile n'y verrait que du feu. Vous savez que je l'ai toujours connu avec une petite photo de votre île, sur son bureau à Thalassa ?

— Non, je l'ignorais.

Hatch se remémora son premier voyage dans l'île avec Neidelman. Qu'avait dit le capitaine, déjà ? « Je ne voulais la voir que si nous avions une chance de creuser. »

Quelque chose semblait avoir contrarié Bonterre. Hatch s'apprêtait à changer de sujet lorsqu'il sentit une présence à l'autre bout de la salle. Claire venait de faire son apparition.

Elle était exactement comme il l'avait imaginée : grande et svelte, avec les mêmes taches de rousseur sur son nez retroussé. Le voyant, elle s'arrêta et son visage se plissa avec ce même froncement de surprise que dans son souvenir.

— Bonjour, Claire, dit-il en se levant, gêné, essayant de garder un ton neutre.

Elle vint lui serrer la main en rosissant.

— Bonjour. J'ai su que tu étais en ville. Bien entendu, c'est difficile de ne pas le savoir, avec tous ces...

— Tu es superbe.

Et superbe, elle l'était : les années l'avaient affinée et avaient fait virer ses yeux bleu marine à un gris pénétrant. Le sourire malicieux qui flottait de manière permanente sur ses lèvres avait cédé la place à une expression plus grave, plus réfléchie, plus secrète. Elle lissa machinalement sa jupe plissée en sentant son regard sur elle.

Le pasteur Woody Clay fit son entrée dans la salle. Il regarda autour de lui et vit Hatch. Il eut un spasme de déplaisir, mais il s'approcha. *Pas ici,* se dit Hatch en se préparant à un nouveau sermon sur la cupidité et l'éthique de la chasse au trésor. Bien entendu, le pasteur s'arrêta à leur table, son regard passant de Hatch à Bonterre. Hatch se demanda s'il aurait le culot d'interrompre leur dîner.

— Oh ! dit Claire, en regardant le pasteur et en remettant en place ses longs cheveux blonds. Woody, je te présente Martin Hatch.

— Nous nous sommes déjà rencontrés.

Hatch comprit avec soulagement que Clay ne risquait guère de se lancer dans une nouvelle tirade sous le regard des deux femmes.

— Voici Isabelle Bonterre, dit-il, retrouvant son sang-froid. Permettez-moi de vous présenter Claire Northcutt et...

— M. et Mme Woodruff Clay, fit le pasteur, pète-sec, en tendant la main à Bonterre.

Hatch en resta interloqué, son esprit refusant d'accepter cette nouvelle effarante.

Bonterre se tapota les lèvres avec sa serviette, se leva dans un mouvement langoureux et serra cordialement la main à Claire et à Woody en dénudant une rangée de dents étincelantes. Il y eut un silence gêné, puis Clay emmena sa femme après avoir adressé un bref signe de tête à Hatch.

Bonterre regarda Claire s'éloigner.

— Une vieille amie ?

— Quoi ? murmura Hatch, les yeux fixés sur la main gauche de Clay, placée possessivement au creux des reins de Claire.

Un grand sourire se dessina sur les lèvres de Bonterre.

— Pardon, pas vieille amie, mais une ancienne petite amie, on dirait, dit-elle en se penchant vers lui. Comme c'est embarrassant de se retrouver. Et si mignon en même temps.

— Vous avez l'œil, marmonna Hatch encore décontenancé par la rencontre et la révélation qui avait suivi.

— Mais le mari et vous, vous n'êtes pas de vieux amis. En fait, on dirait qu'il ne vous aime pas du tout. Ce froncement de sourcils et ces grandes valises noires sous les yeux. À croire qu'il vient de passer une nuit blanche. Pour Dieu sait quelle raison..., ajouta-t-elle avec un sourire malicieux.

Au lieu de répondre, Hatch reprit sa fourchette et s'efforça de se concentrer sur son homard.

— Vous êtes encore mordu, on dirait, ronronna Bonterre. Un jour, il faudra que vous me parliez d'elle. Mais d'abord, commençons par vous. Le capitaine a évoqué vos voyages. Racontez-moi vos aventures au Surinam.

Près de deux heures plus tard, Hatch s'obligea à se lever et suivit Bonterre dehors. Il avait fait des excès ridicules, obscènes : deux desserts, deux doubles cafés, plusieurs cognacs. Bonterre avait suivi son exemple avec enthousiasme, mais, à la voir ouvrir les bras pour respirer à pleins poumons, elle ne semblait pas en souffrir.

— Comme l'air est revigorant. Je pourrais presque apprendre à aimer un endroit pareil.

— Attendez donc un peu. Encore deux semaines, et vous ne pourrez plus repartir. Cela vous pénètre dans le sang.

— Encore deux semaines, et vous vous empresserez de m'éviter, monsieur le docteur. Qu'est-ce qu'on fait maintenant ?

Hatch hésita. Il n'avait jamais songé à l'après-dîner.

Il soutint son regard, des cloches d'avertissement sonnant de nouveau faiblement dans son esprit. Dans le contre-jour de la lumière jaune des lampadaires, l'archéologue était belle à tomber, ensorcelante avec sa peau bronzée et ses yeux en amande si exotiques dans un petit village du Maine. Attention !

— On se dit bonsoir, je crois. Nous avons une rude journée devant nous demain.

Ses sourcils s'arquèrent aussitôt.

— C'est tout ! Vous autres Yankees, vous n'avez vraiment rien dans le ventre. J'aurais dû sortir avec Sergio. Lui au moins, c'est un passionné, même si son odeur corporelle aurait raison d'une chèvre. Bien, alors comment on se dit bonsoir à Stormhaven, docteur Hatch ?

— Comme ça, dit Hatch en lui tendant la main.

— Ah ! fit Bonterre en hochant lentement la tête, faisant mine de comprendre. Je vois.

Elle lui prit alors le visage entre les mains et l'attira vers elle pour lui effleurer les lèvres.

— Et voilà comment on dit bonsoir en Martinique, murmura-t-elle avant de partir en direction de la poste sans jeter un regard en arrière.

24

Le lendemain après-midi, Hatch remontait du dock après avoir soigné le poignet foulé d'un plongeur lorsqu'il entendit un grand fracas venant de la tente de Wopner. Il courut vers le camp de base, redoutant le pire. Il trouva le programmeur non pas coincé sous une masse de matériel, comme il l'avait craint, mais assis sur sa chaise, un disque dur en miettes à ses pieds, mangeant une glace, l'air irrité.

— Tout va bien ?

— Non, fit Wopner en mâchant bruyamment.

— Que s'est-il passé ?

Le programmeur tourna de grands yeux mélancoliques vers Hatch.

— Ce foutu ordinateur m'est tombé sur le pied.

Hatch chercha un siège du regard, et, se souvenant qu'il n'y en avait pas, il s'adossa au chambranle de la porte.

— Racontez.

Wopner se fourra le dernier morceau de glace dans la bouche et lâcha l'emballage par terre.

— C'est le bordel total.

— Où cela ?

— Dans Charybde. Le réseau de Ragged Island, dit Wopner en désignant Île 1 du pouce.

— Comment ça ?

— J'ai fait tourner mon programme contre ce foutu second code. Même avec une priorité accrue, les routines étaient lentes. Et j'obtenais des messages d'erreur, des données bizarroïdes. J'ai donc essayé de passer ces mêmes routines à distance sur Scylla, l'ordinateur du *Cerberus*. Impec, pas d'erreurs, conclut-il avec un ricanement dégoûté.

— Une idée de l'origine du problème ?

— Ouais. J'ai une assez bonne idée. J'ai fait des diagnostics de bas niveau. Une partie des microcodes de la mémoire morte étaient récrits. Comme quand les pompes ont déconné. Récrits de manière aléatoire.

— Je ne vous suis pas.

— En d'autres termes, ce n'est pas possible. Vous me suivez ? Il n'existe pas de processus connu qui puisse récrire la mémoire morte comme ça. Et en plus selon un format mathématique connu.

Wopner se leva, ouvrit la porte de ce qui ressemblait à un tiroir de la morgue et en tira une autre barre glacée.

— Et le même truc arrive à mes disques durs et à mes magnéto-optiques. Cela ne se produit qu'ici. Ni sur le bateau ni à Brooklyn. Seulement ici.

— Ne me dites pas que ce n'est pas possible. Vous l'avez vu se produire. Vous ne savez pas encore pourquoi, c'est tout.

— Oh si ! je sais pourquoi. C'est cette putain de malédiction de Ragged Island.

Hatch rit, puis se rendit compte que Wopner ne plaisantait pas.

Le programmeur déballa la barre glacée et mordit dedans.

— Ouais, je sais. Proposez-moi une autre raison, je suis preneur. Mais tous ceux qui sont venus dans ce foutu endroit ont vu tout foirer. Des trucs inexplicables. Quand on met les choses à plat, on n'est pas différents des autres. On a juste des jouets plus nouveaux, c'est tout.

Hatch n'avait encore jamais entendu Wopner tenir ce genre de discours.

— Qu'est-ce qui vous prend ?

— Rien. Ce curé m'a tout expliqué. Je suis tombé sur lui hier à la poste.

Clay a donc parlé aux employés de Thalassa, répandant son poison, pensa Hatch, surpris par la violence de sa colère. *Cet homme est un agent irritant. Il faudrait qu'on le perce comme un kyste sébacé.*

Saint John fit son apparition.

— Ah, vous voilà.

Hatch le dévisagea. L'historien arborait un mélange de bottes boueuses, de vieux tweed et de ciré du Maine. Il haletait d'épuisement.

— Que se passe-t-il ? dit Hatch en se redressant instinctivement, s'attendant à ce qu'on lui apprenne un nouvel accident.

— Quoi ? Rien de grave, dit Saint John en lissant, gêné, le devant de son ciré. Isabelle m'envoie pour que je vous ramène à notre champ de fouilles.

— Notre champ de fouilles ?

— Oui. Vous devez savoir que j'ai aidé Isabelle pour la mise au jour du camp pirate.

Isabelle ceci, Isabelle cela. La familiarité de l'historien avec Bonterre agaça Hatch.

Saint John se tourna vers Wopner.

— Le programme est terminé sur l'ordinateur du *Cerberus* ?

— Oui, dit Wopner. Pas d'erreurs. Mais cela ne m'a rien appris de nouveau,

— Alors, Kerry, il ne nous reste plus qu'à…

— Je ne vais pas m'amuser à récrire le programme pour le polyalphabet ! s'exclama Wopner en donnant un coup de pied dans l'UC en miettes. C'est trop de travail pour rien. Et nous sommes déjà en retard.

— Une seconde, dit Hatch, essayant de calmer le jeu, Saint John m'a expliqué pour les codes polyalphabétiques.

— Alors il a gaspillé sa salive. Ils n'ont commencé à être populaires qu'à la fin du XIXe siècle. On pensait qu'ils étaient trop sources d'erreurs, trop lents. En plus, où Macallan aurait-il caché toutes ses tables de code ? Il n'aurait pas pu mémoriser les centaines de suites de lettres.

Hatch soupira.

— Je ne sais pas grand-chose à propos des codes, mais je connais un peu la nature humaine. D'après ce que le capitaine Neidelman m'a dit, Macallan était un vrai visionnaire. Nous savons qu'il a modifié les codes en cours de route pour protéger son secret…

— On le sait, pauvre cloche. Qu'est-ce que vous croyez qu'on essaie de percer depuis deux semaines ?

— Taisez-vous une minute. Nous savons aussi que Macallan est passé à un code ne contenant que des chiffres.

— Et alors ?

— Et alors Macallan n'était pas seulement un visionnaire, mais un pragmatique. Nous avons abordé ce second code comme s'il s'agissait d'un pur problème technique. Et si c'était plus que ça ? Pourrait-il y avoir une raison pressante pour laquelle il n'aurait utilisé que des chiffres dans ce nouveau code ?

Il y eut un silence soudain : le cryptographe et l'historien réfléchissaient.

— Non, dit Wopner.

— Si ! s'exclama Saint John en claquant des doigts. Il s'est servi de chiffres pour dissimuler ses tables de code !

— Qu'est-ce que vous racontez ? dit Wopner.

— Réfléchissez, Macallan était en avance sur son temps. Il savait que les polyalphabets étaient les codes existants les plus résistants. Pour les utiliser il avait besoin de plusieurs alphabets clés, pas d'un seul. Mais il ne pouvait pas laisser traîner plusieurs tables alphabétiques au risque d'être découvert. Il a donc utilisé des chiffres ! Il était architecte et ingénieur. Il était censé vivre entouré de chiffres. Des tables mathématiques, des plans, des équations hydrauliques, lesquels pouvaient avoir une double utilité, cacher une table de code, à la barbe de tout le monde !

Rose d'excitation, Saint John parlait d'une voix vibrante d'enthousiasme. Wopner le remarqua aussi. Il se pencha vers lui, la barre glacée oubliée fondant dans une mare marron et blanc sur son bureau.

— Vous tenez peut-être quelque chose, vieux, marmonna-t-il. Je ne dis pas que c'est sûr, mais que c'est possible.

Il tira le clavier vers lui.

— Je vais vous dire. Je vais reprogrammer l'ordinateur du *Cerberus* pour faire une nouvelle tentative de décryptage. Laissez-moi, les gars, d'accord ? J'ai à faire.

Hatch sortit avec Saint John dans la bruine qui enveloppait le camp de base. C'était une de ces journées de Nouvelle-Angleterre où l'humidité semble jaillir de l'air lui-même.

— Je dois vous remercier, dit l'historien en serrant son ciré contre sa silhouette dodue. Vous avez eu une bonne idée. En plus, il ne m'aurait jamais écouté. Je songeais à faire intervenir le capitaine.

— Je ne sais pas si je vous ai été d'une aide quelconque, mais merci en tout cas. Vous disiez qu'Isabelle me cherchait ?

Saint John acquiesça.

— Elle a dit qu'on avait un malade pour vous à l'autre bout de l'île.

Hatch sursauta.

— Un malade ? Et vous me le dites seulement maintenant ?

— Cela n'a rien d'urgent, fit Saint John avec un sourire entendu. Non, je ne dirais pas que c'est urgent.

25

En montant la côte avec l'historien, Hatch jeta un coup d'œil vers le sud. Le batardeau était terminé, et l'équipe de Streeter réglait les énormes pompes alignées le long de la côte occidentale pour l'opération du lendemain. L'éclairage de la masse grise et floue de la tour d'observation perçait la brume d'une lueur verdâtre. Une ombre semblait aller et venir dans la salle.

Arrivés au sommet de l'île, Hatch et Saint John descendirent vers l'est par un sentier boueux qui serpentait entre une multitude d'anciens puits. Les fouilles avaient lieu dans une prairie plate derrière une falaise à pic sur la côte orientale. À une extrémité du terrain, on avait monté une remise sur une plate-forme de blocs de béton. Devant, dans l'herbe aplatie à force d'être piétinée, on avait tracé à l'aide de ficelles blanches un grand échiquier sur un demi-hectare de terrain, à côté duquel s'entassaient de lourdes toiles goudronnées. Hatch nota qu'on s'était déjà attaqué à certains carrés d'un mètre de côté, mettant à nu une terre riche, tachée de fer, qui contrastait avec l'herbe humide. Cirés luisant de pluie, Bonterre et plusieurs ouvriers étaient groupés au bord de l'un des carrés, pendant que d'autres s'activaient dans les carrés voisins. Le site quadrillé était hérissé de fanions orange. L'endroit idéal pour un camp de pirates, songea Hatch. Invisible de la mer et du continent.

À une centaine de mètres du site, on avait garé un véhicule tout-terrain traînant une grosse remorque grise. Derrière s'alignaient des chariots à trois roues portant de massifs instruments. Agenouillé auprès de l'un d'eux, Rankin s'apprêtait à le remonter à l'aide d'un treuil dans la remorque.

— D'où viennent ces jouets ? demanda Hatch.

— Du *Cerberus*, mon vieux, qu'est-ce que vous croyez ? Ce sont des détecteurs tomographiques, fit Rankin, radieux.

— Des quoi ?

Le sourire de Rankin s'élargit.

— Des détecteurs pour explorer le sous-sol. Un radar à bonne résolution qui peut descendre jusqu'à trois mètres cinquante, selon la longueur d'onde. Là, vous avez un réflecteur infrarouge, idéal pour le sable mais à saturation relativement basse. Et là au bout, c'est un...

— D'accord, j'ai compris. C'est destiné à tout ce qui n'est pas du métal, c'est ça ?

— Exactement. Je n'aurais jamais cru avoir l'occasion de m'en servir ici. À voir comment les choses se présentaient, Isabelle semblait bien partie pour prendre son pied toute seule. Comme vous le voyez, continua Rankin en montrant du doigt les fanions orange, j'ai trouvé quelques trucs ici et là, mais c'est elle qui a touché la veine principale.

Hatch le salua et partit au petit trot rejoindre Saint John. Bonterre vint à leur rencontre, glissant un piolet sous sa ceinture et s'essuyant les mains sur son pantalon. Elle s'était attaché les cheveux et, une fois de plus, elle avait le visage et les bras maculés de boue.

— J'ai trouvé le docteur Hatch, dit Saint John sans nécessité, avec un sourire penaud.

— Merci, Christopher.

Pourquoi ce sourire penaud ? Les charmes de Bonterre auraient-ils fait une nouvelle victime ? Rien d'autre n'aurait pu pousser ce type à abandonner ses précieux livres pour fouiller la boue sous la pluie.

— Venez, dit-elle en prenant Hatch par la main pour le tirer vers le bord du trou. Reculez, allez ! dégagez, le docteur est arrivé, lança-t-elle aimablement aux ouvriers.

— Qu'est-ce que c'est que ce truc ? s'exclama Hatch ébahi, en contemplant un crâne brun sale pointant du sol, à côté de ce qui semblait être deux pieds et un tas de vieux os.

— Une tombe de pirate, fit-elle, triomphante. Allez-y, mais faites attention où vous mettez les pieds.

— Voilà donc mon malade.

Hatch examina le crâne avec intérêt, puis se tourna vers les os.

— Mes malades, devrais-je dire.

— Pardon ?

— À moins que ce pirate n'ait eu deux pieds droits, nous avons affaire à deux cadavres.

— Deux ? Mais c'est génial ! s'écria Bonterre en joignant les mains.

— Ils ont été assassinés ?

— Ça, monsieur le docteur, c'est votre rayon.

Hatch s'agenouilla pour examiner les os de plus près. Une boucle en laiton reposait sur un bassin voisin, et plusieurs boutons étaient éparpillés sur ce qui restait d'une cage thoracique, à côté d'une ganse dorée effilochée. Hatch tapota le crâne, en prenant soin de ne pas le déplacer. Il était tourné de côté, bouche ouverte. Il ne présentait pas de signes pathologiques visibles : ni orifices de balle de mousquet, ni os brisés, ni marques de coutelas, aucun signe de violence. On ne pourrait être sûr de la cause du décès des pirates qu'une fois la fouille terminée et les os retirés. En revanche, il était évident que le corps avait été enterré à la hâte, voire jeté dans la tombe : la position des bras, du crâne et des jambes le prouvait. Hatch se demanda un instant si le reste du second squelette gisait en dessous. Puis il aperçut un éclair doré près de l'un des pieds.

— Qu'est-ce que c'est que ça ?

Une masse compacte de pièces d'or et une grosse pierre précieuse taillée étaient enfouies dans le sol à côté du tibia. On n'avait dégagé qu'un peu de terre, pour laisser les pièces *in situ*.

Bonterre éclata de rire.

— Je me demandais quand vous le remarqueriez. Ce monsieur devait cacher un sac dans sa botte. À nous deux, Christopher et moi, nous avons tout identifié : un mohur des Indes, deux guinées anglaises, un louis d'or et quatre cruzados portugais. Tous datant d'avant 1694. La pierre est une émeraude, probablement inca, du Pérou, sculptée en tête de jaguar. Cela a dû filer de sacrées ampoules au pirate.

— La voilà donc enfin, souffla Hatch. La première partie du trésor d'Ockham.

— Oui, reprit Bonterre plus calmement. Maintenant il existe. On en a une preuve.

En fixant la masse compacte d'or, en soi une petite fortune, Hatch sentit un étrange chatouillement en bas de sa colonne vertébrale. Tout ce qui n'avait paru que théorique devenait soudain bien tangible.

— Le capitaine est au courant ?

— Pas encore. Venez, ce n'est pas fini.

Mais Hatch n'arrivait pas à détacher les yeux de l'éclat du métal. Pourquoi cette vision était-elle aussi fascinante ? Il y avait quelque chose de presque atavique dans la réaction de l'homme devant l'or.

Chassant cette pensée de son esprit, il sortit du trou.

— Venez, que je vous montre le camp de pirates proprement dit ! dit Bonterre en lui prenant le bras. C'est encore plus étrange.

À une dizaine de mètres de là, on avait retiré l'herbe et la couche supérieure de terre sur un carré d'environ cent mètres de côté, dénudant une zone de terre brune. Hatch aperçut plusieurs zones noircies de charbon de bois, où on avait à l'évidence allumé des feux, et de nombreuses dépressions circulaires creusées dans le sol sans ordre particulier. On avait planté d'innombrables fanions de plastique, chacun revêtu d'un chiffre inscrit au marqueur noir.

— Ces zones rondes sont probablement les emplacements des tentes dans lesquelles vivaient les ouvriers qui ont construit le Puits inondé, dit Bonterre. Mais regardez les objets qu'ils ont laissés derrière eux ! Chaque fanion marque une découverte, et cela fait à peine deux jours que nous travaillons.

Elle emmena Hatch derrière la cabane, où l'on avait étalé une grande toile goudronnée par terre. Lorsqu'elle la tira, Hatch resta muet d'étonnement en découvrant des douzaines d'objets alignés, tous étiquetés et numérotés.

— Deux fusils à pierre. Trois poignards, deux hachettes, un coutelas et un tromblon. Un tonneau de mitraille, plusieurs sacs de balles de mousquet, une autre hachette. Une dizaine de pièces de huit, plusieurs pièces d'argenterie, un quart de nonante et une dizaine d'épissoirs de vingt-cinq centimètres de long. Je n'ai jamais trouvé autant d'objets en si peu de temps. Sans oublier ceci, continua-t-elle en tendant une pièce d'or à Hatch. On peut être riche à millions, on ne perd pas un doublon comme celui-ci.

Hatch soupesa la pièce. C'était un gros doublon espagnol, froid au toucher et délicieusement lourd. L'or brillait autant que si la pièce venait d'être frappée, avec sa lourde croix de Jérusalem un peu décalée par rapport au centre, qui enlaçait le lion et le château symbolisant Léon et Castille. Les mots PHILIPPUS+ IV+DEI+GRAT s'inscrivaient tout autour de la bordure. L'or se réchauffant dans sa paume, Hatch sentit les battements de son cœur s'accélérer malgré lui.

— Bien, voilà un autre mystère, dit Bonterre. Au XVIIe siècle, les marins n'enterraient jamais les morts avec leurs vêtements. À bord, les vêtements étaient une denrée précieuse. Mais si, pour une raison ou une autre, on les enterrait vêtus, au moins on les fouillait avant, non ? Ce paquet d'or dans la botte valait une petite fortune pour n'importe qui, même un pirate. Et pourquoi ont-ils abandonné tous ces objets ? Des pistolets, des coutelas, des épissoirs, c'était l'âme du pirate. Et ce quart de nonante, le moyen même de retrouver le chemin du pays ? Personne n'abandonnerait volontairement pareils objets.

Saint John fit son apparition.

— On vient de trouver de nouveaux os, Isabelle.

— Encore ? Dans un nouveau carré ? Christopher, c'est génial !

Hatch les suivit sur le site. Les ouvriers avaient mis à nu un deuxième carré, et ils s'attaquaient fiévreusement à un troisième. En contemplant le résultat, trois nouveaux crânes et un tas d'os, Hatch sentit son enthousiasme laisser place au malaise. Dans le troisième carré, les ouvriers travaillaient avec des brosses en soie. Le sommet d'un autre crâne apparut, bientôt suivi d'un autre. Ils mirent ensuite au jour un os long, puis l'astragale et le calcanéum d'un talon, pointant vers le ciel comme si on avait enterré le corps face contre terre.

— Des dents mordant la terre, murmura Hatch.

— Pardon ? fit Saint John en sursautant.

— Rien. Une citation de *L'Iliade*.

Personne n'enterrait ses morts face contre terre, du moins si on les respectait. Une fosse commune ! Des corps jetés pêle-mêle, pensa Hatch. Cela lui rappela ces paysans victimes d'un escadron de la mort qu'il avait été appelé à examiner un jour en Amérique centrale.

Bonterre elle-même s'était tue, sa bonne humeur envolée.

— Qu'est-ce qui a bien pu se passer ici ?

— Je ne sais pas, dit Hatch, avec une drôle de sensation au creux de l'estomac.

— Il ne semble pas y avoir de traces de violence sur les os.

— Il arrive que la violence ne laisse que d'infimes traces, répondit Hatch. Ou ils sont peut-être morts de maladie ou de famine. Une autopsie serait nécessaire.

Des masses d'os bruns faisaient à présent surface, les squelettes empilés sur trois couches à certains endroits, les uns sur les autres, les lambeaux de cuir de leurs vêtements noircissant sous la pluie fine.

— Vous pourriez en pratiquer une ?

Hatch ne répondit pas tout de suite. On approchait de la fin de la journée, et la lumière faiblissait. Sous la pluie, dans le brouillard du crépuscule, au son lugubre des vagues lointaines, tout semblait virer au gris mort, comme si la vie elle-même avait été aspirée du paysage.

— Oui, finit-il par dire.

Il y eut un autre long silence.

— Qu'est-ce qui a bien pu se passer ici ? répéta Bonterre.

26

Le lendemain matin à l'aube, l'équipe principale se réunit dans la cabine de pilotage du *Griffin*. L'atmosphère n'était plus démoralisée et sombre comme à la suite de l'accident de Ken Field. Non, cette fois, il y avait de l'électricité dans l'air, une sorte d'attente. À un bout de la table, Bonterre expliquait à un Streeter muet qu'il faudrait transporter les découvertes de la fouille dans la hutte magasin. À l'autre bout, un Wopner plus hirsute et plus débraillé que jamais parlait en chuchotant et en faisant de grands gestes à Saint John. Comme d'habitude, Neidelman restait invisible, attendant dans ses quartiers privés que tout le monde soit là. Hatch se servit une tasse de café brûlant et, s'emparant d'un gros beignet bien gras, s'assit à côté de Rankin.

La porte de la cabine s'ouvrit sur Neidelman. À voir sa façon de monter les marches, Hatch comprit aussitôt qu'il partageait l'état d'esprit général. Le capitaine lui fit signe de le rejoindre.

— Voilà pour vous, Martin, lui dit-il à voix basse en lui glissant un objet lourd dans la main.

Hatch eut la surprise de reconnaître le gros doublon en or découvert la veille par Bonterre. Il regarda le capitaine d'un air interrogateur.

— Ce n'est pas grand-chose, reprit ce dernier avec un léger sourire. Une infime portion de votre part définitive. Mais c'est le premier fruit de notre labeur. Je tenais à vous le donner pour vous remercier. D'avoir fait un choix aussi difficile.

Hatch marmonna des remerciements, glissa la pièce dans sa poche et alla s'asseoir, se sentant inexplicablement mal à l'aise. Il répugnait à sortir le doublon de l'île avant qu'on ait découvert le reste du trésor, comme si cela pouvait porter malheur. *Est-ce que moi aussi je deviendrais superstitieux ?* s'interrogea-t-il en se disant qu'il rangerait la pièce sous clé dans la tente médicale.

Neidelman s'approcha du bout de la table et contempla son équipe, rempli d'une énergie nerveuse. Il était impeccable : douché, rasé de près, vêtu d'un treillis repassé, la peau lisse sur ses pommettes saillantes. Ses yeux gris paraissaient presque blancs sous le chaleureux éclairage de la cabine.

— J'ai l'impression qu'on a beaucoup à dire aujourd'hui, dit-il en regardant autour de lui. Docteur Magnusen, commençons par vous.

— Les pompes sont prêtes, capitaine. Nous avons installé des détecteurs supplémentaires dans certains puits secondaires, de même qu'à l'intérieur du batardeau pour surveiller le niveau de l'eau pendant l'assèchement.

Neidelman acquiesça, son regard vif se portant sur le suivant.

— Monsieur Streeter ?

— Le batardeau est terminé. Tous les tests de stabilité et d'intégrité sont positifs. Le grappin est en place, et l'équipe de fouilles attend les instructions sur le *Cerberus*.

— Parfait, dit Neidelman en se tournant vers l'historien et le programmeur. Messieurs, je crois que vous avez des nouvelles d'une nature assez différente.

— Effectivement, commença Saint John. Comme...

— Je m'en charge, petit Chris. Nous avons percé le second code.

Tout le monde retint son souffle. Hatch se pencha, les mains se crispant inconsciemment sur ses accoudoirs.

— Qu'est-ce que cela raconte ? s'écria Bonterre.

Wopner leva les mains.

— J'ai dit que nous l'avions *percé*. Pas que nous l'avions traduit. Comme nous avons trouvé des suites de lettres répétées, nous avons créé une table de correspondance électronique, ce qui nous a permis de déchiffrer suffisamment de mots rappelant ceux de la première partie du journal pour savoir que nous sommes sur la bonne voie.

— C'est tout ! s'exclama Bonterre en se laissant aller contre son dossier.

— Qu'est-ce que vous voulez dire, c'est tout ? s'écria Wopner, incrédule. Mais on a trouvé le plus important ! Nous savons qu'il s'agit d'un code polyalphabétique, utilisant entre cinq et quinze alphabets clés. Une fois que nous connaîtrons le nombre exact, il nous suffira de laisser l'ordinateur faire son boulot. À l'aide de l'analyse des « mots probables », nous devrions être fixés dans quelques heures.

— Une clé polyalphabétique, dit Hatch. C'est la théorie de Christopher depuis le début, non ?

Sa remarque lui attira un regard reconnaissant de Saint John et un autre, furieux, de Wopner.

Neidelman acquiesça.

— Et les programmes pour l'échelle ?

— J'ai testé la simulation sur l'ordinateur du *Cerberus*, dit Wopner en repoussant une mèche. Du nanan. Bien sûr, le truc n'est pas encore dans le Puits.

— Très bien.

Neidelman se leva, s'approcha de la baie vitrée et se tourna vers le groupe.

— Je ne pense pas qu'il soit nécessaire d'ajouter grand-chose. Tout est prêt. À 10 heures, nous déclencherons les pompes et commencerons à assécher le Puits inondé. Monsieur Streeter, vous êtes chargé de garder l'œil sur le batardeau. Avertissez-nous au premier signe de problème. Placez le *Naiad* et le *Grampus* à côté, au cas où. Monsieur Wopner, vous surveillerez la situation d'Île 1, en procédant aux derniers tests sur l'échelle. Le docteur Magnusen dirigera l'opération de pompage à partir d'Orthanc.

Il revint vers la table.

— Si tout se passe comme prévu, le Puits sera asséché demain à midi. On surveillera le boisage de près pendant sa phase de stabilisation. Dans l'après-midi, nos équipes retireront les gravats qui obstruent le Puits et installeront l'échelle. Et le lendemain matin nous effectuerons notre première descente.

« Inutile de vous rappeler, poursuivit-il en baissant la voix, que, même asséché, le Puits restera un endroit hautement dangereux. En fait, retirer l'eau fait peser une plus lourde charge sur son boisage. Tant que nous ne l'aurons pas consolidé avec des arcs-boutants en titane, des éboulements sont possibles. Une petite équipe descendra pour procéder aux observations initiales et placer des détecteurs de tension piézoélectriques sur les poutres critiques. Une fois les détecteurs en place, Kerry les calibrera à distance d'Île 1. S'il y a une soudaine augmentation de tension, signalant un éboulement possible, ces détecteurs nous préviendront. Comme ils sont reliés au réseau par fréquence radio, nous le saurons instantanément. Une fois ces détecteurs en place, nous pourrons faire descendre des équipes pour procéder à un relevé.

Neidelman posa les mains à plat sur la table.

— J'ai soigneusement réfléchi à la composition de la première équipe, mais en fait la question de savoir qui doit descendre ne se pose pas. Cette équipe sera composée de trois personnes : le docteur Bonterre, le docteur Hatch et moi-même. Le savoir-faire du docteur Bonterre en matière d'archéologie, d'analyse des sols et d'architecture pirate sera indispensable pour cette première observation du Puits. Et il faut impérativement que le docteur Hatch nous accompagne en cas d'urgence médicale imprévue. Quant à la troisième place, je me l'octroie, privilège du chef.

« Je sais que la plupart d'entre vous, sinon tous, êtes impatients de savoir ce qui nous attend. Je le comprends parfaitement. Et permettez-moi de vous assurer que, dans les jours à venir, chacun d'entre vous aura l'occasion de se familiariser, sans aucun doute, avec la création de Macallan.

Il se redressa.

— Des questions ?

Tout le monde resta coi.

— Dans ce cas, au travail.

27

Le lendemain après-midi, Hatch quitta l'île de fort bonne humeur. Les pompes avaient haleté de concert toute la journée précédente et toute la nuit, aspirant des millions de litres d'eau de mer brune du Puits que d'énormes tuyaux avaient évacués vers l'autre bout de l'île, pour les rejeter dans l'océan. Finalement, au bout de trente heures, les tuyaux avaient aspiré du limon, de la vase au fond du Puits, à quarante-deux mètres de profondeur.

Hatch avait attendu nerveusement dans son cabinet jusqu'à ce qu'on vienne le prévenir, à 5 heures, que la marée haute était arrivée sans infiltration apparente d'eau de mer dans le Puits. L'attente angoissée s'était poursuivie pendant que le boisage grognait, craquait et s'adaptait à sa plus lourde charge. Des capteurs sismographiques enregistrèrent quelques affaissements, mais ils se produisirent dans des tunnels et des puits latéraux, non dans le principal. Au bout de quelques heures, l'adaptation semblait être terminée. Le batardeau avait tenu. À présent, une équipe travaillait avec un grappin magnétisé à déblayer le Puits des débris qui s'y étaient entassés depuis sa création.

Après avoir amarré son bateau à Stormhaven, Hatch s'arrêta à la Coop pour acheter un filet de saumon. Puis, sur une impulsion, il parcourut les douze kilomètres qui le séparaient de Southport. Suivant la vieille route de la corniche, il vit une ligne d'éclairs menaçants zébrer l'horizon, jaune pâle sur les bleus et les roses du coucher du soleil. D'énormes cumulonimbus avaient surgi derrière Monhegan Island plus au sud, un mur haut d'un bon kilomètre dont l'intérieur acier étincelait d'électricité : un orage d'été typique, promesse de grosse pluie et peut-être de quelques éclairs, mais pas assez virulent pour rendre la mer dangereuse.

L'épicerie de Southport, à l'approvisionnement succinct selon les critères de Cambridge, offrait plusieurs produits absents de la supérette de Bud. En descendant de sa Jaguar, Hatch regarda autour de lui : il ne faudrait pas que quelqu'un le reconnaisse et rapporte sa trahison à son épicier. Il sourit intérieurement en songeant combien cette logique de petite ville paraîtrait étrangère à un Bostonien.

De retour chez lui, Hatch se prépara du café et fit pocher le saumon avec du citron, de l'aneth et des asperges, puis mixa une mayonnaise au raifort et au curry. La table de la salle à manger disparaissait presque entièrement sous une grande toile verte. Il se libéra un petit espace à une extrémité et s'installa pour dîner en lisant *La Gazette de Stormhaven*. Il fut mi-content, mi-déçu de voir que les fouilles de Ragged Island avaient été reléguées en deuxième page. À la une, la place d'honneur revenait à la fête du homard et à l'orignal qui, après s'être aventuré dans l'entrepôt derrière la quincaillerie de Kai Estenson, avait été pris d'une folie furieuse et avait dû être calmé par des gardes-chasse. L'article consacré à l'expédition de Ragged Island mentionnait d'excellents progrès, malgré quelques contretemps, et précisait que l'homme blessé dans l'accident de la semaine précédente se reposait chez lui. Comme l'avait demandé Hatch, son nom n'apparaissait nulle part.

Terminant son dîner, il empila les assiettes dans l'évier, puis retourna dans la salle à manger. Sirotant son café, il tira la toile verte, en dévoilant une plus petite, sur laquelle reposaient deux des squelettes découverts la veille. Il avait choisi ce qu'il jugeait être les spécimens les plus complets et représentatifs dans la fosse commune littéralement bondée et avait rapporté les restes chez lui pour les examiner à loisir.

Propres, durs, les os avaient été colorés en brun clair par le sol riche en fer de l'île. Dans l'air sec de la maison, ils émettaient une faible odeur de terre retournée. Poings sur les hanches, Hatch contempla les squelettes et la pathétique collection de boutons, de boucles et de caboches trouvés avec eux. Un des squelettes avait porté une bague, un anneau en or orné d'un grenat d'une valeur plus historique qu'autre chose. Hatch la passa à son petit doigt et, découvrant qu'elle lui allait, la garda, pas mécontent de ce lien avec ce pirate mort depuis des lustres.

Le crépuscule d'été rayait la prairie devant les fenêtres ouvertes, et les crapauds de la retenue de moulin en bas des champs avaient commencé leurs incantations vespérales. Hatch prit un petit carnet, écrivit « Pirate A » à gauche de la page et « Pirate B » à droite. Puis, se ravisant, il raya ses inscriptions qu'il remplaça par « Barbe-Noire » et « Capitaine Kidd ». Cela les rendait plus humains. Il entreprit de noter ses premières impressions.

Il commença par déterminer le sexe des squelettes : il savait qu'il y avait plus de femmes pirates sur les mers dans les années 1700 qu'on ne le croyait généralement. Les deux squelettes étaient de sexe masculin. Ils étaient aussi tous les deux presque totalement édentés, caractéristique partagée avec les autres occupants de la fosse commune. Hatch examina une mandibule à la loupe. Il découvrit des cicatrices dues à des lésions des gencives et des endroits où l'os était moins dense, apparemment rongé. Les rares dents restantes montraient une pathologie frappante : une séparation des cellules odontoblastes et de l'ivoire dentaire. Hatch reposa la mandibule en se demandant si c'était dû à une maladie, à la famine, ou simplement à une mauvaise hygiène.

Il prit le crâne de Barbe-Noire et l'examina. L'incisive supérieure restante était déchaussée : cela impliquait une origine est-asiatique ou amérindienne. Il reposa le crâne et continua son examen. L'autre pirate, Kidd, s'était cassé la jambe par le passé : les extrémités de l'os autour de la fracture étaient usées, abrasées et calcifiées, et la fracture ne s'était pas bien ressoudée. Il devait boiter en souffrant le martyre. Vivant, Kidd ne devait pas être un pirate bien luné. Il présentait aussi une vieille blessure à la clavicule ; on y notait une profonde entaille dans l'os, entourée d'ergots. Un coup de coutelas ?

Les deux hommes ne semblaient pas avoir dépassé la quarantaine. Si Barbe-Noire était asiatique, le capitaine Kidd était probablement de type caucasien. Hatch nota mentalement de demander à Saint John ce qu'il savait de la composition ethnique de l'équipage d'Ockham.

Il fit le tour de la table en réfléchissant, puis souleva un fémur. Il paraissait léger et sans substance. Il le courba et, à sa surprise, le sentit craquer comme une brindille morte entre ses doigts. Il examina les extrémités. Manifestement un cas d'ostéoporose, amenuisement de l'os, plutôt que le simple résultat de la décomposition des corps. Il examina les os de l'autre squelette et trouva les mêmes symptômes.

Les pirates étaient trop jeunes pour que l'origine de la maladie soit due à l'âge. Ce pouvait être la conséquence d'un régime déséquilibré ou d'une maladie. Mais laquelle ? Il réfléchit aux symptômes, puis eut soudain un large sourire.

Se tournant vers son étagère de travail, il prit son exemplaire fatigué des *Principes de médecine interne* de Harrison. Il feuilleta l'index jusqu'à ce qu'il trouve ce qu'il cherchait. Scorbut, déficience en vitamine C. Oui, il s'agissait bien des mêmes symptômes : chute des dents, ostéoporose, arrêt du processus de cicatrisation, voire réouverture de vieilles blessures.

Fermant le livre, il le rangea. Mystère résolu. Il savait que le scorbut était à présent rare dans la plus grande partie du globe. Même les régions du tiers-monde les plus pauvres dans lesquelles il avait exercé produisaient des fruits et des légumes, et il n'avait jamais rencontré de cas de toute sa carrière. Jusqu'ici. Il s'éloigna de la table, très content de lui.

On sonna. *Merde,* pensa-t-il en s'empressant de recouvrir les squelettes avant de passer dans le living-room. L'ennui, quand on vivait dans une petite ville, c'était que personne ne songeait à vous téléphoner avant de débarquer. Cela la ficherait mal qu'on le surprenne avec des squelettes à la place de l'argenterie familiale sur la table de la salle à manger.

Jetant un coup d'œil par la fenêtre de devant, il fut surpris de découvrir la silhouette voûtée du professeur Orville Horn. Le vieux monsieur s'appuyait sur sa canne, ses cheveux blancs dressés sur sa tête comme sous l'effet d'un générateur Van de Graaf.

— Ah ! l'abominable docteur Hatch ! s'exclama le professeur quand la porte s'ouvrit. Je passais quand j'ai vu de la lumière dans ton vieux mausolée. Je me suis dit que tu devais être dans le cachot en train de découper des cadavres. Les gens s'agitent depuis que des jeunes filles du village ont disparu. Oh ! Oh ! qu'est-ce que c'est que ça ? s'écria-t-il à la vue de la toile sur la table de la salle à manger.

— Des squelettes de pirates, fit Hatch avec un sourire. Vous vouliez un cadeau, non ? Eh bien, voilà : joyeux anniversaire.

Le regard du professeur s'illumina.

— Merveilleux ! Je vois que mes soupçons étaient fondés. Où les as-tu trouvés ?

— L'archéologue de Thalassa a découvert le site du camp de pirates sur Ragged Island il y a deux jours, répondit Hatch en conduisant le vieil homme dans la salle à manger. Ils ont trouvé une fosse commune. Je me suis dit que j'allais rapporter deux squelettes pour essayer de déterminer la cause du décès.

Le professeur haussa ses sourcils broussailleux. Hatch repoussa la toile, et son invité examina ce qu'elle cachait avec intérêt, touchant à l'occasion un os du bout de sa canne.

— Je crois savoir ce qui les a tués.

— Chut ! Laisse-moi deviner.

Hatch sourit en se rappelant l'amour du professeur pour les défis scientifiques. C'était un jeu auquel ils s'étaient souvent adonnés l'après-midi, le professeur confiant à Hatch un spécimen bizarre ou une énigme scientifique comme sujet de réflexion.

Le professeur Horn prit le crâne de Barbe-Noire et examina ses dents.

— Asie de l'Est, dit-il en le reposant.

— Excellent !

— Pas vraiment surprenant. Les pirates furent les premiers employeurs à pratiquer l'égalité des chances. Celui-ci devait être birman ou bornéen. Peut-être un lascar.

— Vous m'impressionnez.

— Comme ils oublient vite ! s'exclama le professeur en tournant, l'œil brillant, autour des squelettes, comme un chat autour d'une souris. Ostéoporose ?

Hatch sourit sans rien dire.

Le professeur Horn prit une mandibule.

— Visiblement, ces pirates ne se brossaient pas les dents deux fois par jour.

Il examina la dentition, un doigt sur la joue, et se redressa.

— Tout porte à croire qu'il s'agit du scorbut.

Hatch se sentit se décomposer.

— Vous avez deviné bien plus vite que moi.

— Le scorbut était endémique sur les bateaux dans les siècles passés. Tout le monde le sait, je le crains.

— Peut-être était-ce assez évident, dit Hatch, un peu déconfit.

Le professeur le regarda sans piper.

— Venez vous asseoir au salon. Je vais vous chercher du café.

Lorsque Hatch revint avec un plateau chargé de tasses et de soucoupes quelques minutes plus tard, il trouva son visiteur installé dans un fauteuil en train de feuilleter un des vieux romans policiers que sa mère aimait tant. Elle en conservait une trentaine, suffisamment pour qu'en finissant le dernier, disait-elle, elle ne se souvienne plus du premier et puisse recommencer au début. Voir ce vieil homme sorti de son enfance, assis dans le salon et le nez dans un des romans de sa mère, emplit soudain Hatch d'une bouffée de nostalgie si intense qu'il posa le plateau sur la petite table plus violemment qu'il ne l'aurait voulu. Le professeur prit une tasse, et ils sirotèrent un moment en silence.

— Martin, finit par dire le vieil homme en se raclant la gorge, je te dois des excuses.

— Je vous en prie, n'en parlons plus, j'ai apprécié votre franchise.

— Ma franchise, mon œil. J'ai parlé trop vite l'autre jour. Je pense toujours que Stormhaven se porterait mieux sans cette fichue île au trésor, mais là n'est pas la question. Je n'ai aucun droit de juger tes motivations. Tu fais ce que tu as à faire.

— Merci.

— Pour me faire pardonner, je t'ai apporté un petit quelque chose, dit-il avec la vieille lueur familière dans le regard.

Sortant une boîte de sa poche, il l'ouvrit, révélant une étrange coquille à deux lobes, présentant un motif compliqué de points et de rayures.

— De quoi s'agit-il ? Tu as cinq minutes.

— Un oursin siamois, très joli spécimen.

— Enfer et damnation, si tu refuses de te faire coller, rends-toi au moins utile en expliquant le contexte de cette découverte, dit le professeur en agitant un pouce en direction de la table de la salle à manger. Je veux des détails, jusqu'au plus banal. Toute omission sera sévèrement sanctionnée.

Étendant les jambes et croisant les pieds sur le tapis tressé, Hatch raconta comment Bonterre avait découvert le camp ; les premières fouilles ; la découverte de la fosse commune ; l'or ; la collection étonnante d'objets ; l'amas de cadavres. Le professeur écouta, opinant vigoureusement du chef, remontant et fronçant les sourcils à chaque nouvelle révélation.

— Ce qui me surprend le plus, conclut Hatch, c'est le nombre de cadavres. Les équipes en avaient identifié quatre-vingts à la fin de l'après-midi, et les fouilles ne sont pas terminées.

— Effectivement.

Le professeur se tut, les yeux dans le vague. Puis il sortit de sa torpeur, reposa sa tasse, brossa les revers de sa veste d'un geste curieusement délicat et se leva.

— Le scorbut, répéta-t-il. Ha ! ha ! Raccompagne-moi jusqu'à la porte, tu veux ? Je t'ai suffisamment dérangé pour ce soir.

Sur le seuil, le professeur hésita et se retourna. Il regarda Hatch droit dans les yeux, les siens dansant d'un intérêt voilé.

— Dis-moi, Martin, quelle est la flore dominante sur Ragged Island ? Je n'y suis jamais allé.

— Eh bien, typique d'une île au large, pas vraiment d'arbres à proprement parler, des herbes folles, des merisiers de Virginie, de la bardane et des roses thé.

— Ah ! une tarte aux merises… délicieux. Tu as déjà goûté aux joies de l'infusion de roses ?

— Bien sûr, ma mère en buvait des litres, pour sa santé, disait-elle. J'avais horreur de ça.

Le professeur Horn toussa dans son poing, un geste de désapprobation dans le souvenir de Hatch.

— Quoi ? s'exclama-t-il, sur la défensive.

— Les merises et les roses thé, dit le professeur, faisaient partie du régime alimentaire habituel des habitants de cette côte dans les siècles passés. Les deux sont très bons pour la santé, des mines de vitamine C.

Il y eut un silence.

— Oh ! Je vois où vous voulez en venir.

— Les marins du XVIIe siècle ignoraient peut-être quelle était la cause du scorbut, mais ils savaient pertinemment que la plupart des baies, fruits, racines et légumes le guérissaient... Et notre diagnostic hâtif pose un autre problème.

— Lequel ?

— La manière dont les corps ont été enterrés, dit le vieil homme en martelant le sol du bout de sa canne. Martin, le scorbut ne conduit pas à jeter quatre-vingts cadavres dans une fosse commune et à prendre la poudre d'escampette si vite qu'on en abandonne de l'or et des émeraudes derrière soi.

Il y eut un éclair lointain, suivi d'un coup de tonnerre au sud.

— Mais quoi alors ?

En guise de réponse, le professeur Horn se contenta de tapoter amicalement l'épaule de Hatch. Puis il se retourna, franchit les marches du perron en boitillant et s'éloigna cahin-caha, le faible écho de sa canne retentissant longtemps après qu'il eut disparu dans la chaude obscurité enveloppante d'Ocean Lane.

28

En pénétrant dans Île 1 aux petites heures de la matinée, Hatch trouva le centre de commande et de contrôle bondé. Bonterre, Wopner et Saint John parlaient tous en même temps. Seuls Magnusen et le capitaine Neidelman restaient cois : la première calculait tranquillement des statistiques et le second, au centre de l'assemblée, allumait sa pipe, aussi calme que l'œil d'un cyclone.

— Vous êtes timbré ou quoi ? disait Wopner, je devrais être à bord du *Cerberus* en train de déchiffrer ce fichu journal, au lieu de jouer les spéléos à la con. Je suis un programmeur, pas un égoutier.

— Il n'y a pas d'autre solution, dit Neidelman en retirant la pipe de sa bouche. Vous avez vu les chiffres.

— Ouais, c'est ça. Vous vous attendiez à quoi ? Rien ne marche correctement sur cette putain d'île.

— J'ai raté quelque chose ? demanda Hatch en s'avançant.

— Ah ! bonjour, Martin, fit Neidelman en lui adressant un bref sourire. Rien de grave. Nous avons des petits problèmes avec l'électronique sur l'échelle.

— Des petits ! ricana Wopner.

— Par conséquent, il faut que Kerry nous accompagne dans le Puits ce matin.

— Pas question ! Je n'arrête pas de vous dire que la dernière pièce du puzzle vient de se mettre en place. Je le tiens, ce code. Scylla l'aura déchiffré en deux heures.

— Si la dernière pièce vient de se mettre en place, Christopher peut se charger de la surveillance, reprit Neidelman plus sèchement.

— C'est exact, enchaîna Saint John en bombant un peu le torse. Il suffit de prendre la sortie et de procéder à quelques substitutions de caractères.

Wopner les regarda l'un et l'autre, en faisant la moue.

— Il s'agit simplement de savoir où vous êtes le plus utile, continua Neidelman. Et c'est dans notre équipe.

Se tournant vers Hatch, il ajouta :

— Il est impératif que nous placions ces capteurs piézoélectriques dans l'ensemble du Puits. Une fois qu'ils seront reliés au réseau, ils pourront nous avertir en cas de défaillance du boisage. Mais jusqu'ici Kerry n'est pas parvenu à calibrer les capteurs à distance. Il faut qu'il nous accompagne pour le faire manuellement, à l'aide d'un palmtop. Ensuite il pourra télécharger l'information dans l'ordinateur d'Île 1. C'est ennuyeux, mais il n'y a rien d'autre à faire.

— Ennuyeux ? s'écria Wopner. Sacrément chiant, oui.

— La plupart des employés renonceraient à la moitié de leur part pour participer à cette première exploration, dit Saint John.

— Et ça, ça vous dirait de l'explorer ? marmonna Wopner en lui montrant son derrière.

Bonterre gloussa.

Neidelman se tourna vers l'historien.

— Parlez donc au docteur Hatch de la phrase que vous venez de déchiffrer dans la seconde moitié du journal.

Saint John toussota en se rengorgeant.

— En fait, il ne s'agit pas d'une phrase, plutôt d'un fragment de phrase : *Vous qui convoitez la clé du... Puits trouverez...*

Hatch regarda le capitaine, ébahi.

— Il y a donc une clé secrète.

Neidelman sourit en se frottant les mains.

— Il est presque 8 heures, prenez votre équipement, on part.

Hatch courut chercher sa trousse dans son cabinet et rejoignit le groupe dans la montée vers Orthanc.

— Merde, on se les gèle, dit Bonterre en soufflant dans ses mains avant de croiser les bras. Vous êtes sûr que nous sommes en été ?

— Un matin d'été dans le Maine. Respirez à pleins poumons, le bon air va vous faire pousser des poils sur la poitrine.

— Je n'ai pas vraiment besoin de ça, monsieur le docteur.

Elle partit au pas de course pour tenter de se réchauffer, et en la suivant Hatch se rendit compte qu'il frissonnait aussi, sans trop savoir si c'était le froid ou la perspective de descendre dans le Puits. Le bord déchiqueté d'un front nuageux qui projetait une ombre allongée sur l'île semblait talonné par une succession de cumulonimbus.

En arrivant au sommet de l'île, Hatch aperçut la grande silhouette d'Orthanc, avec ses grappes de câbles multicolores jaillissant de son ventre obscur pour s'enfoncer dans la gueule du Puits inondé. Sauf qu'il ne s'agissait plus du Puits inondé : maintenant il était asséché, accessible, ses secrets intimes attendant d'être révélés.

Hatch frissonna de nouveau. De là où ils étaient, il apercevait le croissant gris du batardeau, traçant un arc dans la mer à l'extrémité sud de l'île. Quelle étrange vision ! Derrière le batardeau, l'étendue bleu marine de l'océan s'enfonçait dans le voile de brume omniprésent ; de l'autre côté, le fond rocheux de la mer était d'une nudité presque obscène, parsemé de flaques d'eau stagnante. Çà et là, on voyait des fanions sur des saillies de roches : les entrées des tunnels d'inondation, balisées pour un examen ultérieur. Sur la plage à côté du batardeau s'entassaient des pièces de métal rouillé, du bois gorgé d'eau et autres débris remontés des entrailles du Puits.

À côté du Puits, Streeter et son équipe étaient occupés à tirer et à installer des câbles. En s'approchant, Hatch aperçut ce qui ressemblait à l'extrémité d'une échelle massive. Les montants, d'épais tubes métalliques, encadraient deux séries d'échelons revêtus de caoutchouc. Les hommes avaient passé la plus grande partie de la nuit à assembler et à descendre le tout, en manœuvrant autour d'obstacles invisibles, coincés dans les poutres arc-boutant le puits.

— Eh bien ! plutôt dopée, votre échelle ! fit Hatch en sifflant de surprise.

— C'est plus qu'une échelle, dit Neidelman. C'est ce qu'on pourrait appeler un complexe d'échelle. Ses montants sont faits d'un alliage de titane. Il servira d'épine dorsale à la structure de soutien du Puits. Le moment venu, nous construirons un réseau d'entretoises à partir de l'échelle pour étayer les parois et les poutres et assurer la stabilité du Puits pendant que nous creuserons au fond. Et nous y fixerons aussi un ascenseur à plate-forme, une sorte d'élévateur.

« Chaque montant tubulaire contient des câbles électriques en fibre optique, et chaque degré est muni d'une lumière de contact. En définitive, l'ensemble de la structure sera géré par ordinateur, des servos aux caméras de contrôle. Mais l'ami Wopner n'a pas encore réussi à mettre l'installation sous surveillance à distance. D'où mon invitation à se joindre à nous. Construite aux normes de Thalassa à un coût de près de deux cent mille dollars, conclut-il.

Wopner s'approcha, sourire aux lèvres.

— Capitaine ! Je peux vous donner une adresse où trouver de superbes chiottes à six cents dollars, si vous voulez.

Le visage de Neidelman s'éclaira.

— Ravi de voir que votre humeur s'améliore. Préparons-nous.

Il se tourna vers le groupe.

— Notre tâche la plus importante aujourd'hui est de fixer ces capteurs piézoélectriques dans le boisage et les entretoises du Puits, dit-il en brandissant un spécimen.

Il s'agissait d'une petite bande de métal, avec une puce électronique en son centre, scellée dans un morceau de plastique dur et transparent. À chaque extrémité, un petit clou d'un centimètre en sortait à angle droit.

— Il vous suffira de l'enfoncer dans le bois. M. Wopner le calibrera et l'enregistrera dans la base de données de son palmtop.

Pendant que Neidelman discourait, un technicien s'approcha de Hatch pour l'aider à enfiler son harnais. Puis il lui tendit un casque et lui montra comment se servir de l'Intercom et de la lampe à halogène. Ensuite, il lui confia un sac de capteurs piézoélectriques.

— Magnusen, branchez le système, dit le capitaine dans sa radio.

Sous les yeux de Hatch, un ruban lumineux s'alluma le long de l'échelle, baignant d'un éclat jaune les entrailles du Puits. La triple rangée d'étais brillants s'enfonçait dans la terre comme un chemin vers l'enfer.

Hatch découvrait enfin à quoi ressemblait le Puits. Il avait la forme d'un carré grossier, d'environ trois mètres de côté, étayé par de gros rondins, eux-mêmes entaillés et mortaisés dans de massives poutres verticales placées aux quatre coins. Tous les trois mètres, des arcs-boutants constitués de quatre poutres plus petites qui se croisaient au milieu renforçaient les parois. Ce suréquipement apparent frappa Hatch : on aurait dit que Macallan avait construit le puits pour qu'il dure un millénaire, au lieu des quelques années qu'il faudrait à Ockham pour revenir récupérer son butin.

En contemplant la rampe lumineuse, Hatch finit par prendre conscience de la profondeur du trou. Les lumières semblaient s'enfoncer dans l'obscurité boueuse, si loin que les montants de l'échelle paraissaient converger. Tel un être vivant, le Puits bruissait, cliquetait, craquait, murmurait et gémissait.

Un roulement de tonnerre fit vibrer l'île, et un vent soudain aplatit l'herbe autour d'eux. Puis une pluie battante se mit à tomber. Hatch resta où il était, partiellement abrité par la masse d'Orthanc. Dans quelques minutes, songea-t-il, ils prendraient l'échelle et descendraient jusqu'au fond. Une fois de plus il fut envahi du soupçon pervers que tout était trop facile. C'est alors qu'il perçut l'odeur froide du banc de boue montant du Puits : on sentait un mélange d'iode, de moisissure, de pourriture et de décomposition animale et végétale. Quelque part dans ce dédale de tunnels se trouvait le corps de Johnny. Une découverte que Hatch espérait et redoutait à la fois de toute son âme.

Un technicien tendit à Neidelman un petit détecteur de gaz que ce dernier se glissa autour du cou.

— Souvenez-vous que nous ne descendons pas pour le plaisir, dit Neidelman. Vous ne lâcherez l'échelle que pour placer vos capteurs. Mais j'aimerais que nous profitions tous de cette expédition pour engranger le plus d'observations possible : l'état du boisage, la taille et le nombre de tunnels, tout ce qui paraît pertinent. Comme le fond baigne encore dans la boue, nous nous concentrerons sur les parois et les orifices des tunnels latéraux. Bien. Accrochez vos cordes de sécurité à vos harnais et allons-y.

Neidelman vérifia les mousquetons de sa petite troupe.

— Je me fais l'effet d'un foutu réparateur du téléphone, se plaignit Wopner.

Hatch jeta un coup d'œil au programmeur qui, outre son sac de capteurs, arborait deux palmtops accrochés à sa ceinture.

— Allons, Kerry, fit Bonterre, mutine, pour une fois vous avez l'air d'un homme.

La plus grande partie de l'équipe présente sur l'île s'était groupée derrière la tour. Il y eut des acclamations. Hatch observa les visages ravis : c'était l'instant crucial que tous attendaient. Bonterre souriait largement. Même Wopner parut céder à l'euphorie générale : il arrangea son équipement et tira sur son harnais en prenant un air important.

Neidelman jeta un dernier regard au groupe assemblé qu'il salua d'un geste de la main. Puis il s'approcha du bord du Puits, accrocha sa corde à l'échelle et commença sa descente.

29

Hatch fut le dernier à poser le pied sur l'échelle. Les autres s'alignaient déjà sur six mètres en dessous. Les lampes fixées à leurs casques perçaient l'obscurité. Pris de vertige, Hatch leva le nez vers la surface et s'agrippa au degré. L'échelle était solide comme un roc, il le savait ; et, même s'il tombait, sa corde de sécurité l'empêcherait d'aller très loin.

Un silence étrange s'abattit sur le petit groupe, ainsi que sur l'équipe d'Orthanc reliée à eux par radio et qui surveillait l'expédition depuis ses écrans. Les craquements, cliquètements, bruissements, ces bruits que le Puits produisait sans cesse en s'adaptant, semblaient être l'œuvre de mystérieuses créatures marines. Hatch passa à côté du premier groupe de plots, prises électriques et fiches qui jalonnaient l'échelle à intervalles de quatre mètres cinquante.

— Tout le monde va bien ? fit la voix basse de Neidelman dans l'Intercom.

Des réponses positives se succédèrent.

— Docteur Magnusen ?

— Instruments normaux, dit la voix à l'intérieur d'Orthanc. Tous les signaux sont verts.

— Docteur Rankin ?

— Scopes inactifs, capitaine. Aucun signe de perturbations sismiques ni d'anomalies magnétiques.

— Monsieur Streeter ?

— Tous les systèmes sur le système sont normaux, fit la voix laconique.

— Parfait. Nous allons descendre jusqu'à la plate-forme des quinze mètres, en plaçant des capteurs chaque fois que ce sera nécessaire, puis nous nous arrêterons pour souffler. Prenez garde de ne pas accrocher vos cordes aux poutres. Bonterre, Hatch et Wopner, gardez les yeux ouverts. Si vous voyez quoi que ce soit d'étrange, je veux être au courant.

— Vous voulez rire ? fit Wopner. Tout est étrange ici.

En suivant le groupe, Hatch avait l'impression de s'enfoncer dans une profonde flaque d'eau saumâtre. L'air, visqueux et glacial, puait la décomposition. Chaque souffle se condensait en un nuage de vapeur qui restait suspendu dans l'air hypersaturé, refusant de se dissiper. Hatch regarda autour de lui à l'aide de la lampe fixée sur son casque. Ils se trouvaient à présent au niveau où la marée était montée deux fois par jour. Il fut surpris de voir les mêmes strates de vie qu'il avait observées d'innombrables fois au milieu des rochers dénudés à marée basse : des bernacles, puis des algues, des moules et des berniques, suivis d'un ruban d'étoiles de mer ; et enfin des concombres de mer, des bigorneaux, des oursins et des anémones. Des centaines de bulots s'accrochaient encore pathétiquement aux parois et aux poutres, espérant en vain le retour de leur élément naturel. De temps à autre, l'un d'eux finissait par se détacher pour tomber dans l'écho de l'immensité.

Malgré la masse de débris qu'on avait retirée du Puits asséché, la descente tenait de la course d'obstacles. On avait adroitement glissé l'échelle à travers l'enchevêtrement de poutres pourrissantes, de pièces métalliques et d'outils de forage abandonnés. L'équipe s'arrêta lorsque Neidelman enfonça un capteur dans une petite ouverture latérale. Attendant que Wopner fasse son calibrage, Hatch sentit son humeur s'assombrir dans cette atmosphère diabolique. Il se demanda si les autres partageaient son sentiment, ou si lui-même extrapolait, parce qu'il savait que quelque part, dans ce labyrinthe froid et suintant, reposait le corps de son frère.

— Nom de Dieu, mais ça pue là-dedans, dit Wopner en se penchant sur son ordinateur.

— Niveaux de gaz normaux, fit la voix de Neidelman. Nous installerons bientôt un système de ventilation.

Reprenant leur descente, ils commencèrent à mieux voir le boisage d'origine du Puits quand les épaisses couches d'algues cédèrent la place à des guirlandes de varech. Un grondement sourd roula au-dessus de leurs têtes : le tonnerre. Hatch leva les yeux et vit l'orifice du Puits se découper sur le ciel, dominé par la masse sombre d'Orthanc enveloppée d'un halo vert. Un éclair baigna l'espace d'une seconde le Puits d'une lueur spectrale.

Soudain le groupe s'arrêta. Hatch vit Neidelman balayer du faisceau de sa lampe deux ouvertures irrégulières de chaque côté du Puits, des tunnels qui s'enfonçaient dans l'obscurité.

— Qu'en pensez-vous ? demanda Neidelman en installant un autre capteur.

— Ils ne sont pas d'origine, dit Bonterre en se penchant prudemment dans la seconde ouverture pour fixer un capteur et examiner la chose de plus près. Regardez ce boisage : il est petit et coupé à la scie de long, pas à l'herminette. Il devrait dater de l'expédition Parkhurst dans les années 1830, non ?

Elle se redressa, puis leva les yeux vers Hatch, illuminant ses jambes avec sa lampe frontale.

— Je vois votre culotte.

— Peut-être devrions-nous échanger nos places.

Ils poursuivirent leur descente, plaçant des capteurs de tension dans les poutres et le boisage, jusqu'à ce qu'ils atteignent l'étroite plate-forme à quinze mètres de profondeur. Dans le reflet de la lampe de son casque, Hatch vit que le visage du capitaine était pâle d'excitation. Sa peau luisait de sueur malgré la fraîcheur ambiante.

Il y eut un autre éclair et un roulement de tonnerre. Les ruisselets d'eau gouttaient plus vite à présent, et Hatch comprit qu'il devait pleuvoir fort à la surface. Il regarda vers le haut, mais l'ouverture était obscurcie par les arcs-boutants qu'ils venaient de franchir. Il se demanda si la mer avait grossi et espéra que le batardeau tiendrait. Il eut la vision fugitive de l'océan s'engouffrant dans le batardeau et rugissant dans le Puits, les noyant tous instantanément.

— Je me gèle, geignit Wopner. Vous auriez pu me prévenir qu'il fallait apporter sa couverture chauffante. Et ça pue encore pire qu'avant.

— Légère augmentation des niveaux de méthane et de dioxyde de carbone, dit Neidelman en regardant son compteur. Pas de quoi s'inquiéter.

— Il a raison en tout cas, dit Bonterre en replaçant une gourde accrochée à sa ceinture. Il fait un froid de canard ici.

— Neuf degrés centigrades, fit Neidelman sèchement. D'autres commentaires ?

Il y eut un silence.

— Bien, alors continuons. À partir de maintenant, nous devrions croiser davantage de puits et de tunnels latéraux. Nous placerons les capteurs chacun à notre tour. Comme M. Wopner doit tous les calibrer manuellement, il va prendre du retard. Nous l'attendrons à la plate-forme des trente mètres.

À cette profondeur, des détritus de toutes sortes restaient coincés sur les arcs-boutants. De vieux câbles, des chaînes, des engrenages, des tuyaux, même des gants en cuir pourris. Ils commencèrent à rencontrer de nouvelles ouvertures dans les parois boisées, des tunnels ou des galeries secondaires partant à l'horizontale du puits principal. Neidelman s'engouffra dans le premier, plaçant des capteurs sur six mètres. Bonterre prit le suivant. Puis ce fut le tour de Hatch.

Prudemment, il donna du jeu à sa corde avant de quitter l'échelle pour se hisser sur l'arc-boutant. Il sentit son pied s'enfoncer dans la vase. Le tunnel, étroit et bas, montait en pente raide. Grossièrement creusé dans la roche, sans rien de l'élégance du Puits inondé, il était manifestement plus récent. Courbé en deux, Hatch s'enfonça de six mètres dans la galerie, puis sortit un capteur de son sac pour le ficher dans la terre calcifiée. Il retourna dans le puits central et plaça un petit fanion fluorescent à l'entrée du tunnel pour avertir Wopner.

En remettant le pied sur l'échelle, Hatch entendit le lourd gémissement d'une poutre voisine, suivi d'une série de craquements dont le faible écho emplit le Puits. Il se figea, se cramponnant à la structure métallique, retenant son souffle.

— C'est juste le Puits qui s'adapte, fit la voix de Neidelman.

Ayant déjà placé son capteur, ce dernier descendait vers l'arc-boutant suivant. À peine avait-il fini sa phrase qu'une sorte de cri, étrangement humain, jaillit d'un tunnel latéral.

— Qu'est-ce que c'était que ce truc ? s'exclama Wopner d'une voix un peu trop forte dans cet espace confiné.

— Comme tout à l'heure, dit Neidelman. Du vieux bois qui proteste.

On entendit un nouveau cri, suivi d'un faible gargouillis.

— C'est pas ce putain de bois, dit Wopner. C'est vivant.

Hatch leva les yeux. Palmtop en main, le programmeur s'était figé.

— Sortez-moi cette lampe des yeux, d'accord ? Plus vite j'aurai calibré ces conneries, plus vite je sortirai de ce trou de merde.

— Vous êtes pressé de retourner au bateau parce que vous avez peur que Christopher vous pique toute la gloire, s'esclaffa Bonterre qui reprenait sa descente.

À l'approche de la plate-forme des trente mètres, ils découvrirent du nouveau. Jusque-là les tunnels latéraux avaient été grossiers, mal étayés, partiellement effondrés. Là ils se retrouvèrent devant une ouverture qui avait été creusée avec soin.

Bonterre braqua sa lampe dedans.

— Il fait partie du puits original, aucun doute.

— À quoi sert-il ? demanda Neidelman en tirant un capteur de son sac.

Bonterre se pencha dans le tunnel.

— Je ne sais pas. Mais on peut voir comment Macallan a exploité les fissures naturelles dans la roche pour sa construction.

— Monsieur Wopner ? dit Neidelman en levant les yeux.

Il y eut un bref silence. Puis Hatch entendit Wopner répondre : « Oui ? » d'une voix calme, anormalement basse. Levant les yeux, il vit le jeune homme appuyé contre l'échelle à environ trois mètres au-dessus de lui, en train de calibrer un capteur près d'un fanion. Les cheveux trempés de sueur, le programmeur frissonnait.

— Kerry ? Ça va ?

— Ça va, oui.

Neidelman regarda Bonterre, puis Hatch, une étrange lueur d'impatience dans le regard.

— Cela va lui prendre un certain temps pour calibrer tous les capteurs que nous avons placés. Pourquoi n'irions-nous pas voir ce tunnel de plus près ?

Le capitaine enjamba le vide, puis aida les autres à le rejoindre. Ils se retrouvèrent dans un long goulot étroit, d'environ un mètre cinquante de haut sur un mètre de large, étayé par de grosses poutres semblables à celles du Puits inondé. Neidelman tira un petit canif de sa poche et l'enfonça dans le bois.

— Tendre sur un centimètre, puis solide, dit-il en glissant le canif dans sa poche. Cela a l'air sûr.

Ils avancèrent prudemment, courbés en deux. Neidelman s'arrêta à plusieurs reprises pour tester la solidité des poutres. Le tunnel avançait en ligne droite sur cinquante mètres. Soudain le capitaine pila et siffla entre ses dents.

Hatch aperçut alors une étrange salle octogonale, d'environ quatre mètres cinquante de diamètre. Chacun des pans de pierre qui la composaient se terminait en arc, formant un plafond en voûte d'arêtes. Au centre du sol, une grille en fer, gonflée de rouille, couvrait un trou.

Leur souffle semblait rester suspendu dans cette salle pleine de miasmes. La qualité de l'air s'était fortement dégradée, et Hatch se sentit vaguement pris de vertiges. De faibles bruits s'échappaient de la grille centrale : le murmure de l'eau, peut-être, ou de la terre en train de s'adapter.

Bonterre dirigea sa lampe vers le plafond.

— Mon Dieu ! lâcha-t-elle. Un exemple classique du style baroque anglais. Un peu grossier peut-être, mais indéniable.

Neidelman regarda le plafond.

— Oui, on reconnaît la patte de sir William. Regardez ces tiercerons et ces nervures de voûte, remarquable !

— Remarquable quand on songe que cela a toujours été là, à trente mètres de profondeur, dit Hatch. À quoi servait-elle ?

— Selon moi, dit Bonterre, cette salle avait une sorte de fonction hydraulique.

Son souffle s'allongea en un nuage de brume qui partit vers le centre de la pièce. Ils le virent glisser vers la grille, puis être soudain aspiré vers les profondeurs.

— Nous le découvririons quand nous aurons fait le relevé de toute l'installation, dit Neidelman. Pour l'instant, plaçons deux capteurs, ici et là.

Il enfonça les capteurs dans des joints entre les pierres à deux extrémités de la salle, puis se releva et jeta un coup d'œil à son compteur à gaz.

— Le niveau de dioxyde de carbone monte. Nous devrions peut-être écourter notre visite.

Ils retournèrent dans le puits central pour découvrir que Wopner les avait presque rattrapés.

— Il y a deux capteurs au bout de ce tunnel, l'informa Neidelman, en plaçant un fanion à l'entrée.

Dos tourné, penché sur son palmtop, Wopner marmonna une réponse inintelligible. Hatch découvrit que, lorsqu'on restait trop longtemps au même endroit, le souffle se transformait en un nuage de brouillard presque aveuglant.

— Docteur Magnusen, dit Neidelman dans sa radio. État des lieux, s'il vous plaît.

— Le docteur Rankin obtient quelques anomalies sismiques sur les moniteurs, capitaine, mais rien de grave. Le temps pourrait en être responsable.

Comme en réponse, on entendit le faible écho d'un coup de tonnerre.

— Compris, dit Neidelman en se tournant vers Bonterre et Hatch. Descendons au fond étiqueter le reste des poutres.

Ils reprirent leur descente. En dépassant la plate-forme des trente mètres, Hatch se rendit compte que ses bras et ses jambes tremblaient de fatigue et de froid.

— Regardez-moi ça, dit Neidelman en braquant sa lampe vers une autre ouverture. Un autre tunnel creusé directement en dessous du premier. Nul doute qu'il fait aussi partie de la structure originale.

Bonterre plaça un capteur dans une solive voisine, et ils se remirent en marche.

Soudain Hatch entendit Bonterre lâcher un juron. Il regarda sous ses pieds.

Enchevêtré dans des détritus, gisait un cadavre réduit à l'état de squelette, drapé de chaînes et de fers rouillés, ses orbites vides luisant dans le faisceau de la lampe de Bonterre. Des lambeaux de vêtements pendaient de ses épaules et de ses hanches, et sa mâchoire béait comme s'il riait d'une blague irrésistible. Hatch se sentit curieusement ailleurs, détaché, même si une partie de son cerveau enregistrait bien que le squelette était trop grand pour être celui de son frère. Détournant les yeux et pris de violents tremblements, il s'appuya à l'échelle, luttant pour contrôler son souffle et ses battements de cœur, se concentrant sur la dilatation de ses poumons.

— Martin ! dit Bonterre. Martin ! ce squelette est très vieux, vous comprenez ? Au moins deux cents ans.

Hatch haleta un long moment avant d'être sûr de pouvoir répondre.

— Je comprends.

Lentement, il détacha son bras du degré en titane, et, toujours aussi lentement, il descendit un pied, puis l'autre, jusqu'à ce qu'il se retrouve au même niveau que Bonterre et Neidelman.

Fasciné, inconscient de la réaction de Martin, le capitaine observait le squelette dans le faisceau de sa lampe.

— Regardez-moi cette chemise. Filée à la maison, manches raglan, le costume courant chez les pêcheurs du début du XIXe siècle. Je crois bien que nous avons trouvé le corps de Simon Rutter, la première victime du Puits.

Ils fixèrent le squelette jusqu'à ce que l'écho lointain du tonnerre les tire de leur torpeur.

Sans un mot, le capitaine éclaira le fond du Puits. L'imitant, Hatch distingua alors leur destination ultime. Un énorme enchevêtrement de traverses, de fer rouillé, de tuyaux, de tiges et de machines jaillissait d'une flaque de boue et de vase à environ six mètres en dessous d'eux. Directement au-dessus de cet enchevêtrement, plusieurs tunnels convergeaient vers le puits principal, des algues et du varech pendant comme des barbes de leurs ouvertures. Neidelman éclaira ce fatras. Puis il se tourna vers Bonterre et Hatch, sa silhouette mince enveloppée de la brume froide de sa propre respiration.

— À environ quatre mètres cinquante en dessous de ces débris, murmura-t-il, le regard perdu dans le vague, gît un trésor de deux milliards de dollars.

Puis, se mettant à rire, d'un rire bas, doux, étrange, il répéta :

— Quatre mètres cinquante. Et il ne nous reste plus qu'à creuser.

Soudain sa radio crépita.

— Capitaine, ici Streeter.

Hatch crut discerner une note d'alarme dans la voix sèche.

— On a un problème ici.

— Quoi ? fit le capitaine, d'une voix soudain dure.

Il y eut un silence, puis Streeter revint en ligne.

— Capitaine, nous... une seconde, s'il vous plaît, nous vous recommandons d'interrompre votre mission et de remonter tout de suite en surface.

— Pourquoi ? Un problème avec l'équipement ?

— Non, pas du tout, fit Streeter, un peu hésitant. Je vous passe Saint John, il vous expliquera.

Neidelman lança un regard interrogateur à Bonterre qui haussa les épaules.

— Capitaine Neidelman, ici Christopher Saint John. Je suis sur le *Cerberus*. Scylla vient de déchiffrer plusieurs portions du journal.

— Excellent. Mais où est l'urgence ?

— C'est ce que Macallan a écrit dans cette seconde partie. Permettez-moi de vous le lire.

Pour Hatch, debout sur l'échelle, figé dans une obscurité visqueuse au cœur du Puits inondé, la voix de l'Anglais lisant le journal de Macallan parut venir d'un autre monde.

« *Je ressens un certain malaise depuis quelques jours. Je suis presque sûr qu'Ockham nourrit le projet de se débarrasser de moi, comme il l'a fait de tant d'autres, une fois qu'il n'aura plus besoin de mes services pour sa vile entreprise. Après avoir mûrement réfléchi, j'ai pris une décision. C'est cet horrible trésor, autant que le pirate Ockham, qui est diabolique et la cause de tous nos malheurs sur cette île déserte ; et de la mort de tant de malheureux. C'est le trésor du diable lui-même et c'est ainsi que je le traiterai…* »

Saint John s'interrompit et on entendit un bruissement de papier.

— Et vous voulez qu'on abandonne à cause de ça ! fit Neidelman, exaspéré.

— Capitaine, il y a plus. Écoutez la suite.

« *Maintenant que le puits du trésor est construit, je sais que mon heure approche. J'ai l'âme en paix. Sous ma direction, le pirate Ockham et sa bande ont, sans le savoir, créé une tombe éternelle pour leurs gains impies, obtenus au prix de tant de souffrances et de chagrins. Ce butin ne sera pas récupéré par des moyens mortels. C'est ainsi que je me suis arrangé, par divers stratagèmes et ruses, pour placer ce trésor dans une telle situation que ni Ockham ni aucun autre ne pourra jamais le récupérer. Le Puits est invincible. Ockham pense en détenir la clé, et il mourra pour cette croyance. Je vous dis maintenant, à vous qui déchiffrez ces lignes, de prendre garde à mon avertissement : descendre dans le Puits fait courir un grave danger à votre vie ; s'emparer du trésor veut dire une mort certaine. Toi qui convoites la clé du Puits au trésor trouveras à la place la clé de l'au-delà, et ta carcasse pourrira près de l'enfer où ton âme est allée.* »

Saint John se tut, et le groupe resta silencieux. Hatch regarda Neidelman : sa mâchoire tremblait un peu, et il plissait les yeux.

— Voyez-vous, reprit Saint John. Il semble que la clé soit justement l'absence de clé. Cela dut être la vengeance ultime de Macallan contre le pirate qui l'avait kidnappé : enterrer son trésor de sorte qu'on ne puisse jamais le récupérer. Ni Ockham. Ni personne.

— L'important, fit la voix de Streeter, c'est qu'il est dangereux de rester dans le Puits tant que nous n'aurons pas déchiffré le reste du code. On dirait que Macallan a une sorte de piège en réserve pour quiconque...

— Foutaises, l'interrompit Neidelman. Le danger dont il parle est le piège qui a tué Simon Rutter il y a deux siècles et inondé le Puits.

Il y eut un nouveau long silence. Hatch regarda Bonterre, puis Neidelman. Visage de glace, le capitaine serrait les lèvres.

— Capitaine ? appela Streeter. Ce n'est pas du tout l'interprétation qu'en fait Saint John...

— Ça suffit ! lâcha le capitaine. Nous en avons presque fini ici, plus qu'un ou deux capteurs à installer et à calibrer, et nous remontons.

— Je pense que Saint John a raison, intervint Hatch. Nous devrions écourter cette mission, du moins jusqu'à ce que nous comprenions de quoi parlait Macallan.

— Je suis d'accord, dit Bonterre.

— Pas question, assena Neidelman avec brusquerie.

Il ferma son sac et leva les yeux.

— Monsieur Wopner ?

Le programmeur n'était pas sur l'échelle, et son Intercom ne répondait pas.

— Il doit être dans le tunnel, en train de calibrer les capteurs que nous avons placés dans la salle voûtée, dit Bonterre.

— Alors rappelons-le. Il a probablement coupé son émetteur.

Le capitaine entreprit de remonter l'échelle, les effleurant au passage. L'échelle tremblait légèrement sous son poids.

Une seconde, pensa Hatch. *Cela ne va pas*. L'échelle n'avait encore jamais tremblé.

Puis le phénomène se reproduisit : un léger frémissement, à peine perceptible sous ses doigts et ses pieds. Il jeta un regard perplexe à Bonterre et comprit à son expression qu'elle sentait la même chose.

— Docteur Magnusen, au rapport ! fit sèchement Neidelman. Que se passe-t-il ?

— Tout est normal, capitaine.

— Rankin ?

— Les scopes montrent un incident sismique, mais c'est au seuil, bien en dessous du niveau de danger. Il y a un problème ?

— Nous sentons un…

Soudain une violente secousse agita l'échelle. L'un des pieds de Hatch glissa, et il s'agrippa désespérément pour ne pas lâcher prise. Du coin de l'œil, il vit Bonterre s'accrocher fermement à l'échelle. Il y eut une nouvelle secousse, suivie d'une autre. Au-dessus, Hatch perçut un bruit d'éboulement lointain, comme un affaissement de terrain, et un grondement à peine audible.

— Qu'est-ce qui se passe, bordel ? s'écria le capitaine.

— Monsieur, fit la voix de Magnusen, nous détectons un déplacement de terrain dans votre voisinage.

— D'accord, vous avez gagné. Trouvons Wopner et sortons d'ici.

Ils grimpèrent jusqu'à la plate-forme des trente mètres, l'entrée du tunnel voûté au-dessus d'eux, gueule béante de bois pourri et de terre. Neidelman jeta un coup d'œil à l'intérieur, braquant sa torche dans l'humidité.

— Wopner ? Venez. On écourte la mission.

Hatch tendit l'oreille : seul le silence et un faible vent froid émanaient du tunnel.

Neidelman continua à fixer le tunnel un bon moment. Puis il se tourna vers Bonterre et Hatch en plissant les yeux.

Soudain, comme galvanisés par la même pensée, tous les trois ouvrirent leurs mousquetons, rampèrent vers l'ouverture du tunnel et se mirent à courir. Hatch ne se souvenait pas que le tunnel était si bas. L'air lui-même paraissait différent.

Puis le tunnel s'ouvrit sur la petite salle voûtée. Les deux capteurs étaient en place. Le palmtop de Wopner était posé près de l'un d'eux, son antenne RF formant un angle étrange. Des rubans de brume dérivaient dans la salle dans le rayon de leurs lampes frontales.

— Wopner ? appela Neidelman, balayant la pièce avec sa lampe. Mais où s'est-il fourré, nom de Dieu ?

Hatch passa derrière Neidelman, et ce qu'il découvrit lui glaça le sang. L'une des voûtes d'arête du plafond avait basculé contre la paroi de la salle. De la terre brune s'écoulait du trou au-dessus de leurs têtes. Au niveau du sol, là où la base de la dalle tombée pressait contre le mur, il distingua un objet blanc et noir. En s'approchant, il comprit qu'il s'agissait de l'extrémité de la tennis de Wopner. Il se rua dessus, braquant sa lampe entre les deux dalles.

— Oh ! mon Dieu ! fit Neidelman derrière lui.

Wopner était piégé entre les deux plaques de granit, un bras coincé contre son flanc, l'autre figé dans un angle bizarre. Sa tête couverte du casque était tournée de côté, vers Hatch. Il avait les yeux écarquillés et embués de larmes.

Sa bouche remua silencieusement. Pitié...

— Kerry, essayez de garder votre calme, dit Hatch en balayant l'étroite ouverture de sa lampe tout en tripotant son Intercom.

C'était incroyable qu'il vive encore.

— Streeter ! Nous avons un homme piégé entre deux dalles de pierre. Descendez-nous des crics hydrauliques. Il me faut de l'oxygène, du sang et du sérum physiologique.

Hatch se tourna vers Wopner.

— Kerry, nous allons écarter ces plaques et vous sortir de là très vite. J'ai besoin de savoir où vous êtes blessé.

La bouche remua de nouveau.

— Je ne sais pas, fit-il dans un souffle. Je me sens... tout cassé à l'intérieur.

Ses paroles étaient indistinctes, et Hatch comprit que le programmeur pouvait à peine bouger sa mâchoire. Il s'écarta du mur et ouvrit sa trousse, en sortant une seringue hypodermique qu'il remplit de deux centimètres cubes de morphine. Il glissa la main entre les deux dalles rugueuses et enfonça l'aiguille dans l'épaule de Wopner. Ce dernier n'eut aucune réaction, pas même un frémissement.

— Comment va-t-il ? dit Neidelman, derrière Hatch, la buée sortant en nuages de sa bouche.

— Reculez, nom de Dieu ! Il a besoin d'air.

Hatch se surprit à haleter, à respirer plus profondément, à chercher son souffle.

— Attention, dit Bonterre. Il y a peut-être un autre piège.

Un piège ? Hatch n'avait jamais songé qu'il pût s'agir d'un piège. Mais, sinon, comment cette énorme plaque de plafond aurait-elle basculé aussi précisément... Il tenta d'atteindre la main de Wopner pour lui prendre son pouls, mais elle était trop loin.

— Crics, oxygène et plasma arrivent, fit la voix de Streeter.

— Bien. Faites descendre une civière pliante à la plate-forme des trente mètres, avec des attelles gonflables et une minerve...

— Eau..., souffla Wopner.

Bonterre s'approcha et passa une gourde à Hatch. Ce dernier la tendit dans le petit espace, pour faire couler un filet d'eau sur le bord du casque de Wopner. Quand le programmeur tendit la langue, Hatch vit qu'elle était bleu-noir et constellée de gouttelettes de sang.

Bon Dieu, mais où étaient donc ces crics...

— Pitié, aidez-moi, souffla Wopner avant de tousser.

Quelques gouttes de sang apparurent sur son menton.

Poumon perforé, pensa Hatch.

— Tenez bon, Kerry, deux minutes, dit-il le plus doucement possible, et, se détournant, il brancha son Intercom : Streeter, siffla-t-il, les crics, bordel, où sont les crics ?

Puis, se sentant pris de vertige, il respira le plus profondément possible.

— La qualité de l'air passe en zone rouge, dit calmement la voix de Neidelman.

— Ça descend, dit Streeter à travers un flot de parasites.

Hatch se tourna vers Neidelman et vit qu'il était parti récupérer ce qui descendait.

— Vous sentez vos bras et vos jambes ? demanda-t-il à Wopner.

— Sais pas... Je sens une jambe. On dirait que l'os est sorti.

Baissant sa lampe, Hatch ne vit qu'un bout du jean de Wopner, trempé, taché de rouge.

— Kerry, je regarde votre main gauche. Essayez de remuer les doigts.

La main, étrangement bleuâtre et gonflée, resta immobile un long moment. Puis l'index et le majeur frémirent. Le soulagement emplit Hatch. Le système nerveux fonctionnait. S'ils pouvaient écarter cette plaque dans les minutes suivantes, il leur restait une chance. Il secoua la tête, tentant de s'éclaircir les idées.

Il sentit une autre secousse sous ses pieds, une pluie de terre tomba sur son crâne, et Wopner poussa un cri perçant, inhumain.

— Mon Dieu, fit Bonterre en regardant le plafond, qu'est-ce que c'était ?

— Je crois que vous feriez mieux de partir.

— Certainement pas.

— Kerry ? dit Hatch en jetant un coup d'œil inquiet derrière la plaque. Kerry ? Vous m'entendez ?

Wopner le regardait fixement, un gémissement rauque s'échappant de ses lèvres. Il sifflait et gargouillait.

À l'extérieur du tunnel, des bruits métalliques indiquèrent que Neidelman récupérait le matériel qu'on avait descendu de la surface.

— Pas respirer, articula Wopner, les yeux pâles et vitreux.

— Kerry ? Tout va bien. Tenez bon.

Kerry haleta et toussa de nouveau. Un filet de sang lui coula sur le menton.

Il y eut un bruit de course, puis Neidelman réapparut. Il balança deux crics hydrauliques par terre, ainsi qu'une bouteille d'oxygène. Hatch saisit le masque et vissa l'embout sur le régulateur. Puis il fixa le cadran en haut du cylindre et entendit le sifflement rassurant de l'oxygène.

Neidelman et Bonterre travaillaient fiévreusement derrière lui, déchirant les protections en plastique, déboulonnant les crics, vissant les pièces ensemble. Il y eut une nouvelle secousse et Hatch sentit la haute plaque de pierre bouger sous sa main, se rapprocher inexorablement du mur.

— Vite ! hurla-t-il, pris de vertige.

Réglant le flot d'oxygène au maximum, il faufila le masque dans l'espace étroit entre les plaques.

— Kerry, je vais placer ce masque sur votre visage, haleta-t-il. Je veux que vous respiriez lentement, d'accord ? Dans quelques secondes on vous libère.

Il plaça le masque à oxygène sur le visage de Kerry, tentant de le glisser sous le casque déformé du programmeur. Il dut resserrer le masque avec ses doigts pour l'adapter au nez cassé et à la bouche du programmeur ; c'est seulement alors qu'il prit conscience de l'étroitesse du piège du jeune homme. Les yeux humides et paniqués de Wopner le regardaient d'un air implorant.

Derrière, Neidelman et Bonterre s'activaient en silence, montant les crics.

Penchant la tête, Hatch vit le visage de Wopner qui rétrécissait de manière alarmante, sa mâchoire coincée en position ouverte par la pression. Du sang coulait des entailles provoquées par le bord de son casque qui lui entrait dans les joues. Il ne pouvait plus parler, ni même crier. Sa main gauche, agitée de spasmes, effleurait la surface rocheuse de doigts violacés. Un léger bruit de souffle s'échappait de sa bouche et de ses narines. Hatch comprit que la pression de la plaque l'empêchait pratiquement de respirer.

— Voilà, siffla Neidelman en tendant le cric à Hatch qui tenta de le glisser dans l'espace qui ne cessait de diminuer.

— C'est trop large, haleta-t-il en le lançant derrière lui. Réglez-le.

Il se retourna vers Wopner.

— Kerry, je veux que vous respiriez avec moi. Je vais compter les respirations avec vous, d'accord ? Un... deux...

Avec une violente secousse dans le sol et un bruit de raclement, la plaque se déplaça ; Hatch sentit sa main et son poignet soudain coincés contre le mur. Wopner trembla violemment, puis gargouilla.

Hatch vit avec horreur les yeux du programmeur sortir de sa tête, roses, rouges puis noirs. Il y eut un craquement, et son casque se fendit. La sueur baignant ses joues et son nez écrasé se teinta de rose quand la plaque se rapprocha encore. Un jet de sang jaillit d'une oreille et du bout des doigts de Wopner. Sa mâchoire se déforma, la langue saillant dans le masque à oxygène.

— La plaque se déplace, hurla Hatch. Trouvez-moi quelque chose pour...

Puis la tête du programmeur explosa sous sa main. Le masque à oxygène se mit à gargouiller sous l'afflux de sang. Il y eut une étrange vibration sous les doigts de Hatch qui comprit, horrifié, qu'il s'agissait de la langue de Wopner, agitée de spasmes à l'instant où les nerfs lâchaient.

— Non ! s'écria-t-il. Pitié ! non !

Des taches noires apparurent devant ses yeux quand il chancela contre la plaque, incapable de reprendre son souffle dans l'air épais, luttant pour libérer sa main de la pression croissante.

— Docteur Hatch ! reculez, dit Neidelman.

— Martin ! hurla Bonterre.

— Hé, Martin, murmura la voix de Johnny dans l'obscurité qui s'épaississait. Hé, Martin ! Par ici !

Puis Martin sombra dans l'inconscience.

30

À minuit, l'océan avait l'aspect huileux et placide, comme souvent après un orage d'été. Hatch se leva de son bureau et se dirigea vers la fenêtre du cabinet en tâtonnant dans le noir. Il chercha au-delà des huttes obscures du camp de base des lumières qui indiqueraient que le coroner arrivait enfin. Des traînées d'écume formaient des fils fantomatiques sur les eaux sombres. Le mauvais temps semblait avoir temporairement chassé le brouillard de l'île, et le continent était visible à l'horizon, bande phosphorescente irrégulière sous le ciel constellé d'étoiles.

Hatch soupira et se détourna de la fenêtre, en massant machinalement sa main bandée. Il était resté seul dans son bureau jusqu'à ce que la nuit tombe, incapable de bouger, incapable même d'allumer. L'obscurité lui permettait de mieux oublier la forme irrégulière qui gisait sur le chariot, sous un drap blanc. Elle lui permettait de repousser les pensées et les murmures qui ne cessaient de jaillir dans son esprit.

On frappa discrètement à la porte et la poignée tourna. La mince silhouette du capitaine Neidelman se découpa dans le clair de lune. Il se glissa dans la hutte et se fondit dans la forme sombre d'un fauteuil. Hatch entendit le craquement d'une allumette, vit la pièce brièvement s'illuminer quand son visiteur alluma sa pipe, puis sentit l'odeur du tabac turc.

— Toujours pas de signe du coroner ? demanda Neidelman.

Le silence de Hatch fut éloquent. Ils avaient voulu ramener le corps de Wopner à terre, mais le coroner, un homme pointilleux et soupçonneux, qui arrivait de Machiasport, avait insisté pour qu'on déplace le corps le moins possible.

Le capitaine fuma en silence, le rougeoiement intermittent de sa pipe étant le seul indice de sa présence. Puis il posa sa pipe et se racla la gorge.

— Martin ?

— Oui, répondit Hatch d'une voix qui lui parut étrangement rauque.

— C'est une terrible tragédie. Pour nous tous. J'aimais beaucoup Kerry.

— Oui.

— Je me souviens d'avoir dirigé une équipe dans une opération de récupération en eaux profondes au large de Salvage Island. Le cimetière de l'Atlantique. Nous avions six plongeurs dans une chambre pressurisée barométrique, décompressant après une plongée de cent mètres jusqu'à un sous-marin nazi chargé d'or. Quelque chose a foiré, dans le joint d'étanchéité. Vous imaginez ce qui s'est passé. Embolies massives. Le cerveau explose, le cœur s'arrête.

Hatch ne pipa pas.

Neidelman remua dans son fauteuil.

— L'un des plongeurs était mon fils.

Hatch regarda la silhouette sombre.

— Je suis désolé. J'étais loin d'imaginer que…

Il n'avait jamais songé que Neidelman puisse être un père de famille, ou un mari. En fait, il ne savait pratiquement rien de sa vie privée.

— Jeff était notre unique enfant. Sa mort a été très dure pour nous deux, et ma femme, Adelaïde, n'a jamais vraiment pu me la pardonner.

Hatch ne dit rien, se rappelant le visage cireux de sa propre mère cet après-midi de novembre lorsqu'ils avaient appris la mort de son père. Elle avait pris un bougeoir en porcelaine sur la cheminée, l'avait distraitement essuyé avec son tablier, l'avait remis en place, et avait recommencé, sans relâche, le visage aussi gris que le ciel vide. Il se demanda ce que la mère de Kerry Wopner faisait en cet instant.

— Mon Dieu que je suis fatigué, reprit Neidelman en changeant de position dans son fauteuil, comme pour s'obliger à se réveiller. Ce genre de choses arrive dans ce corps de métier, elles sont inévitables.

— Inévitables.

— Je ne cherche pas d'excuses. Kerry était conscient des risques et il a fait son choix. Tout comme nous.

Malgré lui, Hatch sentit son regard se porter involontairement sur la masse informe sous le drap. Des taches sombres avaient percé à travers la toile, trous noirs déchiquetés dans le clair de lune. Wopner avait-il vraiment fait son choix ?

— L'important, reprit le capitaine plus bas, est de ne pas nous laisser abattre.

Avec un effort, Hatch détourna son regard. Il poussa un profond soupir.

— Je crois que je partage votre point de vue. Nous sommes arrivés jusqu'ici. La mort de Kerry serait encore plus inutile si nous renoncions au projet. Nous prendrons le temps nécessaire pour réviser nos procédures de sécurité. Ensuite nous pourrons...

Neidelman se pencha vers lui.

— Le temps nécessaire ? Vous m'avez mal compris, Martin. Il faut reprendre dès demain.

— Après ce qui vient de se passer ? Impossible. D'abord, le moral est au plus bas. Cet après-midi j'ai entendu deux ouvriers dire sous ma fenêtre que toute l'aventure était maudite, que personne ne retrouverait jamais le trésor.

— Mais c'est exactement la raison pour laquelle il ne faut pas perdre de temps, continua le capitaine avec insistance. Les empêcher de somatiser en les lançant à corps perdu dans le travail. Bien sûr que tout le monde est bouleversé. Comment ne pas l'être après une telle tragédie ? Parler de malédictions, de toutes ces absurdités surnaturelles est séduisant mais destructeur. Et c'est justement ce dont j'étais venu vous parler.

Il rapprocha son fauteuil.

— Tous ces problèmes d'équipement que nous avons eus. Tout marche parfaitement bien jusqu'à ce qu'on s'installe dans l'île, et là des problèmes inexplicables surgissent. Cela nous a valu retards et dépassements de budget. Sans parler de la baisse de moral.

Il reprit sa pipe.
— Vous avez songé à une explication ?
— Pas vraiment. Je n'y connais pas grand-chose en informatique. Kerry ne comprenait pas. Il n'arrêtait pas de dire qu'il y avait des forces malveillantes au travail.
Neidelman eut un petit rire.
— Oui, même lui. Drôle qu'un expert en informatique soit aussi superstitieux.
Il se tourna, et même dans le noir Martin sentit la force de son regard.
— Eh bien, moi, j'y ai beaucoup réfléchi, et je suis arrivé à une conclusion. Et ce n'est pas une sorte de malédiction.
— Qu'est-ce que c'est alors ?
Le visage du capitaine rougeoya brièvement quand il ralluma sa pipe.
— Sabotage.
— Sabotage ? s'écria Hatch, incrédule. Mais qui ? Et pourquoi ?
— Je ne sais pas. Pas encore. Mais c'est manifestement quelqu'un de notre petit cercle, quelqu'un qui a accès au système informatique et à l'équipement. Cela nous laisse Rankin, Magnusen, Saint John, Bonterre. Voire Wopner, pris à son propre piège.
Hatch fut surpris que Neidelman puisse parler aussi froidement du programmeur à côté de son corps brisé.
— Et Streeter ?
Le capitaine secoua la tête.
— Streeter et moi sommes ensemble depuis le Vietnam. Il était second maître sur ma canonnière. Je sais que vous et lui ne vous entendez pas,

et je sais que c'est un drôle de caractère, mais il n'y a aucun risque qu'il soit le saboteur. Aucun. Il a investi tout ce qu'il possède dans cette expédition. Mais cela va plus loin. Je lui ai sauvé la vie un jour. Quand vous avez fait la guerre avec un homme, il ne peut pas y avoir de mensonges entre vous.

— Très bien. Mais je ne vois pas pourquoi quelqu'un voudrait saboter l'expédition.

— Je vois plusieurs raisons. En voici une. Espionnage industriel. Thalassa n'est pas la seule société de chasse au trésor au monde, souvenez-vous. Si nous échouions ou faisions faillite, cela ouvrirait la porte à quelqu'un d'autre.

— Pas sans ma coopération.

— Ça, ils l'ignorent. Et même dans le cas contraire, les gens changent parfois d'avis.

— Je ne sais pas, j'ai du mal à croire que…

Il se souvint soudain de sa rencontre fortuite avec Magnusen dans la zone où l'on étiquetait les objets. Elle examinait le doublon trouvé par Bonterre. Il avait été surpris de voir l'ingénieur d'ordinaire si maîtresse d'elle-même et si imperturbable fixer intensément la pièce, avec une expression de convoitise crue et nue. À son arrivée, elle s'était empressée de le reposer, d'un geste furtif, presque coupable.

— Souvenez-vous, disait le capitaine, il y a deux milliards de dollars en jeu. Il y a plein de gens qui sont prêts à descendre un employé de magasin pour vingt dollars. Combien d'autres seraient prêts à commettre un délit, voire un meurtre, pour deux milliards ?

La question resta en suspens. Neidelman se leva et se mit à faire les cent pas devant la fenêtre, en tirant sur sa pipe.

— Maintenant que le Puits est asséché, nous pouvons réduire notre main-d'œuvre de moitié. J'ai déjà renvoyé la barge et la grue flottante à Portland. Cela devrait faciliter les mesures de sécurité. Soyons clairs : il se peut très bien qu'un saboteur soit à l'œuvre. Il ou elle a pu trafiquer les ordinateurs, obliger ainsi Kerry à se joindre à nous ce matin. Mais c'est Macallan qui a assassiné Kerry Wopner.

Neidelman se tourna brusquement vers lui.

— Comme il a assassiné votre frère ! Cet homme nous a porté un coup, à travers trois siècles. Bon Dieu, Martin, on ne peut pas le laisser nous vaincre maintenant. Nous allons ouvrir son Puits et lui prendre son or. Et l'épée.

Assis dans le noir, Hatch était en proie à des sentiments contradictoires. Il n'avait jamais vraiment vu le problème sous cet angle. Mais c'était vrai : en un sens, Macallan avait assassiné son frère innocent et le programmeur presque aussi innocent. Le Puits était un engin de mort cruel et impitoyable.

— Je ne sais pas pour les saboteurs, dit-il, lentement. Mais je crois que vous avez raison pour Macallan. Regardez ce qu'il a écrit à la fin de son journal. Il a conçu ce puits pour qu'il tue quiconque tente de s'emparer du trésor. Raison de plus pour souffler un peu, étudier le journal, repenser notre approche. Nous sommes allés trop vite, bien trop vite.

— Martin, c'est exactement ce qu'il faut éviter, s'exclama Neidelman d'une voix forte. Vous ne voyez pas que ce serait jouer le jeu du saboteur ? Il faut que nous poursuivions le plus vite possible, que nous fassions le relevé de l'intérieur du Puits, que nous mettions les étais en place. En outre, chaque jour de retard veut dire davantage de complications, d'obstacles. La presse ne va pas tarder à avoir vent de ce qui vient de se passer. Et Thalassa verse déjà trois cent mille dollars d'assurance par semaine à la Lloyd. Cet accident va doubler nos primes. Nous sommes en dépassement de budget, et nos investisseurs ne sont pas contents. Martin, nous sommes si près du but. Comment pouvez-vous suggérer qu'on ralentisse le mouvement ?

— En fait, dit Hatch fermement, je suggère qu'on arrête maintenant et qu'on reprenne au printemps.

— Nom de Dieu ! mais qu'est-ce que vous racontez ? Il faudrait détruire le batardeau, réinonder le tout, démonter Orthanc et Île 1... vous plaisantez.

— Écoutez. Nous sommes partis du principe qu'il y avait une sorte de clé pour la chambre au trésor. Nous venons d'apprendre que ce n'est pas le cas. En fait, c'est exactement le contraire. Nous sommes déjà ici depuis trois semaines. Nous sommes presque à la fin août. Tous les jours le risque qu'une tempête nous tombe dessus s'accroît.

Neidelman fit un geste dédaigneux.

— On ne joue pas au Meccano ici. Nous pouvons résister à n'importe quelle tempête. Même à un ouragan.

— Je ne parle ni d'ouragan ni de suroît. Pour ce genre de tempêtes, on est prévenus trois ou quatre jours avant, ce qui nous donne tout le temps d'évacuer l'île. Non, je parle des nordets. Ils peuvent balayer cette côte avec moins de vingt-quatre heures de préavis. Si cela se produisait, nous aurions déjà de la chance de pouvoir rentrer les bateaux au port.

Neidelman fronça les sourcils.

— Je sais ce qu'est un nordet.

— Alors vous devez savoir qu'il peut venir avec des vents latéraux, traversiers et des creux encore plus dangereux que les lames de houle d'un ouragan. Si solide soit-il, votre batardeau serait balayé comme un château de cartes.

Neidelman relevait le menton d'un air agressif ; il était clair qu'aucun argument ne portait.

— Écoutez, continua Hatch, nous avons eu un contretemps. Mais ce n'est pas dramatique. L'appendice est peut-être enflammé, mais il n'y a pas encore de risque de péritonite. Prenons le temps de vraiment étudier le Puits, les autres constructions de Macallan, pour essayer de comprendre comment son esprit fonctionnait, voilà mon avis. Avancer aveuglément est tout simplement trop dangereux.

— Je vous dis que nous avons un saboteur parmi nous, que nous ne pouvons pas nous permettre de ralentir le mouvement, et vous me parlez d'être aveugle ? répliqua Neidelman. C'est exactement le genre d'attitude pusillanime sur laquelle comptait Macallan. Prenez votre temps, ne prenez aucun risque, jetez votre argent par les fenêtres jusqu'à ce qu'il ne reste plus un sou. Non, Martin. Les recherches, c'est très bien, mais il est temps qu'on attaque ce type à la jugulaire.

On n'avait encore jamais taxé Hatch de pusillanimité et il n'avait jamais rencontré personne qui ait utilisé ce mot, sauf dans les livres. Cela lui déplut souverainement. Sentant la colère monter, il se maîtrisa avec effort. *Pique une colère maintenant et tu fiches tout par terre. Peut-être que le capitaine a raison. Peut-être que la mort de Wopner m'a secoué. Après tout, nous avons parcouru du chemin. Et nous sommes près du but maintenant, tout près.* Dans le silence pesant, il distingua vaguement le bruit d'un hors-bord qui arrivait.

— Ce doit être la vedette du coroner, dit Neidelman, tourné vers la fenêtre. Je crois que je vais vous laisser régler cette affaire.

Il se dirigea vers la porte.

— Capitaine Neidelman ?

L'autre s'arrêta et se retourna, la main sur la poignée. L'obscurité empêchait Hatch de distinguer ses traits, mais il sentit la force de son regard.

— Ce sous-marin plein d'or nazi. Qu'est-ce que vous avez fait ? Après la mort de votre fils, je veux dire ?

— Nous avons continué l'opération, bien sûr. C'est ce qu'il aurait souhaité.

Puis il disparut, laissant comme unique trace de son passage une vague odeur de pipe.

31

Bud Rowell n'avait jamais été très assidu à l'église. Surtout depuis l'arrivée de Woody Clay. Le pasteur avait une façon de sous-entendre qu'ils iraient tous griller en enfer plutôt rare chez les congrégationalistes. En outre, il lui arrivait fréquemment d'appeler ses fidèles à adopter une vie spirituelle un peu trop ascétique au goût de Bud. Mais à Stormhaven, un épicier se devait de se tenir au courant des derniers cancans. En tant que commère professionnelle, Rowell détestait rater quelque chose d'important. Et le bruit avait couru que le révérend Clay leur réservait un sermon spécial, avec une surprise digne d'intérêt.

Rowell arriva avec dix minutes d'avance pour découvrir une église déjà bondée. Il se fraya un chemin jusqu'aux dernières rangées de chaises, en quête d'une place derrière un pilier, d'où il pourrait s'éclipser sans qu'on le remarque. Il dut se contenter d'un banc qui lui parut affreusement dur.

Il examina l'assemblée, saluant de la tête les divers chalands de la supérette, qui croisaient son regard. Il aperçut le maire, Jasper Fitzgerald. Bill Banns, le rédacteur en chef de *La Gazette*, était assis à quelques rangées derrière, son éternelle visière verte vissée sur le crâne. Quant à Claire Clay, elle occupait sa place habituelle au centre de la deuxième rangée. Elle s'était muée en parfaite épouse de pasteur, jusqu'au sourire triste et au regard absent. Bud aperçut aussi un ou deux inconnus, sans doute des employés de Thalassa. Plutôt inhabituel : c'était la première fois qu'on voyait des gens de l'expédition à l'église. Peut-être que le drame qui venait de se produire les avait un peu secoués.

Bud remarqua alors la petite table recouverte d'un drap près du lutrin. Les pasteurs de Stormhaven n'avaient pas l'habitude de recourir à des accessoires, pas plus qu'ils ne hurlaient, brandissaient les poings, ou martelaient la Bible.

L'église était pleine à craquer quand Mme Fanning s'installa sagement aux grandes orgues. Après les prières communes, Clay s'avança, sa soutane noire flottant autour de sa silhouette décharnée. Il se plaça devant le lutrin et contempla la congrégation, avec une expression à la fois grave et résolue.

— D'aucuns, commença-t-il, pourraient penser que la mission d'un pasteur est de réconforter. D'aider chacun à se sentir bien. Je ne suis pas ici aujourd'hui pour aider quiconque à se sentir bien. Ce n'est ni ma mission ni ma vocation d'aveugler à l'aide de platitudes réconfortantes, ou encore de demi-vérités apaisantes. Je suis un homme direct et ce que je vais dire va mettre certains d'entre vous mal à l'aise.

Il regarda de nouveau l'assemblée, puis baissa la tête et pria brièvement. Il se tourna ensuite vers sa Bible et l'ouvrit à la page de son sermon.

— « Et le cinquième Ange sonna »..., commença-t-il d'une voix forte et vibrante.

« Alors j'aperçus un astre qui du ciel avait chu sur terre. On lui remit la clé du puits de l'abîme. Lorsqu'il eut ouvert ce puits, il en monta une fumée, comme celle d'une immense fournaise. À leur tête, comme roi, ils ont l'Ange de l'Abîme ; il s'appelle en hébreu "Abaddon". La Bête qui surgit de l'Abîme viendra guerroyer contre eux, les vaincre et les tuer. Et leurs cadavres, sur la place de la Grande Cité, demeureront exposés aux regards... Or les hommes ne renoncèrent même pas aux œuvres de leurs mains, ils ne cessèrent d'adorer ces idoles d'or, d'argent. »

Clay leva la tête et ferma lentement le livre.

— Apocalypse, chapitre 9, dit-il.

Il laissa un silence pesant s'installer.

Puis il reprit plus calmement.

— Voilà quelques semaines, une grande société est venue ici pour une nouvelle tentative vouée à l'échec de récupérer le trésor de Ragged Island. Vous avez tous entendu les charges de dynamite, les machines tournant jour et nuit, les sirènes et les hélicoptères. Vous avez vu l'île briller de tous ses feux dans l'obscurité comme une plate-forme pétrolière. Certains d'entre vous travaillent pour cette société, louent des chambres à ses employés, ou tirent profit de cette chasse au trésor.

Le regard du pasteur embrassa la salle et s'arrêta un instant sur Bud. L'épicier remua sur son siège et jeta un coup d'œil vers la sortie.

— Ceux d'entre vous qui se préoccupent de l'environnement se demandent peut-être quel effet le pompage, l'eau boueuse, le gaz et le pétrole, les explosions et l'activité incessante ont sur l'écologie de la baie. Et les homardiers et les pêcheurs parmi vous peuvent se demander si tout cela n'expliquerait pas la baisse récente de vingt pour cent du produit de la pêche au homard de même que celle presque aussi importante de la pêche au maquereau.

Le pasteur se tut. Bud savait que le produit de la pêche diminuait régulièrement depuis vingt ans, chasse au trésor ou non. Mais cela n'empêcha pas le nombre considérable de pêcheurs présents de s'agiter sur leurs chaises.

— Mais aujourd'hui, reprit le pasteur, je ne m'inquiète pas seulement du bruit, de la pollution, de la diminution du produit de la pêche, ni de la dégradation de la baie. Ces problèmes temporels relèvent de la compétence du maire, s'il voulait bien daigner s'en occuper, ajouta Clay en regardant le maire bien en face.

Fitzgerald eut un sourire gêné et lissa machinalement sa magnifique moustache.

— En revanche, je m'inquiète des conséquences spirituelles de cette chasse au trésor, continua Clay en s'éloignant de son lutrin. La Bible est très claire à ce sujet. L'amour de l'or est la racine du mal. Et seuls les pauvres vont au paradis. Il n'y a aucune ambiguïté dans le texte, aucune contestation possible de son interprétation. C'est difficile à entendre, mais c'est vrai. Et quand un riche a voulu suivre Jésus, Jésus lui a dit de renoncer d'abord à ses richesses. Mais l'homme n'a pas pu. Rappelez-vous Lazare, le mendiant qui est mort devant le porche de l'homme riche et a été emporté dans le sein d'Abraham. Le riche qui vivait derrière ce porche est allé en enfer et a supplié qu'on lui donne une goutte d'eau pour rafraîchir sa langue. Mais on ne la lui accorda pas. Jésus n'aurait pu le dire plus clairement : il est plus facile à un chameau de passer par un trou d'aiguille qu'à un riche d'entrer dans le Royaume des Cieux.

Clay s'interrompit pour regarder autour de lui.

— Peut-être ne vous sentez-vous pas concernés. Après tout, la plupart des habitants de cette ville ne sont pas riches. Mais cette chasse au trésor a tout changé. L'un de vous a-t-il réfléchi à ce qui arrivera à Stormhaven s'ils réussissent ? Permettez-moi de vous en donner un aperçu. La ville deviendra le plus grand pôle d'attraction pour touristes après Disneyland. À côté, Bar Harbor et Freeport feront figure de villes fantômes. Vous déplorez que la pêche soit mauvaise, mais attendez donc de voir les centaines de bateaux de touristes envahir nos eaux, les hôtels et les villas de vacances pousser comme des champignons le long de la côte. Songez donc aux innombrables capitalistes et chercheurs d'or qui viendront, creusant ici et là, sur terre et en mer, pillant et souillant, jusqu'à ce que le paysage soit détruit et les bancs de pêche anéantis. Nul doute que certains ici feront fortune. Mais votre sort sera-t-il différent de celui de l'homme riche dans la parabole de Lazare ? Et les plus pauvres parmi vous, ceux qui vivent de la mer, seront oubliés. Il ne leur restera plus que deux possibilités : s'inscrire au chômage ou prendre un aller simple pour Boston.

À l'évocation des deux choses les plus méprisées à Stormhaven, le chômage et Boston, il y eut des murmures dans l'assistance.

Soudain, Clay s'agrippa des deux mains à son lutrin.

— *Ils déchaîneront la Bête dont le nom est Abaddon*. Abaddon, roi de l'Abîme, ce qui en hébreu veut dire le destructeur.

Il regarda l'assemblée d'un air sévère.

— Laissez-moi vous montrer quelque chose.

Il s'approcha de la forme couverte du drap sur la petite table. Bud se pencha en avant ; un silence électrique emplit la salle.

Clay s'immobilisa, puis tira le drap. On découvrit alors une pierre plate et noire, d'environ trente centimètres sur quarante-cinq, aux bords usés et cassés, reposant contre une vieille boîte en bois foncé. Une inscription de trois lignes gravée dans la pierre avait grossièrement été surlignée de craie jaune.

Clay reprit place devant son lutrin, et, d'une voix forte et tremblante, lut l'inscription :

D'abord, tu mentiras
Maudit, tu pleureras
Puis, tu mourras.

« Ce n'est pas une coïncidence si on a trouvé cette pierre quand on a découvert le Puits et si sa récupération a provoqué la première mort du Puits inondé. La prophétie de cette pierre maudite ne s'est jamais démentie. Tous ceux parmi vous qui chercheraient des idoles d'or et d'argent, que ce soit directement ou indirectement, ont intérêt à ne pas oublier la progression qu'elle décrit. *D'abord, tu mentiras* : l'avidité pour les richesses pervertira tes instincts les plus nobles.

Clay se redressa de toute sa hauteur.

— À la fête du homard, Martin Hatch lui-même m'a déclaré que le trésor valait deux millions de dollars. Une somme loin d'être négligeable, même pour un homme de Boston. Mais j'ai appris ensuite qu'en vérité la somme avoisinait plutôt les deux milliards de dollars. Deux milliards ! Pourquoi le docteur Hatch m'aurait-il ainsi trompé ? Je ne peux vous dire que ceci : les idoles d'or sont une puissance séductrice. *D'abord, tu mentiras.*

Il baissa la voix.

— Vient ensuite : *Maudit, tu pleureras*. L'or apporte avec lui la malédiction du chagrin. Si vous en doutez, demandez donc à l'homme qui a perdu ses jambes. Et quelle est la dernière ligne de la malédiction ? *Puis, tu mourras.*

« Aujourd'hui, beaucoup parmi vous veulent soulever la pierre, pour ainsi dire, afin de récupérer l'or qui est en dessous. Il y a deux siècles, Simon Rutter l'a voulu lui aussi. Et que lui est-il arrivé ? Souvenez-vous.

« L'autre jour, un homme est mort dans le Puits. J'avais parlé à cet homme moins d'une semaine avant. Il ne cherchait pas à excuser sa soif de l'or.

En fait, il s'en vantait plutôt : “Je ne suis pas Mère Teresa”, m'a-t-il déclaré. Cet homme est mort à présent. Il est mort de la pire façon qui soit, écrasé sous une grosse dalle de pierre. *Puis, tu mourras.* En vérité, je vous le dis, il l'a mérité.

Clay s'interrompit pour reprendre son souffle. Bud regarda autour de lui. Les pêcheurs et les homardiers parlaient entre eux à voix basse. Claire examinait ses mains.

Clay reprit :

— Et tous ces autres qui ont été tués, ou estropiés, ou mis en faillite par ce magot maudit ? Cette chasse au trésor est le mal incarné. Et tous ceux qui en tirent profit, directement ou indirectement, doivent s'attendre à en être tenus pour responsables. En fin de compte, que l'on trouve ou non le trésor n'aura pas d'importance. Sa quête en soi est un péché, elle est honnie par Dieu. Et plus Stormhaven suit cette voie du péché, plus le prix à payer sera lourd. La pénitence sera un gagne-pain anéanti. La pénitence sera une pêche anéantie. La pénitence sera des vies anéanties.

Clay se racla la gorge.

— Depuis des années, on parle beaucoup d'une malédiction de Ragged Island et du Puits inondé. Aujourd'hui, de nombreuses personnes refusent encore d'y croire. Elles vous diront que seuls les ignorants, seuls les illettrés croient en ce genre de superstition… Allez dire ça à Simon Rutter. Allez dire ça à Ezechiel Harris. *Allez dire ça à John Hatch.*

« Il s'est produit d'étranges incidents dans cette île, poursuivit-il dans un presque murmure. Des incidents qu'on vous cache. L'équipement tombe mystérieusement en panne. Et, il y a quelques jours à peine, ils ont découvert une fosse commune sur l'île. Une tombe remplie à la hâte d'os de pirates. Quatre-vingts, peut-être cent personnes. Et ces squelettes ne portaient aucune marque de violence. Personne ne connaît la cause de leur mort. *La Bête qui surgit de l'Abîme viendra guerroyer contre eux. Et leurs cadavres, sur la place de la Grande Cité, demeureront exposés aux regards...*

« Comment ces hommes sont-ils morts ? tonna soudain Clay. Par la main de Dieu. Savez-vous ce que l'on a découvert avec ces morts ?

Il y eut un tel silence dans l'assemblée que Bud entendit une brindille racler contre un vitrail voisin.

— De l'or.

32

En sa qualité de médecin de l'expédition Ragged Island, Hatch était tenu de s'occuper de la paperasserie relative au décès de Wopner. Après avoir fait venir une infirmière du continent pour le remplacer au cabinet médical, il ferma à clé la grande maison d'Ocean Lane et partit pour Machiasport où avait lieu l'enquête officielle. Le lendemain matin, il se rendit à Bangor. Le temps qu'il finisse de remplir les monceaux de paperasserie archaïque et rentre à Stormhaven, il avait perdu trois journées de travail.

En rejoignant l'île l'après-midi même, il se rendit compte qu'il avait eu raison de ne pas contester la décision de Neidelman de presser le mouvement. Le capitaine avait mené la vie dure aux équipes au cours des derniers jours, mais ces efforts, et les nouvelles mesures de sécurité, semblaient avoir dissipé la mélancolie ambiante. Toutefois ce rythme effréné avait son prix : Hatch dut soigner près d'une demi-douzaine de blessés légers dans un seul après-midi. Outre ces blessés, l'infirmière lui envoya trois malades : un chiffre plutôt élevé, compte tenu que la moitié de la main-d'œuvre initiale avait déjà quitté l'île. Le premier se plaignait d'apathie et de nausées, le deuxième souffrait d'une infection bactérienne que Hatch n'avait encore jamais rencontrée. Le troisième avait une maladie virale simple non spécifique : rien de grave, mais l'homme affichait une fièvre carabinée. *Au moins Neidelman ne peut l'accuser de tirer au flanc*, pensa Hatch en lui faisant une prise de sang qui serait ensuite analysée sur le *Cerberus*.

Dans les premières heures de la matinée, il se rendit au Puits inondé. On y travaillait à un rythme frénétique : même Bonterre qui sortait du Puits avec un laser portable destiné à mesurer les distances n'eut que le temps de lui adresser un bref signe de tête et un sourire. Mais on avait progressé d'une manière considérable. L'échelle était à présent entièrement consolidée, et on avait fixé un petit monte-charge sur le côté pour accélérer la descente dans les profondeurs. Un technicien expliqua à Hatch que les mesures et les sondages à l'intérieur du Puits étaient presque terminés. On ignorait où se trouvait Neidelman, mais, selon le technicien, le capitaine ne dormait pratiquement plus depuis trois jours, dirigeant d'Orthanc les opérations dans le Puits.

Bientôt, il ne resterait plus qu'à descendre au fond et à creuser, avec une extrême prudence, pour récupérer l'or.

Hatch resta coi un instant, en songeant à l'or et à l'usage qu'il ferait de sa part. Un milliard de dollars était une somme astronomique. Peut-être n'était-il pas nécessaire de tout investir dans la Fondation Johnny Hatch. Renoncer à une telle somme serait dur. En outre, il ne serait pas désagréable d'avoir un nouveau bateau à amarrer à Lynn. Et la superbe maison isolée dans Brattle Street, à côté de l'hôpital, qui était en vente ? Après tout, un jour ou l'autre, il aurait des enfants. Était-il juste de les priver d'un généreux héritage ? Plus il y songeait, plus il lui paraissait sensé de conserver quelques millions, au moins cinq peut-être, pour son usage personnel. Voire dix, comme matelas. Personne n'y trouverait à redire.

Il contempla le fond du Puits quelques instants de plus, en se demandant si son vieil ami Donny Truitt faisait partie de l'équipe à l'œuvre dans l'obscurité sous ses pieds. Puis il rebroussa chemin.

Dans Île 1, il trouva Magnusen devant un ordinateur, ses doigts s'activant sur un clavier, les lèvres tirées en une expression désapprobatrice. Les emballages de glaces avaient disparu, et un ordre impeccable régnait dans les étagères bourrées d'équipement informatique. Hatch eut le sentiment irrationnel que ce nettoyage rapide était, d'une certaine manière, une atteinte à la mémoire du programmeur. Comme à son habitude, Magnusen ignora sa présence et continua à travailler.

— Excusez-moi ! finit-il par hurler au bout d'une minute, ravi de la faire sursauter. Je venais chercher la transcription du journal.

Magnusen s'interrompit et tourna vers lui son visage vide d'expression.

— Bien sûr, répondit-elle posément.

Puis elle attendit la suite.

— Eh bien ?

— Où est-ce ?

— Où est quoi ?

Hatch crut voir un éclair de triomphe passer dans le regard de l'ingénieur avant que le masque ne se remette en place.

— Vous voulez dire que vous n'avez pas l'autorisation du capitaine ?

L'air effaré de Hatch fut une réponse en soi.

— Nouveau règlement. On ne doit garder qu'un exemplaire du journal décrypté en magasin, et il faut une autorisation écrite du capitaine pour le consulter.

Hatch en resta sans voix.

— Docteur Magnusen, reprit-il le plus calmement possible, ce règlement ne peut s'appliquer à moi.

— Le capitaine n'a pas évoqué d'exceptions.

Sans un mot, Hatch décrocha le téléphone, composa le numéro d'Orthanc et demanda à parler au capitaine.

— Martin ! fit la voix forte de Neidelman. J'avais justement l'intention de faire un saut par chez vous pour savoir comment cela s'était passé sur le continent.

— Capitaine, je suis dans Île 1 avec le docteur Magnusen. Qu'est-ce que c'est que cette autorisation dont j'aurais besoin pour avoir accès au journal de Macallan ?

— C'est juste une formalité de sécurité. Une manière de garder la trace de la traduction. Vous et moi avons évoqué cette nécessité. Ne vous sentez pas visé.

— Je crains que ce ne soit le cas.

— Martin, même moi je signe pour pouvoir l'emprunter. C'est pour protéger vos intérêts autant que ceux de Thalassa. Si vous voulez bien me passer Sandra, je lui expliquerai que vous avez mon autorisation.

Hatch tendit l'appareil à Magnusen qui écouta un long moment sans faire de commentaires, ni changer d'expression. Puis elle raccrocha et sortit d'un tiroir un petit reçu jaune qu'elle remplit.

— Vous donnerez cela au gardien du magasin. Il vous faudra inscrire votre nom, la date et l'heure du retrait dans le registre et signer.

Hatch empocha le reçu en s'interrogeant sur le choix de Magnusen comme chien de garde. Ne figurait-elle pas sur la liste des suspects de sabotage ?

Quoi qu'il en soit, en plein jour, l'idée même de sabotage paraissait tirée par les cheveux. Tout le monde sur l'île était royalement payé. Certains toucheraient des millions. Un saboteur mettrait-il une telle fortune en danger pour une somme plus grosse mais bien plus aléatoire ? Cela ne tenait pas debout.

La porte s'ouvrit sur la grande silhouette voûtée de Saint John. Envolées ses bonnes joues rebondies, de même que son expression enjouée : il affichait à présent une peau flasque et de grands cernes sous des yeux rouges de fatigue. Son inévitable veste en tweed était inhabituellement froissée.

Saint John se tourna vers Magnusen.

— C'est prêt ?

— Presque. Nous attendons une dernière série de données. Votre ami Wopner a semé un sacré fouillis dans le système, et mettre de l'ordre prend du temps.

Une expression de déplaisir, voire de douleur, traversa le visage de Saint John.

Magnusen désigna l'écran de la tête.

— Je suis en train de faire la corrélation entre les données de l'équipe de relevé et les dernières images satellites.

Hatch regarda le grand moniteur devant Magnusen. Il était couvert d'un entrelacs incompréhensible de lignes de diverses longueurs et couleurs. Un message apparut en bas de l'écran, puis l'enchevêtrement se modifia.

— J'aimerais travailler dessus un moment, finit par dire Saint John.

Magnusen acquiesça.

— Seul, si vous le permettez.

L'autre se leva.

— La souris à trois boutons opère les trois axes. Ou encore...

— Je sais comment marche le programme.

Magnusen sortit et referma la porte derrière elle sans un mot de plus. Saint John soupira et s'installa dans le fauteuil vacant. Hatch s'apprêta à partir.

— Ce n'était pas vous que je visais, dit Saint John. Juste cette horrible bonne femme... Vous avez vu ça ? C'est remarquable, en fait.

— Non. De quoi s'agit-il ?

— Du Puits inondé avec la totalité de son équipement. Du moins ce qu'on en connaît pour l'instant.

Hatch se pencha. Ce qui ressemblait à un fouillis de lignes multicolores était en fait une image fil de fer en trois dimensions du Puits, avec des indications de profondeur sur un côté. Saint John pressa une touche et l'ensemble se mit à bouger, tournant lentement sur le fond noir de l'écran de l'ordinateur.

— Mon Dieu ! souffla Hatch. Je n'imaginais pas que c'était aussi complexe.

— Les équipes de relevé ont chargé leurs mesures dans l'ordinateur deux fois par jour. Mon travail est d'examiner l'architecture du Puits, afin de déceler des parallèles historiques. Si je peux trouver des ressemblances avec d'autres constructions de l'époque, voire des œuvres de Macallan, cela nous aidera peut-être à deviner quels pièges il reste à découvrir et comment les désamorcer. Mais j'ai du mal. C'est difficile de ne pas perdre pied devant une telle complexité. Et, malgré ce que j'ai affirmé il y a cinq minutes, je n'ai qu'une vague idée de la manière dont fonctionne ce truc. Mais je préférerais être pendu que de demander de l'aide à cette bonne femme.

— Voyons si nous pouvons ne conserver que la structure initiale.

Saint John enfonça quelques touches, et la plupart des lignes de couleur disparurent, ne laissant que du rouge. Hatch reconnut alors le diagramme du grand puits principal s'enfonçant dans le sous-sol. Au niveau des trente mètres, un tunnel menait à une vaste salle : celle dans laquelle Wopner avait trouvé la mort. Le fond du Puits était étoilé de six tunnels plus petits ; directement au-dessus, une grande galerie remontait en pente raide vers la surface, et un dernier tunnel étroit partait du fond.

Saint John désigna du doigt l'ensemble en bas de l'écran.

— Ce sont les six tunnels d'inondation.

— Six ?

— Oui, les cinq que nous avons trouvés, plus un autre, diabolique celui-là, qui n'a pas expulsé de teinture pendant le test. Magnusen a parlé d'un ingénieux système hydraulique. Je dois dire que je n'ai pas compris la moitié de ce qu'elle racontait. Hum ! Ce tunnel juste au-dessus avec cette pente douce est le puits de Boston, que l'on a construit beaucoup plus tard. Il ne devrait pas figurer sur la structure initiale.

Il enfonça d'autres touches, et le tunnel incriminé disparut de l'écran.

Saint John jeta un coup d'œil à Hatch, puis se retourna vers l'écran.

— Bon, ce tunnel, celui qui remonte vers la côte… ne fait pas partie du Puits initial, et il ne sera exploré que plus tard. Au début, j'ai cru qu'il s'agissait de l'autre issue. Mais il semble mener à un cul-de-sac à l'épreuve de l'eau à mi-chemin de la côte. Peut-être est-il lié au piège que votre frère…

— Je comprends, parvint à dire Hatch, d'une voix rauque.

Il respira un grand coup :

— Ils font tout leur possible pour l'explorer, n'est-ce pas ?

— Bien entendu, répondit Saint John toujours rivé à son écran. Vous savez, il y a encore trois jours, j'avais une admiration sans bornes pour

Macallan. Maintenant je le vois d'un tout autre œil. Son plan était génial, et je ne peux le blâmer d'avoir voulu se venger du pirate qui l'avait enlevé. Mais il savait pertinemment que ce puits pourrait tuer aussi bien des innocents que des coupables.

Il recommença à faire tourner la structure.

— Bien sûr, l'historien que je suis dirait que Macallan avait toutes les raisons de croire qu'Ockham vivrait suffisamment longtemps pour venir déclencher le piège lui-même. Mais le Puits était conçu pour être éternel, pour préserver le trésor longtemps après la mort d'Ockham.

Il enfonça une autre touche, et le diagramme s'illumina d'une forêt de lignes vertes.

— Voici les renforcements et le boisage du Puits. Des kilomètres de cœur de chêne. Suffisamment pour construire deux frégates. Pourquoi à votre avis Macallan a-t-il construit un engin de mort aussi solide ? Bien, si vous le faites tourner dans ce sens...

Il enfonça successivement trois autres touches.

— Merde ! marmonna-t-il quand la structure se mit à tournoyer rapidement sur l'écran.

— Attention, vous allez tout bousiller si vous accélérez trop le mouvement ! s'écria Rankin debout sur le seuil de la salle, sa masse masquant la lumière matinale brumeuse. Sortez de là avant de tout casser, continua-t-il, jovial, en fermant la porte derrière lui.

Prenant la place de Saint John, il enfonça deux touches et l'image se figea docilement, comme au garde-à-vous sur l'écran.

— Un résultat ? demanda Rankin à l'historien.

Saint John secoua la tête.

— C'est difficile de repérer une structure. Je vois des parallèles ici et là avec certaines des constructions hydrauliques de Macallan, mais cela s'arrête là.

— Faisons-le tourner autour de l'axe Z au rythme de cinq révolutions par minute. Pour voir si cela nous inspire.

Rankin enfonça quelques touches et la structure se remit à tourner. Il se cala dans son fauteuil, croisa les mains derrière sa nuque et jeta un coup d'œil à Hatch.

— C'est dingue. On dirait que notre vieil architecte a eu de l'aide pour creuser, si on peut dire.

— Quel genre d'aide ?

Rankin fit un clin d'œil.

— Celle de mère nature. Les dernières lectures tomographiques montrent que la plus grande partie du puits original existait déjà à l'arrivée des pirates. Sous une forme naturelle, je veux dire. Une énorme fissure verticale dans la roche. C'est peut-être la raison pour laquelle Ockham a choisi cette île.

— Je ne suis pas sûr de comprendre.

— Il y a une quantité énorme de failles et de déplacements dans la roche métamorphique qui sous-tend l'île.

— Là, je suis sûr de ne pas comprendre.

— Je parle d'une intersection de plaques de faille juste en dessous de l'île. Des plaques qui se sont séparées.

— Il y a donc toujours eu des cavités souterraines.

Rankin acquiesça.

— En pagaille. Des fissures et des fractures ouvertes partout. Notre ami Macallan s'est contenté d'en élargir et d'en ajouter selon les besoins. Mais la question que je n'arrive pas à résoudre, c'est pourquoi on les trouve seulement sous cette île. Normalement, on ne voit ce genre de déplacement que sur une plus grande échelle. Ici cela semble se limiter à Ragged Island.

L'arrivée de Neidelman interrompit leur discussion. Il les regarda tous tour à tour, avec une ombre de sourire.

— Alors, Martin, Sandra vous a donné l'autorisation.

— Oui, merci, dit Hatch.

Neidelman se tourna vers Rankin.

— Ne vous interrompez pas à cause de moi.

— J'aidais juste Saint John avec le modèle en 3D.

Hatch se tourna, surpris, vers Rankin. Le jovial géologue paraissait soudain raide, nerveux. *S'est-il passé quelque chose entre ces deux-là ?* Puis Hatch comprit que cela tenait à la façon dont Neidelman les regardait. Lui-même fut pris d'une tentation presque irrésistible de bredouiller des excuses, des explications.

— Je vois, fit Neidelman. Dans ce cas, j'ai de bonnes nouvelles pour vous. On vient d'entrer la dernière série de mesures dans le réseau.

— Génial, fit Rankin en enfonçant d'autres touches. Ça y est, je l'ai. J'intègre, à présent.

Sur l'écran, Hatch vit de petites lignes s'ajouter au diagramme à une vitesse aveuglante. En une seconde ou deux, le chargement fut terminé. L'image ne semblait pas avoir beaucoup changé, sinon qu'elle était plus dense qu'avant.

Penché par-dessus l'épaule du géologue, Saint John poussa un profond soupir. Rankin enfonça quelques touches et le modèle se remit à tourner lentement autour de son axe vertical.

— Ne faites apparaître que la structure initiale, dit Saint John.

Rankin enfonça d'autres touches et d'innombrables lignes minuscules disparurent de l'écran.

— Les pièges à eau n'ont donc été ajoutés que vers la fin, dit Neidelman. Nous le savions déjà.

— Vous voyez des éléments de conception communs à d'autres structures de Macallan ? demanda Rankin. Ou quoi que ce soit qui pourrait être un piège ?

Saint John secoua la tête.

— Enlevez tout sauf les poutres, s'il vous plaît.

Rankin obéit et une étrange image squelettique apparut sur le fond noir.

L'historien siffla entre ses dents.

— Quoi ? demanda Neidelman.

Il y eut un silence.

— Je ne sais pas, finit par dire Saint John en désignant du doigt deux endroits où plusieurs lignes se croisaient. Ces joints ont quelque chose de familier, mais je ne sais pas trop.

Ils fixèrent l'écran en silence.

— Peut-être que cela ne sert à rien, continua Saint John. C'est vrai, quel genre de parallèle pouvons-nous espérer trouver avec d'autres structures de Macallan ? Quelles constructions font trois mètres de large et plus de cinquante mètres de haut ?

— La tour penchée de Pise ? suggéra Hatch.

— Un instant ! s'exclama Saint John en regardant l'écran de plus près. Regardez ces lignes symétriques à gauche, ici et là. Et ces zones incurvées, les unes sous les autres. On dirait des arcs transversaux. Vous saviez que la circonférence du Puits rétrécissait à partir de la moitié ? ajouta-t-il en se tournant vers Neidelman.

Le capitaine hocha la tête.

— De trois mètres cinquante à la surface, elle passe à deux mètres soixante-dix au niveau des vingt et un mètres.

L'historien se mit à tracer du doigt des points de contact sur l'écran.

— Oui, murmura-t-il. Il pourrait s'agir de l'extrémité d'une colonne à l'envers. Et la base d'un contrefort intérieur. Et cet arc, ici, concentrerait la distribution de la masse sur un point. L'opposé d'un arc normal.

— Qu'est-ce que vous racontez ? dit Neidelman.

Sa voix était calme, mais Hatch nota la lueur d'intérêt dans son regard.

Saint John recula, l'air étonné.

— Cela tient parfaitement debout. Profond et étroit comme ça… et Macallan était un architecte religieux, après tout…

— Quoi ? aboya Neidelman.

Saint John tourna ses grands yeux bovins vers Rankin.

— Faites tourner l'axe Y de cent quatre-vingts degrés.

Rankin s'exécuta, et le diagramme sur l'écran s'inversa. Les contours du Puits inondé étaient à présent droits, figés sur l'écran, squelette rougeoyant de lignes.

Soudain le capitaine siffla entre ses dents.

— Mon Dieu ! C'est une cathédrale.

L'historien acquiesça, avec un sourire triomphant.

— Macallan a dessiné ce qu'il connaissait le mieux. Le Puits inondé n'est rien d'autre qu'une flèche. Une foutue flèche de cathédrale inversée.

33

Le grenier était plus ou moins dans le même état que dans le souvenir de Hatch : encombré jusqu'au plafond de ces vieilleries que toutes les familles entassent pendant des générations. Le faible flot de lumière d'après-midi que laissaient pénétrer les lucarnes semblait absorbé par le bois foncé de l'amas de vieilles armoires, de têtes de lit, de porte-manteaux, cernant caisses et chaises empilées. La chaleur, la poussière et une odeur de naphtaline rappelèrent à Hatch avec la vivacité d'une lame de rasoir ses parties de cache-cache sous les combles avec son frère les jours où la pluie tambourinait sur le toit.

Il respira profondément, puis avança prudemment, craignant de déplacer quelque chose ou de faire trop de bruit. D'une certaine manière, ce magasin de souvenirs était à présent un sanctuaire, et il se faisait l'effet d'un profanateur.

Le relevé du Puits terminé et un responsable de l'évaluation des sinistres étant attendu dans l'île dans l'après-midi, Neidelman n'avait pu qu'accorder une demi-journée de congé à ses troupes. Martin en avait profité pour rentrer chez lui manger un morceau et faire quelques recherches. Il se rappelait un livre illustré, *Les Grandes Cathédrales d'Europe*, qui avait appartenu à sa grand-tante. Avec un peu de chance, il le trouverait dans les cartons de livres que sa mère avait soigneusement entreposés dans le grenier. Il voulait se faire une meilleure idée de la signification de la découverte de Saint John.

Se frayant un chemin à travers le désordre, il se cogna le tibia contre une table et faillit renverser un vieux Victrola, en équilibre précaire sur un carton plein de 78 tours. Il remit le Victrola en place, puis jeta un coup d'œil aux disques, rayés et usés au point de ne plus que murmurer leurs chansons. Son père insistait pour passer ces airs démodés les soirs d'été.

Dans un coin sombre du grenier, il distingua la grande tête de lit sculptée, en érable, du lit familial. Son arrière-grand-père l'avait offerte à sa femme le jour de leur mariage. Intéressant comme cadeau !

Une armoire se dressait à côté de la tête de lit. Et derrière l'armoire s'entassaient les cartons de livres, aussi bien rangés que lorsque Johnny et lui les y avaient placés sur les instructions de leur mère.

Hatch tenta de pousser l'armoire. Cette dernière ne bougea que de quelques centimètres. Il recula, contemplant la hideuse masse de style victorien, datant de l'époque de son grand-père. Il s'y attaqua de nouveau en poussant de l'épaule, et elle bougea de quelques centimètres en chancelant.

Étant donné que le bois avait dû sécher au cours des années, elle était encore sacrément lourde. Il devait rester des trucs à l'intérieur. Hatch soupira et s'épongea le front.

Les portes de l'armoire qui n'étaient pas fermées à clé s'ouvrirent sur un intérieur vide sentant le renfermé. Les tiroirs du bas étaient également vides. Tous sauf le dernier : au fond, Hatch trouva un vieux T-shirt déchiré et fané portant un logo de Led Zeppelin. Claire le lui avait acheté lors d'une sortie de classe à Bar Harbor. Il prit le T-shirt. Ce n'était plus rien qu'un chiffon vieux de vingt ans. Il le reposa. Claire avait trouvé le bonheur maintenant, ou l'avait perdu, tout dépendait du point de vue duquel on se plaçait.

Allons, essayons encore. Hatch prit l'armoire à pleines mains et la poussa violemment. Soudain, elle pencha dangereusement en avant et il n'eut que le temps de faire un bond de côté avant qu'elle ne s'écrase par terre. Il se redressa tant bien que mal dans un nuage de poussière.

Puis il se courba, repoussant la poussière d'un geste impatient de la main.

L'arrière de l'armoire s'était fendu en deux endroits, révélant une niche étroite. Il distingua à l'intérieur des articles de journaux et des pages couvertes d'une écriture fine tout en boucles.

34

La longue pointe de terre de couleur ocre que l'on appelait Burnt Head avançait dans l'océan au sud de la ville comme le doigt noueux d'un géant. À l'extrémité de ce promontoire, la falaise boisée et sauvage descendait vers la baie. Le bruit des millions de coquilles de moules que la houle frottait les unes contre les autres avait donné son nom à l'endroit désert : Squeaker's Cove, la baie des Grincements. Les sentiers et les clairières à l'ombre du phare avaient fini par être baptisés Squeaker's Glen. C'était le lieu des rendez-vous amoureux de la jeunesse de Stormhaven, où bien des virginités avaient été perdues.

Une vingtaine d'années auparavant, Martin Hatch avait été de ces puceaux hésitants. Et voilà qu'il reprenait ces mêmes sentiers, sans trop savoir quelle impulsion l'avait amené là. Il avait reconnu l'écriture sur les pages cachées dans l'armoire : c'était celle de son grand-père. Incapable de se résoudre à les lire sur-le-champ, il était sorti dans l'intention de se promener sur le port.

Mais ses pas l'avaient conduit derrière la ville, derrière les prairies entourant le fort Blacklock, jusqu'au chemin du phare et de Squeaker's Cove.

Il prit un étroit sentier, fine ligne noire s'enfonçant dans la végétation épaisse. Au bout de quelques mètres, le sentier débouchait sur une petite clairière. Sur trois côtés, la falaise de Burnt Head était à pic, couverte de mousse et de plantes grimpantes. Sur le quatrième, un feuillage dense empêchait de voir la mer, bien que l'étrange murmure des coquilles de moules dans les vagues trahît la proximité de la côte. Des barres de lumière tombaient en diagonale à travers le feuillage, illuminant des taches d'herbe.

Les souvenirs revinrent en foule lorsqu'il regarda autour de lui. Celui d'un après-midi de mai notamment, rempli de mains nerveuses, de halètements. La nouveauté de la chose, ce sentiment exotique de s'aventurer en territoire adulte, avait été grisant. Il chassa cette image, surpris de voir combien un événement si lointain pouvait encore le troubler. Cela s'était passé six mois avant que sa mère ne décide de partir pour Boston. Plus que toute autre, Claire avait accepté ses sautes d'humeur ; elle avait pris Martin Hatch tel qu'il était, avec ses soucis et le reste, ce garçon qui avait perdu la plus grande partie de sa famille.

Comment cet endroit pouvait-il encore exister ? Hatch aperçut une canette de bière sous un rocher ; les lieux abritaient visiblement toujours les mêmes activités. Il s'assit sur l'herbe odorante. C'était une superbe fin d'après-midi d'été, et il avait la clairière pour lui tout seul.

Non, pas complètement. Il entendit un bruit sur le sentier derrière lui. Se retournant brusquement, il eut la surprise de voir Claire pénétrer dans la clairière.

Elle se figea en le voyant, puis s'empourpra. Elle portait une robe d'été imprimée décolletée et ses longs cheveux dorés étaient réunis en une tresse qui pendait sur son dos constellé de taches de rousseur. Elle hésita une seconde, puis s'approcha résolument.

— Rebonjour, dit Hatch en se redressant d'un bond. Belle journée pour te rencontrer.

Il tenta d'adopter un ton léger. Il se demanda s'il devait lui serrer la main ou l'embrasser sur la joue et comprit qu'en hésitant il avait laissé passer le moment.

Elle eut un sourire et hocha la tête.

— Comment s'est passé ton dîner ? demanda-t-il, regrettant aussitôt cette question stupide.

— Très bien.

Il y eut un silence gêné.

— Je suis désolée, je te dérange, dit-elle en faisant mine de partir.

— Attends ! s'écria-t-il, plus fort qu'il ne l'aurait voulu. Tu peux rester. J'étais juste sorti me promener. En plus, cela me ferait plaisir de savoir ce que tu es devenue.

— Tu sais comment sont les petites villes. Si on nous trouvait ici, on penserait…

— Personne ne nous trouvera. Nous sommes dans Squeaker's Glen, non ?

Il se rassit en lui faisant signe de le rejoindre.

Elle s'approcha et lissa sa robe de ce geste gêné qu'il se rappelait si bien.

— C'est drôle que nous nous rencontrions justement ici.

— Oui, je me souviens de la fois où tu t'es mis des feuilles de chêne sur les oreilles, et que, debout sur cette pierre, tu as déclamé *Lycidas* en entier.

Hatch était tenté d'évoquer d'autres souvenirs.

— Et maintenant que je suis toubib, je parsème mes vers obscurs de métaphores médicales.

— Cela fait combien de temps ? Vingt-cinq ans ?

— À peu près... Alors, qu'est-ce que tu as fait pendant tout ce temps ?

— À la fin de mes études secondaires, je pensais aller à l'université, mais j'ai rencontré Woody. Je me suis mariée. Pas d'enfants.

Haussant les épaules, elle s'assit sur un rocher proche, les bras autour des genoux, et conclut :

— C'est à peu près tout.

— Pas d'enfants ?

Déjà au lycée, Claire parlait de son désir d'en avoir un jour.

— Non, fit-elle d'une voix neutre. Numération des spermatozoïdes insuffisante.

Il y eut un autre silence. Puis Hatch, à sa propre horreur et sans trop savoir pourquoi, se sentit soudain pris d'une gaieté irrésistible devant le tour que prenait la conversation. Il pouffa, éclata de rire et rit jusqu'aux larmes. Il se rendit vaguement compte que Claire riait autant que lui.

— Oh, mon Dieu ! s'exclama-t-elle en s'essuyant les yeux. Comme cela fait du bien de rire. Surtout de ça. Tu n'imagines pas à quel point ce sujet est tabou à la maison. Numération insuffisante !

Quand leur fou rire se calma, ils eurent l'impression qu'il avait chassé et les années et la gêne.

Hatch la régala d'anecdotes de la fac de médecine, des blagues macabres qu'ils faisaient en cours d'anatomie, de ses aventures au Surinam et en Sierra Leone, tandis qu'elle lui racontait ce qu'étaient devenus leurs amis communs. Presque tous étaient partis s'installer à Bangor, Portland ou Manchester.

Puis elle se tut.

— J'ai un aveu à te faire, Martin. Cette rencontre n'est pas complètement fortuite.

— Oui ?

— Je t'ai vu passer devant le fort et... j'ai cru deviner où tu allais.

— Tu as bien deviné apparemment.

— Je voulais m'excuser. Je veux dire, je ne partage pas le point de vue de Woody sur ce que tu fais ici. Je sais que tu ne t'es pas lancé là-dedans pour l'argent, et je voulais que tu l'entendes de ma bouche. J'espère que tu réussiras.

— Pas la peine de t'excuser. Raconte-moi comment tu as fini par l'épouser.

Elle soupira et détourna les yeux.

— C'est indispensable ?

— Oui.

— Oh ! Martin, j'étais si... je ne sais pas. Tu es parti et tu n'as jamais écrit. Non, non, ce n'est pas ta faute. Je sais que je t'avais quitté avant.

— Exact. Pour Richard Moe, star du football. Comment va ce vieux Dick ?

— Je ne sais pas. J'ai rompu avec lui trois semaines après ton départ de Stormhaven. Je n'ai jamais beaucoup tenu à lui, de toute façon. J'étais surtout folle de rage contre toi. Il y avait toujours cette partie de toi qui restait hors d'atteinte, que tu me cachais. Tu étais parti bien avant de partir, si tu vois ce que je veux dire. Cela a fini par me taper sur les nerfs. J'espérais toujours que tu viendrais me chercher. Puis un jour, vous êtes partis, toi et ta mère.

— Exact. À Boston. Je devais plutôt être du genre morose.

— Après ton départ, il n'est plus resté que les mêmes vieilles têtes. Dieu qu'ils étaient barbants, tous. J'étais décidée à aller à l'université. Et puis ce jeune pasteur a débarqué. Il était allé à Woodstock, avait reçu des gaz lacrymogènes à la Convention de Chicago de 68. Il paraissait si passionné, si sincère. Il avait hérité de millions de dollars, grâce à la margarine, et il avait tout donné aux pauvres, jusqu'au dernier sou. Martin, je regrette que tu ne l'aies pas connu à l'époque. Il était tellement différent. Passionné par les grandes causes, un homme vraiment convaincu qu'il pouvait changer le monde. Il était si exalté. Je n'arrivais pas à croire qu'il puisse s'intéresser à moi. Et tu sais, il ne m'a jamais parlé de Dieu. Il s'efforçait juste de suivre son exemple. Je me souviens encore qu'il ne supportait pas d'être la raison de l'abandon de mes études. Il insistait pour que je les termine. C'est le seul homme que je connaisse qui refuse de mentir, même si la vérité peut faire mal.

— Que s'est-il passé ?

Claire soupira et posa son menton sur ses genoux.

— Je ne sais pas trop. Avec les années, j'ai eu l'impression de le voir se recroqueviller. Les petites villes peuvent être mortelles, Martin, surtout pour quelqu'un comme Woody. Tu sais ce que c'est. Stormhaven est un univers clos. Ici, personne ne se souciait ni de politique, ni de prolifération nucléaire, ni des enfants crevant de faim au Biafra. J'ai supplié Woody de partir, mais il est tellement têtu. Il était venu changer cette petite ville, et il ne partirait pas tant qu'il n'y serait pas parvenu. Oh ! les gens le toléraient et le considéraient comme une sorte d'attraction amusante avec toutes ses causes et ses collectes de fonds. Personne n'a même jugé bon de contester sa politique libérale. Ils se sont contentés de l'ignorer. C'est ce qui a été le pire pour lui, d'être poliment ignoré. Il est devenu de plus en plus…

Elle s'interrompit pour réfléchir.

— Je ne sais pas comment le définir exactement. Disons rigide et moraliste. Même à la maison. Il n'a jamais appris à se détendre. Et son absence de sens de l'humour a rendu les choses plus difficiles.

— Il faut du temps pour s'habituer à l'humour du Maine, dit Hatch, le plus charitablement possible.

— Non, Martin, je veux dire littéralement, au sens propre. Woody ne rit jamais. Rien ne lui paraît jamais drôle. Je ne sais pas si cela tient à son milieu, ou à ses gènes. Nous n'en parlons pas. Peut-être est-ce une des raisons pour lesquelles il est si passionné, si déterminé dans la poursuite de ses causes… Et maintenant il vient de s'en trouver une toute neuve. Cette croisade contre ta chasse au trésor. Une cause dont il est convaincu qu'elle va intéresser Stormhaven.

— Qu'est-ce qu'il reproche à cette expédition ? Tu es sûre que c'est bien ce qui le gêne ? Il est au courant pour nous ?

— Bien sûr qu'il est au courant. Tout au début de notre rencontre, il a exigé une transparence totale, alors je lui ai tout raconté. Il n'y avait pas grand-chose à dire, conclut-elle avec un petit rire.

Au temps pour moi, songea Hatch.

— Il ferait bien de se chercher une nouvelle cause. On a presque fini.

— Vraiment ?

— L'historien de l'équipe a fait une découverte ce matin. Il a appris que Macallan, l'homme qui a construit le Puits, l'a conçu comme une sorte de flèche de cathédrale.

— Une flèche ? Mais il n'y a pas de flèche sur l'île.

— Non, je veux dire une flèche à l'envers. À moi aussi, cela m'a paru dingue. Mais, quand on y réfléchit, cela se tient. Il m'a expliqué.

Cela faisait du bien de parler. Et Hatch sentait qu'il pouvait se fier à Claire pour garder un secret.

— Tu vois, Ned le Rouge voulait que ce Macallan lui construise une chambre du trésor imprenable jusqu'à ce qu'il vienne le récupérer.

— Le récupérer ? mais comment ?

— Par une porte secrète. Mais Macallan avait une autre idée en tête. Pour se venger d'avoir été kidnappé, il a conçu le Puits de sorte que personne, pas même Ockham, ne puisse accéder au trésor. Il s'est assuré que, si le pirate essayait, il serait tué. Bien entendu, Ned le Rouge est mort avant de se frotter au piège, et le Puits a résisté à tous les assauts depuis. Mais nous nous servons d'une technologie inconcevable pour Macallan. Et maintenant que le Puits est asséché, nous avons pu comprendre ce qu'il a construit. Macallan dessinait des églises. Et tu sais que les églises ont un système d'arcs-boutants intérieurs et extérieurs complexe pour les empêcher de s'effondrer. Eh bien, Macallan s'est contenté d'inverser le plan, et s'en est servi pour soutenir son Puits pendant sa construction. Ensuite il a secrètement retiré les supports les plus importants lorsqu'on a rempli le Puits. Aucun des pirates n'aurait pu deviner que quelque chose clochait. À son retour, Ockham aurait fait reconstruire le batardeau, boucher les tunnels et, quand il aurait essayé de récupérer le trésor, le Puits se serait effondré sur lui. Voilà le piège de Macallan. Mais, en recréant l'armature de la cathédrale, on peut stabiliser le puits et en sortir le trésor sans avoir rien à craindre.

— C'est incroyable.

— N'est-ce pas ?

— Alors pourquoi n'es-tu pas plus impatient ?

— Cela se voit tant que ça ? s'exclama-t-il en riant. Malgré tout ce qui s'est passé, je pense qu'il y a des moments où je me sens encore un peu ambigu vis-à-vis du projet. L'or ou son attrait a des effets bizarres sur les gens. Et je ne fais pas exception à la règle. Je n'arrête pas de me dire que le but de tout cela est de découvrir ce qui est arrivé à Johnny. J'avais projeté de consacrer ma part à la création d'une fondation à sa mémoire. Mais il m'arrive de me surprendre à songer à l'usage que je pourrais faire de tout cet argent.

— C'est normal.

— Peut-être. Mais je n'en suis pas plus heureux pour autant. Ton révérend a distribué toute sa fortune, après tout. Quoi qu'il en soit, il ne semble pas avoir causé beaucoup de dégâts avec son opposition.

— Là, tu te trompes. Tu es au courant du sermon de dimanche dernier ?

— J'en ai entendu parler.

— Il a lu un extrait de l'Apocalypse. Cela a fait un sacré effet aux pêcheurs. Tu as su qu'il avait apporté la pierre de la malédiction ?

— Non, fit Hatch en fronçant les sourcils.

— Il a dit que le trésor valait deux milliards. Et que tu avais menti en lui affirmant qu'il valait beaucoup moins. Tu lui as menti, Martin ?

— Je...

Hatch s'interrompit, ne sachant pas s'il devait être plus en colère contre Clay ou contre lui-même.

— Je pense que j'étais sur la défensive quand il m'a coincé à la fête au homard. Alors, effectivement, j'ai minimisé la somme. Je ne voulais pas lui donner plus d'armes que nécessaire.

— Eh bien, il est armé maintenant. Le produit de la pêche est en baisse cette année, et, dans l'esprit des pêcheurs, il a lié cette baisse à la chasse au trésor. Il a vraiment été en mesure de diviser la ville sur ce coup-là. Il a enfin trouvé la cause qu'il cherchait depuis vingt ans.

— Claire, le produit est en baisse chaque année. Cela fait plus d'un demi-siècle qu'on bousille les réserves en pêchant trop.

— Tu le sais, et je le sais. Mais maintenant ils tiennent un responsable. Ils projettent une sorte de manifestation.

Hatch la regarda.

— Je ne connais pas les détails. Mais je n'ai jamais vu Woody aussi remonté, pas depuis notre mariage. La décision a été prise hier ou avant-hier. Il a rassemblé les pêcheurs et les homardiers, et ils projettent quelque chose d'important.

— Tu pourrais en savoir plus ?

Les yeux baissés, Claire garda le silence.

— Écoute, reprit-elle. Je t'en ai déjà suffisamment dit. Ne me demande pas d'espionner mon mari.

— Pardon, je ne voulais pas dire ça. Tu sais que jamais je ne te demanderais une chose pareille.

Soudain Claire se cacha le visage dans ses mains.

— Tu ne comprends pas, pleura-t-elle. Oh ! Martin, si seulement je pouvais...

Elle se mit à sangloter.

Martin l'attira doucement contre lui.

— Pardon, murmura-t-elle, je me conduis comme une vraie gamine.

— Chut ! souffla Martin en lui tapotant l'épaule.

Les sanglots de Claire se calmèrent, et il sentit l'odeur de pomme fraîche de ses cheveux, la moiteur de son souffle à travers sa chemise. Sa joue était douce contre la sienne et, lorsqu'elle marmonna des paroles indistinctes, il sentit la goutte chaude d'une larme toucher ses lèvres. Il la lécha. Lorsque Claire se tourna vers lui, il recula la tête ce qu'il fallait pour que leurs bouches se frôlent. Il l'embrassa légèrement, puis plus fougueusement. Il enfonça ses doigts dans ses cheveux. L'étrange bruit de la houle, la chaleur de la clairière parurent s'évanouir dans le néant. L'univers s'arrêtait à leurs corps enlacés. Les battements de son cœur s'accélérèrent lorsqu'elle se serra contre lui. Il songea vaguement qu'adolescents ils ne s'étaient jamais embrassés avec ce genre d'abandon. Peut-être parce qu'ils ne savaient pas faire ? Il se pencha vers Claire, lui caressant la nuque d'une main, tandis que l'autre glissait dans l'échancrure de sa robe, ses genoux. Claire gémit en écartant les jambes. Il sentit la sueur au creux de son genou.

Soudain elle le repoussa.

— Non, Martin, fit-elle d'une voix rauque en se redressant et en lissant sa robe.

— Claire..., commença-t-il, tendant la main.

Mais elle avait déjà tourné les talons.

Il la regarda courir en trébuchant vers le sentier, disparaître dans la verdure. Il avait le cœur qui battait la chamade, et un désagréable mélange de désir sexuel, de culpabilité et d'adrénaline lui courait dans les veines. Une aventure avec la femme du pasteur : Stormhaven ne le tolérerait jamais. Il venait de faire la bêtise de sa vie. C'était une erreur, une faute de jugement débile – mais, en repartant par un autre sentier, il se surprit à imaginer ce qui se serait passé si elle ne l'avait pas repoussé.

35

Aux petites heures de la matinée, Hatch remonta le sentier qui menait au camp de base et ouvrit la porte du bureau de Saint John. Il eut la surprise d'y trouver l'historien assis devant une demi-douzaine de livres ouverts.

— Je ne pensais pas vous voir si tôt. Je voulais vous laisser un mot pour vous demander de passer à mon cabinet.

L'Anglais se cala dans son fauteuil et frotta ses yeux fatigués de ses doigts potelés.

— De toute façon, je voulais vous voir. J'ai fait une découverte intéressante.

— Moi aussi, dit Hatch en lui tendant une liasse de pages jaunies fourrées dans des chemises.

Faisant de la place sur son bureau encombré, Saint John étala les papiers devant lui. Son expression de fatigue s'évanouit progressivement.

— D'où sortez-vous tout cela ?

— D'une vieille armoire au fond de mon grenier. Ce sont les notes de mon grand-père. J'ai reconnu son écriture sur certaines pages. Le trésor a fini par l'obséder et le ruiner. Mon père a brûlé la plupart de ses archives après sa mort, mais ces papiers ont dû lui échapper.

Saint John se tourna vers le parchemin.

— Extraordinaire, murmura-t-il. Certains de ces manuscrits sont inconnus de nos chercheurs aux Archivos de Los Indios à Séville.

— Comme mon espagnol est un peu rouillé, je n'ai pas pu tout traduire. Mais voilà ce qui m'a paru le plus intéressant, dit Hatch en désignant une chemise marquée *Archivos de la Ciudad de Cádiz*.

Cette dernière contenait la photo sombre et floue d'un manuscrit original, qu'on avait manifestement souvent manipulé.

— Voyons, dit Saint John, « Archives de la cour de Cadiz, 1661 à 1700. Octavo 16 ». Hum ! « Pendant le règne du saint empereur romain Carolus II, en d'autres termes Charles II, nous avons été grandement inquiétés par des pirates. Dans la seule année 1690, la flotte royale de l'argent, bien que la Flotta de Plata ait aussi transporté une grande masse d'or… »

— Continuez.

— « … a été capturée et pillée par un pirate païen, Edward Ockham, à un coût pour la Couronne de quatre-vingt-dix millions de reales. Il devint notre plus grand fléau, une pestilence envoyée par le diable lui-même. Finalement, après force discussions, des conseillers privés du souverain nous autorisèrent à brandir l'épée de saint Michel, notre trésor le plus grand, le plus secret et le plus terrible. *In nomine Patre*, que Dieu ait pitié de nous pour avoir agi ainsi. »

Saint John reposa la chemise en fronçant les sourcils.

— Qu'entendent-ils par « notre trésor le plus grand, le plus secret et le plus terrible » ?

— Aucune idée. Peut-être pensaient-ils que l'épée était dotée de propriétés magiques. Qu'elle ferait battre en retraite Ockham. Une sorte d'Excalibur espagnole.

— Peu vraisemblable. Le calme régnait dans le monde à l'époque, et l'Espagne était l'un des pays les plus civilisés d'Europe. Nul doute que les conseillers privés de l'empereur n'auraient pas cru à une superstition médiévale, sans parler de faire dépendre d'elle une affaire d'État.

— À moins que l'épée n'ait vraiment été maudite, murmura facétieusement Hatch en écarquillant les yeux.

Sa plaisanterie laissa Saint John de marbre.

— Vous avez montré tout cela au capitaine Neidelman ?

— Non. En fait, je songeais à envoyer les transcriptions par courrier électronique à une vieille amie qui habite Cadix. La Marquesa Hermione Concha de Hohenzollern.

— Une marquise ?

Hatch sourit.

— On ne s'en douterait pas en la voyant. Mais elle adore se lancer dans de longs discours ennuyeux à propos de ses ancêtres distingués. Je l'ai rencontrée à l'époque où je travaillais pour Médecins sans frontières. Elle a tout d'une excentrique, elle frise les quatre-vingts ans, mais elle reste une chercheuse hors pair : elle lit toutes les langues européennes, de même que de nombreux dialectes et formes archaïques.

— Peut-être avez-vous raison de demander une aide extérieure. Le capitaine est tellement obsédé par le Puits que je doute qu'il prenne le temps d'étudier ces documents. Il est venu me voir hier après le départ de l'assureur pour me demander de comparer la profondeur et la largeur du Puits à celles de diverses flèches de cathédrales. Ensuite il a voulu dessiner d'autres contreforts, recréer les pressions et les charges de la flèche originale de Macallan. En deux mots, désamorcer le Puits.

— C'est bien ce que j'ai cru comprendre. Un sacré travail.

— La construction en soi ne sera pas trop complexe, dit Saint John. C'est la recherche sur le contexte qui l'a été, dit-il en étalant les mains sur sa pile de livres. Il m'a fallu le reste de la journée et toute la nuit rien que pour faire une esquisse.

— Vous feriez bien de souffler un peu. Je vais au magasin chercher l'autre journal de Macallan. Merci de votre aide pour la traduction, dit Hatch en reprenant les chemises.

— Une seconde !

L'Anglais se leva et fit le tour de son bureau.

— Je vous ai dit que j'avais fait une découverte.

— Effectivement.

— Cela concerne Macallan, dit Saint John en tripotant son nœud papillon. Enfin, indirectement. Regardez-moi ça, dit-il en lui tendant une feuille de papier.

Hatch examina la ligne de lettres.

ETAONISRHLDCUFPMWYBGKQXYZ

— Du vrai charabia.

— Regardez donc les sept premières lettres de plus près.

Hatch les épela à voix haute.

— E, T, A, O… une minute. Eta Onis ! La personne à qui Macallan a dédié son livre sur l'architecture.

— C'est la table de fréquence de la langue anglaise, expliqua Saint John. L'ordre dans lequel les lettres risquent le plus d'être utilisées dans des phrases. Les cryptologues s'en servent pour déchiffrer des messages codés.

Hatch siffla entre ses dents.

— Quand l'avez-vous remarqué ?

Saint John parut encore plus gêné.

— Le lendemain de la mort de Kerry, en fait. Je n'en ai soufflé mot à personne. Je me sentais tellement bête. Songer que je l'avais sous le nez depuis le début. Mais plus j'y réfléchissais, plus cela semblait s'expliquer. J'ai compris que Macallan était bien plus qu'un simple architecte. S'il connaissait la table de fréquence, cela voulait dire qu'il avait probablement des liens avec la communauté du renseignement de Londres, ou du moins avec une quelconque société secrète. J'ai donc fait d'autres recherches sur son passé. Et je suis tombé sur des renseignements trop bizarres pour qu'il s'agisse de simples coïncidences. Je suis à présent sûr que, pendant les années de sa vie dont on ignore tout, Macallan a travaillé pour le Cabinet noir.

— Le quoi ?

— C'est fascinant, en fait, voyez-vous…

Saint John s'interrompit pour jeter un coup d'œil par-dessus son épaule. Hatch se rendit compte, avec un pincement au cœur, que Saint John venait de regarder dans la direction du bureau de Wopner, comme s'il attendait un commentaire caustique du programmeur.

— Accompagnez-moi au magasin, dit Hatch, vous m'expliquerez en route.

— Le Cabinet noir, continua Saint John lorsqu'ils sortirent dans la brume matinale, était un service secret de la poste anglaise. Sa tâche était d'intercepter des communications scellées, d'en transcrire le contenu, puis de les refermer avec de faux sceaux. Si les documents transcrits étaient codés, on les envoyait à ce qu'on appelait le service du chiffre. On transmettait alors la traduction au roi, ou à certains ministres haut placés, selon le cas.

— Dans l'Angleterre des Stuarts, on trouvait ce genre de folklore de cape et d'épée ?

— Pas seulement en Angleterre. Tous les pays européens possédaient des services de ce genre. En fait, ils attiraient beaucoup les jeunes aristocrates très intelligents et bien placés. S'ils se révélaient doués pour le déchiffrement, on les récompensait par de bons salaires et des positions avantageuses à la Cour.

— J'étais loin de m'en douter.

— Et cela ne s'arrête pas là. En lisant entre les lignes certaines des vieilles archives de cour, on peut en déduire que Macallan était probablement un agent double, qui travaillait pour l'Espagne à cause de ses sympathies irlandaises. Mais il a été découvert. Je pense qu'il a quitté le pays pour sauver sa peau, en fait. Peut-être qu'on l'envoyait en Amérique pour des raisons moins avouables que la construction d'une cathédrale.

— Et Ockham a mis un terme à ces projets.

— Oui. Mais, avec Macallan, il a trouvé bien plus que ce qu'il espérait.

— Cela expliquerait pourquoi Macallan s'y entendait si bien à utiliser des codes et des encres secrètes dans son journal.

— Et pourquoi son second code était si diabolique. Peu de gens auraient eu la présence d'esprit de concocter une trahison aussi compliquée que le Puits inondé… J'en ai parlé à Neidelman quand nous nous sommes vus hier après-midi.

— Et ?

— Il m'a dit que c'était intéressant et que nous devrions creuser l'idée, mais que la priorité restait de stabiliser le Puits et de récupérer l'or. Voilà pourquoi je ne vois pas de raison de lui montrer les documents que vous avez découverts. Il est trop obsédé par le Puits pour s'attarder sur des données qui n'ont pas de lien direct avec le trésor.

Ils arrivèrent au magasin. Depuis les premières découvertes au camp des pirates, la cabane avait perdu son aspect délabré. On avait installé des barreaux aux deux petites fenêtres, et un cerbère en gardait l'entrée, notant tout ce qui y entrait et en sortait.

— Désolé, dit Saint John avec une grimace quand Hatch demanda le journal décrypté de Macallan en tendant le mot de Neidelman au gardien. J'aurais été heureux de vous en faire une copie, mais, l'autre jour, Streeter est venu faire transférer tout le matériau cryptologique sur disquettes. Tout, jusqu'au fichier programme. Puis il a effacé tout ce qui se trouvait sur les serveurs.

Si je m'y connaissais mieux en informatique, j'aurais peut-être pu...

Il fut interrompu par un cri jaillissant de la pénombre de la cabane. Une seconde plus tard, Bonterre faisait son apparition avec une écritoire dans une main et un drôle d'objet rond dans l'autre.

— Mes deux hommes préférés ! s'écria-t-elle avec un grand sourire.

Saint John parut gêné.

— Comment ça va chez les pirates ? demanda Hatch.

— Le travail est presque fini. Ce matin, nous avons terminé le dernier carré. Mais, comme dans l'amour, le meilleur est toujours pour la fin. Regardez ce que mes hommes ont déterré, conclut Bonterre en leur tendant l'objet avec un sourire radieux.

Il s'agissait d'un objet très travaillé, apparemment en bronze, avec des chiffres finement gravés sur la bordure. Deux tiges pointues de métal partaient de son centre comme les aiguilles d'une montre.

— Qu'est-ce que c'est ?

— Un astrolabe. On s'en servait pour déterminer la latitude à partir de la hauteur du soleil. Cela valait dix fois son pesant d'or pour un marin de l'époque de Ned le Rouge. Mais on l'a tout de même abandonné avec le reste. Plus je trouve, plus je suis perplexe, conclut Bonterre en effleurant la surface de l'objet.

Un hurlement retentit soudain.

— Qu'est-ce que c'était ? fit Saint John en sursautant.

— On aurait dit un cri de douleur, dit Hatch.

— Je crois que cela venait de la hutte du géologue.

Ils se ruèrent dans le bureau de Rankin. Loin de se tordre de douleur, l'ours blond examinait alternativement un écran d'ordinateur et une longue sortie papier.

— Que se passe-t-il ? demanda Hatch.

Sans lever le nez, Rankin les fit taire d'un geste. Il vérifia de nouveau la sortie papier, en remuant les lèvres comme s'il comptait. Puis il la reposa.

— J'ai vérifié dans les deux sens. Cela ne peut pas être une pointe de bruit, cette fois.

— Il est devenu fou ou quoi ? fit Bonterre.

Rankin se tourna vers eux, excité.

— C'est ça, il faut que ce soit ça. Neidelman n'a pas arrêté de me tanner pour que je lui file des données sur ce qui a été enterré au fond du Puits. Quand le truc a fini par être asséché, j'ai pensé que peut-être toutes les lectures bizarres disparaîtraient. Mais non. J'avais beau essayer, j'obtenais des données différentes à chaque passage. Jusqu'à maintenant. Regardez-moi ça.

La sortie papier ressemblait à une suite incompréhensible de taches et de lignes noires, accompagnées d'un rectangle sombre et flou.

— Qu'est-ce que c'est que ça ? s'exclama Hatch. Une œuvre de Motherwell ?

— Non, mon vieux. C'est une salle blindée, d'environ trois mètres de côté, à quatre mètres cinquante au-dessous de la partie dégagée du Puits. Elle ne paraît pas avoir été attaquée par l'eau. Et je viens juste de réussir à réduire son contenu. Entre autres choses, elle renferme une masse d'environ quinze à vingt tonnes de métal dense non ferreux. Densité juste au-dessus de 19.

— Une minute, dit Hatch. Il n'y a qu'un métal qui ait cette densité.

Le sourire de Rankin s'élargit.

— Ouais. Et ce n'est pas le plomb.

Il y eut un bref silence électrisant. Puis Bonterre poussa un cri de joie et sauta dans les bras de Hatch. Rankin beugla et donna une bourrade dans le dos de Saint John. Ils sortirent tous les quatre de la hutte en hurlant leur joie.

Le bruit de la découverte de Rankin ne tarda pas à se répandre. Immédiatement, la petite douzaine d'employés de Thalassa encore présents sur l'île fêta l'événement. La tragédie de Wopner, les contretemps incessants et la dureté du travail furent oubliés dans une manifestation de jubilation frénétique frisant l'hystérie. Scopatti bondit sur place, lança ses chaussures de bateau en l'air, son couteau de plongée coincé entre les dents. Bonterre fonça dans le magasin et en ressortit avec le vieux coutelas déterré dans le camp pirate. Elle déchira une bande de jean à la base de son short pour s'en faire un bandeau qu'elle se colla sur l'œil. Puis elle lacéra son corsage, dénudant en partie un de ses seins au passage. Brandissant le coutelas, elle se mit à tituber, le regard lubrique, l'incarnation même du pirate débauché.

Hatch se surprit à crier avec les autres, à serrer dans ses bras des techniciens qu'il connaissait à peine, heureux de tenir enfin la preuve de l'existence de tout cet or sous leurs pieds. En même temps il comprenait très bien que c'était exactement le genre de soupape dont tout le monde avait un besoin désespéré. Ce n'était pas l'or qui leur faisait cet effet, c'était de damer le pion à cette fichue île.

Les acclamations se turent quand le capitaine Neidelman pénétra d'un pas vif dans le camp de base. Il dévisagea le groupe, de son regard gris, glacial et vide.

— Mais qu'est-ce qui se passe ici ? dit-il d'une voix pleine de colère contenue.

— Capitaine ! dit Rankin. Il y a de l'or à quatre mètres cinquante en dessous du fond du Puits. Au moins quinze tonnes !

— Bien entendu, rétorqua le capitaine. Vous pensiez que nous creusions pour nous maintenir en forme ? Nous ne sommes pas une classe de maternelle en sortie verte. Nous faisons du travail sérieux ici, et il ne faudrait pas l'oublier. Docteur Saint John, avez-vous terminé votre analyse ?

Saint John acquiesça.

— Bien. Chargez les résultats dans l'ordinateur du *Cerberus*. Vous autres, n'oubliez pas que notre temps est compté. Remettez-vous au travail.

Tournant les talons, il partit en direction du dock, suivi de Saint John qui pressait le pas pour ne pas se laisser distancer...

36

Le lendemain avait beau être un samedi, on ne se reposa guère sur Ragged Island. Se réveillant pour une fois en retard, Hatch sortit en trombe du 5, Ocean Lane, et descendit l'allée au pas de course, s'arrêtant juste le temps de prendre le courrier de la veille dans la boîte aux lettres avant de foncer vers la jetée.

En passant dans le chenal d'Old Hump, il fronça les sourcils devant le ciel plombé. Selon la radio, une perturbation atmosphérique se formait au-dessus des Grand Banks. On était déjà le 28 août, à quelques jours de la date butoir ; dorénavant, la météo ne pourrait que s'aggraver.

L'accumulation de pannes de matériel et de problèmes informatiques avait sérieusement retardé la progression des travaux, et la récente épidémie de maladies et d'accidents dans l'équipe n'avait qu'accentué les retards : quand Hatch arriva à la hutte médicale vers 9 h 45, deux personnes l'attendaient déjà. L'une présentait une infection bactérienne dentaire inhabituelle ; il faudrait des analyses sanguines pour déterminer laquelle. L'autre souffrait d'une pneumonie virale.

Tandis que Hatch organisait le transfert du deuxième malade vers un hôpital du continent et faisait une prise de sang au premier pour une analyse sur le *Cerberus*, un troisième cas se présenta : un opérateur de pompe de ventilation qui s'était lacéré la jambe sur un servomoteur. Ce ne fut que vers midi que Hatch put enfin brancher son ordinateur, accéder à Internet afin d'envoyer un courrier électronique à son amie la Marquesa à Cadix. Lui résumant la situation en deux ou trois brefs paragraphes, il lui joignit les transcriptions de certains des documents les plus obscurs de son grand-père, en lui demandant de réunir tout ce qu'elle pouvait sur l'épée de saint Michel.

Il signa, puis se tourna vers le petit paquet de courrier qu'il avait récupéré dans sa boîte aux lettres ce matin : le numéro de septembre d'une revue médicale ; une publicité pour un dîner spaghettis à la caserne des pompiers ; le dernier numéro de *La Gazette* ; une petite enveloppe crème, sans adresse ni timbre.

Ouvrant l'enveloppe, il reconnut aussitôt l'écriture.

Cher Martin,

Je ne sais pas trop comment te l'annoncer et je ne suis pas toujours très douée pour m'exprimer, alors je vais t'écrire comme cela vient.

J'ai décidé de quitter Woody. Je ne peux pas repousser cet instant plus longtemps. Si je restais, mon amertume ne ferait que s'accentuer. Ce ne serait bon ni pour lui ni pour moi. Je lui annoncerai ma décision après la manifestation. Peut-être aura-t-il alors moins de difficulté à l'accepter. Quoi qu'il en soit, cela va lui faire beaucoup de mal. Mais je sais que c'est la seule solution.

Je sais aussi que toi et moi ne sommes pas faits l'un pour l'autre. Je garde de merveilleux souvenirs et j'espère que c'est aussi ton cas. Mais ce qui est arrivé entre nous l'autre jour n'est qu'une manière de s'accrocher au passé. Cela finira par nous faire du mal à tous les deux.

Ce que j'ai presque laissé faire à Squeaker's Glen m'a terrifiée. Mais cela a aussi éclairci beaucoup d'idées, de sentiments flous qui m'obsédaient. Je t'en remercie donc.

Je pense que je te dois une explication sur mes projets. Je pars pour New York. J'ai appelé une vieille amie de la fac qui y dirige un petit cabinet d'architectes. Elle m'a offert un poste de secrétaire et m'a promis de m'initier au dessin. C'est un nouveau départ dans une ville que j'ai toujours rêvé de connaître.

Ne réponds pas à cette lettre et n'essaie pas de me faire changer d'avis. Ne gâchons pas le passé en agissant bêtement aujourd'hui.

Affectueusement, Claire.

Le téléphone intérieur de l'île sonna. Martin décrocha lentement, comme dans un rêve.

— Ici Streeter.

— Quoi ? fit Hatch encore sous le choc.

— Le capitaine veut vous voir à Orthanc. Sur-le-champ.

— Dites-lui que je...

Mais Streeter avait déjà raccroché, et la ligne était muette.

37

Hatch enjamba les dernières séries de rampes et de passerelles menant à la base d'Orthanc. Le système de ventilation que l'on venait d'installer se dressait au-dessus du Puits : trois gros conduits qui aspiraient l'air vicié des profondeurs pour le rejeter dans l'atmosphère, où il se condensait en grands panaches de brouillard. La lumière venant du Puits se diluait dans la brume environnante.

Hatch grimpa jusqu'à la galerie d'observation qui ceignait la tour de contrôle d'Orthanc.

Seule Magnusen était présente, occupée à scanner les capteurs surveillant les charges sur les poutres à l'intérieur du Puits. Les capteurs s'alignaient en rangées de lumières vertes. Toute augmentation de pression sur une des poutres, le moindre déplacement d'un arc-boutant, et la lumière correspondante virerait au rouge au son perçant d'une alarme. À mesure que les travaux de consolidation progressaient, la fréquence des alarmes décroissait régulièrement. La mise en place complexe des capteurs commencée dans les dernières heures de la vie de Wopner était à présent achevée.

Hatch s'approcha du centre de la pièce pour regarder à travers la vitre dans le Puits. De nombreux tunnels et puits latéraux restaient extrêmement dangereux, mais, signalés par des rubans jaunes, ils n'étaient accessibles qu'aux équipes de relevé à distance.

Un coup de vent chassa les panaches de brouillard s'échappant du Puits, et la vue s'éclaircit. L'échelle plongeait dans les profondeurs, hérissée d'un extraordinaire ensemble d'arcs-boutants en titane. L'effet coupait le souffle : sous l'éclairage du puits, le métal poli éclaboussait de lumière les parois couvertes de mousse.

Ce matin-là, l'équipe de Neidelman s'était employée à remplacer les éléments manquants du boisage original de Macallan par des tiges de titane, sur les indications de Saint John. On avait ajouté d'autres arcs-boutants, en s'appuyant sur les résultats d'un modèle informatique passé sur l'ordinateur du *Cerberus*. Ils seraient peut-être prêts à commencer à creuser les derniers mètres qui les séparaient de la chambre du trésor à la fin de la journée.

Les yeux fixés sur les profondeurs illuminées, se débattant toujours pour accepter la réalité de la lettre de Claire, Hatch remarqua un mouvement : Neidelman remontait par l'ascenseur mécanique. À côté de lui, Bonterre se tenait les bras croisés comme si elle était gelée. Sous l'éclat des lampes à vapeur de sodium du Puits, les cheveux blond-roux du capitaine prenaient des reflets dorés.

Hatch se demanda pourquoi il avait voulu le voir ici. *Peut-être souffre-t-il d'aphtes*, pensa-t-il avec amertume. En fait, il n'aurait pas été surpris qu'il s'agisse d'un problème médical. Il n'avait jamais vu un homme travailler aussi dur, ou tenir aussi longtemps sans sommeil, que Neidelman le faisait depuis quelques jours.

Le capitaine entra dans Orthanc, ses bottes boueuses laissant des traces sur le sol métallique. Il fixa Hatch sans rien dire. Bonterre le suivait. Hatch lui jeta un coup d'œil, puis se raidit, alarmé par son expression. Tous deux étaient étrangement silencieux.

Neidelman demanda à Magnusen de bien vouloir les laisser seuls un instant.

L'ingénieur sortit sur la galerie d'observation en fermant la porte derrière elle. Neidelman respira un grand coup et leva sur Hatch son regard gris fatigué.

— Vous feriez bien de vous accrocher, dit-il calmement.

Bonterre, les yeux fixés sur Hatch, ne pipa pas.

— Martin, nous avons retrouvé votre frère.

Hatch se sentit partir, comme s'il s'éloignait du monde qui l'entourait pour se fondre dans un lointain incertain.

— Où ? parvint-il à dire.

— Dans un trou, sous la grille de la salle voûtée au fond du tunnel.

— Vous êtes sûr ? murmura Hatch. Aucun risque d'erreur ?

— C'est le squelette d'un enfant, dit Bonterre. Douze ans, peut-être treize, bermuda bleue, casquette de base-ball…

— C'est bien ça.

Les genoux flageolants, Hatch s'assit soudain, pris de vertige.

Il y eut un long silence.

— Il faut que je le voie de mes propres yeux.

— Bien sûr, dit Bonterre en l'aidant à se relever. Venez.

— La cavité n'a pas été complètement renforcée, fit Neidelman. Il y a des risques.

Hatch repoussa cette objection d'un geste.

Enfiler un ciré, monter sur le petit ascenseur électrique, descendre... les minutes suivantes s'écoulèrent dans un brouillard. Hatch avait l'impression que tous ses membres étaient douloureux, et, lorsqu'il s'agrippa à la rampe de l'ascenseur, ses mains lui parurent grises et sans vie sous l'éclairage cru du Puits.

Au niveau des trente mètres, Neidelman arrêta l'ascenseur. Descendant de la plate-forme en métal, ils traversèrent la passerelle qui menait à l'ouverture du tunnel. Hatch hésita.

— C'est le seul chemin, dit Neidelman.

Hatch pénétra dans le tunnel, passant devant un gros appareil de filtration d'air. À l'intérieur, le plafond était à présent renforcé d'une série de plaques de métal, maintenues en place par une rangée de vérins en titane. Quelques pas cauchemardesques plus tard, Hatch se retrouva dans la salle octogonale où Wopner avait trouvé la mort. La grande dalle de pierre reposait contre le mur, intacte, monument sinistre à la mémoire du programmeur et du piège mortel qui avait eu raison de lui. Deux vérins embrassaient encore la pierre à l'endroit d'où on avait tiré son corps. Une grande tache s'étalait à l'intérieur de la roche et sur la paroi, rouille dans la lumière vive. Hatch détourna les yeux.

— C'est ce que vous vouliez, n'est-ce pas ? dit Neidelman sur un ton étrange.

Au prix d'un effort colossal, Hatch s'obligea à avancer, à passer devant la dalle, devant la tache couleur rouille, pour rejoindre le puits au centre de la salle. On avait enlevé la grille et une échelle de corde descendait dans l'obscurité.

— Nos équipes de relevé à distance ne se sont attaquées qu'hier aux tunnels secondaires, dit Neidelman. Quand elles sont revenues dans cette salle voûtée, elles ont examiné la grille et estimé que le trou qu'elle couvrait était perpendiculaire au tunnel de la côte. Celui que vous aviez découvert petit. Nous avons donc envoyé quelqu'un enquêter. Il a brisé ce qui semble avoir été une sorte de sceau étanche. Je passe devant.

Le capitaine disparut dans le trou. Hatch attendit, l'esprit vide, seulement conscient du souffle froid qui s'échappait du puits. Sans rien dire, Bonterre lui prit la main.

Quelques minutes plus tard, Neidelman les appela. Hatch s'avança, se pencha et agrippa l'étroite échelle.

Le puits ne faisait qu'un mètre vingt de diamètre. Hatch descendit, suivant la paroi lisse du puits qui contournait une grosse pierre. Il posa le pied à terre, s'enfonçant dans une vase malodorante, et regarda autour de lui, presque paralysé par la peur.

Il se trouvait dans une petite salle, taillée dans le dur terrain erratique glaciaire. On se serait cru dans un cachot exigu, cerné de murs rocheux. Il remarqua alors qu'une des parois ne coïncidait pas avec le sol. En fait, ce qu'il prenait pour une paroi était une énorme roche moutonnée, taillée en carré.

Neidelman braqua sa torche sous la pierre. Il y eut un faible éclair blanc.

Les tempes battantes, Hatch s'avança d'un pas et se pencha. Il détacha sa torche de son harnais et l'alluma.

Un squelette était coincé sous la pierre. Des mèches de cheveux bruns s'échappaient de la casquette des Red Sox encore vissée sur le crâne du mort. Des lambeaux de chemise collaient à la cage thoracique. On voyait en dessous un short en lambeaux, toujours retenu par une ceinture. Un genou osseux pointait sous la toile. Une basket rouge couvrait le pied droit, alors que le gauche restait prisonnier derrière la pierre, réduit à une masse caoutchouteuse.

L'esprit de Hatch enregistra que les jambes et les bras étaient fracturés en plusieurs endroits, que les côtes saillaient, que le crâne était écrasé. Johnny, car cela ne pouvait être que lui, avait été victime d'un des pièges de Macallan, semblable à celui qui avait tué Wopner. Mais, sans le casque pour ralentir le mouvement de la pierre, la mort avait été beaucoup plus rapide. Du moins pouvait-on l'espérer.

Hatch effleura le bord de la casquette. C'était la préférée de Johnny, signée par Jim Lonborg. Leur père la lui avait achetée à l'occasion de leur voyage à Boston, le jour où les Red Sox avaient remporté le championnat. Du bout des doigts, il caressa une boucle de cheveux, puis suivit la courbe de la mâchoire, le menton, la cage thoracique enfoncée, les os du bras jusqu'à la main réduite à l'état de squelette. Il notait tous les détails comme dans un rêve lointain, chacun se gravant dans son cerveau avec une précision étonnante.

Immobile, il resta là à serrer dans sa main les os froids aussi frêles que ceux d'un oiseau, dans le silence sépulcral du puits.

38

Hatch contourna Cranberry Neck avec le canot du *Plain Jane* et s'engagea dans la partie large et droite de la Passabec River. Il jeta un coup d'œil par-dessus son épaule en se rapprochant de la côte : Burnt Head se dressait à trois milles derrière lui, tache rougeâtre sur l'horizon au sud. L'air matinal de cette fin d'été avait une fraîcheur annonciatrice de l'hiver.

Hatch poussa les gaz, tout en s'appliquant à ne penser à rien.

Une fois sur le fleuve proprement dit, les eaux devenaient étales et vertes. Hatch longeait à présent ce qu'enfant il appelait l'avenue des Milliardaires : une série de grandioses « cottages » du XIXe siècle, ornés de tourelles, de pignons et de toits mansardés. Assise sur une balancelle, une petite fille semblant sortie d'une autre époque avec sa robe chasuble et son ombrelle jaune lui fit un signe de la main.

Plus à l'intérieur des terres, le paysage s'adoucissait. Les côtes rocheuses cédaient la place à des plages de galets, et les sapins, à des chênes moussus et à des bosquets de bouleaux. Hatch passa devant une jetée délabrée et une cabane de pêche sur pilotis. Il n'était plus très loin maintenant. Une dernière courbe, et il se retrouva devant la plage de galets si précise dans son souvenir, avec ses énormes bancs de coquilles d'huîtres hauts de six mètres. Elle était déserte, comme prévu. La plupart des habitants de Stormhaven et de Black Harbor ne s'intéressaient guère aux camps indiens préhistoriques, ni aux monceaux de coquilles qu'ils avaient laissés derrière eux. La plupart, mais pas tous : c'était là que le professeur Horn l'avait amené avec son frère par un chaud après-midi sans nuages, la veille de la mort de Johnny.

Hatch tira le canot sur la plage, puis récupéra sa vieille boîte d'aquarelles et son pliant. Il décida de s'installer à l'ombre d'un bouleau isolé. Le soleil ne l'éblouirait pas, et sa peinture ne sécherait pas trop vite. Il posa sa boîte et son pliant sous l'arbre, puis repartit chercher son chevalet et son carton.

En installant son matériel, il regarda autour de lui, choisissant un thème et un point de vue, organisant mentalement les éléments du paysage. Une fois assis, il observa la scène comme à travers un objectif, fermant un œil pour mieux voir la répartition des couleurs et des masses. Le gris pâle des monceaux de coquilles au premier plan formait un excellent contraste avec la lointaine masse pourpre du mont Lovell. Nul besoin d'une esquisse au crayon : il pouvait se mettre directement à l'aquarelle.

Ouvrant son carton, il en tira soigneusement une grande feuille satinée à froid. Il la fixa au chevalet, puis il caressa d'un doigt appréciateur le papier pur chiffon. Une vraie folie, mais digne du dernier sou : le papier avait un grain qui retiendrait la peinture et faciliterait le travail de détail, même si Hatch préférait ne pas attendre qu'une couleur sèche pour appliquer la suivante.

Il déroula les cartons qui protégeaient ses pinceaux, examina son choix : une brosse plate, deux pinceaux en poil de martre, un pinceau putois et un petit rouleau en mousse pour les nuages à l'arrière-plan. Ensuite, il remplit son récipient d'eau. Il prit un tube de bleu céruléen, le pressa sur sa palette et mélangea, un peu agacé de voir que sa main abîmée ne guérissait pas aussi vite qu'elle aurait dû. Il humidifia le papier avec un bout de coton, puis se perdit dans la contemplation du paysage.

En appliquant la couleur en larges coups de brosse, Hatch sentit sa boule au creux de l'estomac disparaître. Peindre avait des vertus thérapeutiques, purifiantes. Et revenir à cet endroit semblait être une bonne décision. Depuis la mort de Johnny, il n'avait jamais pu se résoudre à revoir ces monceaux d'huîtres. Mais un quart de siècle plus tard, et surtout maintenant, après la découverte du corps de son frère, il avait l'impression de franchir un cap. La douleur existait, mais elle pouvait aussi disparaître. On avait retrouvé le squelette de son frère. Peut-être, s'il réussissait à trouver un endroit digne d'accueillir ses ossements, les retirerait-on de la terre où ils avaient reposé si longtemps. Et peut-être finirait-on par comprendre le mécanisme diabolique qui avait causé sa mort. Mais cela aussi avait moins d'importance à présent. On pouvait clore le chapitre et tourner la page.

Hatch revint à sa peinture. Il était temps de faire un premier plan. Son ocre jaune conviendrait à merveille aux galets de la plage. Et il pourrait le mélanger avec du gris de Payne pour reproduire la couleur des monceaux de coquilles.

Il s'apprêtait à prendre un autre pinceau lorsqu'il entendit un moteur de bateau. Levant les yeux, il vit une silhouette familière coiffée d'un chapeau de paille à large bord. Bonterre l'aperçut, sourit et agita la main, puis accosta et coupa les gaz.

— Isabelle !

Elle ancra son canot à la plage, s'avança vers lui en enlevant son chapeau et en secouant ses longs cheveux bruns.

— Je vous ai espionné depuis le bureau de poste. Ils ont un bon vieux télescope là-bas. Je vous ai vu remonter la rivière avec votre petit bateau, et cela m'a intriguée.

Voilà donc comment elle entendait jouer la partie : le spectacle continuait, ni regards embués ni allusions mièvres à ce qui s'était passé la veille. Il se sentit immensément soulagé.

— Impressionnantes, les baraques par ici, fit-elle en désignant l'aval.

— Un groupe de familles riches de New York avaient l'habitude de venir passer l'été à Black Harbor. Ce sont elles qui ont fait construire toutes ces maisons. FDR passait ses étés à Campobello Island, à dix kilomètres au nord d'ici.

— FDR ?
— Le président Roosevelt.
— Ah ! vous et vos abréviations : JFK, LBJ.
Elle écarquilla les yeux.
— Non mais regardez-moi ça ! Il est en train de peindre ! Monsieur le docteur, je n'aurais jamais soupçonné un tel talent artistique.
— Vous feriez mieux d'attendre le produit fini pour juger. J'ai commencé à m'y intéresser en faculté de médecine. Cela m'aidait à me détendre. J'ai découvert que c'était l'aquarelle qui me plaisait le plus. Surtout pour des paysages comme celui-ci.
— Et quel paysage ! dit Bonterre en désignant les tas de coquilles. Mon Dieu ! ces tas sont énormes.
— Oui. Les coquilles d'huîtres à leur base sont censées dater de trois mille ans, et celles du sommet, du début du XVIIe, quand les Indiens ont été chassés d'ici. On trouve plusieurs camps indiens préhistoriques en amont.
Bonterre alla s'asseoir à la base du tas le plus proche.
— Mais pourquoi ont-ils laissé leurs coquilles à cet endroit précis ?
— Personne ne le sait. Cela a dû leur donner un sacré travail. J'ai lu quelque part que c'était pour des raisons religieuses.
Bonterre éclata de rire.
— Ah ! des raisons religieuses. C'est ce que nous disons nous autres archéologues quand nous ne savons pas expliquer un phénomène.
Hatch choisit un autre pinceau.
— Dites-moi, Isabelle. À quoi dois-je cette visite ? Vous devez avoir mieux à faire un dimanche que de suivre un vieux garçon comme moi.

Bonterre eut un sourire malicieux.

— Je voulais savoir pourquoi vous ne m'aviez pas fixé de nouveau rendez-vous.

— Je croyais que vous me preniez pour un dégonflé. Vous ne m'avez pas dit que nous autres gens du Nord n'avions plus de moelle dans les os ?

— C'est vrai. Mais je ne vous traiterais pas de dégonflé, si je comprends bien le terme. Peut-être qu'une allumette ferait une meilleure analogie ? En fait, il ne vous manque que la femme voulue pour vous enflammer, dit-elle en lançant nonchalamment une coquille d'huître dans l'eau. Le problème, c'est de s'assurer que vous ne vous éteigniez pas trop vite.

Hatch se replongea dans son travail. Dans ce genre de duel, Bonterre sortirait toujours gagnante.

— En plus, j'avais peur que vous ne sortiez avec l'autre femme.

Hatch leva les yeux.

— Oui, comment s'appelait-elle déjà ? Vous savez, la femme du pasteur. Votre chère vieille amie.

— Elle n'est rien de plus, fit Hatch, plus sèchement qu'il ne l'aurait voulu. Une amie... Bon, d'accord, disons qu'elle me l'a fait comprendre très clairement.

— Vraiment ? Et vous êtes déçu.

Hatch baissa son pinceau.

— À dire vrai, je ne sais pas trop ce que j'espérais en revenant ici. Mais elle m'a bien fait comprendre que notre histoire appartenait au passé, non au présent. Elle m'a même écrit une lettre, en fait. Plutôt difficile à admettre. Douloureux. Mais elle a entièrement raison.

Bonterre le regardait, une ombre de sourire sur les lèvres.

— Pourquoi souriez-vous ? C'est le médecin et ses problèmes de cœur qui vous amusent ? Vous devez avoir votre part de peccadilles.

Bonterre éclata de rire, refusant de mordre à l'hameçon.

— Je souris de soulagement, monsieur. Manifestement vous me comprenez de travers depuis le début, dit-elle en lui effleurant le poignet d'un doigt. J'aime jouer, d'accord ? Mais je ne me laisserai prendre que par l'homme qu'il me faut. Ma mère m'a élevée en bonne catholique.

Hatch la fixa une minute, surpris. Puis il reprit son pinceau.

— J'aurais cru que vous passeriez la journée enfermée avec Neidelman, à étudier des diagrammes.

— Non, répondit-elle, sa bonne humeur envolée. Le capitaine n'a plus aucune patience pour l'archéologie sérieuse. Il veut aller vite, vite, et au diable tout le reste. Il est au Puits en ce moment, en train de préparer le nettoyage du fond. Pas question de perdre du temps à étudier des croquis.

— Quoi ? Il travaille aujourd'hui ?

Travailler un dimanche avec un cabinet médical vide était contraire au règlement.

— Eh oui ! depuis la découverte de la flèche, il est comme possédé. Je ne crois pas qu'il ait fermé l'œil de la semaine, tant il s'active. Savez-vous que malgré son impatience il lui a fallu deux jours pour se résoudre à demander l'aide de mon cher terrassier ? Je n'ai cessé de lui répéter que Christopher, avec sa connaissance de l'architecture, était l'homme dont il avait besoin pour reconstruire les arcs-boutants. Il n'a pas eu l'air d'écouter... Je ne l'ai jamais compris, mais maintenant je le comprends encore moins.

Un instant, Hatch songea à lui parler des soupçons de Neidelman, puis renonça. Il songea aussi à mentionner les documents qu'il avait trouvés, et décida que cela pouvait attendre. Tout pouvait attendre. Que Neidelman s'embête donc à creuser un dimanche s'il en avait envie. C'était le jour de congé de Hatch et il voulait terminer son tableau.

— Il est temps que j'ajoute le mont Lovell, dit-il en désignant de la tête la forme sombre dans le lointain.

Sous les yeux de Bonterre, il plongea son pinceau dans le gris de Payne, le mélangea à une touche de bleu cobalt et traça une ligne épaisse, au-dessus de l'endroit où la terre rencontrait le ciel. Puis, détachant le carton du chevalet, il le mit à l'envers, attendant que la peinture fraîche ait coulé dans l'horizon. Enfin il remit le carton à l'endroit et le replaça sur le chevalet.

— Où avez-vous appris cela ?

— Tous les métiers ont leurs trucs, dit Hatch en nettoyant ses pinceaux et en replaçant les tubes dans la boîte de peinture. Il a besoin de sécher un peu. Si on grimpait ?

Ils grimpèrent au sommet du plus haut tas d'huîtres, faisant craquer les coquilles sous leurs pas. Hatch regarda la rivière. Des oiseaux gazouillaient dans les chênes. L'air était chaud et clair : si un orage se préparait, rien ne le laissait soupçonner. En amont, il n'y avait aucun signe d'habitation humaine, rien que des méandres d'eau bleue et des cimes d'arbres, avec çà et là des prairies, jusqu'à l'horizon.

— Magnifique ! s'exclama Bonterre. Cet endroit est magique !

— Je venais ici avec Johnny. Un de mes vieux professeurs du lycée nous amenait de temps à autre le samedi après-midi. Nous y sommes venus la veille de sa mort.

— Parlez-moi de lui.

Hatch s'assit, faisant bruisser et murmurer les huîtres sous son poids.

— Eh bien, il était du genre à mener tout le monde à la baguette. Comme il n'y avait pas tant d'enfants que ça à Stormhaven, nous faisions beaucoup de choses ensemble. Il était mon meilleur ami, je dirais, du moins lorsqu'il n'était pas occupé à me taper dessus.

Bonterre rit.

— Il aimait tout ce qui avait trait à la science, encore plus que moi. Il avait des collections incroyables de papillons, de roches et de fossiles. Il connaissait le nom de toutes les constellations. Il avait même fabriqué son propre télescope.

Hatch s'accouda par terre et regarda à travers les arbres.

— Johnny aurait fait quelque chose d'extraordinaire de sa vie. Je pense que si j'ai travaillé aussi dur, si j'ai fait la faculté de médecine de Harvard, c'est pour me faire pardonner ce qui s'est passé.

— Qu'est-ce que vous aviez à vous faire pardonner ? demanda gentiment Bonterre.

— C'est moi qui ai suggéré d'aller à Ragged Island ce jour-là.

Bonterre ne lui offrit aucune des platitudes habituelles, et Hatch se surprit de nouveau à lui en être reconnaissant. Il inspira et souffla deux fois, lentement. Il lui sembla, à chaque respiration, exhaler les poisons entassés pendant des années.

— Après la disparition de Johnny dans le tunnel, il m'a fallu du temps pour retrouver la sortie. Je ne sais plus combien de temps. En fait, je ne me rappelle plus grand-chose. J'ai essayé, mais j'ai un trou. Nous étions en train de ramper dans le puits, Johnny a allumé une autre allumette... Après, la première chose que je me rappelle clairement, c'est mon arrivée au dock de mes parents. Ils rentraient d'un déjeuner, et ils ont foncé à Ragged Island, avec la moitié de la ville. Je n'oublierai jamais le visage de mon père quand il est ressorti du tunnel. Il était couvert du sang de Johnny. Il hurlait, tapait des poings contre les poutres, pleurait.

Il s'interrompit un instant, revivant la scène.

— Ils n'arrivaient pas à trouver le corps. Ils ont cherché, creusé dans les parois et le plafond. Les gardes-côtes sont venus, ainsi qu'un ingénieur des mines avec un équipement d'écoute. Ils ont même fait amener des engins de terrassement, mais le sol était trop instable pour pouvoir s'en servir.

Bonterre l'écoutait, en silence.

— Ils y ont passé la nuit, puis la journée, et la nuit d'après. Quand il est devenu évident que Johnny ne pouvait pas être vivant, les gens ont commencé à renoncer, à partir. L'équipe médicale a dit qu'au vu de la quantité de sang dans le tunnel, Johnny ne pouvait qu'être mort, mais papa a continué à chercher. Il refusait de s'en aller. Au bout d'une semaine, tout le monde ou presque avait abandonné, même maman, mais papa est resté. La tragédie l'a rendu fou. Il errait, descendait dans les puits, creusait des trous avec pioche et pelle, hurlant au point d'en devenir aphone. Il ne voulait pas quitter l'île. Les semaines ont passé. Maman le suppliait de renoncer, mais il refusait. Et un jour qu'elle venait lui apporter à manger, elle ne l'a pas trouvé. On a organisé de nouvelles recherches, et cette fois on a découvert un corps. Celui de papa qui flottait dans un des puits. Noyé. Personne ne nous a rien dit directement. Mais on a beaucoup parlé de suicide.

Hatch fixait toujours le feuillage qui se découpait sur le ciel bleu. Il n'en avait encore jamais raconté autant, et il n'aurait jamais imaginé le soulagement que le simple fait de parler procurait : cela lui enlevait un poids présent depuis si longtemps qu'il en avait même oublié l'existence.

— Nous sommes restés six ans de plus à Stormhaven. Je pense que maman pensait que cela finirait par s'estomper. Mais non. Une petite ville comme ça n'oublie jamais. Tout le monde était... tellement gentil. Mais les bavardages n'ont jamais cessé. Sans les entendre, je savais qu'ils existaient. Que l'on n'ait jamais retrouvé le corps de Johnny rongeait les esprits. Et certaines familles de pêcheurs croyaient à la malédiction. Plus tard, j'ai appris que certains parents ne voulaient pas laisser leurs gosses jouer avec moi. Finalement, l'année de mes seize ans, maman a craqué. Elle m'a emmené passer l'été à Boston. Nous ne devions y rester qu'un mois, puis septembre est arrivé, et il a fallu que je retourne au lycée ;

une année est passée, et une autre... Je suis entré à l'université. Et je ne suis jamais revenu. Jusqu'à maintenant.

Un grand héron bleu glissa sur la rivière et se posa sur une branche morte.

— Et puis ?

— Faculté de médecine, le Peace Corps, Médecins sans frontières, l'hôpital Mount Auburn. Et un jour votre capitaine est entré dans mon bureau. Voilà... Vous savez, quand ils ont asséché le puits et localisé l'endroit où le tunnel de la côte le croisait, je n'ai rien dit. Je n'ai pas insisté pour qu'on l'explore sur-le-champ. On aurait pu penser que j'allais harceler le capitaine. Mais en fait, à deux doigts d'y être, j'étais terrifié. Je n'étais pas sûr de vouloir savoir ce qui s'était vraiment passé.

— Vous regrettez d'avoir signé l'accord du capitaine ?

— En fait, c'est lui qui a signé le mien... Non, je ne le regrette pas. Et si ç'a été le cas, cela ne l'est plus depuis hier.

— Et, dans une semaine ou deux, vous pourrez prendre votre retraite : vous serez l'un des hommes les plus riches d'Amérique.

Hatch rit.

— Isabelle, j'ai décidé d'investir toute la somme dans une fondation dédiée à mon frère.

— Tout ?

— Oui... Enfin, j'y réfléchis encore.

Bonterre s'accouda aux coquilles en le regardant d'un air perplexe.

— Je ne suis pas très psychologue, monsieur le docteur. Peut-être placerez-vous la plus grande partie de la somme dans cette fondation. Mais je mettrais ma main au feu que vous garderez un joli petit pécule rien que pour vous. Vous ne seriez pas humain sinon. Et je suis sûre que je ne vous apprécierais pas autant si vous n'étiez pas humain.

Hatch faillit protester. Puis il se détendit.

— Quoi que vous fassiez, vous êtes un saint, enchaîna Bonterre. Pour ma part, j'ai des projets plus vénaux. Comme d'acheter une voiture très rapide... et, bien entendu, je vais envoyer une grosse somme d'argent à ma famille en Martinique.

Elle le regarda, et il se rendit compte avec surprise qu'elle semblait rechercher son approbation.

— Vous avez raison. Pour vous, c'est une affaire professionnelle. Pour moi, c'était personnel.

— Vous et Gerard Neidelman. Peut-être avez-vous exorcisé vos démons, mais lui il les appelle plutôt, non ? Son obsession pour Macallan, c'est incroyable ! Maintenant, il prend tout comme un affront personnel, un défi à relever. Je crois qu'il ne sera content que lorsqu'il aura tordu le cou de ce vieil architecte.

Ils se turent, profitant du soleil de cette fin de matinée. Sur une branche au-dessus de leurs têtes, ils virent apparaître un écureuil qui rassemblait des glands en pépiant doucement. Hatch ferma les yeux. Il se dit vaguement qu'il lui faudrait annoncer la découverte du corps de Johnny à Bill Banns, le rédacteur en chef de *La Gazette*. Bonterre lui parla, mais il se sentit trop vaseux pour répondre. Puis il s'enfonça dans un sommeil paisible, sans rêves.

39

Le lendemain après-midi, Hatch eut des nouvelles de la Marquesa.

La petite icône d'une enveloppe fermée était apparue dans le coin inférieur droit de son écran, indiquant l'arrivée d'un courrier électronique. Mais, lorsqu'il tenta d'en prendre connaissance, Hatch se rendit compte que sa connexion Internet ne cessait de flancher. Décidant de s'offrir une courte pause, il partit au large à bord du *Plain Jane*. Loin de l'île et de son banc de brouillard perpétuel, il connecta son modem à son téléphone cellulaire et récupéra le message de la Marquesa sans aucune difficulté. Que se passait-il donc avec les ordinateurs sur cette île ?

Il remit le cap sur Ragged Island. La proue du *Plain Jane* fendit l'eau calme, surprenant un cormoran qui plongea et réapparut plusieurs dizaines de mètres plus loin, pagayant furieusement.

Un message météo crépita dans la radio : la perturbation au-dessus des Grand Banks s'était transformée en un système de basse pression, se dirigeant vers la côte nord du Maine. Si la tempête gardait son orientation actuelle, un nouvel avis serait diffusé à midi le lendemain. *Un nordet classique*, pensa Hatch, sombre.

Il aperçut un nombre inhabituel de homardiers qui remontaient leurs paniers. Peut-être était-ce à cause de l'avis de tempête. Ou peut-être y avait-il une autre raison. Il n'avait pas revu Claire depuis leur rencontre dans la crique, mais Bill Banns l'avait appelé le dimanche soir pour le prévenir que Clay avait programmé la manifestation pour le dernier jour d'août.

De retour dans son cabinet, il termina son café et se tourna vers son écran, impatient de lire le message de la Marquesa. Comme de coutume, la vieille coquine commençait par parler de sa dernière jeune conquête :

Il est affreusement timide, mais si mignon et si soucieux de plaire que je me surprends à être folle de lui. Ses cheveux tombent sur son front en petites boucles brunes que la transpiration fait virer au noir après un effort physique. Délicieux, non ?

Elle évoquait ensuite anciens amants et maris, avant de passer à une description détaillée de ses préférences en matière d'anatomie masculine. La Marquesa voyait dans le courrier électronique un moyen de confesser ses petits secrets. Si elle était fidèle à son habitude, il aurait droit à des allusions à son manque chronique d'argent et à ses ancêtres familiaux qui remontaient, en passant par les Saints Empereurs romains, à Aléric le Wisigoth soi-même. Mais cette fois elle donnait tout de suite les renseignements qu'elle avait déterrés dans les archives de la cathédrale de Cadix. En lisant et en relisant le message, Hatch se sentit parcouru d'un frisson.

On frappa à la porte. Hatch invita son visiteur à entrer en enfonçant quelques touches pour imprimer le message de la Marquesa. Puis il leva les yeux vers l'ouvrier qui attendait sur le seuil et se figea.

— Mon Dieu ! lâcha-t-il en se redressant d'un bond. Mais qu'est-ce qui vous est arrivé ?

40

Cinquante minutes plus tard, Hatch remontait à la hâte le sentier menant au Puits inondé. Les rayons du soleil couchant embrasaient l'onde, transformant les lambeaux de brouillard de l'île en un tourbillon rougeoyant.

Dans Orthanc, il ne trouva que Magnusen et un technicien préposé au treuil. Avec un grincement, un énorme seau émergea du Puits inondé, au bout d'un gros câble en acier. À travers la vitre, Hatch vit un ouvrier pousser le seau de côté et le vider dans un des tunnels abandonnés. Un flot de boue en jaillit avec un bruit de succion. L'homme redressa le seau vide et le repoussa vers l'orifice du Puits inondé.

— Où est Gerard ? demanda Hatch.

Magnusen étudiait une représentation fil de fer du fond du Puits inondé. Elle se tourna vers lui une seconde, puis revint à son écran.

— Avec l'équipe qui creuse.

Sur le mur près du préposé au treuil se trouvaient six téléphones rouges, reliés à différents points du réseau de l'île. Hatch prit le téléphone étiqueté « Puits inondé, première équipe ».

Il entendit trois bip brefs, puis la voix de Neidelman dans un vacarme de coups de marteau.

— Oui ?

— Il faut que je vous parle.

— C'est important ? fit l'autre, visiblement irrité.

— Oui. J'ai de nouveaux renseignements sur l'épée de saint Michel.

Il y eut un silence pendant lequel le vacarme ambiant s'amplifia.

— Si c'est indispensable... Il va falloir que vous descendiez. Nous sommes en train d'installer des entretoises.

Hatch raccrocha, enfila un harnais, mit un casque de sécurité et descendit jusqu'à la plate-forme. Dans l'obscurité grandissante, le Puits paraissait briller de mille feux, perçant le brouillard d'un rai de lumière blanche. Un des équipiers à l'orifice du Puits aida Hatch à monter sur l'ascenseur électrique. Il pressa un bouton et la petite plate-forme démarra dans un sursaut.

Il traversa la toile d'araignée luisante d'étais de titane et de câbles, en s'émerveillant malgré lui de sa complexité. L'ascenseur passa à côté d'une équipe occupée à vérifier des entretoises au niveau des douze mètres. Quatre-vingt-dix secondes plus tard, le fond du Puits inondé devint visible. Là, on s'activait davantage. On avait retiré la boue et la vase et installé des lampes. Un puits plus petit partait à présent de la base du Puits, entièrement consolidé. Plusieurs instruments et appareils de mesure, appartenant à Magnusen ou peut-être à Rankin, pendaient au bout de fils minces. Le câble du treuil s'enroulait dans un coin et, à l'opposé, on avait installé une échelle en titane. Hatch quitta la plate-forme de l'ascenseur pour descendre l'échelle dans un véritable tintamarre : bruits de pioches, de marteaux, sifflement des systèmes de filtration d'air.

Neuf mètres plus bas, il se retrouva au beau milieu des travaux. Sous le regard d'une caméra en circuit fermé, des ouvriers creusaient le sol détrempé et vidaient leurs pelles dans le grand seau. D'autres aspiraient la boue et l'eau à l'aide de tuyaux. Casque sur la tête, Neidelman dirigeait la mise en place des entretoises. Streeter rôdait non loin, une liasse de plans à la main.

Martin les rejoignit.

— Ah ! vous vous décidez enfin à descendre ! s'exclama le capitaine. Maintenant que le Puits est stabilisé, nous pouvons creuser très vite.

Il y eut un silence.

Neidelman tourna son regard pâle vers lui.

— Vous savez combien le temps nous est compté. J'espère que cela en vaut la peine.

Il avait beaucoup changé depuis la mort de Wopner. Disparues sa tranquille assurance, la sérénité qui le drapaient tel un manteau depuis son entrée dans le bureau de Hatch. Il avait à présent une expression difficile à décrire : une détermination frisant la démence.

— C'est important, mais privé.

Neidelman le regarda sans piper. Puis il jeta un coup d'œil à sa montre.

— Écoutez ! dit-il aux hommes. La relève a lieu dans sept minutes. Arrêtez le travail, remontez et dites à l'équipe suivante de descendre plus tôt.

Les ouvriers posèrent leurs outils et grimpèrent l'échelle menant à l'ascenseur. Streeter resta où il était, silencieux. Les gros tuyaux de succion se turent, et le seau à moitié plein s'éleva vers la surface, dansant au bout de son câble. Streeter ne bougeait toujours pas. Neidelman se tourna vers Hatch.

— Je vous accorde cinq, mettons dix minutes.

— Il y a deux jours, commença Hatch, je suis tombé sur des papiers de mon grand-père, des documents qu'il avait rassemblés sur le Puits inondé et le trésor d'Ockham. Ils étaient cachés dans le grenier de la maison familiale ; voilà pourquoi mon père ne les a jamais détruits. Certains évoquaient l'épée de saint Michel. Ils sous-entendaient qu'elle était une sorte d'arme terrible que le gouvernement espagnol avait l'intention d'utiliser contre le pirate. Il y avait également d'autres références inquiétantes. J'ai donc contacté une chercheuse de ma connaissance à Cadix pour lui demander de se documenter plus avant sur l'histoire de l'épée.

Neidelman contempla le sol boueux en faisant la moue.

— On pourrait considérer cela comme une information protégée. Je suis surpris que vous ayez pris une telle initiative sans me consulter.

— Voici ce qu'elle a trouvé, continua Hatch.

Le capitaine parcourut rapidement la feuille que Hatch lui tendait.

— Mais c'est du vieil espagnol !

— Vous trouverez la traduction de mon amie en dessous.

Neidelman lui rendit la feuille.

— Résumez-la-moi, fit-il sèchement.

— C'est fragmentaire. Mais cela décrit la découverte de l'épée de saint Michel et ce qui s'est passé ensuite.

Neidelman haussa les sourcils.

— Vraiment ?

— Pendant la Peste noire, un riche marchand espagnol est parti de Cadix avec sa famille à bord d'un trois-mâts. Ils traversèrent la Méditerranée et débarquèrent dans une partie non peuplée de la côte barbare où ils découvrirent les vestiges d'une ancienne colonie romaine. Des membres de tribus berbères amies leur déconseillèrent de s'approcher d'un temple en ruine au sommet d'une colline à quelque distance de là, en leur disant qu'il était maudit. Ils répétèrent plusieurs fois leur avertissement. Le marchand décida d'aller explorer le temple. Peut-être croyait-il que les Berbères y avaient dissimulé un objet de valeur et refusait-il de partir sans y jeter un coup d'œil. Il semblerait que, parmi les ruines, il ait trouvé une plaque de marbre derrière un autel. Cette plaque dissimulait une vieille boîte en métal scellée, gravée d'une inscription en latin. En bref, l'inscription disait quc la boîte contenait une épée, qui était une arme meurtrière. Le seul fait de la regarder signifiait une mort certaine. Il fit transporter la boîte dans son bateau, mais les Berbères refusèrent de l'aider à l'ouvrir. En fait, ils le chassèrent de la côte.

Neidelman écoutait, les yeux toujours rivés au sol.

— Quelques semaines plus tard, le jour de la Saint-Michel, on trouva le bateau du marchand dérivant sur la Méditerranée. Les extrémités des vergues disparaissaient sous les vautours. Tous les hommes d'équipage étaient morts. La boîte était fermée, mais son sceau avait été brisé. On la transporta dans un monastère de Cadix. Les moines lurent l'inscription, ainsi que le journal de bord du marchand. Ils conclurent que l'épée était, et là je cite, *un objet vomi par l'enfer lui-même*. Ils rescellèrent la boîte et la placèrent dans les catacombes sous la cathédrale. Le document conclut en disant que tous les moines qui avaient touché la boîte ne tardèrent pas à tomber malades et à mourir.

Neidelman regarda Hatch.

— Cela est-il censé avoir un lien avec notre entreprise ?

— Oui, répondit calmement Hatch. Tout à fait.

— Si vous éclairiez ma lanterne ?

— Où que l'épée de saint Michel se soit trouvée, des hommes sont morts. D'abord, la famille du marchand. Ensuite les moines. Et quand Ockham s'en empare, quatre-vingts de ses hommes meurent sur cette île. Six mois plus tard, on trouve le bateau du pirate en train de dériver comme celui du marchand, avec tout son équipage décimé.

— Pas mal comme histoire, dit Neidelman. Mais je ne pense pas que cela vaille la peine qu'on interrompe le travail pour que je l'écoute. Nous sommes au XXIe siècle. Cela n'a aucun rapport avec nous.

— C'est là que vous vous trompez. Vous n'avez pas remarqué la récente épidémie de maladies dans l'équipe ?

Neidelman haussa les épaules.

— Il y a toujours des malades dans un groupe de cette taille. Surtout quand la fatigue s'installe et que le travail est dangereux.

— Il ne s'agit pas de malades imaginaires, en l'occurrence. J'ai fait des analyses de sang. Dans presque chaque cas, le nombre de globules blancs est très faible. Et cet après-midi même, un homme de l'équipe de terrassement est venu me consulter pour une maladie de peau des plus étranges. Il présente de vilaines éruptions cutanées et des grosseurs aux bras, aux cuisses et à l'aine.

— De quoi s'agit-il ?

— Je ne sais pas. J'ai consulté mes manuels et je n'ai pas encore réussi à faire un diagnostic précis. Si j'osais, je dirais qu'il s'agit de bubons.

Neidelman haussa un sourcil.

— La peste ? La peste bubonique dans le Maine, en plein XXIe siècle ?

— Comme je vous l'ai dit, je n'ai pas encore établi de diagnostic.

Neidelman fronça les sourcils.

— Qu'est-ce que vous racontez ?

Hatch respira profondément avant de poursuivre.

— Gerard, j'ignore ce qu'est cette épée de saint Michel. Mais elle est manifestement très dangereuse. Elle a tué partout où elle est passée. Je me demande si nous avions raison de penser que les Espagnols avaient l'intention de se servir de l'épée contre Ockham. Peut-être était-il censé s'en emparer.

— Ah ! fit Neidelman.

— Peut-être que l'épée est maudite après tout ? ricana Streeter.

— Vous savez très bien que je ne crois pas plus que vous aux malédictions. Cela ne veut pas dire qu'il n'y ait pas de cause physique sous-jacente à la légende. Une épidémie, par exemple. Cette épée présente toutes les caractéristiques d'un vrai fléau.

— Et cela expliquerait pourquoi on trouve des cas d'infections bactériennes, une pneumonie et une infection dentaire des plus étranges. Et de quel genre d'épidémie pourrait-il bien s'agir, docteur ?

Hatch regarda le visage mince du capitaine.

— Je sais que la diversité des maladies a de quoi rendre perplexe. Mais l'important, c'est que cette épée est dangereuse. Il faut que nous sachions comment et pourquoi avant de la récupérer.

Neidelman acquiesça, un petit sourire sur les lèvres.

— Je vois. Vous n'arrivez pas à comprendre pourquoi l'équipe est malade. Vous ne savez même pas de quoi certains souffrent. Mais Dieu sait comment, l'épée est la grande responsable.

— Il ne s'agit pas seulement des maladies, riposta Hatch. Vous savez qu'un gros nordet se prépare. S'il s'obstine à venir vers nous, la tempête de la semaine dernière aura l'air d'une averse de printemps à côté. Ce serait pure folie de continuer.

— Pure folie de continuer, répéta Neidelman. Et comment pensez-vous arrêter l'opération ?

Hatch se tut un instant, comprenant ce que ses paroles impliquaient.

— En faisant appel à votre bon sens, reprit-il le plus calmement possible.

Il y eut un silence tendu.

— Non, lâcha Neidelman, sur un ton sans appel. L'opération continue.

— Très bien : votre entêtement ne me laisse pas le choix. Il va falloir que je mette moi-même un terme à l'opération pour la saison, à compter de maintenant.

— Et comment ?

— En invoquant la dix-neuvième clause de notre contrat.

Personne ne pipa.

— Ma clause, vous vous souvenez ? continua Hatch. Celle qui me donne le droit d'arrêter l'opération si j'estime que la situation devient trop dangereuse.

Lentement, Neidelman tira sa pipe d'une poche et entreprit de la bourrer.

— Très drôle, dit-il d'une voix éteinte en se tournant vers Streeter. Très drôle, n'est-ce pas, monsieur Streeter ? Maintenant que nous ne sommes plus qu'à trente heures de la salle du trésor, le docteur Hatch ici présent veut arrêter toute l'opération.

— Dans trente heures, nous risquons d'être pris au beau milieu d'une tempête...

— Je ne sais pourquoi, l'interrompit le capitaine, mais je ne suis pas du tout convaincu que ce soit l'épée, ou la tempête, qui vous inquiète. Et vos papiers, si tant est qu'ils soient authentiques, ne sont rien que du charabia médiéval. Je ne vois pas pourquoi vous...

Il s'interrompit. Puis un éclair passa dans son regard.

— Mais oui. Bien sûr. Vous avez un autre mobile, n'est-ce pas ?

— De quoi parlez-vous ?

— Si nous abandonnons maintenant, Thalassa va perdre tout son investissement. Vous savez pertinemment que nos investisseurs ont déjà dû faire face à des dépassements de dix pour cent. Ils ne vont pas cracher vingt autres millions pour l'opération de l'année prochaine. Et c'est justement là-dessus que vous comptez, n'est-ce pas ?

— Épargnez-moi vos fantasmes paranos, voulez-vous ?

— Oh ! mais ce ne sont pas des fantasmes. Maintenant que vous avez tiré les renseignements dont vous aviez besoin de Thalassa, que nous vous avons pratiquement ouvert la porte, rien ne vous ferait plus plaisir que de nous voir échouer. Et, l'année prochaine, vous pourriez revenir, terminer le boulot et vous emparer de la *totalité* du trésor. Et surtout, de l'épée de saint Michel. Mais oui ! Tout se tient. Cela explique pourquoi, par exemple, vous insistiez tant sur cette fameuse clause dix-neuf. Cela explique les problèmes d'ordinateur, les retards infinis. Pourquoi tout fonctionnait sur le *Cerberus*, mais pas sur l'île. Vous aviez tout prévu depuis le début. Et quand je pense que je vous faisais confiance. Quand je pense que c'est à vous que je suis allé confier mes soupçons sur la présence d'un saboteur parmi nous.

— Je n'essaie pas de vous piquer votre trésor. Je n'en ai rien à foutre. Seule la sécurité de l'équipe m'importe.

— La sécurité de l'équipe ! ricana Neidelman.

Il sortit une boîte d'allumettes de sa poche, en prit une et la craqua. Mais, au lieu d'allumer sa pipe, il la fourra sous le nez de Hatch. Ce dernier recula légèrement.

— Laissez-moi vous expliquer quelque chose, continua Neidelman en éteignant l'allumette.

Dans trente heures, le trésor sera à moi. J'ai compris vos intentions, Hatch, mais sachez que je n'ai pas l'intention de me prêter à votre petit jeu. Vous tentez de m'arrêter, et je réponds par la force. Suis-je assez clair ?

Hatch l'examina, tentant de voir ce que dissimulait son expression glaciale.

— La force ? Serait-ce une menace ?

Il y eut un long silence.

— Ce serait une interprétation raisonnable, dit Neidelman d'une voix encore plus basse.

Hatch se redressa.

— Au lever du soleil demain, si vous n'avez pas quitté l'île, on vous expulsera. Et je vous donne ma parole que, s'il y a un mort ou un blessé, vous serez accusé d'homicide par négligence.

Neidelman se tourna.

— Monsieur Streeter ?

Streeter s'avança.

— Escortez le docteur Hatch jusqu'au dock.

Streeter eut un mince sourire.

— Vous n'avez pas le droit. C'est mon île.

Streeter s'avança et agrippa Hatch par le bras.

Faisant un pas de côté, ce dernier lui envoya son poing dans le plexus. Sans frapper très fort, il visa avec une précision anatomique. L'autre tomba à genoux, le souffle coupé.

— Posez un seul doigt sur moi, et vous vous retrouverez les couilles en bandoulière.

Streeter se redressa péniblement, l'air mauvais.

— Monsieur Streeter, je ne pense pas que la force sera nécessaire, dit sèchement Neidelman en voyant le chef d'équipe sur le point de bondir. Le docteur Hatch va tranquillement regagner son bateau. Il sait pertinemment qu'il ne peut rien faire pour nous arrêter maintenant que nous avons mis ses projets au jour. Et je pense qu'il sait combien il serait stupide d'essayer.

Il se retourna vers Hatch.

— Je suis un homme juste. Vous avez tenté votre chance, et vous avez perdu. Votre présence n'est plus requise sur Ragged Island. Si vous partez et m'autorisez à terminer comme nous en sommes convenus, vous aurez votre part du trésor. Mais si vous essayez de m'arrêter...

En silence, il mit les poings sur les hanches, en repoussant légèrement son ciré. Hatch vit l'arme glissée à sa ceinture.

— Voyez-vous ça, le capitaine est armé.

— Partez, fit Streeter en faisant un pas en avant.

— Je trouverai mon chemin tout seul.

Hatch recula jusqu'au mur, puis, sans quitter le capitaine des yeux, se dirigea vers l'échelle menant à l'ascenseur qui déposait déjà les premiers ouvriers de l'équipe suivante.

41

Le soleil levant jaillit d'un banc de nuages et illumina la foule de bateaux qui s'entassait dans le petit port de Stormhaven des jetées à l'entrée du chenal.

Un petit remorqueur avança en crachotant dans l'étroit passage au milieu des embarcations, avec Woody Clay à la barre. Le bateau faillit heurter la bouée au bout du chenal avant de rétablir son cap. Clay n'avait vraiment rien d'un marin.

À l'entrée du port, il vira et coupa les gaz. S'emparant d'un vieux mégaphone, il cria des instructions à la foule qui l'entourait d'une voix vibrant d'une conviction si forte que les parasites ne parvenaient pas à la dissimuler. En réponse, il obtint une série de toux et de rugissements quand de nombreux moteurs démarrèrent. Les bateaux massés à l'avant du port larguèrent leurs amarres, s'engagèrent dans le chenal et mirent les gaz. Ils furent suivis par d'autres, puis d'autres encore, jusqu'à ce que la baie devienne blanche d'une véritable flotte qui se dirigeait vers Ragged Island.

Trois heures plus tard, à six milles au sud-est, la lumière tentait de pénétrer le brouillard masquant le vaste labyrinthe humide d'entretoises et de poutres du Puits.

Tout au fond, à cinquante-cinq mètres de profondeur, on ne faisait pas la différence entre la nuit et le jour. Debout près d'une petite plateforme, Gerard Neidelman regardait l'équipe creuser fiévreusement. Il était près de midi. Au-dessus du grondement des conduites d'air et du cliquetis de la chaîne du treuil, il perçut une clameur de cornes de bateaux.

Il tendit l'oreille. Puis il prit son portable.

— Streeter ?

— Oui, capitaine, fit la voix faible de l'autre qui répondait d'Orthanc, à travers une nuée de parasites.

— Au rapport.

— Environ vingt bateaux en tout et pour tout, capitaine. Ils encerclent le *Cerberus*. Ils doivent penser que tout le monde est à bord.

Il y eut un nouveau craquement de parasites ressemblant fort à un rire.

— Seul Rogerson est là pour les entendre. J'ai renvoyé le reste de l'équipe de chercheurs à terre hier soir.

— Des signes de sabotage ou d'interférence ?

— Non, capitaine, ils ne sont pas bien méchants. Beaucoup de bruit, mais pas de quoi s'inquiéter.

— Autre chose ?

— Magnusen détecte une anomalie de capteur au niveau des vingt mètres. Ce n'est probablement rien, le système de secours ne révèle rien d'anormal.

— Je vais jeter un coup d'œil… À propos, monsieur Streeter, pourriez-vous descendre ?

— D'accord.

D'un geste souple malgré son manque de sommeil, Neidelman prit l'échelle pour rejoindre l'ascenseur. Il monta au niveau des vingt mètres, puis passa sur la plate-forme et descendit avec précaution par les étais jusqu'au capteur fautif. Il vérifia que ce dernier fonctionnait bien et regagna la plate-forme. Streeter arrivait.

— Un problème ?

— Pas avec le capteur, dit Neidelman en coupant la radio reliant Streeter à Orthanc. Mais j'ai réfléchi au sujet de Hatch.

Un grincement jaillit des profondeurs quand le treuil puissant remonta une autre charge de terre et de boue. Les deux hommes regardèrent passer le grand seau, la condensation sur le métal luisant sous l'éclairage cru.

— Plus que deux mètres cinquante avant la salle du trésor, murmura Neidelman en voyant le seau disparaître dans le cercle de lumière au-dessus de leurs têtes. Deux cent cinquante petits centimètres. Je veux que tout le personnel non essentiel quitte l'île, poursuivit-il en se tournant vers Streeter. Tout le monde. Racontez ce que vous voudrez, prétextez la manifestation ou la tempête, si besoin est. Nous n'aurons pas besoin de badauds quand nous remonterons le trésor. À la relève de 2 heures, renvoyez les ouvriers chez eux. L'équipe suivante devrait terminer le travail. Nous remonterons le trésor à l'aide du seau, et je porterai l'épée moi-même. Il faut qu'on le sorte le plus vite possible. Peut-on faire confiance à Rogerson ?

— Il fera ce que je lui dirai, monsieur.

Neidelman hocha la tête.

— Rapprochez le *Cerberus* et mon navire amiral de l'île, mais restez au large des récifs. Nous utiliserons les vedettes en répartissant le trésor entre les deux bateaux, par précaution.

Son regard se perdit dans le vague.

— Je ne pense pas que nous en ayons fini avec lui, reprit-il à voix basse comme si ses pensées n'avaient jamais quitté Hatch. Je l'ai sous-estimé depuis le début et je le sous-estime peut-être encore. Une fois rentré chez lui, il va se mettre à réfléchir. Il va comprendre que cela pourrait prendre des jours, voire des semaines pour obtenir une injonction contre nous. Et être propriétaire ne suffit pas. Il pourrait arguer de la clause dix-neuf jusqu'à plus soif. De toute façon, à ce moment-là, ce sera purement théorique.

Il tapota le revers de la veste de Streeter.

— Qui aurait cru qu'un milliard de dollars ne suffirait pas à cette ordure cupide ? Il va réfléchir à un plan. Je veux que vous découvriez lequel et que vous y mettiez le holà. Il n'est pas question qu'on ait de mauvaises surprises maintenant. Et nom de Dieu, quoi que vous fassiez, ne le laissez pas remettre les pieds sur cette île. Il pourrait causer beaucoup de dégâts.

Streeter soutint son regard, impassible.

— Vous avez quelque chose de précis en tête pour lui ?

Neidelman recula d'un pas.

— Vous m'êtes toujours apparu comme un marin créatif et plein de ressources, monsieur Streeter. Je laisse la chose à votre discrétion.

Les sourcils de Streeter se haussèrent un quart de seconde, peut-être d'impatience, ou simplement sous l'effet d'un spasme musculaire.

— Oui, monsieur.

Neidelman se pencha vers lui et rebrancha sa radio.

— Gardons le contact, monsieur Streeter.

42

Du vieux porche de sa maison, Hatch contemplait l'océan et le ciel. Ce qui, la veille, n'était encore qu'une menace de météorologue se transformait rapidement en réalité. À l'est, un fort ressac arrivait, créant une ligne irrégulière de brisants sur les récifs de Breed's Point. De l'autre côté du port, au-delà des bouées marquant l'entrée du chenal, les vagues se fracassaient contre les falaises de granit derrière le phare de Burnt Head. Le ciel bas était chargé de nuages de gros temps, qui filaient au ras de l'onde. Un vilain bouillonnement de houle cernait déjà Old Hump. La tempête promettait d'être rude.

Dans le port, certains des manifestants rentraient déjà : des petits bateaux et des chalutiers à un million de dollars des capitaines les plus prudents.

Hatch remarqua alors la forme trapue et familière d'une camionnette de Federal Express qui cahotait sur les vieux pavés de l'allée. Elle s'arrêta devant chez lui, et Hatch rejoignit l'employé pour signer le reçu du paquet qu'il lui apportait.

Il rentra dans la maison en ouvrant précipitamment l'enveloppe pour en retirer une épaisse housse en plastique. Debout près des squelettes des pirates, le professeur Horn et Bonterre se turent en le voyant entrer.

— Il arrive tout droit du labo d'anthropologie du Smithsonian, dit Hatch en brisant le sceau en plastique.

Il sortit une grosse liasse de sorties informatiques, la posa sur la table et se mit à la feuilleter. Tous trois examinèrent les résultats en silence. Leur déception était palpable. Finalement, Hatch soupira et s'effondra sur une chaise. Le professeur vint s'asseoir en face de lui en traînant les pieds, posa le menton sur sa canne et le contempla d'un air songeur.

— Ce n'est pas ce que tu attendais, si je comprends bien ?

— Non, fit Hatch en secouant la tête. Loin de là.

Le professeur fronça les sourcils.

— Martin, tu as toujours accepté la défaite trop vite.

Bonterre prit la liasse de sorties informatiques et se mit à la parcourir.

— Je ne comprends rien à ce jargon médical. Que sont donc toutes ces maladies aux noms horribles ?

Hatch soupira.

— Il y a deux ou trois jours, j'ai envoyé des coupes d'os de ces deux squelettes au Smithsonian. En y joignant un échantillon aléatoire issu d'une dizaine d'autres squelettes trouvés sur le site.

— Pour chercher le coupable, dit le professeur Horn.

— C'est ça. En voyant le nombre de nos ouvriers malades s'alourdir, j'ai commencé à m'interroger sur cette fosse commune. Je me suis dit que ces squelettes me seraient peut-être utiles pour faire mon diagnostic. Lorsqu'un homme succombe à la suite d'une maladie, il meurt généralement avec un grand nombre d'anticorps contre cette maladie.

— Homme ou femme, dit Bonterre. Souvenez-vous, il y avait trois dames dans cette fosse.

— Les grands labos comme le Smithsonian sont équipés pour chercher de petites quantités d'anticorps dans de vieux os, afin de déterminer la maladie qui a peut-être causé le décès... Il y a quelque chose sur Ragged Island qui rend malade. Pour moi, le candidat le plus vraisemblable était l'épée. Je me suis dit qu'elle devait être porteuse d'un virus quelconque. Où qu'elle soit passée, des gens sont morts. Mais, si l'on en croit ces tests, il n'y a pas deux pirates à être morts de la même cause. *Klebsiella,* maladie de Brunière, fièvre à tiques de Tahiti, parodontite... ils sont tous morts de maladies différentes, certaines extrêmemcnt rares. Et, dans près de la moitié des cas, la cause est inconnue. C'est aussi déconcertant que les résultats des hémogrammes des patients que j'ai vus au cours de ces deux derniers jours.

Hatch tendit la première feuille au professeur Horn.

— Les analyses sont toujours anormales, mais cela diffère selon les cas. Le seul point commun est le faible taux de globules blancs. Prenez celui-ci, par exemple : deux mille cinq cents globules par millimètre cube. La fourchette normale est de cinq mille à dix mille ! Quant aux lymphocytes, aux monocytes et aux basophiles, tous les chiffres sont en diminution. Bon Dieu !

Il lâcha la feuille et soupira.

— C'était ma dernière chance d'arrêter Neidelman. Avec une épidémie évidente, ou une sorte de virus dans l'île, j'aurais peut-être pu le convaincre, ou bien me servir de mes relations médicales pour faire mettre l'endroit en quarantaine. Mais il n'y a pas de constante épidémiologique dans ces maladies, que ce soit jadis ou maintenant.

— Et la voie légale ? finit par demander Bonterre après un long silence.

— J'ai consulté mon avocat. Selon lui, nous avons affaire à une simple rupture de contrat. Pour arrêter Neidelman, il faudrait que j'obtienne une injonction. Et nous n'avons pas des semaines devant nous. Au rythme où ils creusent, il ne nous reste que quelques heures.

— On ne peut pas l'arrêter pour entrée non autorisée ? demanda Bonterre.

— Techniquement, cela ne relève pas de ça. Le contrat lui donne le droit de se trouver sur l'île.

— Je comprends ton inquiétude, mais pas ta conclusion, dit le professeur. Comment l'épée elle-même pourrait-elle être dangereuse ? À moins que sa lame ne te transperce, bien sûr.

— C'est difficile à expliquer. À force de faire des diagnostics, vous finissez par acquérir une sorte de sixième sens. C'est le sentiment que j'ai maintenant. J'ai l'intuition, non, la *conviction* que cette épée est porteuse de quelque chose. On n'arrête pas de nous rebattre les oreilles de la malédiction de Ragged Island. Peut-être que cette épée est un truc dans ce genre, avec une explication plus terre à terre, c'est tout.

— Tu as totalement écarté l'idée d'une vraie malédiction ?

Hatch écarquilla les yeux.

— Vous plaisantez ?

— Nous vivons dans un univers étrange.

— Pas à ce point-là.

— Je te demande seulement de songer à l'impensable. Cherche le rapport.

Hatch s'approcha de la fenêtre de la salle de séjour. Le vent soufflait dans les feuilles du chêne de la prairie. Il commençait à pleuvoir. D'autres bateaux se pressaient dans le port ; plusieurs petites embarcations attendaient de se faire border sur le plan incliné. La mer était couverte de moutons et, avec le renversement de marée, on voyait un méchant courant traversier se développer.

Hatch soupira et se retourna.

— Je ne le vois pas. Que pourraient bien avoir en commun une pneumonie à streptocoques et une candidose ?

Le professeur fit la moue.

— En 1981 ou 1982, je me rappelle avoir lu un commentaire de ce genre sous la plume d'un épidémiologiste de l'Institut national de la santé.

— Et de quoi s'agissait-il ?

— Il demandait ce que le sarcome de Kaposi et la pneumocystose pouvaient bien avoir de commun.

— Allons, il ne peut s'agir du VIH ! riposta sèchement Hatch avant de comprendre soudain où le professeur voulait en venir. Le VIH tue en épuisant le système immunitaire humain, poursuivit-il. En ouvrant la voie à une foule de maladies opportunistes.

— Exactement. Il faut évacuer le bruit pestilentiel, si l'on peut dire, pour voir ce qui reste.

— Nous cherchons donc peut-être quelque chose qui s'attaque au système immunitaire humain.

— J'ignorais que nous avions tant de malades sur l'île, dit Bonterre. Il n'y en a pas dans mon équipe.

— Aucun ?

Bonterre secoua la tête.

— Et voilà ! fit le professeur en souriant et en faisant racler sa canne par terre. Tu réclamais un point commun. Maintenant tu as plusieurs pistes.

Il se leva et prit la main de Bonterre.

— Je suis ravi de vous avoir rencontrée, mademoiselle, et je regrette de ne pouvoir rester plus longtemps. Mais le vent se lève, et je veux rentrer chez moi retrouver mon sherry, mes pantoufles, mon chien et mon feu avant qu'il ne se déchaîne.

Le professeur tendait la main vers son manteau lorsqu'on entendit un bruit de pas lourds à l'extérieur. La porte s'ouvrit dans une bourrasque de vent sur Donny Truitt, le visage ruisselant de pluie. Un éclair zébra le ciel, et un coup de tonnerre claqua dans la baie.

— Donny ? fit Hatch.

Truitt ouvrit alors sa chemise détrempée. Hatch entendit le professeur retenir son souffle.

— Grande merde du noir, murmura Bonterre.

Les aisselles de Truitt étaient couvertes de grandes lésions suintantes. De l'eau de pluie en coulait, d'un vert violacé. Truitt avait les yeux gonflés, cernés de bleu-noir. Il y eut un nouvel éclair et, dans le claquement de tonnerre qui suivit, Truitt poussa un cri. Il tituba en avant, en repoussant son suroît.

Ses hôtes en restèrent paralysés de stupeur. Puis Hatch et Bonterre le prirent par le bras et le conduisirent jusqu'au canapé du salon.

— Aide-moi, Martin, haleta Truitt, en se tenant la tête à deux mains. Je n'ai encore jamais été malade de ma vie.

— Je vais t'aider. Mais d'abord il faut que tu t'allonges pour que je puisse t'ausculter le torse.

— Oublie mon torse, souffla Truitt. Moi, je te parle de ça.

Et lorsqu'il se lâcha le crâne, Hatch vit avec horreur qu'il avait une touffe de cheveux carotte dans chaque main.

43

Clay se tenait à la lisse arrière de son remorqueur à diesel unique, le mégaphone posé dans la cabine d'avant, trempé et inutile, court-circuité par la pluie. Avec les six derniers manifestants, il s'était provisoirement mis à l'abri du plus gros bateau de Thalassa, celui qu'ils avaient initialement tenté de bloquer.

Clay était trempé jusqu'aux os, mais surtout empli d'un sentiment d'échec amer. Ou le *Cerberus* était vide, ou le personnel à bord avait ordre de ne pas se montrer : malgré les coups de corne et les cris, personne n'était apparu sur le pont. Peut-être cela avait-il été une erreur de viser le plus gros bateau. Peut-être aurait-il mieux valu foncer sur l'île elle-même pour en bloquer les jetées. Là au moins il y avait du monde : environ deux heures plus tôt, plusieurs vedettes avaient quitté l'île, chargées de passagers, fonçant vers Stormhaven à grande vitesse.

Clay contempla les vestiges de sa flotte de manifestants. Lorsqu'ils avaient quitté le port ce matin, il s'était senti porté : aussi convaincu que lorsqu'il était jeune homme, voire plus. Il avait été sûr qu'enfin les choses allaient changer pour lui et la ville. Enfin il pourrait agir, être utile à tous ces braves gens. Mais, en regardant les six bateaux ballottés par la houle, il s'avoua que la manifestation, comme tout ce qu'il avait essayé de faire à Stormhaven, semblait vouée à l'échec.

Le directeur de la Coopérative des homardiers, Lemuel Smith, vint se coller contre le bateau de Clay. Les deux embarcations gîtèrent en cognant sous la pluie battante. Clay se pencha par-dessus la lisse. Ses cheveux, plaqués sur son crâne osseux, lui donnaient l'air cadavérique.

— Il est temps de rentrer, révérend, cria le homardier en s'agrippant à son bateau. Ça va être une sacrée tempête. Peut-être que nous pourrons remettre ça après la fin de la pêche au maquereau.

— À ce moment-là il sera trop tard, cria Clay au-dessus du vent. Le pire sera fait.

— Nous avons dit ce que nous avions à dire.

— Lem, il ne s'agit pas de ça. J'ai froid et je suis trempé tout comme vous. Mais il faut que nous fassions ce sacrifice. Il faut qu'on les arrête.

Le homardier secoua la tête.

— On ne va pas les arrêter par ce temps, révérend. De toute façon, ce petit nordet risque bien de faire le boulot à notre place.

Smith examina le ciel, se tourna vers le continent lointain, un fantôme de bleu s'évanouissant dans le déluge, et ajouta :

— Je ne peux pas me permettre de perdre mon bateau.

Clay ne commenta pas. *Je ne peux pas me permettre de perdre mon bateau*. Tout était dit. Ils ne comprenaient pas que certaines choses étaient plus importantes que des bateaux ou de l'argent. Et peut-être ne le comprendraient-ils jamais. Clay sentit la peau autour de ses yeux se tendre et se rendit vaguement compte qu'il pleurait. Aucune importance...

— Je ne voudrais pas être le responsable de la perte d'un bateau, réussit-il à articuler en se détournant. Rentrez, Lem. Moi, je reste.

Le pêcheur hésita.

— Je me sentirais mieux si vous rentriez maintenant. Vous pouvez toujours lutter contre eux un autre jour, mais vous ne pouvez pas lutter contre l'océan.

Clay agita la main.

— Peut-être que je vais accoster, parler à Neidelman moi-même...

Il s'interrompit, faisant mine de s'affairer sur son bateau pour dissimuler son visage.

Smith le contempla un instant d'un air soucieux. Clay n'avait rien d'un marin aguerri. Mais on ne disait pas à un homme ce qu'il dcvait faire de son bateau, cela ne se faisait pas. Et puis, devant l'apparente détermination du pasteur, Smith comprit soudain que parlementer ne servirait à rien.

Il frappa la lisse du bateau de Clay.

— Bon, nous devrions y aller. Je serai branché sur la fréquence 10,5, au cas où vous auriez besoin d'aide.

Moteur au point mort, Clay serrait le côté sous le vent du *Cerberus*, tout en regardant les derniers bateaux s'éloigner. Il ramena son ciré contre lui en s'efforçant de garder son équilibre. À une vingtaine de mètres, le *Cerberus* le dominait de toute sa taille, solide comme un roc dans l'eau, la houle battant contre sa coque blanche.

Clay vérifia machinalement l'état de son bateau. Les pompes de cale fonctionnaient ; le moteur ronronnait, et il lui restait des litres de carburant. Maintenant qu'il en était là, qu'il se retrouvait seul en l'unique compagnie du Seigneur, il se sentait étrangement rassuré. Peut-être était-ce pécher par présomption que d'espérer autant des habitants de Stormhaven. S'il ne pouvait pas compter sur eux, il pouvait compter sur lui-même.

Il attendrait un peu avant de se diriger vers Ragged Island. Il avait tout le temps. Tout le temps du monde.

Tenant fermement la barre, il regarda le reste de la flotte rejoindre le port de Stormhaven. Bientôt, il ne distingua plus que de vagues formes fantomatiques sur un arrière-plan de gris.

Il ne remarqua pas la vedette Thalassa qui quittait l'île et qui fonçait en négociant les creux jusqu'à l'écoutille du *Cerberus*.

44

Allongé sur le canapé, Donny Truitt respirait plus calmement maintenant que la dose d'un milligramme de lorazepam avait commencé à faire son effet. Il fixait patiemment le plafond pendant que Hatch l'auscultait. Bonterre et le professeur s'étaient réfugiés dans la cuisine où ils conversaient à voix basse.

— Donny, écoute-moi. Quand les symptômes ont-ils commencé à apparaître ?

— Il y a environ une semaine, fit Truitt, lamentable. Je n'y ai pas pris garde. J'ai commencé à avoir des nausées au réveil. J'ai vomi mon petit déjeuner une ou deux fois. Et puis j'ai eu cette éruption sur le torse.

— Cela ressemblait à quoi ?

— D'abord à des taches rouges. Puis cela s'est mis à gonfler. Mon cou s'est mis à me faire mal. Sur les côtés. Et c'est là que j'ai remarqué des cheveux sur mon peigne. D'abord, rien qu'un petit peu, mais maintenant on dirait que tout viendrait, si je tirais dessus. Il n'y a jamais eu un seul chauve dans la famille ; on nous a tous enterrés avec une tignasse intacte. Je te jure, Martin, je ne sais pas comment ma femme le prendrait si je devenais chauve.

— Ne t'inquiète pas. Ce n'est pas une calvitie masculine normale. Une fois que nous saurons ce qui cloche, cela repoussera.

— Il y a intérêt. En terminant ma journée hier soir à minuit, je suis allé tout droit me coucher, mais je me suis réveillé encore plus mal en point ce matin. J'ai jamais vu un médecin de ma vie. Mais je me suis dit comme ça, après tout, c'est un pote, non ? C'est pas comme si j'étais allé dans une clinique ou un truc de ce genre.

— Autre chose à signaler ?

— Eh bien, euh !... J'ai un peu mal aux fesses. On dirait qu'il y a des plaies dessus, je ne sais pas trop...

— Couche-toi sur le côté que je regarde.

Quelques minutes plus tard, Hatch était assis tout seul dans la salle à manger. Il avait appelé l'hôpital pour qu'on lui envoie une ambulance, mais elle n'arriverait pas avant un bon quart d'heure. Ensuite il faudrait encore convaincre Donny de monter dedans. En bon paysan, Truitt avait horreur d'aller chez le médecin et *a fortiori* à l'hôpital.

Certains de ses symptômes rappelaient ceux d'autres membres de l'équipe : apathie, nausée. Mais, comme eux, Donny présentait des symptômes uniques à en être exaspérants. Hatch prit son vieil exemplaire abîmé du manuel Merck. Au bout de quelques minutes, il avait un diagnostic de travail d'une facilité déprimante : Donny souffrait d'une granulomatose chronique. Les lésions granuleuses étendues de la peau, les ganglions lymphatiques suppurants, les abcès périanaux douloureux rendaient le diagnostic pratiquement inévitable. Mais la granulomatose chronique était généralement héréditaire : une incapacité des globules blancs de tuer les bactéries. Pourquoi ne se manifestait-elle que maintenant ?

Hatch posa le manuel et rentra dans la salle de séjour.

— Donny, j'aimerais jeter un autre coup d'œil à ton crâne. Je voudrais voir si les cheveux partent en touffes bien nettes.

— Si cela continue, je vais ressembler à Yul Brynner.

Hatch remarqua alors une vilaine coupure qu'il n'avait encore pas vue.

— Montre-moi ta main une seconde.

Hatch releva la manche de Truitt pour lui examiner le poignet.

— Qu'est-ce que c'est que ça ?

— Rien. Rien qu'une égratignure que je me suis faite dans le puits.

— Il faut la nettoyer.

Hatch prit sa trousse, désinfecta la plaie avec du sérum physiologique et de la bétadine, puis y appliqua une pommade antibactérienne à usage local.

— Comment t'es-tu fait ça ?

— Je me suis coupé sur une arête de l'échelle de titane en l'installant.

Hatch releva la tête, surpris.

— Mais c'était il y a plus d'une semaine ! Cette coupure a l'air récente.

— Je te crois, oui. Ce sale truc ne cesse de se rouvrir. Ma femme met pourtant du liniment dessus tous les soirs, je te jure.

— Elle n'est pas infectée. Et comment vont tes dents ?

— C'est drôle que tu en parles. L'autre jour justement, j'ai remarqué qu'une de mes incisives bougeait un peu. Ce doit être l'âge, je suppose.

Chute de cheveux, chute de dents, arrêt de la cicatrisation. Tout comme les pirates. Lesquels présentaient d'autres maladies, non reliées. Mais ils avaient tous ces trois points communs. Comme certains des membres de l'équipe de terrassement.

Hatch secoua la tête. Il s'agissait des symptômes classiques du scorbut. Mais les autres symptômes rendaient impossible le diagnostic du scorbut. Et pourtant tout cela avait quelque chose d'affreusement familier. Comme l'avait dit le professeur, oublie les autres maladies, fais-en abstraction et regarde ce qui reste. Nombre anormal de globules blancs. Chute de cheveux, chute de dents, arrêt de la cicatrisation, nausées, faiblesse, apathie…

Soudain tout devint affreusement clair.

Hatch se redressa d'un bond.

— Oh ! mon Dieu !

En voyant les pièces du puzzle se mettre en place, il était horrifié par les implications.

— Excuse-moi un instant, dit-il à Truitt en remontant sa couverture.

Il regarda sa montre : 19 heures. Dans moins de deux heures, Neidelman atteindrait la salle du trésor.

Hatch respira profondément, s'efforçant de retrouver son calme. Puis il prit le téléphone et composa le numéro de l'île.

La ligne était coupée.

— Merde !

Il tira la radio d'urgence de sa trousse. Toutes les fréquences de Thalassa grésillaient de parasites.

Il ne restait plus qu'une solution.

Hatch entra dans la cuisine. Le professeur avait étalé une douzaine de pointes de flèche sur la table de la cuisine et décrivait les sites indiens côtiers à Bonterre. Cette dernière leva le nez à l'entrée de Hatch et se rembrunit en voyant son expression.

— Isabelle, dit-il à voix basse. Il faut que j'aille dans l'île. Pouvez-vous vous assurer que l'ambulance emmène bien Donny à l'hôpital ?

— Aller dans l'île ? s'écria Bonterre. Vous êtes fou ?

— Pas le temps d'expliquer, dit Hatch en se dirigeant vers le placard de l'entrée.

Il entendit le professeur et Bonterre repousser leurs chaises. Ouvrant la porte du placard, il en tira deux pulls en laine qu'il enfila.

— Martin...

— Désolé, Isabelle, j'expliquerai plus tard.

— Je vous accompagne.

— Pas question. Trop dangereux. De toute façon, il faut que vous restiez ici pour envoyer Donny à l'hôpital.

— Pas question que j'aille à l'hosto, cria ce dernier de son canapé.

— Vous voyez ce que je veux dire ? dit Hatch en enfilant son ciré et en fourrant un suroît dans sa poche.

— Non, je connais la mer. Il faut être deux pour faire la traversée par ce temps, et vous le savez très bien.

Bonterre se mit à sortir des vêtements du placard : de gros pulls, le vieux ciré de son père.

— Désolé, fit Hatch en enfilant une paire de bottes.

Il sentit une main se poser sur son bras.

— La jeune dame a raison, dit le professeur. Je ne sais pas ce que tu mijotes. Mais je sais que tu ne pourras jamais naviguer, barrer et accoster tout seul par un temps pareil. Je veillerai à ce que l'ambulance embarque Donny à l'hôpital.

— J'irai pas à l'hôpital ! Vous m'entendez ?

Le professeur se retourna et le fixa d'un air sévère.

— Encore un mot et tu vas te retrouver sanglé sur une civière comme on fait pour les fous. Tu vas y aller, un point, c'est tout.

Il y eut un bref silence.

— Oui, monsieur.

Le professeur se retourna vers Hatch et lui adressa un clin d'œil.

Hatch prit une torche et regarda Bonterre, dont on voyait à peine le regard noir déterminé sous son suroît jaune trop grand.

— Elle est aussi capable que toi, dit le professeur. Plus encore, si j'étais honnête.

— Pourquoi faites-vous ça ? demanda Hatch.

En guise de réponse, Bonterre le prit par le bras.

— Parce que vous êtes spécial, monsieur le docteur. Pour moi, du moins. Je ne me le pardonnerais jamais s'il vous arrivait quelque chose et que je ne sois pas là.

Hatch murmura des instructions au professeur pour le traitement de Truitt, puis ils se précipitèrent sous la pluie battante. Au cours de la dernière heure, la tempête s'était déchaînée et, au-dessus des hurlements du vent dans les arbres, Hatch entendit les rouleaux de l'Atlantique s'écraser contre la côte, avec un bruit sourd si puissant qu'il eut l'impression qu'il lui résonnait dans le ventre.

Ils descendirent au pas de course les rues délavées, bordées de maisons aux volets clos, lumières brillant dans l'obscurité prématurée. En moins d'une minute, Hatch fut trempé malgré le ciré. Quand ils approchèrent de la jetée, il y eut un immense éclair bleu, aussitôt suivi d'un coup de tonnerre assourdissant. Hatch entendit un transformateur sauter au bout du port. La ville fut plongée dans l'obscurité.

Ils longèrent la jetée, franchirent prudemment la passerelle glissante qui menait au pont flottant où on avait amarré tous les canots. Sortant un canif de sa poche, Hatch libéra celui du *Plain Jane* et, avec l'aide de Bonterre, le poussa dans l'eau.

— Il risque de couler si nous montons tous les deux à bord, dit Hatch en grimpant dcdans. Je reviens vous chercher.

— Vous avez intérêt, dit Bonterre perdue dans son ciré trop grand.

Sans prendre la peine de mettre le moteur en marche, Hatch rama jusqu'au *Plain Jane*. Les eaux du port étaient encore relativement calmes, mais le vent aidant, cela clapotait sec. En ramant, dos à la mer, Hatch vit les contours de la ville se découper faiblement contre le ciel noir. Il se surprit à regarder le haut bâtiment étroit du presbytère, dressé tel un doigt de bois sombre. Il y eut un éclair, et Hatch crut voir Claire, vêtue d'une jupe jaune, la main sur l'embrasure de la porte de la maison, fixer la mer dans sa direction, puis ce fut de nouveau l'obscurité.

Le canot cogna contre le bateau. Hatch l'attacha à l'arrière, grimpa à bord, fit une courte prière et tira sur le démarreur. Le *Plain Jane* vrombit. En remontant l'ancre, Hatch remercia le ciel d'être tombé sur un si bon bateau.

Mettant les gaz, il rasa la jetée et fut heureux de voir Bonterre sauter à bord avec l'agilité d'un marin malgré son harnachement. Elle enfila le gilet de sauvetage que Hatch lui lança, puis fourra ses cheveux dans son suroît. Hatch vérifia le compas et regarda vers le large, vers les deux bouées éclairées au milieu du chenal et la bouée à cloche à l'embouchure de la baie.

— Une fois au large, je vais partir en diagonale en ne poussant pas le moteur à fond. Cela va salement tanguer, alors vous avez intérêt à vous accrocher. Ne vous éloignez pas trop, au cas où j'aurais besoin de vous à la barre.

— Quelle gourde vous faites, fit Bonterre. Vous croyez peut-être que le Maine a l'exclusivité des tempêtes ? Ce que je veux savoir, c'est le pourquoi de cette traversée délirante.

— Je vais vous le dire. Mais cela ne va pas vous plaire.

45

Les bras douloureux à force de tenir la barre, Clay fixait l'obscurité hurlante. Le bateau heurtait chaque rouleau avec un craquement, l'eau jaillissant par-dessus l'avant, le vent décapitant les crêtes de leur écume. Chaque vague blanchissait les hublots de la cabine de pilotage quand le remorqueur piquait du nez. L'espace d'une seconde, un silence soudain s'abattait, puis l'embarcation se redressait d'un bond, jusqu'au prochain creux.

Dix minutes plus tôt, en essayant d'allumer le projecteur avant, il avait compris que des plombs avaient sauté et que le bateau avait perdu la plus grande partie de sa puissance électrique. Les batteries de secours étaient à plat, elles aussi... il ne les avait pas vérifiées. Mais il avait eu autre chose en tête. Plus tôt, sans prévenir, le *Cerberus* avait levé l'ancre, ignorant sa corne, la grande coque blanche avançant inexorablement dans la mer noire démontée. Seul, tanguant violemment, il l'avait suivi un moment, le hélant en vain, jusqu'à ce qu'il le voie se fondre dans l'obscurité en furie.

Clay jeta un coup d'œil autour de lui, pour tenter de faire le point. Il avait commis une grave erreur en suivant le *Cerberus*, il le comprenait à présent. S'ils n'avaient pas prêté attention à sa présence auparavant, ils n'allaient pas le faire maintenant. En outre, au large, l'océan bouillonnait littéralement : le courant d'est se heurtait au courant d'ouest, créant un méchant traversier. Le loran était hors d'usage, ce qui lui laissait le compas de l'habitacle pour seul instrument de navigation. Il lui faudrait se diriger à l'estime. Mais il savait qu'il n'avait rien d'un marin et, sans lumière, il ne pouvait lire le compas qu'à la lueur des éclairs. Il n'était pas question de lâcher la barre, même d'une main, pour attraper sa torche dans sa poche.

Le phare de Burnt Head était éteint et les hurlements du vent et le vacarme des vagues étaient si forts qu'il lui faudrait pratiquement heurter la bouée à cloche pour l'entendre. Clay prit la barre à bras-le-corps et se colla contre elle, tentant désespérément de réfléchir. L'île se trouvait à moins d'un demi-mille. Il savait que même un marin chevronné aurait du mal à franchir les récifs pour rejoindre la jetée Thalassa par ce temps. Mais traverser les six milles infernaux le séparant de Stormhaven était impensable.

Par deux fois, il crut entendre le bruit sourd des moteurs du *Cerberus*. Mais cela ne tenait pas debout : d'abord il se dirigeait vers l'est, puis vers l'ouest, comme s'il cherchait ou attendait quelque chose.

Clay vérifia le compas à la lueur d'un éclair, les bras douloureux à force de se cramponner à la barre, alors que son bateau s'enfonçait dans un creux. Il corrigea légèrement sa course, faisant presque cap vers le grand large. Le bateau heurta un autre brisant ; un mur d'eau noir et gris se dressa devant lui, et Clay comprit qu'il venait de commettre une nouvelle erreur. Quand la vague s'abattit sur le poste de pilotage, l'embarcation entière vibra. Sous l'impact de l'eau, une vitre explosa et un flot d'eau de mer vint gifler Clay qui eut juste le temps de se retenir à la barre pour éviter d'être emporté.

Le bateau trembla, s'enfonça encore dans l'eau et, à l'instant même où Clay pensait qu'il allait chavirer, il sentit qu'il se rétablissait. À la lueur d'un éclair, il vit une mer hachée, et, plus loin, l'ombre d'eaux plus calmes : la côte sous le vent de Ragged Island.

Clay leva les yeux vers le ciel noir et quelques mots lui échappèrent : « Oh ! mon Dieu ! Si telle est Votre volonté... », puis il se remit à lutter contre l'océan, faisant virer le bateau alors qu'une autre vague traversait le carreau cassé. Le bateau frémit en entrant dans des eaux plus calmes.

Sans avoir le temps de pousser un soupir de soulagement, Clay comprit que l'eau ne paraissait calme que par comparaison avec la tempête qui faisait rage plus loin. Une lame de houle cernait l'île, mais au moins maintenant il pouvait se diriger droit vers le mouillage. Il remit un peu les gaz et écouta le grondement du moteur.

La vitesse accrue sembla donner plus de stabilité au bateau. Il fendait la houle, plongeant, refaisant surface, replongeant. Clay avait du mal à naviguer à la seule lueur des éclairs. Il se dit vaguement qu'il serait peut-être sage de ralentir, juste au cas où...

Il entendit un craquement sinistre quand le bateau s'échoua sur les récifs. Violemment projeté contre la barre, Clay sentit son nez se briser puis partit s'écraser contre le mur opposé de l'abri de pilotage. La houle, jaillissant sur les récifs, poussa le bateau, le fit tourner. Clay tenta de regagner la barre, crachant de l'eau salée et du sang. C'est alors qu'une déferlante gifla le bateau, projetant Clay dans un chaos d'eau et de vent.

46

Hatch entra dans le chenal. Derrière lui, il entendit une symphonie grinçante de filins giflant les mâts des bateaux au mouillage, ballottés par la mer hachée. Le vent était froid, le ciel gorgé d'eau. Hatch ouvrit la bouche : l'air lui parut aussi salé que frais. Il avait déjà vu des mers démontées dans son enfance. Mais il n'avait jamais fait la folie de s'aventurer dessus.

Il jeta un dernier regard à la côte, puis se tourna vers le large et mit les gaz. Ils passèrent à côté des bouées réglementant la vitesse, tellement battues par la mer qu'elles penchaient, comme si elles s'avouaient vaincues.

Bonterre vint le rejoindre, s'accrochant des deux mains au tableau de bord.

— Alors ? lui hurla-t-elle à l'oreille.

— Isabelle, je suis un fieffé imbécile. J'ai rencontré ces mêmes symptômes des milliers de fois. Cela crevait les yeux, et je ne voyais rien. Quiconque a subi un traitement de rayons contre le cancer sait ce dont il s'agit.

— Des rayons !

— Oui. Qu'arrive-t-il à ces patients ? Ils ont des nausées. Ils se sentent vidés de toute énergie. Ils perdent leurs cheveux. Leur nombre de globules blancs chute en flèche. De toutes les maladies bizarroïdes que j'ai vues cette semaine, toutes avaient ces points en commun.

Bonterre hésita, les yeux écarquillés malgré les embruns aveuglants.

— L'épée de saint Michel est radioactive, reprit Hatch. Réfléchissez-y une seconde. Une exposition durable à la radioactivité tue les cellules de votre moelle osseuse, arrête pratiquement la division cellulaire. Cela estropie votre système immunitaire, vous fragilise. Voilà pourquoi l'équipe de Thalassa a accumulé ces maladies exotiques qui n'ont cessé de détourner mon attention. Mais l'absence de division cellulaire arrête également le processus de guérison, provoque des chutes de cheveux. Regardez le temps que ma main a mis à guérir. Une exposition grave finit par provoquer une ostéoporose, la chute des dents. Des symptômes semblables à ceux du scorbut.

— Et cela pourrait aussi expliquer les problèmes d'ordinateur.

— Que voulez-vous dire ?

— Les rayons sèment le chaos dans l'électronique, dit Bonterre en clignant des paupières, le visage ruisselant de pluie et d'eau de mer. Mais pourquoi sortir par un temps pareil ?

— Nous savons que l'épée est radioactive. Mais nous n'en savons pas plus. Ce truc est resté enfermé dans un coffre en plomb, et pourtant il a tué tous ceux qui sont entrés en contact avec lui depuis sept siècles. Dieu seul sait ce qui se passerait si Neidelman le sortait de son coffre. Nous ne pouvons pas le laisser faire.

Au sortir du côté sous le vent de Burnt Head, la mer vint heurter violemment la coque du *Plain Jane*. Hatch coupa les gaz et tourna le gouvernail, essayant de prendre la mer en diagonale. L'air autour du bateau était rempli d'embruns. Hatch vérifia le compas, modifia son cap et examina le loran.

Bonterre s'agrippait des deux mains à la lisse, tête baissée pour se protéger du déluge.

— Mais c'est quoi cette épée, alors ?

— Va savoir. Quoi qu'il en soit, elle est diablement radioactive. Et je n'ai pas envie…

Hatch se tut brusquement, les yeux fixés devant lui. Une ligne blanche surgit de la purée de pois, dominant le *Plain Jane*. Un instant, Hatch se demanda s'il ne s'agissait pas d'un gros bateau.

— Nom de Dieu ! marmonna-t-il, lui-même surpris par son ton détaché. Regardez-moi ça !

Il ne s'agissait pas d'un bateau. Hatch comprit, horrifié, que c'était le sommet d'une déferlante.

— Aidez-moi à tenir la barre, hurla-t-il.

Se penchant en avant, Bonterre agrippa la barre à deux mains pendant qu'il s'acharnait désespérément sur la manette des gaz. Le *Plain Jane* se dressa presque à la verticale pendant que Hatch augmentait timidement les gaz, tentant de garder le bateau en ligne. Quand le haut du brisant frappa, il y eut une explosion de blanc et un rugissement assourdissant ; Hatch se raidit devant cette masse d'eau et retint son souffle.

Un instant le bateau parut suspendu à l'intérieur de la vague ; enfin il se libéra et franchit la crête avec un violent mouvement de tire-bouchon. Hatch s'empressa de pousser les gaz et le bateau sombra dans le creux à une vitesse affolante. Il y eut un instant de calme pervers, presque surnaturel lorsqu'ils se retrouvèrent à l'abri du vent dans le creux. Puis la muraille suivante d'eaux vertes, couronnée d'écume, se dressa devant eux.

— Ce sera encore pire après Wreck Island, hurla Hatch.

Bonterre ne prit même pas la peine de répondre, s'accrochant à la barre alors que le bateau attaquait une nouvelle crête en grinçant.

Jetant un coup d'œil au loran, Hatch vit qu'ils étaient déportés vers le sud-est par un courant d'au moins quatre nœuds. Il corrigea son cap, une main sur la manette des gaz, l'autre sur la barre, que Bonterre l'aidait à tenir.

— Le professeur avait raison ! Je n'aurais pas pu faire ça sans vous.

Le vent ayant repoussé son suroît, Bonterre avait les cheveux qui flottaient autour de son visage empourpré. Était-ce la peur ou l'exaltation qui lui donnaient ces couleurs ? C'était difficile à dire.

Un brisant gifla le bateau, et Hatch se détourna de Bonterre pour affronter la fureur marine.

— Comment allez-vous convaincre Neidelman que l'épée est radioactive ? lui hurla sa compagne.

— Thalassa a équipé mon cabinet de tout un tas de matériel complètement dingue. Dont un radiomètre de radiologue. Un compteur Geiger hautement perfectionné. Je n'ai même pas branché ce fichu truc. Sinon, il serait devenu fou, avec tous ces terrassiers malades qui venaient me consulter couverts de boue radioactive. Neidelman a beau désirer follement cette épée, il ne pourra pas contester les conclusions de ce compteur.

Au-dessus du sifflement du vent et de ses propres hurlements, Hatch entendit à peine le bruit des vagues qui cognaient à bâbord : Wreck Island. Lorsqu'ils retrouvèrent le plein large, le vent redoubla d'intensité. C'est alors que Hatch vit une énorme ligne blanche, bien plus grosse que les vagues précédentes, se dresser devant le *Plain Jane*. Elle les dominait de sa crête sifflante. Le bateau tomba dans le creux silencieux et commença à remonter.

— Cramponnez-vous ! hurla Hatch à Bonterre lorsque la crête de la déferlante les heurta.

Agrippant la manette des gaz, il mit le cap sur la masse hurlante d'eau. Le *Plain Jane* fut violemment projeté en arrière – dans un étrange monde crépusculaire où l'air et la mer semblaient se confondre. Hatch lutta contre la panique et le désespoir qui menaçaient. Cette dernière vague n'avait rien d'exceptionnel, cela allait continuer comme ça sur encore trois milles.

Il commençait à avoir une impression désagréable chaque fois que le bateau se soulevait, à sentir une drôle de vibration, une sorte de résistance de la barre. Le *Plain Jane* paraissait lourd, trop lesté. Les pompes de cale marchaient à plein régime depuis qu'ils avaient quitté le port, mais le vieux bateau n'était pas équipé de compteur de cale. Le seul moyen de connaître le niveau de l'eau en bas, c'était de descendre voir.

— Isabelle, rugit-il en s'arc-boutant contre les parois de la cabine tout en s'accrochant à la barre. Allez dans la cabine avant et dévissez la trappe métallique au centre du plancher. Pour évaluer le niveau de l'eau dans la cale.

Bonterre s'essuya les yeux et acquiesça. Elle traversa l'abri de navigation en se cramponnant et ouvrit la porte. Une seconde plus tard, elle revenait.

— C'est plein au quart.

Hatch jura ; ils devaient avoir heurté un bout d'épave flottante qui s'était enfoncé dans la coque sans qu'ils en sentent l'impact dans cet océan en furie. Il jeta un nouveau coup d'œil au loran. Encore deux milles et demi pour rejoindre l'île. Ils étaient trop loin pour faire demi-tour. Peut-être trop loin même pour arriver à bon port.

— Prenez la barre ! Je vais vérifier l'état du canot.

Il partit vers l'arrière en s'agrippant des deux mains à la lisse.

Toujours accroché, le canot ballottait comme un bouchon de liège au bout de sa corde. Protégé par la masse du *Plain Jane*, il était relativement sec. Mais sec ou pas sec, Hatch espérait bien qu'ils ne seraient pas obligés de l'utiliser.

En relevant Bonterre à la barre, il sentit que le *Plain Jane* s'était encore alourdi.

— Ça va ? dit Bonterre.

— Pour l'instant, oui. Et vous ?

— J'ai peur.

Le bateau s'enfonça de nouveau dans un creux, dans ce même silence surnaturel, et Hatch se raidit en attendant qu'il se redresse, main sur la manette. Mais il ne se redressa pas.

Pas tout de suite, du moins. Il finit par le faire, mais très lentement. Hatch crut un instant que le loran ne fonctionnait plus et qu'ils se trouvaient déjà dans le côté sous le vent de l'île. Puis il entendit un étrange gargouillis...

Une montagne haute comme l'Himalaya lui faisait face. Avec une déferlante à son sommet, grondant et sifflant comme un être vivant.

Bonterre la vit aussi. Ils en restèrent muets tous les deux.

Le bateau monta et continua à monter, comme s'il comptait ne plus jamais s'arrêter, pendant qu'un rugissement de chutes d'eau emplissait l'air. Il y eut un craquement quand la lame les heurta de plein fouet ; repoussé en arrière, le bateau se redressa presque à la verticale. Hatch s'accrocha désespérément en sentant qu'il perdait pied. La masse d'eau dans la cale fit gîter le *Plain Jane*.

Puis la barre devint brusquement molle. À la retombée de la déferlante, Hatch comprit que la cale était inondée.

Le *Plain Jane* s'immobilisa sur le flanc et commença à sombrer rapidement, trop lesté d'eau pour se redresser. Hatch regarda vers l'arrière. Le canot était lui aussi plein d'eau, mais il flottait encore.

Bonterre suivit son regard et hocha la tête. S'agrippant à la lisse, le tourbillon d'eau leur montant jusqu'à la taille, ils se mirent à progresser péniblement vers le canot. Hatch savait qu'une vague exceptionnelle était généralement suivie par une succession de vagues plus petites. Ils disposaient d'environ deux minutes, voire trois, pas plus, pour s'éloigner du *Plain Jane* avant qu'il ne les entraîne au fond.

Cramponné à la lisse, Hatch retint son souffle quand l'eau se dressa devant eux. Le piton à œil était déjà trop submergé pour être accessible. Tâtonnant dans la mer glacée, Hatch localisa l'amarre. Lâchant la lisse, il tira sur la corde, résistant de toutes ses forces à la poussée de l'eau jusqu'à ce qu'il heurte l'avant du canot. Il se hissa à bord, tomba lourdement au fond et se releva pour aider Bonterre.

Elle était accrochée à la poupe du *Plain Jane*, presque submergée. Hatch agrippa l'amarre et tira le canot vers le piton à œil. Une nouvelle vague le souleva, le couvrant d'écume. Il se pencha, attrapa Bonterre sous les aisselles et la hissa à bord. Lorsque la vague retomba, le *Plain Jane* piqua du nez et s'enfonça dans un tourbillon de bulles.

— Il faut qu'on se détache ! hurla Hatch.

Tirant son couteau de sa poche, il entreprit de couper l'amarre. Le canot retomba sur l'océan à l'instant où le *Plain Jane* disparaissait dans un grand soupir.

Sans hésiter, Bonterre s'empara de l'écope et se mit à l'œuvre. Passant à l'arrière, Hatch tira sur le cordon du moteur. Ce dernier toussa, grogna, grinça et accepta enfin de tourner au ralenti. Hatch commença à écoper à son tour. Mais cela ne servait à rien : il passait plus d'eau par-dessus bord qu'ils ne pouvaient en écoper.

— Il faut prendre les déferlantes de face, s'écria Bonterre. Écopez, je m'en charge.

— Mais...

— Exécution !

Rampant vers l'arrière, Bonterre mit les gaz, tout en virant de côté.

— Bon Dieu ! mais qu'est-ce que vous faites ?

— Écopez, bordel !

Le canot recula, se redressa, l'eau au fond coulant vers l'arrière. Quand le brisant retomba, Bonterre poussa les manettes, puis vira de nouveau, attaquant l'intérieur de la vague, presque parallèle à l'océan.

Cela allait contre tout ce que Hatch avait pu apprendre en matière de navigation. De terreur, il lâcha l'écope et s'agrippa à la lisse lorsqu'ils prirent de la vitesse.

— Écopez, bon Dieu !

Bonterre tendit la main et tira le robinet d'arrêt à l'arrière.

— Vous allez nous tuer ! hurla Hatch.

— Je sais ce que je fais ! J'ai navigué quand j'étais môme.

— Pas sur une mer pareille !

Rasant les vagues, le canot glissa vers le milieu du creux, l'hélice lâchant un vilain gémissement lorsqu'ils grimpèrent à l'assaut de la vague suivante. Recroquevillé au fond, Hatch se dit qu'ils devaient foncer à environ vingt nœuds.

— Tenez bon ! hurla Bonterre.

Le petit bateau glissa latéralement et franchit la crête d'écume. Sous l'œil terrifié et incrédule de Hatch, il parut rester suspendu en l'air avant de s'écraser sur la vague. Il se rétablit et fonça vers la lame suivante.

— Vous ne pouvez pas ralentir ?

— Ça ne marche pas quand on ralentit ! Il faut que le bateau plane.

— Mais on fonce dans la mauvaise direction !

— Ne vous inquiétez pas. Dans quelques minutes, tout va s'arranger.

Hatch s'assit à l'avant. Il comprit que Bonterre restait le plus longtemps possible dans les creux, à l'abri du vent et de la mer hachée, violant la règle voulant qu'on n'attaque jamais une mer grosse de travers. Et pourtant le bateau fonçait tellement vite qu'il en restait stable.

Une autre déferlante se dressa devant eux. Bonterre vira brutalement.

— Sainte mère de Dieu ! s'écria Hatch en se cramponnant.

Le vent tomba un peu lorsqu'ils parvinrent du côté sous le vent. Là, les vagues étaient moins régulières, et le canot avait beaucoup plus de mal à négocier la mer hachée.

— Faites demi-tour ! hurla Hatch. Le clapotis de courant va nous éloigner de l'île !

Bonterre ouvrit la bouche, puis se figea.

— Regardez !

Brillant de tous ses feux, le *Cerberus* émergeait de l'obscurité, à environ trois cents mètres devant. Il virait vers eux, vision blanche rassurante, presque sereine dans les hurlements de la tempête. Peut-être les avait-il repérés... *Oui, c'est ça*, se dit Hatch, *il nous a repérés*. Il avait dû voir le *Plain Jane* couler sur son radar et partir à leur recherche.

— Ohé ! Par ici ! hurla Bonterre en agitant les bras.

Le *Cerberus* ralentit. Le canot s'immobilisa dans un sursaut en se retrouvant protégé du vent et des vagues par la masse du bateau.

— Ouvrez l'écoutille ! hurla Hatch.

Ils dansèrent un moment sur l'eau, mais le *Cerberus* resta silencieux.

— Dépêchez-vous ! cria Bonterre. On se gèle.

Les yeux fixés sur l'énorme masse blanche, Hatch entendit le gémissement d'un moteur électrique. Il se tourna vers l'écoutille, pensant qu'elle s'ouvrait. Mais rien ne bougea de ce côté-là.

Un éclair zébra le ciel. Levant la tête, Hatch crut voir une silhouette qui les observait dans le reflet des lumières des instruments de bord.

Bonterre regardait dans la même direction, perplexe.

— Grande merde du noir, marmonna-t-elle.

— Virez de bord ! hurla Hatch.

Bonterre poussa la manette vers tribord. Au-dessus de leurs têtes, Hatch aperçut une lueur périphérique, un éclair bleu. Il y eut un sifflement violent, l'océan s'ouvrit devant eux dans une explosion énorme, suivie d'un geyser haut de six mètres, comme poussé par une lueur orangée.

— Un harpon explosif ! s'écria Hatch.

Il y eut un deuxième éclair, une deuxième explosion, affreusement proches. Le petit canot tangua, puis vira. Quittant l'abri du *Cerberus*, ils se retrouvèrent dans la mer hachée. Il y eut une nouvelle explosion devant eux quand un autre harpon s'enfonça dans l'océan.

Sans un mot, Bonterre vira, mit les gaz et fonça sur le *Cerberus*. Hatch faillit lui crier d'arrêter, puis il comprit ce qu'elle cherchait à faire.

Au dernier moment, elle vira de bord, heurtant violemment la coque du gros navire. Ils se trouvaient à l'abri du monstre, trop près pour être dans l'axe du lance-harpons.

— On va tenter le coup par l'arrière, cria Bonterre.

Hatch se penchait pour écoper, lorsqu'il vit un phénomène étrange : une ligne étroite qui fendait l'eau en crachotant, fonçant vers eux. Il s'interrompit pour regarder. La ligne toucha la proue, et, dans un grand craquement, le nez du canot disparut dans un nuage de sciure et de fumée. Tombant en arrière, Hatch aperçut Streeter penché au-dessus de la lisse du *Cerberus* qui braquait un pistolet lance-fléchettes sur eux.

Bonterre mit les gaz. On entendit un bruit de machine à coudre démoniaque quand la fléchette lancée par Streeter déchira l'eau à l'endroit qu'ils venaient juste de quitter. Puis le canot se retrouva en pleine mer, ballotté par la tempête, l'eau s'engouffrant à travers la proue déchiquetée. Avec un rugissement, le *Cerberus* se mit à tourner. Bonterre vira d'un coup sec vers bâbord, manquant chavirer en fonçant vers les jetées de Ragged Island.

Mais, dans la mer démontée, le petit canot ne faisait pas le poids face à la puissance et à la vitesse du *Cerberus*. L'énorme masse gagnait du terrain. Dans moins d'une minute, il leur barrerait le passage dans les récifs, qui menait aux jetées.

— Foncez vers les récifs. En manœuvrant bien, vous devriez pouvoir être portée par la houle.

Bonterre vira. Le *Cerberus* les talonnait toujours.

— Feintez ! Faites-lui croire que vous allez éviter les récifs !

Bonterre se plaça parallèlement aux récifs.

— Il croit qu'il nous a eus ! s'écria Hatch quand le *Cerberus* tourna de nouveau.

Il y eut une explosion à bâbord, et Hatch aspira de l'eau salée. Puis ils émergèrent du geyser. Hatch se rendit compte que la moitié de l'avant du canot avait été emportée par un harpon.

— Il ne nous reste qu'une solution ! Passez les récifs sur la prochaine vague de houle.

Ils attendirent parallèlement aux récifs pendant ce qui leur parut un temps infini, puis Hatch hurla : « Allez-y ! »

Bonterre fonçait dans l'enfer bouillonnant, lorsqu'une nouvelle explosion déchira l'air. Hatch entendit un drôle de crissement et fut projeté hors du canot. Puis il se retrouva dans l'eau, au milieu de bouts de planche, aspiré vers le fond. Il eut très peur, puis se sentit soudain étrangement apaisé.

47

Woody Clay glissa sur les rochers couverts d'algues, se cogna le tibia et faillit invoquer en vain le nom du Seigneur. Il n'y avait plus qu'une chose à faire : ramper.

Il avait tous les membres douloureux ; ses vêtements étaient déchirés ; son nez lui faisait un mal de chien ; il avait froid au point d'en être engourdi. Pourtant, il ne s'était jamais senti aussi vivant depuis des années. Il avait oublié à quoi ressemblait ce sentiment d'exaltation presque dément. L'échec de la manifestation n'était plus qu'un mauvais souvenir. En fait, ce n'était pas un échec. Il avait été conduit sur cette île. Les voies de Dieu étaient peut-être impénétrables, mais Il avait manifestement une bonne raison de conduire Clay dans Ragged Island. Il était là pour accomplir quelque chose, un acte d'une importance cruciale. Quoi, exactement, il l'ignorait encore. Mais il était sûr que, le moment venu, sa mission lui serait révélée.

Il dépassa la laisse de haute mer. Le sol devint plus sûr : Clay se releva et toussa pour vider ses poumons du reste d'eau salée. Chaque fois qu'il toussait, la douleur dans son nez cassé était insupportable. Mais cela n'avait pas d'importance. Qu'avait dit saint Laurent déjà quand les Romains le rôtissaient vivant sur des charbons ardents ? « Retournez-moi, Seigneur. Que je cuise de l'autre côté. »

Enfant, pendant que ses congénères dévoraient des romans d'aventures et des biographies de rois du base-ball, sa lecture préférée était le *Livre des martyrs* de Foxe. Aujourd'hui encore, en sa qualité de pasteur congrégationaliste, il n'hésitait pas à citer des passages de la vie des saints catholiques, et surtout des circonstances de leur mort. Ces hommes avaient eu la chance d'avoir des visions et le courage d'aller au bout, quel qu'en soit le prix. Clay était à peu près sûr d'avoir ce courage. Ce qui lui avait manqué récemment, c'était la vision.

Maintenant il lui fallait s'abriter, se réchauffer et prier pour que sa mission lui soit révélée.

Il scruta la côte, grise contre le ciel noir, secouée et battue par la tempête. Dans l'obscurité à sa droite, il distingua de gros rochers, que les pêcheurs appelaient des dos de baleine. Derrière s'étendait l'étrange lagon asséché formé par le batardeau de Thalassa. Sauf que le fond de la mer n'était pas complètement sec. Clay nota, avec un grognement de satisfaction, que les vagues heurtaient sans relâche le batardeau : plusieurs piles penchaient dangereusement, et l'une des dalles en béton semblait sur le point de céder.

Clay remonta la plage de galets et trouva refuge à l'abri du grand talus de terre, sous des racines d'arbre. Mais même là, la pluie tombait dru, et il se mit à frissonner. Il entreprit de longer la base du talus, cherchant à se mettre à l'abri du vent. Il ne vit ni n'entendit personne. Peut-être l'île était-elle vide : les pillards avaient dû l'évacuer à l'approche de la tempête, se dispersant comme les prêteurs sur gages du Temple.

Il arriva à l'extrémité de l'île. Derrière la falaise, c'était le grand large. Le bruit de la houle était assourdissant. Il aperçut un ruban jaune de police, qui claquait au vent, devant trois entretoises en métal brillant masquant à demi un trou sombre dans le talus. Contournant le ruban et les entretoises, Clay pénétra dans l'ouverture en baissant la tête.

À l'intérieur, c'était douillet et sec, et le vacarme des vagues semblait amorti. Il n'y faisait pas vraiment chaud, mais au moins il ne frissonnait plus. Clay sortit sa petite panoplie d'urgence de sa poche : la torche, la boîte d'allumettes en plastique, la trousse de secours miniature. Il éclaira les parois et le plafond. Il se trouvait dans une sorte de petite salle qui se rétrécissait en tunnel au fond.

C'était très intéressant, très plaisant. D'une certaine manière, il avait été conduit vers ce tunnel, lequel devait être relié aux puits dont l'île était paraît-il truffée. Ses tremblements s'accentuant, il décida de commencer par allumer un feu pour se sécher un peu.

Il ramassa du bois flottant qui avait échoué dans la grotte, puis dévissa le couvercle de sa boîte en plastique ronde et la renversa. Une allumette sèche lui tomba dans la main. Il eut un sourire presque triomphant. Depuis son arrivée à Stormhaven, il n'était jamais sorti en mer sans cette boîte d'allumettes étanche. Claire l'avait taquiné à ce sujet, gentiment bien sûr, mais cela l'avait touché au plus profond de cette partie secrète de son cœur, qu'il dissimulait à toutes les créatures vivantes. Et maintenant cette boîte d'allumettes allait jouer un rôle dans son destin.

Un petit feu ne tarda pas à tracer de joyeuses ombres sur la paroi de la grotte. La tempête faisait rage à l'extérieur, mais Clay était à l'abri de son nid. Et la douleur dans son nez n'était plus qu'un battement sourd.

Il se recroquevilla près des flammes, se réchauffant les mains. Bientôt, très bientôt, il savait que la tâche spéciale qui lui avait été réservée lui apparaîtrait.

48

Les yeux plissés pour les protéger du vent et de la pluie battante, Isabelle Bonterre balaya du regard le rivage rocheux. Partout elle voyait des formes sur le sable, sombres et indistinctes, qui auraient pu être le corps de Martin Hatch. Mais chaque fois qu'elle approchait, elles se révélaient n'être que des rochers.

Au large, le bateau de Neidelman, le *Griffin*, solidement amarré par deux ancres près des récifs, résistait avec obstination aux vents hurlants. Plus loin, l'élégante coque blanche du *Cerberus* brillant de mille feux était à peine visible, les déferlantes l'ayant chassé des récifs sur lesquels il s'était échoué. Visiblement il n'y avait personne à la barre, et le fort courant l'entraînait vers le large. Il donnait aussi légèrement de la bande, comme si l'eau avait commencé à pénétrer dans une partie de la cale. Quelques minutes plus tôt, Bonterre avait vu qu'on mettait un canot à la mer, lequel avait foncé en direction de la jetée du camp de base, de l'autre côté de l'île.

Streeter était-il à la barre de la vedette, ou était-ce quelqu'un d'autre ? Elle l'ignorait. En revanche, elle était sûre d'une chose : si perfectionné que fût le navire de recherche, personne ne pouvait le piloter et manier le harpon en même temps. Et cela signifiait que, quoi qu'il arrive ici, ce n'était pas l'œuvre d'un fou isolé. Streeter avait de l'aide.

Elle frissonna, resserrant son ciré détrempé contre elle. Aucun signe de Hatch : s'il avait survécu à la destruction du canot, il y avait de fortes chances pour qu'il se soit échoué sur cette plage. Le reste de la côte n'était que rochers, battus par la mer en furie…

Elle lutta contre l'horrible pressentiment qui menaçait de l'envahir. Il fallait qu'elle aille au bout de ce qu'ils avaient commencé.

Elle partit dans la direction du camp de base en empruntant le chemin le plus long, le plus prudent, qui longeait l'étendue noire de la côte. Le vent avait redoublé de violence, poussant l'écume des vagues jusqu'à l'intérieur des terres. Le rugissement de la houle contre les récifs était si assourdissant qu'il en masquait presque les roulements du tonnerre.

Bonterre s'approcha lentement du camp de base. La tour de communication était plongée dans le noir ; les sirènes à micro-ondes volaient au vent. L'un des générateurs s'était tu, tandis que l'autre vibrait et frémissait comme un être vivant sur sa plate-forme en acier, protestant sous la charge. Bonterre se glissa entre le générateur mort et les citernes de carburant et observa le camp. Au centre, elle distingua une série de petits rectangles lumineux : les fenêtres d'Île 1.

Elle avança prudemment dans les ombres des préfabriqués qui quadrillaient le sol. Elle jeta un coup d'œil par la fenêtre d'Île 1 : le centre de commande était désert.

Elle continua jusqu'au cabinet médical. L'endroit paraissait désert, lui aussi. Elle essaya d'ouvrir la porte, jura en la trouvant fermée à clé, puis se glissa à l'arrière. Prenant une pierre par terre, elle la balança à travers la vitre, sachant qu'on ne risquait guère d'entendre le carreau se briser dans les rugissements de la tempête. Tendant le bras à travers les bris de verre, elle ouvrit la fenêtre de l'intérieur.

Elle pénétra dans l'appartement de secours de Hatch. L'étroite couchette était aussi lisse et immaculée que le jour où on l'avait livrée. Bonterre fit rapidement le tour de la pièce, fouillant dans les tiroirs en quête d'un pistolet, d'un couteau, d'une arme, n'importe quoi. Elle ne trouva qu'une torche longue et lourde. Elle l'alluma et, la gardant braquée vers le sol, passa dans l'unité médicale. D'un côté se trouvait le cabinet de Hatch, de l'autre, un couloir conduisant à la salle d'attente. Dans le couloir, une porte s'ouvrait sur la salle des fournitures. Elle était fermée à clé, comme Bonterre s'en doutait, mais elle ne paraissait guère solide. En effet, deux coups de pied bien placés la fendirent au milieu.

Trois des murs de la petite pièce disparaissaient derrière des placards vitrés, on avait rangé les médicaments sur les étagères du haut, les instruments sur celles du bas. À quoi ce compteur

Geiger pouvait-il bien ressembler ? Bonterre n'en avait aucune idée ; elle savait seulement que Hatch l'avait appelé un radiomètre. Elle brisa la vitre du premier placard avec sa torche et vida le contenu des tiroirs du bas par terre. Rien. Passant au deuxième placard, elle recommença, s'arrêtant juste le temps de glisser quelque chose dans sa poche. Dans le dernier tiroir, elle tomba sur une petite valise en Nylon noir avec un logo cousu dessus : *Radiométrie*. À l'intérieur, elle trouva un drôle d'engin avec des poignées pliantes et une bandoulière en cuir. Sur le dessus, dont jaillissait une sorte de petite perche ressemblant à un microphone à condensateur, un écran fluorescent dominait un minuscule clavier.

Repérant l'interrupteur, Bonterre appuya dessus en priant pour que les piles ne soient pas à plat. Il y eut un petit bip et un message s'afficha sur l'écran :

RADMETRICS SYSTEMS INC.
SYSTÈME DE SURVEILLANCE
ET DE POSITIONNEMENT DE RAYONS.
INTÉGREZ LOGICIEL. AVEZ-VOUS BESOIN D'AIDE ?
(OUI / NON)

— Et comment, que j'ai besoin d'aide ! marmonna-t-elle en pressant sur la touche OUI.

Une suite d'instructions concises défila sur l'écran. Bonterre les lut rapidement, puis éteignit l'engin, comprenant que chercher à s'en servir serait une perte de temps. Les piles marchaient, mais il n'y avait pas moyen de savoir où elles en étaient.

Elle remit l'engin dans sa valise et retourna dans le cabinet de Hatch. Soudain, elle se figea. Un bruit étrange, un claquement, venait de percer les hurlements de la tempête : on aurait dit une détonation.

Bonterre passa la bandoulière de la valise à son épaule et se dirigea vers la fenêtre cassée.

49

Hatch gisait sur les rochers, dans l'eau jusqu'à la taille, se sentant un peu vaseux, mais bien. Une partie de son cerveau était vaguement agacée d'avoir été tirée des profondeurs de la mer. L'autre partie, petite mais bruyante, était horrifiée que sa consœur nourrisse pareilles pensées.

Il était vivant, ça au moins il le savait ; en vie, avec son cortège de souffrances. Il ignorait depuis combien de temps il était étendu là.

Il prit lentement conscience des douleurs qui lui déchiraient les épaules, les genoux et les tibias. Puis ces douleurs se transformèrent en élancements. Il avait les mains et les pieds engourdis de froid, et son crâne semblait gorgé d'eau. La seconde partie de son cerveau, celle qui prétendait que tout cela était un bien, lui enjoignait maintenait de se remuer les fesses pour sortir de l'eau et remonter sur la plage de galets.

Avalant de l'eau de mer, il fut pris d'une quinte de toux. Le spasme le fit s'agenouiller, puis il s'écroula de nouveau sur les rochers trempés.

Parvenant à ramper, il réussit à se mettre au sec. Il s'immobilisa sur une grande lame de granit, fraîche et lisse contre sa joue.

Ses idées s'éclaircirent, et les souvenirs lui revinrent, un à un. Il se rappela Neidelman et l'épée, et la raison de son retour sur l'île. Il se rappela la traversée, le chavirage du *Plain Jane*, le canot, Streeter...

Streeter.

Il se redressa sur son séant.

Isabelle se trouvait à bord du bateau.

Hatch se remit péniblement debout, retomba, mais se releva, à présent déterminé. Il était passé par-dessus bord à l'avant du canot, et le courant l'avait poussé jusqu'à cette côte rocheuse vers l'extrémité de l'île. Devant lui, sombres contre le ciel en furie, se détachaient les falaises basses qui gardaient le camp de pirates. Bonterre devait avoir abordé plus près de la plage. Si tant est qu'elle avait bien abordé.

Soudain, il ne put supporter l'idée qu'elle puisse être morte.

Il avança en titubant, croassant le nom de Bonterre. Au bout d'un moment, il s'arrêta pour regarder autour de lui, se rendant compte que, dans sa confusion, il s'éloignait de la plage et se dirigeait vers les falaises basses. À mi-pente, il se tourna vers le large. Il n'y avait aucun signe de Bonterre, pas plus que des vestiges du canot. Au-delà de la côte, l'océan battait sans relâche contre le batardeau, chaque vague s'infiltrant dans un réseau de fissures.

Un bref éclair zébra la côte plongée dans le noir et se refléta sur les rochers. Hatch entreprit de descendre la falaise.

Tout à coup, il vit à nouveau le faisceau de lumière, plus près cette fois, dansant le long du relief de l'île. Puis il se braqua vers le ciel, faisceau blanc d'halogène fendant l'obscurité. Il balaya la côte, l'intérieur des terres. Instinctivement, Hatch remonta la côte à reculons.

C'est alors que le faisceau l'aveugla. Il se laissa choir par terre et se tourna, escaladant la falaise à quatre pattes. La lumière lécha le sol autour de lui, à sa recherche. Il vit son ombre se découper sur la colline devant lui. Il venait de se faire repérer.

Il entendit de nouveau l'étrange bégaiement venant du *Cerberus*, crépitant au-dessus du rugissement des vagues, et les hurlements du vent : un cliquètement d'aiguilles à tricoter géantes. À sa droite, s'éleva une bande déchiquetée de poussière, un zigzag de terre. Streeter était derrière lui, dans le noir, et il lui tirait dessus avec son lance-fléchettes.

Hatch roula sur sa gauche, cherchant désespérément à atteindre le sommet de la falaise. Il y eut un autre cliquètement démoniaque, puis une fléchette s'enfonça à l'endroit même qu'il venait de quitter, une centaine de clous de tungstène déchiquetant la terre.

Moitié rampant, moitié roulant, Hatch passa de l'autre côté du sommet de la falaise et dégringola le talus, glissant sur l'herbe mouillée. Il se redressa et regarda autour de lui, affolé. Pas un arbre en vue, seulement l'étendue de la prairie à découvert et la montée vers Orthanc. Il aperçut la petite remise où Bonterre rangeait ses outils et le rectangle parfait de terre retournée : la fosse des pirates.

Il pourrait se cacher dans la remise, à l'intérieur, voire en dessous. Mais c'est par là que Streeter commencerait ses recherches.

Il hésita, puis il finit par traverser la prairie au pas de course et sauter dans la fosse.

Il trébucha en atterrissant un mètre plus bas, mais parvint à se rétablir. Un éclair illumina brièvement l'obscurité autour de lui. Si plusieurs squelettes de pirates avaient été retirés de la fosse commune, la plupart restaient en place, sous des bâches. On devait remblayer le site la semaine suivante ; Bonterre, il le savait, n'avait pris que quelques spécimens comme échantillon représentatif.

Un violent coup de tonnerre le galvanisa. Il rampa sous l'une des bâches et s'allongea pour se redresser aussitôt : quelque chose lui entrait dans le ventre. Tâtonnant, il finit par déterrer un morceau de crâne écrasé. Il le jeta plus loin et se figea, aux aguets.

Sous la bâche, la terre était humide mais pas boueuse, et, à l'abri de la pluie et du vent, Hatch sentit la chaleur se répandre progressivement dans ses membres gelés.

Il entendit alors un bruit de succion : des bottes s'enfonçaient dans la boue.

Il retint son souffle. La porte de la remise s'ouvrit dans un grincement.

Puis il y eut un nouveau bruit de pas : on se rapprochait. Hatch entendit une respiration bruyante et régulière, à environ trois mètres, puis le déclic d'une arme qu'on recharge. Il n'avait pas réussi à tromper Streeter.

Une fléchette siffla, et soudain le fond de la fosse s'anima de tourbillons miniatures de poussière, de sable et de fragments d'os. Du coin de l'œil, Hatch vit la bâche se dresser et se gonfler, soulevée par l'impact d'une centaine de clous minuscules, pulvérisant les os et la terre en dessous. Il était cerné d'aiguilles mortelles : il comprit qu'il lui restait environ une seconde pour prendre une décision.

L'arme toussa et se tut. Il y eut un fracas métallique. Risquant le tout pour le tout, Hatch se redressa d'un bond sous sa bâche et se précipita dans la direction du bruit. S'écrasant contre Streeter, il le fit tomber à la renverse dans la boue. L'autre lâcha son lance-fléchettes, une boîte de munitions, et sa torche atterrit un bon mètre plus loin dans l'herbe. Streeter se débattait comme un fou sous la bâche. Hatch remonta le genou, visant ce qu'il pensait être le bas-ventre, et se vit récompensé par un grognement de douleur.

— Salaud ! s'écria Hatch en s'abattant de tout son poids sur le chef d'équipe, tapant et frappant à travers la bâche. Sale avorton !

Il reçut un coup au menton et sentit ses dents craquer. Il partit en arrière, étourdi : Streeter avait dû lui donner un coup de tête. Hatch se laissa de nouveau choir lourdement sur la bâche, mais, tout en muscles, Streeter était costaud pour sa taille, et Hatch sentit qu'il commençait à se libérer en se tortillant sous son poids. Prenant la boîte de munitions, il la jeta le plus loin possible dans le noir. Il se dirigeait vers la torche quand Streeter bondit sur ses pieds, se libérant de la bâche boueuse. Il tira une petite arme automatique de sa ceinture. Sans réfléchir, Hatch écrasa la torche du pied.

L'obscurité les enveloppa quand le coup de feu retentit. Hatch se mit à courir à l'aveuglette, zigzaguant à travers champs en direction du sommet de l'île avec son dédale de sentiers. Un éclair illumina Streeter, à une centaine de mètres en arrière, qui, l'apercevant, se rua à sa poursuite. Hatch continua à courir à toutes jambes, vers les principales installations, empruntant un sentier, puis un autre, effleurant les rubans jaunes au passage pour s'efforcer de rester dans des chemins balisés. Derrière lui, il entendait un pas lourd et une respiration saccadée.

En haut de la pente il aperçut la lueur d'Orthanc, fendant la brume. Il s'élança vers la tour, puis renonça : en se dirigeant vers la lumière, il faciliterait la tâche de Streeter.

Que faire ? Il pouvait descendre vers le camp de base et y semer Streeter. Mais il pouvait aussi s'y faire piéger très facilement. Il fallait se débarrasser du chef d'équipe, et vite.

Il n'y arriverait pas à la surface de l'île.

Il savait que le puits de Boston s'enfonçait en pente douce dans le sol. Si ses souvenirs étaient bons, il finissait par croiser le Puits inondé. Neidelman le lui avait fait remarquer à peine quelques semaines avant, le matin du jour où ils avaient localisé le puits initial.

Il n'y avait plus de temps à perdre. Il jeta un coup d'œil à la lueur d'Orthanc pour s'orienter, puis s'engagea dans un autre sentier. Il y était : un trou sombre et béant frangé d'herbes folles, derrière un ruban de sécurité.

Hatch se glissa sous le ruban et se retrouva au bord du puits de Boston. Il faisait très sombre, et le vent lui soufflait droit dans les yeux. Une pente douce ? Dans l'obscurité, le puits avait l'air de descendre en chute libre dans les entrailles de la terre. Hatch hésita. Puis il entendit un bruit de pas claquant sur une passerelle métallique. Saisissant le tronc mince d'un merisier de Virginie, Hatch sauta par-dessus bord et glissa le long des parois du puits en cherchant un appui. Rien. Les racines de l'arbre lâchèrent, et Hatch se sentit tomber dans le vide.

Il atterrit dans une secousse sur un fond boueux. Il se redressa, secoué mais indemne. Il n'apercevait plus qu'un minuscule carré de ciel au-dessus de sa tête, une tache floue d'un noir un peu plus clair. Mais il vit, ou crut voir, une forme longeant le bord...

Il y eut un rugissement assourdissant, accompagné d'un éclair. Un second rugissement suivit presque immédiatement, et quelque chose s'écrasa dans le puits à quelques centimètres de sa tête.

Hatch s'enfonça dans le tunnel et se mit à courir. Il savait ce que faisait Streeter : il se servait de l'éclair du premier coup de feu pour le repérer.

Le tunnel étant très en pente, Hatch dérapa. Il commença à perdre l'équilibre en courant et il lutta pour éviter de plonger dans l'obscurité absolue. Au bout de plusieurs secondes terrifiantes, la pente se redressa suffisamment pour lui permettre de prendre appui et de s'arrêter.

Debout dans l'humidité glaciale du tunnel, l'oreille tendue, il s'appliqua à reprendre son souffle. Courir aveuglément devant soi était pur suicide. Le tunnel pouvait très bien être criblé de trous...

Il y eut un bruit sourd, humide, derrière lui, puis un chuintement de bottes dans la boue.

Hatch tendit la main vers la paroi. Ses doigts se refermèrent sur le boisage glissant et il poursuivit sa descente le plus rapidement possible en s'efforçant de garder les idées claires. Streeter lui tirerait dessus de nouveau, aucun doute là-dessus. Il tenterait probablement le coup deux fois. Mais sa stratégie serait aussi utile à Hatch : la lueur du premier coup de feu lui permettrait de se faire une idée de ce qui l'attendait devant lui.

Le suivant serait mortel.

Le premier coup de feu arriva comme en réponse à ses pensées, assourdissant dans l'étroit tunnel. Hatch se jeta de côté dans la boue quand la seconde balle se ficha dans le boisage juste au-dessus de sa tête.

Dans la lueur du coup de feu, il vit que le tunnel continuait sa descente sans obstacles apparents.

Se relevant, il se mit à courir à l'aveuglette, bras tendus, mi-chancelant, mi-glissant. Puis il s'arrêta, chercha la paroi en tâtonnant et tendit de nouveau l'oreille. Streeter devait toujours être derrière lui, mais il progressait plus prudemment. Si Hatch pouvait le semer d'une manière ou d'une autre, peut-être parviendrait-il à l'endroit, très profond, où le puits de Boston coupait le Puits inondé. Neidelman y serait. Il ne pouvait pas savoir ce que mijotait Streeter ; ce dernier devait avoir pété les plombs, il n'y avait pas d'autre explication. Si seulement il pouvait rejoindre le puits principal...

Il entendit un nouveau coup de feu, plus proche qu'il ne l'aurait cru. Il vira désespérément, et le deuxième le rata d'un cheveu. Devant lui, le tunnel se séparait en deux, un passage étroit à sa gauche se terminant par ce qui ressemblait à un trou béant. Il y eut un troisième coup de feu, puis un quatrième, et une sensation de brûlure à son oreille.

Streeter l'avait touché. Hatch repartit en courant, se tenant la tête à deux mains, le sang coulant de son oreille arrachée. Il se baissa pour éviter une poutre et se rapprocha le plus possible du trou. Puis il s'aplatit contre le mur et attendit dans l'obscurité, les muscles tendus. À l'éclair suivant, il bondirait sur Streeter et le précipiterait dans le trou. Peut-être même, dans sa hâte, Streeter y sauterait-il de lui-même.

Dans l'obscurité épaisse, Hatch entendit un léger bruit de pas, à peine plus fort que les battements de son cœur. C'était Streeter qui arrivait, avançant à tâtons. Hatch attendit. Il y eut alors un halètement. Streeter faisait ses comptes. Ses munitions devaient être limitées. Peut-être serait-il obligé de...

Soudain, il y eut un éclair et un rugissement. Hatch plongea, tentant désespérément de battre le tir suivant de vitesse, mais, lorsqu'il fondit sur Streeter, il reçut un énorme coup sur la tête. Il vit une lumière aveuglante, et tout s'effaça.

50

S'efforçant de rester à l'abri des rochers, Bonterre s'engagea dans le sentier qui reliait le camp de base au sommet de l'île. Courbée en deux, elle s'arrêtait régulièrement pour tendre l'oreille. Loin des lumières du camp, l'obscurité régnait, une obscurité si dense qu'elle devait suivre de la main les rubans jaunes, déchirés et claquant au vent. Le sentier boueux montait, puis redescendait, au gré du relief de l'île. Trempée jusqu'aux os, Bonterre dégoulinait de pluie.

Elle parvint enfin au sommet. La masse d'Orthanc se dressait à plusieurs centaines de mètres devant elle, un trio de lumières clignotant à son faîte, les rectangles lumineux des baies vitrées se découpant dans la nuit. Le véhicule tout-terrain était là, ses gros pneus luisant de pluie. Il remorquait deux grands containers métalliques vides. Sous la tour, la gueule du Puits était plongée dans le noir, mais une lueur fantomatique semblait monter des profondeurs. Bonterre perçut le cliquetis de machines, le ronronnement de pompes à air, malgré les hurlements de la tempête.

Une forme sombre se déplaçait lentement dans Orthanc.

Bonterre reprit sa progression à l'abri des hautes herbes. S'arrêtant au bout d'une centaine de mètres, elle se cacha derrière un buisson de roses thé. De là, le point de vue était meilleur. La silhouette dans la tour lui tournait le dos ; Bonterre attendit qu'elle passe dans la lumière : elle reconnut alors la large carrure et les longs cheveux blonds de Rankin, le géologue. Il paraissait seul.

Elle hésita, protégeant de son mieux le radiomètre de la pluie. Peut-être Rankin saurait-il comment s'en servir, ou au moins aurait-il une idée. Mais cela impliquait de le mettre dans la confidence.

Streeter avait délibérément essayé de les tuer. Pourquoi ? D'accord, il haïssait Hatch depuis le début. Mais Bonterre n'arrivait pas à croire que ce fût une raison suffisante. Streeter n'était pas du genre à agir sur une pulsion.

Mais Hatch s'efforçait d'arrêter l'expédition.

Y en avait-il d'autres dans le coup ?

Bonterre avait du mal à imaginer le cordial et franc Rankin dans la peau d'un complice de meurtre au premier degré. Quant à Neidelman... elle refusait d'y songer.

Il y eut un violent éclair, et elle se recroquevilla devant le coup de tonnerre qui suivit. Du camp de base lui parvint un crépitement sec : le dernier générateur venait de rendre l'âme. Les lumières au sommet d'Orthanc clignotèrent, puis la tour de contrôle se drapa d'une lueur orangée quand les batteries de secours prirent le relais. Bonterre serra le compteur contre elle. Elle ne pouvait attendre plus longtemps. Bon ou mauvais, il fallait qu'elle fasse un choix.

51

Hatch reprit conscience face contre terre. Son crâne palpitait après le coup assené par Streeter, et il sentait un poids sur son dos. L'acier froid de ce qui devait être le canon d'une arme s'enfonçait dans son oreille blessée. On ne lui avait pas tiré dessus, se formula-t-il vaguement ; il avait reçu un coup sur la tête.

— Écoute, Hatch, souffla Streeter. On a bien rigolé, mais la chasse est terminée.

Le canon de l'arme s'enfonça un peu plus dans son oreille.

— Et tu es foutu. Compris ?

Puis, sans lui laisser le temps de réagir, Streeter lui tira la tête en arrière en l'agrippant par les cheveux.

— Oui ou non ?

— Oui, croassa Hatch en recrachant de la terre.

— Tu ne remues pas un cil, tu n'éternues même pas à moins que je ne te le demande, sinon je te transforme la cervelle en bouillie.

— Oui, répéta Hatch en s'efforçant de rassembler un peu d'énergie.

Il se sentait mou, à peine vivant, frigorifié.

— Maintenant on se lève... gentiment. Tu dérapes dans la boue et tu es mort.

Hatch sentit la pression sur son dos diminuer. Il s'agenouilla, puis se redressa lentement, prudemment, luttant pour apaiser les palpitations sous son crâne.

— Voici ce qu'on va faire, reprit Streeter. On va retourner à l'embranchement du tunnel. Puis nous allons descendre le puits de Boston. Marche. Doucement.

Hatch mit un pied devant l'autre, se concentrant pour ne pas trébucher. À l'embranchement, ils prirent la galerie du milieu en se guidant à tâtons.

Hatch avait vaguement l'impression qu'il devrait pouvoir s'échapper. Il faisait nuit noire : il lui suffisait de se libérer d'une manière ou d'une autre. Mais l'association du canon du revolver s'enfonçant dans son oreille blessée et de son esprit embrumé l'empêchait d'avoir les idées claires. Peut-être que Streeter l'avait déjà tué, finalement.

D'ailleurs, jusqu'à quel point ce type connaissait-il le puits de Boston ? Les tunnels horizontaux restaient rares dans l'île, et la plupart étaient criblés de puits les coupant à la verticale.

— Il y a des puits par ici ?

Streeter eut un rire rauque.

— S'il y en a, tu seras le premier à le savoir.

Après ce qui lui parut une éternité de cauchemar à se traîner dans l'obscurité, à se demander s'il n'allait pas mettre un pied dans le vide, Hatch aperçut une faible lueur devant lui. Le tunnel obliquait un peu et il distingua une ouverture déchiquetée, éclairée en contre-jour. Il entendit un vague ronflement de machines. Streeter l'obligea à accélérer le pas.

Hatch s'arrêta à l'endroit où le tunnel s'ouvrait sur le Puits inondé. Momentanément aveuglé après cette longue course dans le noir, il lui fallut quelques secondes pour comprendre que seules les rampes de secours le long de l'échelle étaient encore allumées. Un nouveau coup violent dans l'oreille, et Streeter le poussa sur la passerelle en métal qui reliait le puits de Boston à l'échelle. Le suivant de près, Streeter pianota sur un pavé numérique fixé sur le côté de la rampe de l'ascenseur. Il y eut un ronronnement, puis l'engin fit son apparition, ralentit et se figea à la hauteur de la passerelle. Streeter poussa Hatch dessus, se plaçant derrière lui.

Pendant leur descente, Hatch prit conscience qu'à l'odeur d'humidité et de moisi se mêlait la puanteur de la fumée et du métal chauffé. À la base du puits, les parois étaient plus proches, et l'air plus dense malgré les systèmes de ventilation. Au centre, on voyait le trou étroit entouré de terre fraîchement retournée, qui descendait vers la salle du trésor. S'accrochant aux rampes, Hatch contourna le réseau compliqué d'étais et d'entretoises en titane. D'en dessous, lui parvenait le sifflement d'un chalumeau.

Puis il se retrouva au fond du puits, au cœur même de l'île, un peu chancelant. Streeter sauta sur le sol à côté de lui. Hatch vit qu'on avait dégagé une plaque de fer massive et rouillée. Sous ses yeux, le dernier brin d'espoir s'évanouit. Gerard

Neidelman était agenouillé devant la plaque, braquant un chalumeau à acétylène dans une étroite fissure. À un écrou soudé sur la plaque, on avait fixé le câble du gros seau d'évacuation des débris. À l'autre extrémité du puits, Hatch découvrit Magnusen, bras croisés, qui le regardait fixement avec un mélange de haine froide et de mépris.

Il y eut un sifflement furieux quand Neidelman coupa la flamme du chalumeau. Il posa l'engin, se redressa et remonta sa visière, fixant Hatch d'un regard sans expression.

— Vous faites un bien triste spectacle, lui dit-il simplement.

Il se tourna vers Streeter.

— Où l'avez-vous trouvé ?

— Bonterre et lui essayaient de revenir dans l'île, capitaine. Je l'ai rattrapé dans le puits de Boston.

— Et Bonterre ?

— Leur canot a coulé sur les récifs. Il y a une chance pour qu'elle ne se soit pas noyée, mais elle est plutôt mince.

— Je vois. Dommage qu'elle se soit fourrée là-dedans. Enfin ! vous avez fait du beau boulot.

Streeter rougit de plaisir.

— Puis-je vous emprunter votre arme de poing un instant, capitaine ?

L'air un peu perplexe, Neidelman tira le pistolet coincé sous sa ceinture et le tendit à Streeter. Ce dernier le pointa alors sur Hatch en passant son propre pistolet à Neidelman.

— Pourriez-vous le recharger pour moi, capitaine ? Je suis à court de munitions.

Il adressa un sourire grimaçant à Hatch.

— Vous avez raté le coche, docteur. L'occasion ne se représentera pas.

Hatch se tourna vers Neidelman.

— Gerard, je vous en prie, écoutez-moi.

Le capitaine chargea l'arme et la remit à sa ceinture.

— Vous écouter ? Voilà des semaines que je vous écoute, et cela devient plutôt barbant.

Enlevant sa visière, il la tendit à Magnusen :

— Sandra, prenez le relais pour le chalumeau, s'il vous plaît. La génératrice de l'île ne tiendra que deux heures, voire trois, et nous n'avons pas de temps à perdre.

— Il faut que vous m'écoutiez, reprit Hatch. L'épée de saint Michel est radioactive. Ce serait pur suicide d'ouvrir ce coffre.

Neidelman eut une expression de lassitude.

— Vous ne lâchez jamais prise, hein ? Un milliard de dollars ne vous suffisait pas ?

— Réfléchissez, continua Hatch. Oubliez le trésor un instant, pensez à ce qui s'est passé sur cette île. Cela explique tout. Les problèmes avec les ordinateurs, la mollesse du système. Des radiations isolées issues de la salle du trésor auraient pu causer les anomalies décrites par Wopner. De même que l'épidémie de maladies que nous avons vue. Les radiations détruisent le système immunitaire, font baisser le nombre de globules blancs, permettent à des maladies opportunistes de se déclarer. Je parie que nous trouverions les pires cas chez ceux qui étaient affectés dans le puits à creuser et à installer des entretoises jour après jour.

Le capitaine le regardait fixement.

— L'empoisonnement par les radiations provoque des chutes de cheveux, de dents. Exactement comme ces squelettes de pirates. Sinon pourquoi cette fosse commune ? Il n'y avait aucun signe de violence sur ces squelettes. Sinon pourquoi les autres pirates seraient-ils partis dans une telle hâte ? Ils fuyaient un tueur invisible qu'ils ne comprenaient pas. Et pourquoi croyez-vous qu'on a retrouvé le bateau d'Ockham abandonné, l'équipage décimé jusqu'au dernier ? Parce qu'ils ont reçu, avec le temps, une dose fatale de rayons qui s'échappaient du coffre renfermant l'épée de saint Michel.

Streeter braqua le canon de son arme sur sa tempe, et Hatch tenta vainement de le repousser.

— Vous ne comprenez pas ? Dieu seul sait à quel point l'épée est radioactive. Elle doit l'être affreusement. Si vous la sortez, vous allez non seulement vous tuer, mais faire Dieu sait combien d'autres victimes. Vous...

— J'en ai assez entendu, dit Neidelman. C'est drôle. Je n'avais jamais pensé que cela puisse être vous. Quand je vendais l'idée de cette expédition à nos commanditaires, en jonglant avec les chiffres pour l'analyse des risques, vous étiez le seul facteur stable de l'équation. Vous haïssiez ce trésor. Vous n'aviez jamais laissé personne creuser. Vous n'étiez même pas retourné à Stormhaven. Je savais que, si je pouvais m'assurer votre coopération, je n'aurais pas à m'inquiéter de votre cupidité. Cela m'attriste de voir à quel point je vous ai mal jugé.

Il y eut un ultime sifflement d'acier et Magnusen se redressa.

— C'est fait, capitaine, dit-elle en enlevant la visière et en tendant la main vers le boîtier électronique contrôlant le treuil.

Le câble se tendit avec un gémissement. Après une faible protestation métallique, la plaque se décolla. Magnusen la poussa vers l'autre extrémité du puits, la lâcha par terre, puis détacha le câble de la base du gros seau.

Presque malgré lui, Hatch se surprit à regarder le carré qui venait d'être découpé dans la plaque d'acier. L'ouverture sombre de la salle du trésor exhalait un faible parfum d'ambre gris, d'encens et de bois de santal.

— Faites de la lumière, dit le capitaine.

Frissonnant d'impatience, Magnusen tira une lampe de l'échelle et la glissa dans le trou. Neidelman se mit à quatre pattes et se pencha lentement à l'intérieur.

Il y eut un long silence, seulement ponctué du bruit de l'eau qui gouttait, du faible sifflement du système d'aération et du fracas lointain du tonnerre. Enfin le capitaine se redressa. Il chancela un peu, puis retrouva son équilibre. Il avait une expression figée, comme un masque, et sa peau blême luisait de sueur. Luttant pour maîtriser son émotion, il s'essuya le visage avec un mouchoir et fit un signe de tête à Magnusen.

Cette dernière se mit à quatre pattes et pressa son visage contre le trou. Hatch entendit l'écho de son exclamation de surprise, étrangement creux. Elle resta figée, la tête dans l'ouverture pendant plusieurs longues minutes. Puis elle se releva et s'écarta d'un pas.

Neidelman se tourna vers Hatch.

— À votre tour.

— À mon tour ?

— Exact. Je ne suis pas complètement dénué de sensibilité. Ces richesses auraient dû vous appartenir pour moitié. Et c'est grâce à vous que nous avons pu creuser. Je vous en suis toujours reconnaissant, malgré tous les problèmes que vous avez causés. Ne me dites pas que vous ne voulez pas voir ce pour quoi nous avons tant travaillé.

Hatch respira un grand coup.

— Capitaine, il y a un radiomètre dans mon bureau. Je ne vous demande pas de croire sans voir...

Neidelman le gifla. Pas violemment, mais la douleur qui transperça la bouche et l'oreille de Hatch fut si insupportable qu'il tomba à genoux. Il prit vaguement conscience que le capitaine avait viré au cramoisi, les traits déformés par la colère.

Sans un mot, Neidelman lui désigna la plaque en acier. Streeter attrapa Hatch par les cheveux et lui poussa la tête dans l'ouverture.

Hatch cligna des paupières, incrédule. La lampe se balançait, créant un jeu d'ombres sur la voûte. Malgré ses parois métalliques orange de rouille, la salle d'environ trois mètres carrés était intacte. Hatch finit par oublier la douleur qui lui vrillait le crâne ; les mains de Streeter qui lui tiraient sadiquement les cheveux ; Neidelman ; tout.

Enfant, il avait vu une photo de l'antichambre de la tombe de Toutankhamon. En découvrant les coffres, les boîtes, les caisses et les tonneaux alignés le long des parois, cette photo lui revint en mémoire.

Le trésor... soigneusement emballé et rangé par Ockham et ses hommes. Mais le temps avait laissé sa trace. Les sacs de cuir s'étaient fendus en pourrissant, laissant échapper des ruisseaux de pièces d'or et d'argent qui, en se mêlant, formaient de petites rivières. Des douves vermoulues et fendues coulaient des émeraudes non taillées, des rubis sombres comme du sang de porc, des saphirs étincelant dans la lumière pâle, des topazes, des améthystes, des perles et, partout, les arcs-en-ciel scintillants de diamants, taillés ou non, gros ou petits. Contre une paroi s'entassaient des défenses d'éléphant, des cornes de narval, de l'ivoire de sanglier, jauni et craquelé. On voyait aussi d'énormes rouleaux d'une matière qui avait dû être de la soie, réduite à des lambeaux de cendre noire, parsemés de fils d'or.

Contre une paroi, s'alignaient de petites caisses en bois. Les flancs de celles du haut s'étaient détachés, et Hatch aperçut les extrémités de lingots d'or, des centaines, peut-être des milliers, empilés les uns sur les autres. Le long de la quatrième paroi, on voyait des caisses et des sacs de formes et de tailles diverses, dont certains s'étaient ouverts en roulant, révélant des trésors ecclésiastiques : des croix en or incrustées de perles et de pierres précieuses, des calices en or aux décors compliqués. Un autre sac, éclaté, se vidait de son contenu d'épaulettes tressées de fils d'or, volées à de malheureux capitaines.

Au centre de ce fantastique butin se trouvait un long coffre en plomb, orné et bordé d'or, sanglé de cercles d'acier qui l'ancraient au sol du caveau. Une massive serrure de laiton était soudée au couvercle, dissimulant en partie l'image dorée d'une épée dégainée gravée dessus.

Hatch fixait tout cela, bouche bée, lorsqu'il entendit un cliquètement, puis une sorte de souffle ; un sac pourri éclata, libérant un fleuve de doublons d'or qui ruissela sur les trésors empilés.

On le tira en arrière, et cette vision à la fois merveilleuse et cauchemardesque s'évanouit.

— Que tout soit prêt en surface, disait Neidelman. Sandra remontera le trésor dans le seau à l'aide du treuil. Il y a bien deux remorques derrière le véhicule tout-terrain, n'est-ce pas ? Nous devrions pouvoir transférer le plus gros du trésor sur le *Griffin* en une demi-douzaine de voyages. On ne peut pas se permettre plus.

— Et qu'est-ce que je fais de lui ? demanda Streeter.

Neidelman se contenta de hocher la tête. Un sourire se dessina sur les traits de Streeter lorsqu'il leva l'arme vers la tempe de Hatch.

— Pas ici, murmura Neidelman.

Sa rage soudaine évanouie, il avait retrouvé son calme et il fixait d'un air absent la salle du trésor.

— Il faut que cela ressemble à un accident. Je ne voudrais pas que la marée rejette son corps en décomposition avec une balle dans le crâne. Emmenez-le dans un tunnel latéral ou...

Il s'interrompit.

— Mettez-le donc avec son frère, dit-il en jetant un bref coup d'œil à Streeter avant de se replonger dans la contemplation du trou béant à ses pieds. Et, monsieur Streeter...

L'autre se figea.

— Vous avez dit qu'il y avait une chance qu'Isabelle ait survécu. Éliminez-la, voulez-vous.

52

Bonterre grimpait prudemment l'échelle menant au poste d'observation, prête à sauter au sol à la moindre alerte, quand Rankin se tourna et la vit. Sa barbe se fendit d'un énorme sourire, puis son visage se décomposa presque comiquement.

— Isabelle ! s'écria-t-il en venant vers elle. Tu es trempée. Et, bon Dieu… mais tu as le visage en sang !

— Aucune importance, dit-elle en se débarrassant de son ciré et de ses pulls pour les tordre.

— Que s'est-il passé ?

Bonterre le regarda, se demandant jusqu'où elle pouvait lui faire confiance.

— Naufrage.

— Bon Dieu ! Pourquoi le…

— Je t'expliquerai plus tard, l'interrompit-elle en renfilant ses vêtements trempés. Tu as vu Martin ?

— Le docteur Hatch ? Non.

Une console émit un léger bip, et Rankin courut voir ce qui se passait.

— C'est plutôt la folie par ici. L'équipe de terrassement a dénudé la plaque d'acier de la salle au trésor vers 19 heures. Neidelman les a renvoyés chez eux à cause de la tempête. Puis il m'a fait venir ici pour prendre le relais de Magnusen à la surveillance des principaux systèmes. Presque tout est en panne. Les générateurs sont dépassés, et les batteries de secours ne font pas le poids. Il a fallu que je ferme tous les systèmes secondaires. Les communications sont coupées depuis que la foudre a touché l'antenne. Ils sont tout seuls en bas.

Bonterre se dirigea vers le centre de la tour et regarda par l'ouverture vitrée. Le Puits était plongé dans l'obscurité, mais on distinguait une faible lueur ambre au fond. L'armature de titane luisait dans le reflet des rampes de secours.

— Qui est en bas ?

— Neidelman et Magnusen, pour ce que j'en sais. Je n'ai vu personne d'autre sur les écrans, en tout cas. Et ils se sont éteints quand les générateurs sont tombés en panne.

Bonterre fixait toujours la faible lueur au fond du puits.

— Et Streeter ?

— Je ne l'ai pas vu depuis ce matin.

Bonterre s'éloigna de la vitre.

— Neidelman a percé la plaque ?

— Comme je te l'ai dit, je n'ai plus de retour vidéo. Il ne me reste que les instruments. Au moins le sonar émet des signaux plus clairs maintenant que toute la terre a été dégagée. J'ai essayé d'obtenir une coupe de...

Il s'interrompit. Bonterre prit conscience d'une faible vibration, à la limite du perceptible. Elle regarda par les baies vitrées, soudain terrifiée. Mais le batardeau contenait toujours la fureur de l'océan.

— Qu'est-ce qui se passe ? fit Rankin, les yeux fixés sur l'écran du sonar.

— Tu as senti ?

— Senti ? Je le vois, oui.

— De quoi s'agit-il ?

— J'en sais fichtre rien. Bien trop faible pour être un tremblement de terre et de toute façon il n'émet pas les bonnes ondes P. Tiens, c'est fini. Un tunnel qui a dû s'effondrer quelque part, j'imagine.

— Écoute, Roger, j'ai besoin de ton aide, dit Bonterre en plaçant le sac de Nylon sur la console. Tu as déjà vu un engin pareil ?

— Qu'est-ce que c'est ? fit Rankin, les yeux toujours fixés sur l'écran.

— Un compteur de radioactivité. C'est pour...

— Attends. Un radiomètre, tu veux dire ? Bien sûr que je sais ce que c'est. Ces trucs coûtent la peau des fesses. Où est-ce que tu l'as dégotté ?

— Tu sais le faire marcher ?

— Plus ou moins. La société minière pour laquelle je travaillais s'en servait pour repérer des veines de dépôts de pechblende. Pas des modèles aussi sophistiqués que celui-là, en tout cas.

Rankin mit le radiomètre en marche et tapa quelques instructions sur le clavier miniature. Une grille en 3D apparut sur l'écran.

— Tu pointes le détecteur, dit-il en bougeant la tige ressemblant à un micro, et il te trace une carte de la source radioactive sur l'écran. L'intensité est codée en couleurs. Les bleus et les verts pour les radiations les plus faibles, puis on remonte le spectre. Le blanc désigne les plus fortes. Hum ! ce truc a besoin d'être calibré.

L'écran était strié de traits et de taches bleus.

Rankin enfonça quelques touches.

— Nom de Dieu ! j'obtiens un sacré bruit de fond. L'engin est probablement grillé. Comme tout ce qui nous entoure.

— Il marche très bien, dit Bonterre sur un ton égal. Il reçoit les radiations de l'épée de saint Michel.

Nankin la regarda en plissant les yeux.

— Qu'est-ce que tu racontes ?

— L'épée est radioactive.

— Tu me mènes en bateau.

— Non. La radioactivité est la cause de tous nos problèmes.

Bonterre s'expliqua rapidement sous l'œil effaré de Rankin dont la bouche s'ouvrait silencieusement au milieu de sa barbe épaisse. Lorsqu'elle en eut fini, elle se blinda pour la réplique inévitable.

Mais elle ne vint pas. Rankin la fixait toujours, une expression perplexe sur son visage hirsute. Puis son regard s'éclaira, et il hocha la tête.

— Ce doit être effectivement l'explication. Je me demande...

— Nous n'avons pas le temps de nous interroger, dit Bonterre. Il faut empêcher Neidelman d'ouvrir le coffre.

— Oui, fit Rankin, lentement, réfléchissant toujours. Oui, il faudrait que ce soit sacrément radioactif pour fuir jusqu'à la surface. Nom de Dieu ! il pourrait tous nous faire griller. Pas étonnant que l'équipement ait foiré. C'est un miracle que le sonar soit encore assez clair pour…

Il s'interrompit et se tourna vers les consoles.

— Nom de Dieu !

53

Neidelman était figé au fond du Puits inondé. Au-dessus de sa tête, l'ascenseur bourdonnait, emportant Streeter et Hatch qui disparurent bientôt dans la forêt d'entretoises.

Neidelman n'entendit pas l'ascenseur remonter. Il jeta un coup d'œil à Magnusen qui haletait, le visage pressé contre l'orifice dans la plaque de fer. Sans un mot, il repoussa l'ingénieur qui se laissa mollement faire, comme fatiguée ou à demi endormie, se saisit de sa filière de sécurité, l'accrocha à l'échelle et se glissa dans le trou.

Il atterrit près du coffre de l'épée, provoquant un éboulement de métaux précieux. Il se raidit, les yeux fixés sur le coffre, aveugle à la richesse éblouissante qui l'entourait. Puis il s'agenouilla, presque révérencieusement, caressant chaque détail du regard.

En plomb ciselé d'argent, décoré de dorures compliquées, le coffre mesurait environ un mètre cinquante de long sur soixante centimètres de large. Il était amarré au sol métallique de la salle du trésor par quatre cercles de fer entrecroisés : une cage étrangement grossière pour un prisonnier aussi superbe.

Neidelman l'examina de plus près. Le coffre reposait sur des pieds en forme de griffes d'or pur. Chaque pied représentait une serre d'aigle tenant un globe : un détail manifestement d'origine baroque. En fait, le coffre semblait être un amalgame de styles, du XIIIe siècle au premier baroque espagnol. À l'évidence, on l'avait progressivement enrichi de décorations chaque fois plus somptueuses que les précédentes.

Neidelman effleura le métal ouvragé, surpris de le trouver presque chaud. Il passa la main à travers la cage de fer et suivit le ciselage du doigt. Depuis des années, pas un jour ne s'était écoulé sans qu'il songe à cet instant où il découvrirait le coffre, le toucherait, l'ouvrirait… et en sortirait le contenu.

Il avait passé d'innombrables heures à imaginer la forme de l'épée. Parfois, il voyait une grande épée romaine d'électrum martelé, peut-être même l'épée de Damoclès elle-même. Parfois, il imaginait une arme sarrasine, en or brettelé avec une lame en argent, ou encore un sabre byzantin, incrusté de pierres précieuses et impossible à soulever à cause de son poids. Il avait même songé qu'il s'agissait de l'épée de Saladin, rapportée par un chevalier des croisades, faite de l'acier de Damas le plus fin, incrusté d'or et de diamants des mines du roi Salomon.

Les possibilités, les conjectures l'emplissaient d'une émotion intense, plus absolue que ce qu'il avait jamais connu. *C'est ce que l'on doit ressentir devant Dieu*, se dit-il.

Il se souvint alors que le temps était compté. Il lâcha le métal soyeux du coffre pour placer ses mains sur les cercles d'acier qui l'enserraient. Il tira, d'abord timidement, puis avec force. La cage qui entourait le coffre était solide, inamovible. *Étrange*, pensa-t-il, *que les cercles passent au travers de fentes dans le sol métallique et semblent attachés, fixés à quelque chose en dessous*. Les extraordinaires mesures de sécurité qui entouraient le coffre confirmaient sa valeur inestimable.

D'une poche, Neidelman tira un canif qu'il enfonça dans la rouille couvrant le cercle le plus proche. Quelques paillettes se détachèrent, dénudant un acier brillant. Pour libérer le coffre, il lui faudrait couper les cercles au chalumeau.

Un halètement le ramena à la réalité. Il leva les yeux : Magnusen le regardait à travers l'ouverture. Son regard était sombre et fiévreux dans le balancement de la lampe.

— Descendez le chalumeau, que je libère ce coffre.

Moins d'une minute après, elle atterrissait lourdement près de lui. Tombant à genoux, le chalumeau oublié, elle se perdit dans la contemplation des richesses. Prenant une poignée de doublons d'or et de gros louis d'or, elle les fit couler entre ses doigts. Puis elle saisit une autre poignée, puis une autre et encore une autre. Elle heurta du coude un petit coffre en bois qui tomba en poussière, libérant des ruisseaux de diamants et de cornalines. Prise de panique, elle se jeta dessus, fourra les pierres précieuses dans ses poches, tanguant, déchirant d'autres sacs dans sa hâte. Finalement, elle se laissa tomber à plat ventre, les bras enfoncés dans l'or, les jambes écartées, riant ou pleurant doucement.

Tendant la main vers le chalumeau, Neidelman s'arrêta pour la contempler un instant, se disant qu'il était temps qu'elle descende le seau dans la salle et commence à remonter le trésor vers la surface. Puis son regard revint sur le coffre, et il oublia aussitôt Magnusen.

Il saisit l'épaisse serrure en laiton qui fermait le coffre. C'était une pièce grossière, lourde et frappée de sceaux ducaux, dont certains devaient dater du XIVe siècle. Ils étaient intacts. Ockham n'avait donc jamais ouvert son plus grand trésor. Étrange.

Cet honneur lui serait réservé.

Malgré sa taille, la serrure fermait étroitement le coffre : à l'aide de la lame de son canif, Neidelman découvrit qu'il pouvait soulever le couvercle de quelques millimètres. Il retira le canif et inspecta de nouveau les cercles en métal que l'on avait passés dans la serrure, pour voir où il faudrait les attaquer au chalumeau.

Puis il tourna le robinet d'arrêt du cylindre et l'alluma. Il y eut un petit pop, et un point lumineux blanc intense apparut au bout du bec. Tout semblait se produire avec une lenteur glaciale, ce qui ravissait littéralement Neidelman. Chaque instant, chaque geste lui procurait un plaisir intense. Il lui faudrait un certain temps, quinze, voire vingt minutes, pour libérer le coffre de ses cercles et tenir l'épée entre ses mains. Mais il savait qu'il se rappellerait chaque seconde jusqu'à son dernier souffle.

Il approcha avec précaution la flamme du métal.

54

Hatch gisait au fond du petit puits de pierres, à demi conscient. Au-dessus de lui, il perçut le cliquetis de l'échelle pliante que remontait Streeter. Le faible faisceau d'une torche illumina brièvement la voûte, à une dizaine de mètres au-dessus de sa tête, dans la salle où Wopner avait trouvé la mort. Puis il entendit Streeter s'éloigner de son pas pesant dans l'étroit tunnel rejoignant le puits principal, s'évanouir avec la lumière jusqu'à ce que silence et obscurité l'enveloppent.

Pendant quelques minutes, il resta immobile sur la pierre froide et humide. Peut-être rêvait-il, après tout, peut-être faisait-il un de ces horribles cauchemars claustrophobiques dont on se réveille avec un soulagement indicible. Il se redressa sur son séant et se cogna la tête contre une saillie. L'obscurité était à présent totale.

Il se rallongea. Streeter l'avait abandonné sans un mot. Le chef d'équipe n'avait même pas pris la peine de lui lier les mains. Peut-être était-ce pour que sa mort paraisse moins suspecte. Mais, au fond de lui-même, Hatch savait que Streeter n'avait pas besoin de le ligoter. Il n'avait aucune chance de remonter les neuf mètres de parois lisses et glissantes le séparant de la salle voûtée. Deux heures, peut-être trois, et le trésor serait hors du puits et à l'abri à bord du *Griffin*. Puis Neidelman n'aurait plus qu'à détruire le batardeau déjà branlant. L'océan inonderait le Puits, les tunnels et les salles... ce trou...

Hatch sentit un spasme parcourir ses muscles lorsqu'il lutta pour s'empêcher de céder à la panique. Il haleta, tentant de calmer les battements de son cœur. Dans le trou, l'air déjà rare se raréfiait.

Il roula vers le fond du puits, loin de la saillie, où il pourrait s'adosser à la pierre froide. Il leva de nouveau la tête, en quête de la moindre lueur. Il ne vit qu'obscurité. Il songea à se lever, mais cette seule pensée l'épuisa tant qu'il se rallongea. Sa main droite glissa alors dans une étroite cavité sous une lourde dalle de pierre et se referma sur quelque chose de froid, humide et raide.

C'est alors qu'il comprit, horrifié, où il se trouvait, ce qui le réveilla tout à fait. Il lâcha l'os de Johnny avec un sanglot étranglé.

L'humidité suffocante de l'air froid s'insinuait à travers ses vêtements trempés et lui brûlait la gorge. Il se souvint que les gaz les plus lourds, comme le dioxyde de carbone, stagnaient au ras du sol. Peut-être respirerait-il mieux debout.

Il se redressa péniblement en s'appuyant contre la paroi. Progressivement, le bourdonnement dans sa tête s'estompa. Il tenta de se convaincre qu'il restait de l'espoir. Il explorerait chaque centimètre carré de la cavité à tâtons. Les os de Johnny avaient échoué dans cette salle, victimes de l'engin de mort diabolique de Macallan. Cela voulait dire que le tunnel relié à la côte était proche. S'il réussissait à comprendre le fonctionnement du piège de Macallan, peut-être trouverait-il une issue.

Pressant son visage contre la paroi gluante, il tendit les mains le plus loin possible au-dessus de sa tête. Il commencerait par le haut et palperait les pierres de haut en bas, quart par quart, jusqu'à ce qu'il ait exploré le moindre centimètre carré. Légèrement, tels ceux d'un aveugle, ses doigts explorèrent chaque fissure, chaque protubérance, sondant, frappant, en quête d'un bruit creux.

Le premier quart ne révéla que des pierres lisses, bien mortaisées. Hatch passa à la partie suivante. Cinq minutes s'écoulèrent, puis dix, et il se retrouva à quatre pattes, explorant à tâtons le sol du puits.

Il avait exploré chaque centimètre carré, à l'exception de l'étroite fissure sous la dalle qui avait écrasé les os de son frère. Mais, rien, rien n'indiquait une issue.

Respirant par à-coups, soufflant l'air vicié par les narines, Hatch passa timidement la main sous la lourde plaque. Ses doigts ne rencontrèrent que la casquette de base-ball pourrissante vissée sur le crâne de son frère. Il retira sa main, le cœur battant la chamade.

Il se remit debout et leva la tête, en quête d'un peu d'air plus pur. Johnny souhaiterait qu'il fasse de son mieux pour survivre.

Il cria au secours, d'abord faiblement, puis plus fort. Il s'efforça d'oublier que l'île était pratiquement déserte ; d'oublier que Neidelman se préparait à ouvrir le coffre, de tout oublier sauf de crier à l'aide.

Il criait, s'arrêtant de temps à autre pour reprendre son souffle, quand un dernier pan d'armure caché céda en lui. L'air vicié, l'obscurité, l'odeur particulière du puits, la proximité de Johnny, tout cela concourut à arracher le dernier voile dissimulant cette horrible journée, un quart de siècle plus tôt. Soudain, les souvenirs enfouis resurgirent, et Hatch se retrouva à quatre pattes, allumette crachotant entre les doigts, alors qu'un bruit étrange, comme celui d'un objet qu'on traîne, lui arrachait Johnny à jamais.

Dans l'obscurité, les cris de Hatch se muèrent en hurlements.

55

— Qu'est-ce qui se passe ? fit Bonterre, la main figée sur le radiomètre.

Rankin la fit taire d'un geste.

— Une minute. Laisse-moi neutraliser les traces de radiation.

Son visage à quelques centimètres de l'écran était baigné d'une lumière ambre.

— Bon Dieu ! C'est ça, c'est bien ça. Pas d'erreur, pas cette fois. Les deux systèmes sont d'accord.

— Roger...

Rankin s'éloigna de l'écran et se passa la main dans les cheveux.

— Regarde-moi ça.

Sur l'écran, un enchevêtrement de lignes s'agitait au-dessus d'une épaisse bande noire.

— Cette bande noire, c'est le vide sous le Puits inondé.

— Le vide ?

— Une immense caverne, probablement remplie d'eau. Dieu seul connaît sa profondeur.

— Mais...

— Je n'avais encore jamais pu obtenir une lecture claire, à cause de toute l'eau dans le Puits. Et ensuite je n'arrivais pas à faire marcher ces capteurs en série. Jusqu'à maintenant.

Bonterre fronça les sourcils.

— Tu ne comprends pas ? C'est une caverne ! Nous n'avons jamais pris la peine de regarder plus loin que le Puits inondé. La salle du trésor, le Puits lui-même, nous aussi, nom de Dieu, nous sommes tous assis sur un putain de diapir. Cela explique les pannes, le déplacement, tout.

— Une autre création de Macallan ?

— Non, non, cette fois, c'est naturel. Macallan n'a fait qu'exploiter ce qui existait. Un diapir est une formation géologique, un pli vertical qui se forme dans la croûte terrestre.

Rankin joignit les mains comme pour prier, puis poussa l'une d'elles vers le plafond.

— Il fend la roche au-dessus de lui, créant un énorme réseau de fractures et généralement une fissure verticale, une sorte de tuyau, qui s'enfonce profondément dans la terre, parfois de quelques dizaines de mètres. Ces ondes P, cette vibration tout à l'heure... il est évident que quelque chose se produisait dans le pli, causant une résonance. Cela doit faire partie de la même sous-structure à l'origine des tunnels naturels que Macallan a...

Bonterre sursauta quand le compteur dans ses mains émit un bip. Sous ses yeux, le scintillement bleu sur l'écran vira au jaune.

— Laisse-moi voir ça, dit Rankin en enfonçant quelques touches du clavier, minuscules sous ses énormes paluches.

La moitié supérieure du petit écran s'éclaircit, puis un message s'inscrivit en lettres noires :

Niveaux de radiation dangereux détectés
préciser mesure désirée (ionisations/joules/rads)
et rythme (secondes/minutes/heures)

Rankin enfonça d'autres touches :

240,8 rads/heure
flux de neutrons rapide détecté
contamination générale par radiation possible
recommandation : évacuation immédiate

— Merde, c'est trop tard.
— Quoi trop tard ?
— Il a ouvert le coffre.
Sous leurs yeux, le message changea encore :

33,144 rads/heure
niveaux de fond dangereux
recommandation : entamer procédures d'endiguement

— Que s'est-il passé ? demanda Rankin.
— Je ne sais pas. Peut-être qu'il l'a refermé.
— Voyons si je peux obtenir un taux de radiation à la source, dit Rankin en se remettant à pianoter sur son clavier.
Puis il se redressa, les yeux toujours fixés sur le petit écran :
— Oh ! nom de Dieu ! marmonna-t-il. Tu ne vas pas me croire.
Il fut interrompu par un bruit sourd sur la galerie d'observation. La porte s'ouvrit à la volée sur Streeter.

— Salut, Lyle ! s'écria Rankin avant de remarquer son arme.

Streeter les regarda tous les deux tour à tour.

— Suivez-moi, dit-il en désignant la porte.

— Où ça ? demanda Rankin. Et pourquoi ce flingue ?

— On va faire un petit tour, rien que nous trois, répondit Streeter en montrant le hublot d'observation.

Bonterre glissa le radiomètre sous ses pulls.

— Vous voulez dire, dans le puits ? fit Rankin, incrédule. C'est dangereux comme tout, là-dedans. Ce truc est en équilibre sur...

Streeter colla son arme contre le dos de la main droite de Rankin et tira.

Le bruit de la détonation résonna dans l'espace confiné d'Orthanc. Instinctivement, Bonterre détourna les yeux. En se retournant, elle vit Rankin à genoux, qui serrait sa main droite. Des ruisselets de sang coulaient entre ses doigts et s'écrasaient sur le sol métallique.

— Cela vous laisse une main pour vous retenir, dit Streeter. Si vous voulez la garder, vous avez intérêt à la fermer.

Avec un gémissement de douleur, Rankin se releva, regarda Streeter, puis l'arme, et se dirigea vers la porte.

— À vous, dit Streeter à Bonterre.

Lentement, après s'être assurée que le radiomètre était à l'abri sous ses pulls, elle se leva et suivit Rankin.

— Et faites gaffe, dit Streeter. La descente est longue.

56

Adossé à la paroi du puits, à présent au-delà de toute peur et de tout espoir, Hatch avait la gorge irritée d'avoir tant crié. Le souvenir perdu de ce qui s'était passé dans ce tunnel était de nouveau sien, mais il se sentait trop las pour examiner les pièces manquantes. L'air, couverture suffocante, dégageait une odeur infecte, et Hatch secoua la tête, comme pour se débarrasser du son lointain mais insistant de la voix de son frère : « Où êtes-vous ? Où êtes-vous ? »

Hatch gémit et tomba à genoux, frottant sa joue contre la pierre rugueuse, essayant de s'éclaircir les idées. La voix insistait.

Hatch redressa la tête, tout ouïe.

La voix se fit de nouveau entendre.

— Oui ? fit Hatch timidement.

— Où êtes-vous ? reprit la voix étouffée.

Hatch se tourna, tâtonna le long des murs, tentant de s'orienter. Le son provenait de derrière la dalle qui pressait les os de son frère contre le sol de pierre.

— Ça va ? dit la voix.

— Non ! Non ! je suis piégé.

La voix semblait aller et venir. Peut-être était-ce lui qui parlait, selon qu'il était conscient ou non.

— Comment puis-je vous aider ? reprit la voix.

Hatch réfléchit avant de répondre.

— Où êtes-vous ?

La poussée d'adrénaline l'avait tiré de son inertie, mais cela ne durerait pas longtemps.

— Dans un tunnel.

— Quel tunnel ?

— Je ne sais pas. Il vient de la côte. Mon bateau a fait naufrage, mais j'ai été sauvé. Sauvé par un miracle.

Hatch se reposa un instant, tentant d'inspirer le peu d'air qui restait. Il ne pouvait s'agir que d'un tunnel : celui de Johnny.

— Où êtes-vous coincé ? reprit la voix.

— Attendez ! cria Hatch, haletant, se forçant à revivre ses vieux souvenirs. Qu'avait-il vu ?

... *Une porte, une porte avec un sceau dessus. Johnny avait brisé le sceau et franchi le seuil. Un souffle de vent venant du tunnel avait éteint l'allumette... Johnny avait poussé un cri de surprise et de douleur... il y avait eu une sorte de bruit de raclement... Hatch avait cherché une autre allumette, l'avait allumée, avait vu le mur de pierres lisses devant lui, de grosses traînées de sang le long de sa base et de l'endroit où il coïncidait avec le mur de gauche. Le sang avait presque semblé pleurer des fissures, avançant vers lui comme une vague pour finir par ramper autour de ses genoux et de ses tennis.*

Hatch s'essuya le visage d'une main tremblante, accablé par la force du souvenir.

Un souffle de vent était venu du tunnel lorsque Johnny avait ouvert la porte. Pourtant, quand Hatch avait rallumé une autre allumette, il n'avait trouvé qu'un mur de pierres devant lui, et Johnny avait disparu. Le tunnel devait donc continuer derrière la plaque. Entrer dans la pièce, ouvrir la porte, ou encore briser le sceau avait déclenché le piège de Macallan. Une dalle de pierre était tombée en travers du tunnel, entraînant Johnny avec elle, l'écrasant sous elle, pressant son corps dans ce petit espace, obstruant le reste du tunnel étanche. Il n'y avait pas d'autre explication. Le puits, l'endroit dans lequel Hatch était piégé, la salle voûtée au-dessus devaient faire partie du mécanisme de soutien du piège. Et Macallan, ou peut-être Ned le Rouge Ockham, n'avait pas voulu qu'on puisse toucher au piège. Si bien que la salle voûtée elle-même avait été piégée. Comme Wopner l'avait appris en le payant de sa vie.

— Vous êtes toujours là ? reprit la voix.

— Attendez, s'il vous plaît, haleta Hatch, s'efforçant d'aller jusqu'au bout de son raisonnement.

Le tunnel que Johnny et lui avaient découvert devait être l'entrée secrète d'Ockham, celle que Macallan lui avait construite, l'autre porte vers le trésor. Mais si un chasseur de trésor devait trouver le tunnel de la côte, Macallan avait besoin d'un moyen pour l'arrêter. Le piège qui avait tué Johnny était manifestement sa réponse. Une dalle massive, roulant latéralement, écrasant tout intrus. La dalle était taillée de telle sorte qu'une fois en place elle ressemblerait au mur du fond du tunnel, dissuadant de poursuivre l'exploration...

Hatch bataillait pour garder les idées claires. Cela signifiait qu'une fois le Puits asséché Ockham aurait eu besoin d'un moyen de réinstaller le piège, de remettre la dalle en place, afin de récupérer son butin. Bien sûr, Macallan avait ses propres projets pour Ockham une fois qu'il aurait atteint le Puits lui-même. Mais il fallait faire croire au pirate qu'il disposait d'un autre accès au trésor.

Le piège devait donc être fondé sur un simple mécanisme de pivot, la dalle placée de telle sorte que la moindre pression puisse la faire bouger... la pression du poids d'un enfant...

Mais alors pourquoi personne n'était-il tombé par hasard sur le moyen de réinstaller le piège, lors de ces recherches frénétiques pour retrouver Johnny, trente et un ans auparavant ?

— Hé ! s'écria-t-il soudain. Vous êtes toujours là ?

— Oui, comment puis-je vous aider ?

— Vous avez une lampe ?

— Une torche, oui.

— Regardez autour de vous. Dites-moi ce que vous voyez.

Il y eut un silence.

— Je suis au bout d'un tunnel. De la pierre sur trois côtés.

Hatch ouvrit la bouche, toussa, inspira.

— Décrivez ces pierres.

— De grosses dalles.

— Sur trois côtés ?

— Oui.

— Des fissures, des creux ?

— Non, rien.

Hatch tenta de réfléchir.

— Et le plafond ?

— Un grand linteau en pierre, de vieilles poutres de chêne.

— Testez les poutres. Sont-elles solides ?

— On dirait.

Il y eut un autre silence. Hatch s'efforça de trouver son souffle.

— Et le sol ?

— Il est couvert de boue. Difficile à voir.

— Vérifiez.

Hatch attendit en s'obligeant à ne pas perdre conscience.

— C'est un dallage de pierres, fit la voix.

Hatch eut une lueur d'espoir.

— De petites dalles ?

— Oui.

La lueur se précisa.

— Regardez de plus près. Y en a-t-il une qui ait l'air différente des autres ?

— Non.

L'espoir s'envola. Hatch se prit la tête à deux mains et ouvrit grande la bouche, luttant pour respirer.

— Attendez. Il y a quelque chose. Il y a une pierre au centre qui n'est pas exactement carrée. Elle est légèrement effilée, un peu comme un trou de serrure. On dirait, du moins. Il n'y a pas grande différence.

Hatch releva la tête.

— Vous pouvez la soulever ?

— J'essaie… Non, elle est bien scellée, et le sol autour est dur comme du béton.

— Vous avez un couteau ?

— Non. Mais attendez un instant, que j'essaie autre chose.

Hatch crut percevoir un très faible grattement.

— Oui ! dit la voix, avec un soupçon d'exaltation. Je la soulève… il y a une sorte de mécanisme dans une cavité en dessous, un manche en bois, un genre de levier.

Ce doit être la poignée du pivot, songea Hatch, au bord de l'évanouissement.

— Vous pouvez le tirer ?

— Non. Il est coincé.

— Essayez encore ! souffla Hatch.

Dans le silence qui suivit, le bourdonnement revint, de plus en plus fort à ses oreilles ; il s'appuya contre la pierre froide, tenta de se redresser, puis sombra dans l'inconscience.

… Hatch perçut une lumière, une voix, puis il eut l'impression de revenir de très loin. Il tendit la main vers la lumière, glissa et tomba, faisant voltiger un des os de Johnny. Il respira, l'air n'était plus ni étouffant ni empoisonné : il sentait vaguement l'iode. Il devait être tombé dans un tunnel plus large quand la dalle qui avait écrasé son frère s'était déplacée.

Hatch tenta de parler, mais ne réussit qu'à croasser. Il regarda de nouveau la lumière, tentant de distinguer qui se cachait derrière. Se relevant sur des genoux tremblants, il cligna des paupières et vit le révérend Clay, du sang séché autour du nez, torche à la main.

— Vous ! s'écria Clay, la déception perçant dans sa voix.

Clay arborait une grande croix fine de métal brillant autour du cou, à moitié couverte de terre.

Hatch tituba, respirant à fond l'air délicieux. Ses forces revenaient, mais il n'avait pas encore l'énergie suffisante pour parler.

Clay glissa sa croix sous sa chemise et s'approcha, s'arrêtant sous la porte basse, à l'endroit même où Hatch s'était tenu plus de vingt-cinq ans auparavant.

— Je me suis abrité près de l'entrée du tunnel et j'ai entendu vos cris, dit le pasteur. Au troisième essai, j'ai pu manœuvrer le levier, et le mur du fond s'est ouvert. C'était là ? Mais qu'est-ce que vous faites ici ? Et que sont ces ossements qui sont tombés avec vous ?

Pour toute réponse, Hatch tendit la main. Après une hésitation, Clay la prit pour l'aider à se redresser.

— Merci. Vous m'avez sauvé la vie.

Clay eut un geste irrité.

— C'est le tunnel dans lequel mon frère a été tué. Et ce sont ses os.

Les yeux de Clay s'écarquillèrent.

— Oh ! fit-il en détournant sa torche. Je suis désolé.

— Vous avez vu quelqu'un d'autre sur l'île ? Une jeune femme en ciré ? Une brune ?

Clay secoua la tête.

Hatch ferma brièvement les yeux, inspira profondément. Puis il désigna le tunnel du doigt.

— Il mène au fond du Puits inondé. Le capitaine Neidelman se trouve dans la salle du trésor. Il faut que nous l'arrêtions.

— Que voulez-vous dire ?

— Il s'apprête à ouvrir le coffre qui contient l'épée de saint Michel.

Une expression soupçonneuse passa sur le visage du pasteur.

Hatch fut saisi d'une toux sèche.

— J'ai appris que l'épée était mortelle. Radioactive.

Clay croisa les bras.

— Elle pourrait tous nous tuer, ainsi que la moitié de la ville de Stormhaven si elle sortait de son coffre.

Clay ne broncha pas.

— Écoutez, fit Hatch en déglutissant. Vous aviez raison. Nous n'aurions jamais dû nous mettre en quête de ce trésor. Mais c'est trop tard, maintenant. Je ne peux pas l'arrêter tout seul.

Une nouvelle expression se peignit sur le visage du pasteur, une expression que Hatch eut du mal à traduire. Le visage de Clay changea, s'illumina, comme éclairé de l'intérieur.

— Je crois que je commence à comprendre, dit-il presque pour lui-même.

— Neidelman a envoyé un homme me tuer. Il a perdu la raison.

— Oui, fit Clay avec ferveur. Bien sûr.

— Il ne nous reste plus qu'à espérer que nous arriverons à temps.

Hatch contourna avec précaution le tas d'os.

— Repose en paix, Johnny, dit-il dans un souffle.

Puis il s'engagea dans l'étroit tunnel en pente, Woody Clay sur ses talons.

57

Gerard Neidelman resta à genoux sans bouger devant le coffre pendant un temps qui parut infini. Les bandes de fer qui l'encerclaient avaient été soigneusement découpées, une à une. Libérés par la lueur blanche précise de la torche d'acétylène, les cercles avaient disparu dans les fentes du sol métallique. Un seul demeurait qui ne tenait plus à la serrure du coffre que par une épaisse couche de rouille.

La serrure avait été découpée, les sceaux brisés. L'épée était à portée de sa main.

Et pourtant Neidelman restait figé, les doigts sur le couvercle. Chacun de ses sens semblait magnifié. Il se sentait vivant, vivant à un point qu'il n'aurait jamais cru possible. C'était comme si sa vie passée n'était plus qu'un paysage incolore ; comme s'il n'avait vécu que dans l'attente de cet instant.

Il inspira lentement, une fois, deux fois. Un léger frémissement, un bond de son cœur peut-être, parut le parcourir. Puis, avec une lenteur respectueuse, il souleva le couvercle.

Dans la pénombre, il aperçut un faible scintillement de pierres précieuses. L'intérieur exhalait une chaude odeur de myrrhe.

L'épée reposait sur du velours parfumé. Neidelman tendit la main vers la garde, ses doigts se glissant entre la coquille en or martelé et la poignée. La lame elle-même était cachée, protégée par un magnifique fourreau incrusté d'or et de pierres précieuses.

Avec précaution, Neidelman sortit l'épée du coffre. Le velours du fond se transforma aussitôt en un nuage de poussière pourpre.

Neidelman souleva l'épée, étonné par son poids, et la plaça doucement dans la lumière.

Le fourreau et la garde étaient de facture byzantine, en or lourd, datant peut-être du VIIIe ou du IXe siècle, une forme de rapière extrêmement rare. Le repoussé et le filigrane étaient d'une délicatesse étonnante ; jamais Neidelman n'en avait vu de plus beaux.

Il leva le fourreau, le tourna vers la lumière, et sentit presque son cœur s'arrêter de battre. La gaine du fourreau disparaissait sous des cabochons de saphirs d'une couleur et d'une transparence presque irréelles. Neidelman se demanda quelle puissance terrestre pouvait donner une couleur aussi riche à une pierre précieuse.

Il examina la garde. Les branches et les quillons portaient quatre rubis étonnants, chacun digne du célèbre De Long, dont Neidelman savait qu'il était considéré comme la pierre la plus parfaite au monde. Mais, enchâssé à la base du pommeau, se trouvait un gros rubis en taille à étoile qui surpassait le De Long sur tous les plans. Cette pierre n'avait aucun équivalent sur terre... aucun.

La fusée était décorée d'un ruban éblouissant de pierres précieuses, un véritable arc-en-ciel de couleurs : noires, orange, bleu nuit, blanches, vertes, roses et jaunes, chacune d'une parfaite taille en étoile. Chaque pierre était unique, inestimable. Les voir serties ensemble dans un or byzantin d'une telle facture était inconcevable. Jamais pareil objet n'avait existé au monde : il était sans égal.

L'esprit parfaitement clair, Neidelman comprit qu'il ne s'était pas trompé au sujet de l'épée. Il avait seulement sous-estimé son pouvoir. Cet objet pouvait changer la face du monde.

L'instant fatidique était enfin arrivé. La garde et le fourreau étaient extraordinaires ; la lame devait dépasser l'imagination. Prenant la garde dans sa main droite et le fourreau dans sa main gauche, Neidelman entreprit de dénuder la lame avec une lenteur exquise.

Son plaisir intense se mua d'abord en perplexité, puis en choc et en stupeur. Il découvrit un bout de métal piqué, aplati et déformé. Truité, oxydé au point d'avoir viré au pourpre presque noir, avec des inclusions d'une substance blanche. Il dénuda complètement la lame et la redressa, les yeux fixés sur cette chose informe. Qu'est-ce que cela pouvait bien vouloir dire ? Depuis des années, il ne cessait d'imaginer cet instant. Et chaque fois l'épée avait eu un aspect différent.

Mais jamais celui-ci.

Neidelman caressa le métal rugueux, s'étonnant de l'étrange chaleur qu'il dégageait. Peut-être l'épée avait-elle été équipée d'un fourreau neuf après avoir fondu dans un incendie. Mais quel genre d'incendie pourrait donner un tel résultat ? Et de quel métal s'agissait-il ? Ce n'était pas du fer, la rouille serait orange, ni de l'argent qui noircissait en s'oxydant. Quant au platine et à l'or, ils ne s'oxydaient pas. Et l'épée était bien trop lourde pour qu'il puisse s'agir de fer-blanc, ou d'un autre métal de second ordre.

Quel métal virait au pourpre en cas d'oxydation ?

Neidelman tourna de nouveau l'épée et fendit l'air avec, se rappelant alors la légende chrétienne de l'archange saint Michel.

Il eut une idée.

Plusieurs fois, tard dans la nuit, il avait rêvé que l'épée enterrée au fond du Puits inondé était celle de la légende : celle avec laquelle saint Michel avait terrassé Satan. Dans ses rêves, lorsqu'il contemplait l'épée, il subissait une conversion aveuglante, comme saint Paul sur la route de Damas. Il avait trouvé un étrange réconfort dans le fait que son imagination fertile le lâchait toujours à ce moment-là. Rien de ce qu'il pouvait concevoir n'était suffisamment extraordinaire pour justifier la vénération et la terreur que l'on trouvait dans les documents anciens à l'évocation de l'épée.

Mais si saint Michel, l'archange à l'épée, avait effectivement lutté contre Satan, son arme aurait été carbonisée et aurait fondu pendant le combat. Une telle épée ne ressemblerait à aucune autre.

Comme celle qu'il avait entre les mains.

Neidelman la contempla d'un œil neuf, saisi d'un mélange d'étonnement, de peur et d'incertitude. Si une telle épée existait, et quelle autre explication pourrait-il y avoir, alors c'était une preuve de l'existence d'un autre monde ; au-delà du monde matériel. Cette découverte serait un événement spectaculaire.

Oui, oui, se dit-il. Avec cette épée, il pourrait purifier le monde ; balayer la faillite spirituelle, donner le coup fatal aux religions et à leurs représentants en déclin, créer quelque chose de neuf pour un nouveau millénaire. S'il la détenait, ce n'était pas un hasard ; il l'avait gagnée avec sa sueur et son sang ; il s'était montré digne d'elle. L'épée était la preuve qu'il avait attendue toute sa vie : son trésor, ultime.

D'une main tremblante, il posa l'arme pesante sur le couvercle ouvert du coffre. Une fois de plus il fut stupéfié par le contraste entre la beauté surnaturelle de la garde et la laideur de la lame. Mais à présent sa hideur prenait une dimension merveilleuse, délicieuse, presque bénite, sainte.

Elle était sienne. Et il avait tout le temps de la terre pour examiner, et peut-être finir par comprendre, son étrange et terrible beauté.

Il glissa soigneusement l'épée dans son fourreau, tout en jetant un coup d'œil au coffre. Il le remonterait aussi à la surface ; le coffre avait sa propre importance, restait inextricablement lié à l'histoire de l'épée. En jetant un coup d'œil pardessus son épaule, il fut satisfait de voir que Magnusen s'était enfin décidée à descendre le seau dans la salle et qu'elle le remplissait de sacs de pièces, lentement, comme un automate.

Il reporta son attention sur le coffre et le cercle de fer qui restait, rouillé à certains endroits sur un bord. C'était une bien étrange manière de sangler le coffre. Il aurait certainement été plus simple de fixer les cercles au sol de la salle du trésor, au lieu de les faire passer en dessous. À quoi étaient-ils attachés ?

Neidelman recula et libéra le coffre en donnant un coup de pied dans le dernier cercle de fer. Celui-ci se brisa et disparut, comme aspiré, dans le trou.

Soudain, il y eut une secousse, et la salle au trésor fit une embardée. L'extrémité droite du sol s'abaissa brutalement, comme un avion plongeant dans de virulentes turbulences. Des caisses, des sacs et des tonnelets rangés à gauche glissèrent, explosant en heurtant le sol, libérant des flots de pierres précieuses, de poussière d'or et de perles. Des piles de lingots d'or s'effondrèrent dans un vacarme. Projeté contre le coffre, Neidelman tendit la main vers la garde de l'épée, les oreilles résonnant des hurlements de Magnusen, les yeux écarquillés de stupeur.

58

Le moteur électronique du monte-charge gémit en s'enfonçant dans le Puits. Arme au poing, Streeter obligeait Rankin et Bonterre à se tasser contre le rebord opposé.

— Lyle, je vous en prie, écoutez, plaidait Bonterre. Roger dit qu'il y a un énorme vide en dessous de nous. Il a tout vu sur l'écran du sonar. Le Puits et la salle sont construits au-dessus d'un...

— Allez donc raconter ça à votre copain Hatch, répliqua Streeter. S'il est toujours en vie.

— Qu'est-ce que vous lui avez fait ?

Streeter releva le canon de son arme.

— Je sais ce que vous mijotez.

— Mon Dieu, vous êtes aussi parano que...

— La ferme ! Je savais qu'on ne pouvait pas se fier à Hatch... je l'ai su dès l'instant où je l'ai vu. Le capitaine est un peu naïf parfois. C'est un homme bon, qui accorde trop facilement sa confiance. Voilà pourquoi il a toujours eu besoin de moi. J'ai attendu mon heure. Et le temps m'a donné raison.

Quant à toi, salope, tu n'as pas choisi le bon camp. Et toi non plus, ajouta-t-il en visant Rankin.

Au bord du monte-charge, le géologue se cramponnait à la barre de sa main valide, sa main droite blessée coincée sous l'aisselle.

— Vous êtes complètement dingue.

Bonterre le regarda. Ce grand ours d'homme, habituellement affable et facile à vivre, vibrait de colère.

— Vous ne comprenez pas, siffla Rankin. Le trésor absorbe de la radioactivité depuis des siècles. Il ne peut servir à personne.

— Continuez à déblatérer, et je vous colle ma botte dans les dents, dit Streeter.

— J'en ai rien à foutre. De toute façon, l'épée va tous nous tuer.

— Foutaises !

— Pas du tout. J'ai vu les données. Les taux de radioactivité venant du coffre sont incroyables. Quand Neidelman sortira cette épée, nous crèverons tous.

Ils dépassèrent la plate-forme des quinze mètres, le métal terne des étais en titane luisant faiblement dans l'éclairage de secours.

— Vous me prenez pour un con, c'est ça ? Ou alors vous êtes tellement désespéré que vous êtes prêt à dire n'importe quoi pour sauver votre peau. Cette épée est vieille d'au moins cinq siècles. Il n'existe rien sur terre qui soit aussi naturellement radioactif.

— Rien sur terre. Exactement, dit Rankin en se penchant vers lui. Cette épée a été fabriquée avec une foutue météorite.

— Quoi ? souffla Bonterre.

Streeter ricana en secouant la tête.

— Le radiomètre a relevé les caractéristiques d'émission de l'iridium 80. C'est un isotope puissant d'iridium. Radioactif à mort. L'iridium est rare sur terre, mais courant dans les météorites en fer au nickel.

Rankin vacilla en avant, grimaçant de douleur quand sa main blessée effleura la plate-forme.

— Streeter, il faut que vous nous laissiez parler au capitaine, dit Bonterre.

— Pas question. Le capitaine a consacré sa vie à ce trésor. Il en parle même dans son sommeil. Le trésor est à lui, pas à un connard de géologue qui a rejoint l'équipe il y a seulement trois mois, ni à une pute française. Il lui appartient, totalement.

Les yeux de Rankin brûlaient de rage.

— Vous êtes pathétique.

Streeter serra les lèvres, mais ne dit rien.

— Vous savez ? continua Rankin. Le capitaine n'en a rien à foutre de vous. Vous lui êtes encore moins indispensable aujourd'hui que lorsque vous étiez au Vietnam. Vous croyez qu'il vous sauverait la vie, maintenant ? Tu parles. Il ne s'intéresse qu'à son foutu trésor. Vous faites partie du passé.

Streeter colla son arme entre les yeux de Rankin.

— Allez-y. Descendez-moi tout de suite ou lâchez cette arme et battez-vous. Je peux vous foutre une branlée d'une seule main.

Streeter visa la barre et tira. Du sang éclaboussa les parois du Puits quand Rankin retira sa main gauche touchée. Le géologue tomba à genoux, hurlant de douleur et de rage, l'index et le majeur arrachés. Streeter entreprit de lui bourrer le visage de coups de pied. Hurlant, Bonterre se jeta sur le chef d'équipe.

Soudain un grondement s'éleva des profondeurs. Il fut suivi une demi-seconde plus tard d'une secousse qui les jeta tous sur le sol de la plate-forme. Rankin chancela, incapable de se retenir avec ses mains blessées, et Bonterre l'agrippa par le col de sa chemise pour l'empêcher de passer par-dessus bord. Streeter reprit ses esprits le premier, et, le temps que Bonterre se relève, il pointait son arme sur eux. Tout le Puits tremblait violemment ; les étais en titane protestaient en gémissant. Sous leurs pieds, ils entendaient un rugissement démoniaque d'eau.

Le monte-charge se figea dans un grincement.

— On ne bouge pas ! fit Streeter.

Il y eut une nouvelle secousse, et l'éclairage d'urgence vacilla. Un écrou rebondit sur la plate-forme avant de se perdre dans l'obscurité.

— Ça a commencé, articula Rankin d'une voix rauque, recroquevillé par terre, serrant ses mains blessées contre son ventre.

— Qu'est-ce qui a commencé ? cria Bonterre.

— Le Puits est en train de s'effondrer dans le diapir. Il choisit bien son moment.

— La ferme et sautez, dit Streeter en désignant de son arme la forme grise de la plate-forme des trente mètres, à quelques mètres en dessous du monte-charge.

Une nouvelle secousse agita l'ascenseur. Un souffle d'air glacial remonta des profondeurs.

— Son moment ? hurla Bonterre. Ce n'est pas une coïncidence. Voilà le piège secret de Macallan.

— J'ai dit la ferme !

Streeter la poussa du monte-charge et elle heurta brutalement la plate-forme des trente mètres. Secouée mais indemne, elle leva les yeux et vit Streeter balancer un coup de pied dans le ventre de Rankin. Au troisième coup de pied, Rankin passa par-dessus bord et atterrit lourdement près d'elle. Bonterre s'approcha pour l'aider, mais Streeter descendait déjà comme un chat le long des échafaudages.

— Ne le touchez pas, fit-il en agitant son pistolet. On va là-dedans.

Bonterre se retourna. La passerelle reliant l'échelle au tunnel de Wopner tremblait. Il y eut une autre secousse. L'éclairage d'urgence s'éteignit et le réseau d'étais fut plongé dans l'obscurité.

— Avancez, siffla Streeter.

Puis il s'arrêta. Malgré l'obscurité, Bonterre le sentit se crisper.

Elle aperçut alors une lueur qui montait rapidement l'échelle en dessous.

— Capitaine Neidelman ? lança Streeter.

Il n'y eut pas de réponse.

— C'est vous, capitaine ? répéta-t-il, plus fort, essayant de se faire entendre au-dessus du tumulte assourdissant de l'eau.

La lueur montait toujours. La torche était braquée vers le bas, masquant la silhouette qui la tenait.

— Hé ! vous, hurla Streeter. Montrez-vous ou je tire.

— Capitaine ? fit une voix étouffée.

La lueur se rapprocha encore ; elle devait se trouver à environ six mètres en dessous. Puis la torche s'éteignit.

— Nom de Dieu ! s'écria Streeter en se plantant fermement sur la plate-forme pour viser à deux mains. Qui que vous soyez, je vais...

Il y eut un mouvement rapide de l'autre côté de la plate-forme. Surpris, Streeter vira sur lui-même et tira, et dans la lueur du coup de feu Bonterre vit Hatch enfoncer son poing dans le ventre du chef d'équipe.

Hatch enchaîna aussitôt avec un coup de poing à la mâchoire. Streeter partit en arrière sur la plate-forme métallique, et Hatch se rua sur lui, le rattrapant par la chemise. Streeter se débattit, et, le tirant vers lui, Hatch lui balança deux coups de poing en pleine figure. Au second, on entendit un craquement, quand les sinus de Streeter cédèrent dans un geyser de morve et de sang chaud.

Streeter gémit, s'effondra, et Hatch relâcha son emprise. Soudain, l'autre remonta un genou. Grognant de surprise et de douleur, Hatch s'écroula en arrière. Streeter se jeta sur son arme. Hatch chercha à le faire tomber.

Streeter leva son arme à l'instant où Hatch plongeait vers l'autre extrémité de l'échelle. Il y eut un rugissement et une étincelle, et une balle ricocha sur un étai en titane à sa gauche. Hatch plongea à la seconde où une autre balle sifflait entre les barres. Puis il entendit un halètement et un grognement : Bonterre venait de sauter sur le dos de Streeter. Il se rua sur eux à l'instant où Streeter la repoussait d'une main qui l'envoya tournoyer vers la gueule du tunnel. Vif comme un chat, Streeter redressa son arme. Hatch se figea, le poing en l'air, les yeux fixés sur le canon. Streeter le regarda droit dans les yeux et sourit, les dents rouges de sang.

Puis il chancela. Incapable de se servir de ses mains, Rankin s'était redressé sur son séant et il le poussait en s'aidant de tout son corps vers le rebord de la passerelle. Une seconde, Streeter parut sur le point de passer par-dessus bord. Puis il retrouva son équilibre et, à l'instant où Hatch s'apprêtait à lui balancer un nouveau coup de poing, visa Rankin et tira à bout portant.

La tête du géologue partit en arrière, puis il s'effondra.

Mais le poing de Hatch termina sa course dans la mâchoire de Streeter qui alla s'écraser contre la rampe métallique. Sans attendre, Hatch lui fonça dessus, bras tendus. La rampe céda sous le poids du chef d'équipe qui tomba dans le vide, cherchant désespérément à se rattraper. On entendit un halètement de surprise ou de douleur ; le claquement d'un coup de feu ; le bruit horrible d'un corps heurtant du métal. Puis, plus lointain, un plouf qui se mêla au rugissement de l'eau à leurs pieds.

La lutte n'avait duré qu'une minute.

Hatch se redressa, haletant d'épuisement. Il s'approcha de la forme inerte de Rankin au-dessus de laquelle Bonterre se penchait déjà. Le reflet d'un éclair blafard sur l'armature de titane lui permit de comprendre qu'il n'y avait plus rien à faire.

On entendit un grognement ; une torche s'alluma, et Woody Clay se hissa sur la plate-forme des trente mètres, ruisselant de sueur et de sang. C'était lui qui était remonté, servant d'appât, pendant que Hatch grimpait par l'arrière de l'échelle pour surprendre Streeter.

Hatch serrait Bonterre contre lui, les mains dans ses boucles brunes.

— Dieu soit loué ! Dieu soit loué ! je vous croyais morte.

— J'ai vu quelque chose tomber, dit Clay après un silence. Ce sont des coups de feu que j'ai entendus ?

Hatch n'eut pas le temps de répondre. Il y eut un craquement soudain. Une seconde plus tard, un grand étai en titane les frôlait, avant de poursuivre sa course dans un bruit de ferraille. Toute l'échelle trembla. Hatch poussa Bonterre et Clay sur la passerelle du tunnel.

— Qu'est-ce qui se passe, nom de Dieu ?

— Gerard a ouvert le coffre. Il vient de déclencher le piège ultime.

59

Sous les yeux d'un Neidelman pétrifié, une série de violentes secousses agita la salle du trésor. Il y eut une embardée, et le sol s'inclina un peu plus vers la droite. Magnusen, que la première secousse avait jetée contre le mur opposé, à présent enfouie sous un amas de pièces, battait des pieds et des bras en poussant des hurlements inhumains. La salle trembla de nouveau, et une rangée de coffres s'écroula, explosant en un geyser de bois pourri, d'or et de pierres précieuses.

En sentant le coffre bouger à côté de lui, Neidelman reprit ses esprits. Il rangea l'épée dans son sac à dos et chercha sa filière du regard. Elle pendait du trou, juste au-dessus de sa tête. Derrière, il distingua la faible lueur d'éclairage de secours à la base de l'échelle. Il le vit clignoter, puis se rallumer. Il tendait les mains vers la filière à l'instant où une autre secousse se produisit.

Il y eut un grincement de métal qui se déchire quand le sol s'ouvrit. Neidelman regarda, horrifié, les masses d'or glisser vers l'ouverture béante, s'empiler contre elle, tourbillonner comme de l'eau au fond d'une baignoire, puis s'engouffrer dans l'ouverture qui ne cessait de s'agrandir au-dessus d'un trou noir hurlant.

— Non ! Non ! cria Magnusen, luttant pour retenir le flot d'or, s'agrippant à lui, ne sachant plus s'il fallait sauver les pièces ou sa propre peau.

Une secousse qui sembla venir du centre de la terre tordit la salle, et une grêle de lingots d'or alla s'enterrer dans les monceaux de pièces. Sous la violence croissante du tourbillon, Magnusen fut emportée avec le flot d'or et poussée vers la fissure, ses cris noyés par le rugissement du métal. Elle tendit silencieusement les bras vers Neidelman, les yeux lui sortant de la tête quand son corps fut comprimé par le poids de l'or. La voûte se remplit de l'écho de serrures en train de sauter.

Puis Magnusen disparut dans le trou, aspirée par le fleuve d'or étincelant.

Renonçant à la filière, Neidelman rampa sur le tas d'or et réussit à s'agripper au seau métallique. Tendant la main, il pressa un bouton sur le boîtier électrique et le seau commença à monter dans un gémissement, racla le toit de la voûte en acier avant de s'engouffrer dans l'étroite fissure.

Neidelman se hissa dans le seau qui remontait lentement vers la base de l'échelle et regarda par-dessus bord. Il vit une grande partie du trésor, des défenses d'éléphant, des rouleaux de soie pourrie, des tonnelets, des sacs, de l'or, des pierres précieuses disparaître dans le trou. Puis la lampe, tournant follement au bout de sa corde, heurta la paroi en acier et s'éteignit. Le Puits fut plongé dans l'obscurité, seulement éclairé par la rampe lumineuse de secours de l'échelle. Dans la pénombre, Neidelman vit, ou crut voir, la salle du trésor mutilée se détacher des parois du puits et s'effondrer dans un tourbillon d'eau, aspirée dans un ultime gémissement d'acier.

Une grande secousse parcourut le puits. Il y eut une pluie de terre et de sable, et les étais en titane lâchèrent un hurlement de protestation. L'éclairage de secours clignota, puis s'éteignit. Le seau se figea dans un sursaut juste en dessous de l'échelle et cogna contre les parois du puits étroit.

S'assurant que l'épée était bien en place, Neidelman tendit la main vers la corde du treuil, tâtonnant dans le noir. Il effleura l'extrémité de l'échelle. Une autre secousse terrible ébranla le puits, et Neidelman s'agrippa au premier degré de l'échelle, puis au deuxième, son corps se balançant dans le vide. Toute l'armature de titane tremblait sous la tension, se cabrant comme si elle était vivante sous ses mains. On entendit soudain un des étais inférieurs claquer en se détachant. Dans la lueur d'un éclair lointain, Neidelman distingua un corps brisé, dansant sur le tourbillon d'eau au fond du puits.

Accroché à l'échelle, haletant, il prit soudain conscience de l'étendue du désastre. Il resta immobile une seconde, le temps de rassembler ses pensées.

Puis une colère noire crispa ses traits, et sa bouche s'ouvrit en un hurlement qui couvrit le rugissement montant des profondeurs.

— Haaaatch !

60

— Mais qu'est-ce que vous racontez ? demanda Hatch qui cherchait son souffle, adossé à la paroi humide du tunnel. Quel piège ultime ?

— Selon Roger, le Puits inondé a été construit sur une formation que l'on appelle un diapir, hurla Bonterre. Un vide naturel qui s'enfonce dans la terre. Macallan avait l'intention de piéger Ockham avec.

— Et nous qui pensions que renforcer le Puits suffirait, dit Hatch en secouant la tête. Ce Macallan ! Il a toujours eu une longueur d'avance sur nous.

— Les étais en titane empêchent le Puits de s'effondrer... provisoirement. Sinon, tout se serait déjà écroulé.

— Et Neidelman ?

— Je ne sais pas. Il est probablement tombé dans le vide avec le trésor.

— Dans ce cas, fichons le camp d'ici.

Hatch se tournait vers l'ouverture du tunnel quand une nouvelle secousse violente ébranla l'échelle. Dans le bref silence qui suivit, on entendit un faible bip sous le pull de Bonterre. Elle sortit le radiomètre et le tendit à Hatch.

— J'ai trouvé ça dans votre cabinet. Il a fallu que je fasse un peu de casse avant de mettre la main dessus.

L'écran était pâle, sous l'effet des piles qui faiblissaient, mais le message qui s'affichait n'était que trop clair :

244,13 rads/heure
flux de neutrons rapide détecté
contamination radioactive générale probable
recommandation : évacuation immédiate

— Peut-être qu'il détecte des radiations résiduelles ? suggéra Bonterre, les yeux fixés sur l'écran.

— Tu parles ! Deux cent quarante-quatre rads ? Attendez une seconde.

Il jeta un coup d'œil à Clay et braqua la torche vers l'appareil. Hatch se mit à enfoncer les touches minuscules. Le message d'avertissement disparut, et la grille en 3D remplit de nouveau l'écran. Debout, Hatch entreprit de faire tourner le détecteur. Un point étincelant aux couleurs de l'arc-en-ciel s'épanouit au centre de l'écran, les couleurs se modifiant à mesure que Hatch virait sur lui-même.

— Nom de Dieu ! s'écria-t-il en levant les yeux. Neidelman n'est pas mort. Il est sur l'échelle, en dessous. Et il a l'épée.

— Quoi ! souffla Bonterre.

— Regardez ces données, dit Hatch en lui montrant le radiomètre.

Une tache blanche déchiquetée s'agitait sur l'écran.

— Bon Dieu ! il doit recevoir une dose massive de l'épée.

— Quelle dose ? demanda Clay, d'une voix tendue.

— Mais et nous ? s'écria Bonterre.

— Nous ne courons pas de danger immédiat. Pas encore. Grâce aux parois. Mais l'empoisonnement par radiation est cumulatif. Plus longtemps nous resterons, plus la dose sera forte.

Soudain, la terre trembla, comme possédée. À quelques pas d'eux dans le tunnel, une lourde poutre céda avec un craquement. Ils reçurent une pluie de cailloux et de terre sur la tête.

— Qu'est-ce qu'on attend ? siffla Bonterre, se tournant vers le fond du tunnel. Allons-y.

— Attendez ! cria Hatch, le radiomètre bourdonnant dans ses mains.

— On ne peut pas attendre, répliqua Bonterre. Est-ce que ce tunnel mène à l'extérieur ?

— Non. Le fond du puits a été scellé quand le révérend a redéclenché le piège.

— Alors sortons par le Puits. On ne peut pas rester ici, dit Bonterre en faisant un pas vers l'échelle.

Hatch la tira sans ménagement en arrière.

— On ne peut pas sortir par là.

— Pourquoi pas ?

Clay se tenait maintenant près d'eux, les yeux rivés à l'écran. Lui jetant un coup d'œil, Hatch fut surpris par son expression d'exaltation contenue, presque de triomphe.

— Selon cet appareil, reprit Hatch lentement, cette épée est tellement radioactive qu'une exposition d'une seconde suffit pour une dose mortelle.

Neidelman est en train de grimper vers nous. Si nous jetons un coup d'œil dans le Puits, nous sommes cuits.

— Alors pourquoi n'est-il pas mort ?

— Il l'est, en fait. Les doses de radiation les plus massives mettent du temps à tuer. Il est mort à l'instant où il a posé les yeux sur cette épée. Et nous aussi, nous sommes morts, si nous entrons dans son champ. La radiation de neutrons se propage dans l'air comme la lumière. Il est vital que nous restions à l'abri des rochers.

Il regarda le radiomètre.

— Il doit se trouver à environ quinze mètres en dessous de nous, peut-être moins. Reculez dans le tunnel le plus loin possible. Avec un peu de chance, il passera devant nous.

Au-dessus du rugissement, Hatch perçut un cri indistinct.

Faisant signe aux autres de rester en arrière, il rampa jusqu'à l'orifice du tunnel. En face de lui, l'armature en titane tremblait et oscillait. Un signal de baisse de puissance de piles se déclencha sur le radiomètre et Hatch regarda l'écran :

3 217,89 rads/heure
flux rapide de neutrons détecté
évacuation immédiate dangereuse

Bon Dieu ! pensa-t-il. *Ça y est, on est dans le rouge*. Ils se trouvaient encore à l'abri, protégés par les rochers et la terre du Puits inondé. Mais Neidelman se rapprochait, et bientôt la protection des rochers ne suffirait plus...

— Hatch, fit la voix rauque.

Hatch ne pipa pas.

— J'ai trouvé le corps de Lyle.

Hatch garda le silence. Neidelman pouvait-il savoir où il était ? Ou bluffait-il ?

— Hatch ! Ne jouez pas les timides. Cela vous va mal. J'ai vu votre torche. Je viens vous chercher. Vous m'entendez ?

— Neidelman ! hurla Hatch.

Il n'obtint pas de réponse. Il jeta un coup d'œil au radiomètre. La tache blanchâtre sur l'écran augmentait.

— Capitaine ! Arrêtez-vous ! Il faut que nous parlions.

— Et comment ! Nous allons avoir une gentille petite conversation.

— Vous ne comprenez pas, s'écria Hatch, se rapprochant du bord. L'épée est fortement radioactive. Elle est en train de vous tuer, capitaine. Débarrassez-vous-en, tout de suite !

Il attendit, tendant l'oreille.

— Ah ! Hatch, le roi de l'imagination ! dit Neidelman, avec un calme presque surnaturel. Vous avez minutieusement planifié cette catastrophe.

— Capitaine, pour l'amour du ciel, lâchez cette épée !

— La lâcher ? Vous installez le piège, vous détruisez le Puits inondé, vous assassinez mon équipe, vous me volez mon trésor. Et maintenant il faudrait que je lâche l'épée ? Désolé, mais c'est non.

— Mais qu'est-ce que vous racontez ?

— Allons, ne jouez pas les modestes. Acceptez les félicitations : vous avez fait du beau travail.

Quelques explosifs bien placés, et le tour était joué, c'est ça ?

Hatch roula sur le dos et chercha une solution, les yeux fixés au plafond.

— Vous êtes un homme malade, capitaine. Si vous ne me croyez pas, demandez à votre corps. L'épée est un puissant émetteur de radioactivité à neutrons rapides. Elle a déjà bloqué la mitose des cellules et la synthèse d'ADN dans votre corps. Vous n'allez pas tarder à souffrir d'un syndrome subjectif. La forme la plus grave d'empoisonnement par radiation.

Il tendit l'oreille. Par-dessus le rugissement du gouffre, on ne percevait que le bip mourant du radiomètre. Hatch prit une profonde inspiration.

— Vous êtes déjà en phase prémonitoire. D'abord, vous allez vous sentir nauséeux. C'est bien ça ? Ensuite, ce sera la confusion mentale, quand des foyers inflammatoires bourgeonneront dans votre cerveau. Ce sera suivi de tremblements, d'ataxie, de convulsions et enfin de la mort.

Silence.

— Nom de Dieu ! Neidelman, écoutez-moi ! Vous allez tous nous tuer avec cette épée !

— Non ! fit la voix. Je crois que je vais me servir de mon arme.

Hatch se redressa sur son séant. La voix était proche maintenant, très proche : à moins de cinq mètres. Il battit en retraite dans le tunnel.

— Que se passe-t-il ? s'écria Bonterre.

— Il sera ici dans quelques secondes. Il ne s'arrêtera pas.

Il n'y avait plus rien à faire. Ils n'avaient aucune issue. Dans un instant, Neidelman ferait son apparition au bout du tunnel, épée à la main. Et ils mourraient tous.

— Il n'y a aucun moyen de l'arrêter ?

Clay ne laissa pas le temps à Hatch de répondre.

— Si, dit-il d'une voix forte et claire. Si, il y en a un.

Hatch se tourna vers lui.

Le visage cadavérique de Clay avait une expression plus que triomphante, extatique, béate, mystique.

— Quoi..., commença Hatch.

Mais Clay était déjà passé devant lui, torche à la main.

Hatch comprit.

— Non, ne faites pas ça ! cria-t-il en agrippant Clay par une manche. C'est du suicide ! L'épée va vous tuer !

— Pas tant que je n'aurai pas fait ce que je suis venu faire, dit Clay en se libérant et en courant vers le bout du tunnel.

Puis, contournant le corps de Rankin, il franchit la passerelle et descendit l'échelle.

61

S'agrippant à l'échelle, Clay descendit quelques degrés et s'arrêta pour se stabiliser. Un rugissement énorme montait des profondeurs du Puits : le bruit de cavernes en train de s'effondrer, d'eaux tumultueuses, de tourbillons. Un souffle d'air humide s'engouffra sous le col de sa chemise.

Il braqua sa torche vers le bas. Le système de ventilation s'était arrêté quand l'alimentation de secours était tombée en panne, et l'air devenait irrespirable. Les étais tremblants dégoulinaient de condensation, étaient zébrés de traces de terre. Le faisceau de sa torche fouilla le brouillard, puis se figea sur la silhouette de Neidelman, à environ trois mètres en dessous.

Le capitaine grimpait péniblement, passant le bras autour de chaque degré avant de se hisser jusqu'au suivant, le visage déformé par l'effort. À chaque secousse de l'échelle, il s'interrompait, se cramponnant des deux mains. Clay aperçut l'éclat d'une garde incrustée de pierres précieuses dépassant du sac à dos de Neidelman.

— Bien, bien, croassa Neidelman, le regard levé vers la torche. *Et lux in tenebris lucet*. La lumière brille effectivement dans les ténèbres. Pourquoi ne suis-je pas surpris de découvrir que le bon pasteur fait partie du complot ?

Pris d'une quinte de toux, il s'accrocha des deux mains à l'échelle à la secousse suivante.

— Jetez l'épée, dit Clay.

Pour toute réponse, Neidelman tira un pistolet de sa ceinture. Clay se colla contre l'extrémité opposée de l'échelle quand le coup de feu claqua.

— Dégagez, fit Neidelman d'une voix rauque.

Clay savait qu'il ne pouvait affronter le capitaine sur ces degrés étroits, qu'il lui faudrait trouver un endroit plus stable. Il balaya l'armature du Puits avec le faisceau de sa torche. Un peu plus bas, au niveau des trente mètres, se trouvait une étroite passerelle destinée à l'entretien. Clay glissa sa torche dans sa poche et profita de l'obscurité pour descendre de deux degrés. L'échelle tremblait maintenant plus violemment. Clay savait que Neidelman ne pourrait poursuivre son ascension tant qu'il brandirait son arme. Mais il savait aussi que les secousses arrivaient par vagues, et que, dès la fin de la vibration, Neidelman lui tirerait dessus.

Il descendit deux degrés de plus, tâtonnant autour de lui, quand la secousse se calma. Le faible reflet d'un éclair lui permit d'apercevoir Neidelman qui était en train de se hisser d'une main sur la passerelle d'entretien. Exploitant son déséquilibre momentané, Clay descendit un autre degré et repoussa d'un coup de pied la main du capitaine. Il y eut un rugissement et un cliquetis, puis l'arme tomba dans l'obscurité.

Clay sauta sur la passerelle, glissant sur la grille métallique. Se balançant en dessous, Neidelman hurlait sa rage. Dans un soudain sursaut d'énergie, il se hissa sur l'étroite passerelle. Laissant l'échelle entre eux, Clay braqua sa torche sur Neidelman.

Le visage sale et ruisselant de sueur, les yeux enfoncés dans leurs orbites, il était d'une pâleur terrifiante dans le faisceau impitoyable de la torche. Il paraissait à bout, décharné, le corps seulement alimenté par une volonté intérieure, et sa main trembla légèrement lorsqu'il tira l'épée de son sac.

Clay la contempla avec un mélange de peur et de stupéfaction. La garde était d'une beauté envoûtante avec ses énormes pierres précieuses. Mais la lame était d'un vilain violet tacheté, réduite à un morceau de métal piqué et abîmé.

— Laissez-moi passer, révérend, croassa le capitaine. Je ne vais pas gaspiller mon énergie avec vous. C'est Hatch que je veux.

— Hatch n'est pas votre ennemi.

— C'est lui qui vous envoie me dire ça ? toussa Neidelman. J'ai vaincu Macallan à plates coutures. Mais j'ai sous-estimé la traîtrise de Hatch. De Hatch et de ses acolytes. Pas étonnant qu'il ait souhaité voir Truitt intégré dans l'équipe de terrassiers. Et je présume que votre manifestation était une ruse pour détourner mon attention.

Il fixait Clay de ses yeux brillants.

— Vous êtes un homme mort, dit calmement Clay. Nous sommes tous les deux des hommes morts. Vous ne pourrez pas sauver votre corps. Mais peut-être pouvez-vous encore sauver votre âme. Cette épée est une arme du diable. Jetez-la dans l'abîme, c'est là qu'est sa place.

— Imbécile ! siffla Neidelman en s'avançant. Une arme du diable, dites-vous ? Hatch m'a peut-être coûté le trésor. Mais j'ai encore ça. Cette épée à laquelle j'ai consacré la plus grande partie de ma vie.

— Ce sera l'instrument de votre mort, répliqua Clay posément.

— Non, mais elle sera peut-être celui de la vôtre. Pour la dernière fois, révérend, sortez de là.

— Non.

— Alors crevez ! s'écria Neidelman en lui lançant la lourde lame au visage.

62

Hatch lâcha le radiomètre à présent muet et scruta l'obscurité. Il avait entendu de vagues bruits de voix montant du Puits ; vu le faisceau de la torche de Clay sur le squelette métallique de l'échelle ; entendu un coup de feu, sec et clair au-dessus du tumulte. Il attendit en proie à une incertitude insupportable, cédant presque à la tentation de ramper pour jeter un coup d'œil par-dessus bord. Mais il savait que la moindre exposition à l'épée de saint Michel le condamnerait à une longue agonie.

À côté de lui, Bonterre haletait, tendue comme un arc.

Soudain, ils entendirent un bruit de lutte. Le son du métal heurtant du métal, puis un cri affreux – venant de qui ? – suivi de bredouillements étranglés ; enfin un autre grand bruit métallique. Jaillit ensuite un horrible hurlement de douleur et de désespoir qui diminua progressivement jusqu'à ce que le rugissement du Puits le couvre.

Hatch s'accroupit, pétrifié. Mais ce n'était pas fini : il entendit des halètements, le bruit d'une main qui se plaque sur le métal, un grognement d'effort. Un faisceau de torche vint balayer le mur autour d'eux, puis s'arrêta sur l'orifice du tunnel dans lequel ils se dissimulaient.

On grimpait.

Hatch se raidit : il n'avait pas le choix. Si Clay avait échoué, il fallait que quelqu'un d'autre arrête Neidelman. Et ce serait lui.

Dans l'obscurité, il sentit Bonterre bouger et comprit qu'elle avait eu la même pensée.

— Pas question.

— Taisez-vous, cria-t-elle. Je ne vous laisserai pas...

Sans donner le temps à Bonterre de se redresser, Hatch bondit et se rua en trébuchant vers l'ouverture du tunnel. Il se figea sur le bord, se raidit, en entendant les pas de Bonterre derrière lui. Il sauta sur la passerelle, prêt à se saisir de Neidelman pour le balancer dans le gouffre rugissant.

À un mètre en dessous, Clay montait péniblement, haletant, une entaille en travers du front.

Le pasteur posa une main faible sur le degré suivant. Hatch se pencha pour le hisser sur la plate-forme à l'instant où Bonterre le rejoignait. Ensemble, ils l'aidèrent à se mettre à l'abri du tunnel.

Courbé en deux, les mains sur les cuisses, le pasteur restait coi.

— Que s'est-il passé ? demanda Hatch.

Clay leva les yeux.

— J'ai rattrapé l'épée qu'il m'a lancée au visage, dit-il d'une voix lointaine. Je l'ai jetée dans le Puits.

— Et Neidelman ?

— Il a... décidé de la suivre.

Il y eut un silence.

— Vous nous avez sauvé la vie, dit Hatch. Mon Dieu, vous... On va vous emmener à l'hôpital.

Clay agita faiblement la main.

— Non, docteur. Je vous en prie, dites-moi la vérité, que je meure dans la dignité.

Hatch le contempla un instant.

— La médecine ne peut rien sinon atténuer vos souffrances physiques.

— J'aimerais trouver un moyen de vous remercier pour votre sacrifice, dit Bonterre d'une voix rauque.

Clay eut un sourire étrange, à la fois triste et euphorique.

— Je savais exactement ce que je faisais. Ce n'était pas un sacrifice. Mais un don.

Il se tourna vers Hatch.

— J'ai une faveur à vous demander. Pouvez-vous me ramener à temps sur le continent ? J'aimerais dire au revoir à Claire.

Hatch détourna les yeux.

— Je ferai de mon mieux, murmura-t-il.

Ils sortirent du tunnel et traversèrent la passerelle métallique rejoignant l'échelle. Hatch hissa Bonterre dessus et attendit qu'elle commence son ascension dans l'obscurité. Levant les yeux, il vit un éclair zébrer le ciel et illuminer Orthanc, spectre flou au milieu des réseaux d'étais et de poutres. Des rideaux de pluie, de métal et de terre s'abattaient dans le puits, ricochant dans les méandres de l'armature métallique.

— À vous ! cria Hatch à Clay.

Le pasteur lui tendit la torche et, se tournant d'un air las vers l'échelle, se mit à monter. Hatch l'observa un moment. Puis, se cramponnant à la rampe de la plate-forme, il se pencha vers le fond du Puits qu'il explora avec sa torche.

Il redoutait presque ce qu'il pourrait découvrir. Mais l'épée, comme Neidelman, avait disparu. On ne voyait plus que des tourbillons de brume s'élever du gouffre rugissant.

Il y eut une autre violente secousse, et Hatch commença à monter. Il rattrapa vite Clay ; le pasteur, agrippé à un degré en titane, cherchait son souffle. Une autre secousse ébranla l'échelle, faisant vibrer les étais qui restaient et emplissant le Puits d'un bruit de métal hurlant.

— Je ne peux pas aller plus loin, souffla Clay. Passez devant.

— Prenez la torche ! cria Hatch. Passez un bras autour de mon cou.

Clay secoua la tête.

— Oui !

Hatch reprit son ascension, en soutenant le pasteur. Dans la lueur de la torche, il voyait Bonterre au-dessus d'eux, qui tournait de temps à autre vers eux un regard soucieux.

— Avance ! avance ! se dit-il pour s'encourager à poursuivre.

Il finit par atteindre la plate-forme des quinze mètres, mais n'osa pas s'arrêter pour se reposer. Au-dessus il distinguait à présent l'ouverture du Puits inondé, noir d'encre contre le gris du ciel d'orage. Ses muscles hurlaient sous le poids de Clay.

Puis une nouvelle vibration parcourut l'échelle, et une rafale d'air humide d'embruns remonta des profondeurs. Avec un crissement, un énorme morceau de l'échelle céda et se détacha sous leurs pieds. Projeté contre la rampe métallique, Hatch vit le boisage de chaque côté du Puits commencer à se fendre et à céder. À ses côtés, Clay haletait, luttant pour ne pas lâcher prise.

Hatch reprit sa montée, la peur et l'adrénaline lui donnant un regain d'énergie. Il suivait Bonterre, hissant Clay, faisant entrer l'air dans ses poumons le plus vite possible.

Les degrés de l'échelle devinrent glissants. Là, près de la surface, le rugissement et les hurlements du Puits en train de s'effondrer se mêlaient aux mugissements de la tempête. La pluie lui fouetta le visage, chaude après le froid glacial du tunnel. Une violente secousse surgit des profondeurs, et l'échelle lâcha un cri presque humain quand une série d'étais céda. Arrachée à ses ancres, l'armature tangua violemment à travers une forêt de métal tordu.

— Avancez ! rugit Hatch en poussant Bonterre.

Il s'apprêtait à la suivre quand il vit, horrifié, les écrous le long de la colonne vertébrale de l'échelle commencer à exploser, l'ouvrant comme une fermeture Éclair. Il y eut une nouvelle secousse, et les piliers d'Orthanc se déformèrent au-dessus de leurs têtes. L'une des baies de la tour explosa, et une pluie de bris de verre s'abattit dans le Puits.

— Attention ! s'écria Hatch en baissant la tête sous l'averse de verre et de débris.

Il sentit le monde s'incliner, puis en rouvrant les yeux se rendit compte que l'échelle se repliait sur elle-même. Avec une secousse qui lui tordit les tripes, la structure entière chuta d'une cinquantaine de centimètres dans un vacarme métallique. Clay faillit lâcher prise, se retrouvant les jambes dans le vide.

— Accrochez-vous au boisage, cria Hatch.

Il avança de quelques centimètres sur une paire d'étais, soutenant toujours Clay. Bonterre suivit. Prenant Clay par la taille, Hatch le hissa sur un boulon d'ancrage en titane, puis sur le vieux boisage qui étayait les parois du Puits.

— Ça ira ?

Clay acquiesça.

Hatch suivit le pasteur, cherchant des prises sur la surface glissante et pourrie, pressant Clay d'avancer. Un bout de poutre céda sous ses pieds, puis un autre, et il se débattit fiévreusement pour trouver une nouvelle prise. Il leva les mains, agrippa l'envers de la plate-forme de la surface et, avec l'aide de Bonterre, réussit à pousser le pasteur à l'extérieur du Puits.

Hatch se redressa. Au sud, il vit la forme floue de la marée montante s'engouffrer par une brèche dans le batardeau. Des nuages gros de pluie filaient devant la lune voilée. Tout autour des récifs, la mer était blanche d'écume.

— À la jetée ! hurla Hatch.

Avec Bonterre, ils se mirent à courir vers Île 1 en soutenant Clay. En jetant un coup d'œil derrière lui, Hatch vit la tour d'observation s'effondrer sur le Puits. Puis on entendit la clameur d'un train de marchandises remonter des abîmes, suivie d'un rugissement d'eau et d'un étrange craquement : le bruit d'innombrables poutres se brisant, sous la poussée des parois qui s'effondraient. Un nuage de brume et d'eau, mêlées de vapeurs jaunes et de terre pulvérisée, jaillit du Puits et s'éleva dans l'air nocturne.

Ils coururent le plus rapidement possible à travers le labyrinthe de sentiers jusqu'au camp de base déserté et la jetée. Cette dernière, protégée parce que du côté sous le vent, tenait toujours, même si elle avait souffert. À son extrémité, la vedette du *Cerberus* ballottait sur les vagues.

Ils sautèrent à bord. Hatch tâtonna, trouva la clé, la tourna et s'entendit hurler quand le moteur rugit. Mettant la pompe de cale en route, il perçut son gargouillis rassurant.

Ils démarrèrent et foncèrent dans la tempête.

— On va prendre le *Griffin*, dit Hatch en se dirigeant vers le navire amiral de Neidelman, toujours solidement amarré derrière les récifs. La marée s'est inversée. Nous serons poussés par le vent.

Bonterre acquiesça, serrant son pull contre elle.

— La chance est avec nous, pour changer.

Arrivant à côté du *Griffin*, Hatch amarra la vedette, pendant que Bonterre aidait Clay à monter à bord. Lorsque Hatch les suivit dans l'abri de pilotage, un éclair zébra l'île. Il vit, horrifié, toute une partie du batardeau s'effondrer. Une véritable muraille d'eau s'engouffra dans la brèche, pâle contre le ciel sombre lorsqu'elle drapa la côte sud d'un manteau blanc.

Bonterre remonta les ancres pendant que Hatch faisait tourner les moteurs. Il jeta un coup d'œil vers le poste de pilotage, vit l'attirail de commandes complexes et décida de ne pas s'en faire ; il trouverait le chemin du retour à l'estime.

Son regard tomba sur la grande table en érable : la dernière fois qu'il l'avait vue, Wopner, Rankin, Magnusen, Streeter, Neidelman étaient assis autour... tous morts à présent.

Il se tourna vers Woody Clay. Le pasteur était assis dans un fauteuil, émacié et blanc comme un spectre. Il lui rendit son regard, hochant la tête sans rien dire.

— Tout est paré, s'écria Bonterre en refermant la porte de bois derrière elle.

Tandis que le navire faisait route vers le continent, ils entendirent une grande explosion derrière eux, et une vague s'écrasa contre les baies dégoulinantes de pluie. La mer démontée vira soudain au cramoisi. Hatch mit les gaz, impatient de s'éloigner de l'île.

— Mon Dieu ! souffla Bonterre.

Jetant un coup d'œil par-dessus son épaule, Hatch vit la deuxième citerne de carburant exploser en un champignon de flammes qui perça le brouillard, éclairant le ciel au-dessus de l'île et enveloppant les cabanes du camp de base d'un nuage de fumée et de débris.

Bonterre glissa la main dans la sienne, sans rien dire.

Il y eut un troisième rugissement qui sembla cette fois jaillir des entrailles de la terre et les pétrifia. La surface de l'île frémit et se liquéfia, trouant le ciel nocturne d'énormes panaches de fumée et de geysers d'eau. Le pétrole en feu zébrait l'onde d'un rougeoiement furieux, les vagues elles-mêmes s'embrasèrent, léchant les récifs.

Puis tout cessa aussi vite que cela avait commencé. L'île se replia sur elle-même avec un gémissement quand la dernière partie du batardeau céda. La mer s'engouffra dans la plaie ouverte et alla heurter l'extrémité de l'île, formant un immense geyser dont le sommet se perdit dans le brouillard avant de retomber en un rideau boueux. Il ne resta bientôt plus qu'un grand tourbillon de mer, autour d'un groupe de rochers déchiquetés. Des panaches de vapeur sale s'élevèrent dans l'air en furie.

— *Toi qui convoites la clé du Puits au trésor*, murmura Bonterre, *trouveras à la place la clé de l'au-delà, et ta carcasse pourrira près de l'enfer où ton âme est allée.*

— Oui, fit Clay d'une voix faible.

— C'était une météorite, vous savez, ajouta Bonterre.

— *Et le cinquième Ange sonna...*, murmura Clay... *Alors j'aperçus un astre qui du ciel avait chu sur terre. On lui remit la clé du puits de l'Abîme.*

Hatch jeta un coup d'œil au pasteur à l'agonie, sans oser parler, et fut surpris de voir son sourire, l'éclat dans ses yeux.

Il détourna la tête.

— Je vous pardonne, dit Clay. Et je crois que moi aussi je peux vous demander pardon.

Hatch ne put qu'acquiescer.

Le pasteur ferma ses yeux noirs.

— Je crois que je vais me reposer un peu, maintenant.

Hatch contempla longuement les vestiges de Ragged Island.

Le brouillard se refermait sur eux, enveloppant les ruines.

Puis Hatch mit le cap sur le port de Stormhaven.

63

L'agence immobilière de la North Coast avait ses bureaux sur la place, en face de *La Gazette de Stormhaven*. Assis près de la vitrine, Hatch sirotait un café allongé tout en contemplant un panneau couvert de photos de propriétés à vendre. Sous le titre « Occasion à saisir », il vit ce qui ne pouvait être que la vieille maison Haigler : un peu penchée, mais toujours aussi pittoresque. « 129 500 dollars seulement, précisait-on en dessous. Construite en 1872. Deux hectares de terrain, chauffage central au mazout, trois chambres, une salle de bains et demie. » *Ils auraient dû mentionner l'aération centrale*, songea-t-il, ironique, en voyant les fentes entre les bardeaux, les rebords de fenêtre affaissés. À côté, on avait épinglé la photo d'une maison en bardeaux impeccable sur Sandpiper Lane, coincée entre des érables géants. Propriété pendant un demi-siècle de Mme Lyons, à présent décédée. « Plus qu'une propriété, disait la fiche. Un morceau d'histoire. » Hatch sourit en se rappelant le soin avec lequel Johnny et lui avaient décoré ces érables de papier toilette un jour d'Halloween plus de trente années auparavant.

Il passa à la colonne de photos suivante. « Une maison de rêve dans le Maine ! s'écriait la carte, bouillonnante d'enthousiasme. Style second Empire jusqu'au moindre détail. Solarium, bow-windows, vue sur l'océan, terrasses et balcons sur quatre côtés, dock flottant. Une merveille d'originalité. 329 000 dollars. » La photo de sa propre maison était collée en dessous.

— Oh ! fit Doris Bowditch, arrivant toutes voiles dehors. Cette photo ne devrait plus être là, s'exclama-t-elle en l'arrachant du tableau pour la jeter sur un bureau voisin. Bien sûr, je n'ai pas voulu intervenir, mais j'ai bien cru que vous commettiez une erreur en ne voulant pas démordre d'un prix aussi élevé. Heureusement que ce couple de Manchester n'a pas bronché !

— Oui, apparemment, dit Hatch, surpris de la nuance de regret dans sa propre voix.

Il n'avait plus de raison de rester maintenant, plus aucune. Il n'avait pas encore quitté la ville, mais les bardeaux blanchis par l'air salé, le cliquetis des câbles en acier contre les mâts, l'insularité résolue de la ville lui manquaient déjà. Toutefois, c'était un regret d'une nature complètement différente : une nostalgie douce-amère, à ranger dans les souvenirs agréables. Il jeta un coup d'œil de l'autre côté de la baie, vers les rares rocs déchiquetés qui marquaient les vestiges de Ragged Island. Il venait de régler définitivement les affaires de famille, une famille installée depuis trois générations à Stormhaven.

— La signature aura lieu à Manchester, reprit la voix joviale de Doris. Leur banque y tenait. Je vous vois la semaine prochaine ?

Hatch se leva en secouant la tête.

— Je crois que je me ferai représenter par mon avocat. Pourriez-vous faire tout emballer et envoyer à cette adresse ?

Doris prit la carte qu'il lui tendait.

— Oui, docteur Hatch, bien sûr.

Hatch la salua, sortit de l'agence et descendit lentement le perron. Il ne lui restait plus rien à régler ; il avait déjà partagé une canette de bière avec Bud l'épicier et prévenu sa femme de ménage de son retour à Cambridge. Il se figea un instant, puis fit le tour de sa voiture et ouvrit la portière.

— Martin ! s'écria une voix familière.

Se retournant, Hatch vit Saint John approcher d'un pas incertain, s'efforçant de retenir les nombreux dossiers coincés sous son bras tout en gardant l'équilibre sur les pavés.

— Christopher ! s'exclama Hatch avec un réel plaisir. J'ai téléphoné à l'auberge ce matin pour vous dire au revoir, mais on m'a dit que vous étiez déjà parti.

— Je tuais les dernières heures à la bibliothèque, répondit Saint John en clignant des yeux à cause du soleil. Thalassa envoie un bateau pour ramener la dernière demi-douzaine d'entre nous à Portland. Il devrait arriver d'ici une demi-heure.

Il serra ses dossiers contre lui.

— La bibliothèque de Stormhaven ? fit Hatch avec un sourire. Toutes mes condoléances.

— En fait, j'ai trouvé l'endroit plutôt utile. C'était exactement le genre d'histoire locale que je cherchais.

— Pourquoi ?

Saint John tapota ses dossiers.

— Pour ma monographie sur Macallan, quelle idée ! Nous avons ouvert une nouvelle page de l'histoire des Stuarts. Et, vous savez, le travail de Macallan dans le renseignement méritera bien deux pages dans la *Revue de l'Association internationale de cryptographie...*

La basse profonde d'une corne fit trembler les vitres de la place, et Hatch leva le nez pour voir un yacht blanc effilé s'engager dans le chenal et s'approcher de la jetée.

— Ils sont en avance, dit Saint John en lui tendant la main. Merci encore, Martin.

— Vous n'avez pas à me remercier. Bonne chance, Christopher.

Il regarda l'historien descendre la colline de son pas hésitant. Puis il monta dans sa Jaguar, ferma la portière et démarra.

Il prit la direction du sud, de la route côtière, du Massachusetts. Il conduisit lentement, jouissant de l'air iodé, des jeux d'ombre et de lumière sur son visage, lorsqu'il passa sous les vieux chênes bordant les rues silencieuses.

Devant la poste de Stormhaven, il se gara le long du trottoir. Isabelle Bonterre attendait, juchée sur le dernier pilier d'une barrière blanche. Elle portait une veste de cuir légère et une minijupe ivoire. Un grand sac à dos était posé sur le trottoir à côté d'elle. Elle se tourna vers Hatch, leva le pouce et croisa haut les jambes, en dénudant une longue cuisse nue.

— Ça va, marin ?

— Très bien. Mais je ferais attention si j'étais toi, lui dit-il en montrant ses cuisses bronzées. On brûle encore les femmes de mauvaise vie dans le coin.

— Qu'ils essaient donc, tiens ! s'esclaffa-t-elle. Tes concitoyens sont tous gras, jusqu'au dernier. Je les sèmerais facilement. Même avec des talons pareils.

Elle descendit de son perchoir et vint s'accouder à la fenêtre côté passager.

— Pourquoi as-tu été si long ?

— C'est Doris la coupable. Elle a voulu savourer sa victoire durement acquise jusqu'à la dernière minute.

— Pas grave. J'étais occupée de toute façon. Très occupée à réfléchir à ce que j'allais faire de ma part du trésor.

Hatch sourit. Ils savaient tous les deux que rien ne restait de l'île, qu'on ne pourrait jamais, jamais récupérer le trésor.

Bonterre poussa un profond soupir.

— Bien, tu es enfin prêt à m'emmener loin de cette horrible ville ? J'ai hâte de retrouver le bruit, la poussière, les clodos qui font la manche, les quotidiens et Harvard Square.

— Alors, monte, dit Hatch en lui ouvrant la portière.

Mais elle ne broncha pas, le dévisageant d'un air narquois.

— Tu vas m'autoriser à t'inviter à dîner, oui ?

— Bien sûr.

— Comme ça, on verra enfin comment les médecins yankees prennent congé des jeunes filles.

Hatch sourit.

— Je croyais qu'on le savait déjà.

— Ah ! mais ce soir, ce sera différent. On ne sera pas à Stormhaven. Et ce soir, c'est moi qui régale.

Sourire aux lèvres, elle plongea la main dans la manche de sa blouse et en tira un énorme doublon en or.

Hatch en resta stupéfait.

— Où as-tu dégotté cela ?

Le sourire de Bonterre s'élargit.

— Dans ta hutte, qu'est-ce que tu crois ? Je suis tombée dessus en fouillant pour trouver le radiomètre. Le premier et ultime vestige du trésor de Ragged Island.

— Donne.

— Désolée, mon vieux. Il appartient à l'inventeur. Souviens-toi, c'est moi qui l'ai déterré. Mais ne t'en fais pas. Il devrait nous permettre de nous offrir plein de bons dîners.

Elle jeta son sac sur le siège arrière.

— Bon, pour en revenir à ce soir. Fesses ou face ? dit-elle en lançant la grosse pièce en l'air.

— Pile ou face !

— Non, je dis bien, fesses ou face ? insista-t-elle, avec un regard coquin.

— Grimpe dans cette voiture avant qu'ils ne décident de nous brûler tous les deux, s'esclaffa Hatch en la tirant à l'intérieur.

Quelques minutes plus tard, ils étaient en dehors de la ville. Puis sur les falaises derrière Burnt Head. Au sommet de la colline, Hatch jeta un dernier regard dans son rétroviseur à Stormhaven, une carte postale à classer dans sa mémoire : le port, les bateaux au mouillage, les maisons de bardeaux blancs étincelantes au soleil.

Puis l'image disparut.

Remerciements

Nous devons beaucoup à l'un des meilleurs médecins du Maine, David Preston, pour l'aide inestimable qu'il nous a apportée dans la mise au point des aspects médicaux pour *Le Piège de l'architecte*. Nous souhaitons également remercier nos agents, Eric Simonoff et Lynn Nesbit de Janklow & Nesbit ; Matthew Snyder de Creative Artists Agency ; notre relectrice, Betsy Mitchell, ainsi que Maureen Egen, éditrice chez Warner Books.

Pour sa part, Lincoln Child remercie Denis Kelly, Bruce Swanson, Lee Suckno, docteur en médecine, Bry Benjamin, docteur en médecine, Bonnie Mauer, Chérif Keita, le pasteur Robert M. Diachek et Jim Cush. Il tient à exprimer sa gratitude à sa femme Luchie pour l'avoir soutenu en le faisant bénéficier de ses critiques rigoureuses (et parfois virulentes) au cours de ces cinq dernières années occupées par la rédaction de quatre romans. Il ne remerciera jamais assez ses parents de lui avoir inculqué, dès son plus jeune âge, un profond amour de la voile et de l'océan. Il voudrait également rendre hommage à tous ces flibustiers, pirates, fabricants et déchiffreurs de codes, dilettantes et agents secrets élisabéthains, tous pittoresques sources d'inspiration pour *Le Piège de l'architecte*. Enfin, il assure de sa reconnaissance Tom McCormack, ancien patron et mentor, qui, avec enthousiasme et sagacité, lui a tant appris de l'art de l'écriture et de la correction. *Nullum quod tetigit non ornavit.*

Douglas Preston souhaite, quant à lui, exprimer sa reconnaissance à John P. Wiley Jr., rédacteur en chef du *Smithsonian*, et à Don Moser, correcteur. Il tient également à remercier sa femme Christine pour son soutien, et sa fille Selene pour lui avoir fait d'excellentes suggestions à la suite de sa lecture du manuscrit. Il exprime sa profonde gratitude à sa mère Dorothy McCann Preston et à son père Jerome Preston Jr. pour avoir conservé et préservé Green Pastures Farm afin que ses enfants et petits-enfants puissent profiter de ce lieu qui constitue l'un des décors de ce roman.

Que les puristes du Maine nous pardonnent d'avoir librement redessiné la côte et déplacé ses îles. Inutile de préciser que Stormhaven et ses habitants, comme Thalassa et son personnel, sortent directement de notre imagination. De même, si les Ragged Island ne manquent pas le long de la côte Est, la nôtre – ainsi que la famille Hatch qui en est propriétaire – appartient entièrement à la fiction.

9916

Composition
FACOMPO

Achevé d'imprimer en Slovaquie
par NOVOPRINT SLK
le 10 septembre 2012

Dépôt légal : septembre 2012
EAN 9782290030325
L21EPNN000197N001

ÉDITIONS J'AI LU
87, quai Panhard-et-Levassor, 75013 Paris

Diffusion France et étranger : Flammarion

LE MONDE
SELON

Lee McQueen

Sous la direction de Louise Rytter
Illustrations de Nabil Nezzar

T&H

Sommaire

Avant-propos de *Louise Rytter* 6

1. Lee McQueen selon lui-même 10

2. L'art de la coupe selon Lee McQueen 30

3. La mode selon Lee McQueen 48

4. La haute couture selon Lee McQueen 68

5. Les défilés de mode selon Lee McQueen 84

6. La Grande-Bretagne selon Lee McQueen 102

7. Les femmes selon Lee McQueen 116

8. L'inspiration selon Lee McQueen 131

9. La nature selon Lee McQueen 148

10. La beauté selon Lee McQueen 160

Sources 174

À propos de l'auteur 175

Un esprit kaléidoscopique

Lee Alexander McQueen a joué un rôle déterminant dans le monde de la mode où son influence demeure inégalée. Sa transformation de la mode en ingénieuse poésie n'a cessé de fasciner son public, tandis que ses défilés spectaculaires, mêlant savoir-faire, tradition, procédés innovants et imagination, ont aboli bien des barrières. McQueen, célèbre pour les centaines de références qu'il instillait dans chacune de ses collections, était doté d'un esprit véritablement kaléidoscopique, un esprit en proie à la lutte permanente entre la lumière et l'obscurité, la vie et la mort. Ses idées originales, qui devaient propulser la mode du XXe siècle dans une nouvelle dimension, ont été concrétisées avec l'aide d'artistes et de créateurs parmi les plus talentueux et avant-gardistes du moment, qu'il s'agisse de photographes, de cinéastes, de musiciens, de créateurs de bijoux, de modistes, de maquilleurs, de créateurs de chaussures. McQueen, entièrement dévoué à son travail, a créé une œuvre profondément autobiographique, lui qui aimait dire que sa vie ressemblait « à une nouvelle d'Edgar Allan Poe, où l'on vit pour l'amour de la vie tout en se sacrifiant pour l'amour du travail ».

Lee McQueen naît en 1969, l'année même où Neil Armstrong fait ses premiers pas sur la lune. Fils d'un chauffeur de taxi et d'une enseignante, il grandit en dessinant des robes sur les murs de sa chambre dans l'East End de Londres. Poursuivant son rêve de devenir un créateur de mode, il quitte l'école à seize ans pour suivre une formation d'apprenti tailleur sur Savile Row. Après quatre années d'apprentissage chez Anderson & Sheppard puis Gieves & Hawkes, McQueen travaillera ensuite pour le costumier de théâtre Berman's & Nathan's, le créateur japonais Koji Tatsuno ainsi que le créateur italien Romeo Gigli. Son extraordinaire talent lui ouvre les portes du Central Saint Martins College of Art à Londres et lui permet de créer une marque à son nom dès l'obtention de son diplôme en 1992.

De 1996 à 2001, McQueen prend la direction artistique de Givenchy, la célèbre maison de haute couture parisienne, à laquelle il insuffle un vent de rébellion. En rejoignant le groupe Gucci (aujourd'hui Kering) en 2001, McQueen peut développer les activités de sa propre griffe, notamment pour la mode masculine et les parfums, et ouvrir des boutiques prestigieuses dans le monde entier. Il est nommé commandeur de l'Empire britannique par la reine Elizabeth II pour ses services à la mode en 2003. La même année, il reçoit également le prix du créateur international de l'année décerné par le Council of Fashion Designers of America. Au cours de sa carrière, il sera en outre nommé quatre fois créateur britannique de l'année par le British Fashion Council.

Conteur atypique et anticonformiste, McQueen possédait un point de vue unique en son genre. Ses défilés sont entrés dans les annales de la mode, de Kate Moss réincarnée en hologramme évanescent pour « The Widows of Culloden » (automne/hiver 2006) à l'écrivaine Michelle Olley enfermée dans une boite en verre remplie de papillons de nuit pour « Voss » (printemps/été 2001). Le moment le plus culte des défilés de McQueen aura sans doute été le final de « No. 13 » (printemps/été 1999), dans lequel le mannequin Shalom Harlow se fait asperger de peinture par deux robots lors d'une performance spectaculaire illustrant l'interaction entre l'homme et la machine. Son dernier défilé, intitulé « Plato's Atlantis » (printemps-été 2010), fait également appel à des robots, lesquels se déplacent sur le podium aux côtés des mannequins tout en filmant le public. Les images, diffusées en direct sur internet et vues par des millions de personnes dans le monde entier (ce fut l'un des premiers shows à être présenté de cette manière), témoignent d'une conception prophétique et puissante de l'avenir. Une fois de plus, McQueen éblouit le monde de la mode.

À la mort tragique de McQueen en 2010, les plus grands noms de la mode ont salué son influence. La rédactrice en chef du Vogue américain, Anna Wintour, a déclaré au sujet du créateur : « Il a apporté sur la scène mondiale de la mode un sens de l'audace et une intrépidité esthétique typiquement britanniques. En une carrière aussi courte, l'influence d'Alexander McQueen a été stupéfiante, du street style à la culture musicale en passant par les musées du monde entier. Sa disparition représente une perte irrémédiable. » Philip Treacy, modiste et proche collaborateur, a quant à lui qualifié le talent de McQueen de « supersonique ». Le mannequin Naomi Campbell, amie de McQueen, déclarait que « son talent n'avait pas de limites » et qu'il avait été « une source d'inspiration pour tous ceux qui avaient travaillé avec lui et le connaissaient ». Sa disparition a également été ressentie par-delà l'industrie de la mode. Son œuvre a été célébrée dans le cadre de l'exposition rétrospective « Alexander McQueen : Savage Beauty » qui s'est tenue au Metropolitan Museum of Art en 2011 puis au Victoria & Albert Museum en 2015, et qui a attiré plus d'un million de visiteurs.

Mais qui était Lee Alexander McQueen ? Comment ses origines écossaises et la ville de Londres ont-elles influencé son travail ? Comment percevait-il les femmes, quelle était sa définition de la beauté et du style ? Qu'est-ce qui le fascinait dans le domaine de la confection et de la haute couture ?

Qu'est-ce qui l'agaçait chez les célébrités et dans l'industrie de la mode ? Quelles étaient ses sources d'inspiration ? Quels artistes l'ont influencé ? À quoi tenaient son amour pour la nature et sa fascination pour le vol des oiseaux ? Quel était le sens caché de ses défilés visionnaires et de ses collections parfois controversées, comme « Highland Rape » (automne/hiver 1995) ? Quel était le show qui l'avait le plus ému ? Ce livre donne à voir l'esprit et la sagacité du génial Lee McQueen à travers plus de deux cents de ses déclarations sans détour, provocantes et drôles. Extraites d'interviews menées au cours de ses vingt ans de carrière, ces citations révèlent l'éclosion d'un créateur passé de gamin de la classe ouvrière à superstar internationale.

McQueen était un homme franc, radical, souvent incompris. Si la presse aimait souvent le qualifier de « névrosé », de « misogyne », d'« enfant terrible », de « voyou de l'East End » ou encore de « mauvais garçon », il était en réalité une personne sensible, romantique et intelligente utilisant son talent artistique et son inventivité pour transformer le vêtement, faire évoluer les attitudes et explorer les nouveaux horizons de la mode. Pour lui, la mode était une arme capable de donner du pouvoir aux femmes et une manière puissante d'interroger notre perception de la beauté. En faisant fusionner le dynamisme d'une ville comme Londres et l'art de la couture avec son propre ADN, son sens de l'innovation et son immense savoir-faire, McQueen, avec courage et passion, a su donner vie à une nouvelle conception de la « femme moderne ». Il ne fait aucun doute que l'absence de McQueen sur la scène mondiale de la mode laisse un vide immense, ni que son héritage inégalé continuera d'intriguer et d'inspirer les générations futures.

Louise Rytter

1

Lee McQueen

selon

lui-même

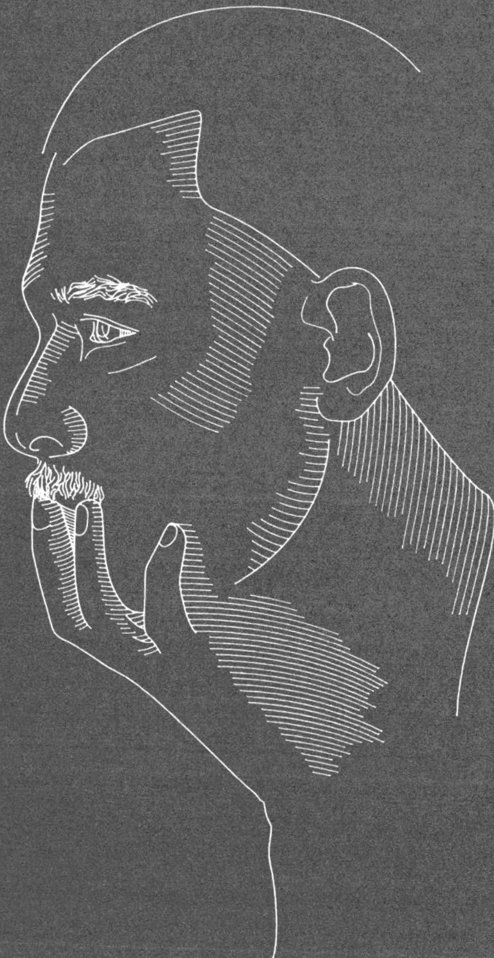

J'ai toujours su que je jouerais *UN RÔLE DANS LA MODE*. Comment, je n'en savais rien, mais j'ai toujours su que j'y aurais *UN RÔLE.*

J'avais trois ans quand j'ai commencé à dessiner. Et je n'ai jamais arrêté. J'ai toujours voulu être un créateur. J'ai commencé à lire des livres sur la mode à l'âge de douze ans. Je suivais les carrières des couturiers. Je savais que Giorgio Armani avait été étalagiste, Emanuel Ungaro tailleur pour hommes.

†

Si vous regardez sous le papier peint chez mes parents, il y a un dessin de Cendrillon en corset et jupe bouffante que j'ai fait quand j'avais trois ans.

†

Je suis marié au travail.

Ce qu'on voit dans l'œuvre,
c'est la personne elle-même.
Et mon cœur, c'est mon œuvre.

†

Tout m'est personnel.
Je ne peux rien faire qui ne le soit pas.
C'est forcément personnel, sinon
je ne vois pas pourquoi je le ferais.

†

Il faut distinguer ma façon de parler et ce
que je suis effectivement en train de dire.
Aucune de mes entreprises n'a jamais
fait faillite, j'emploie cinquante personnes,
mon chiffre d'affaires est considérable.
On n'y arrive pas en étant un crétin,
il faut être intelligent.

TOUT LE TEMPS. JE TRAVAILLE 24h/24, 7 JOURS SUR 7 PUTAIN, JE TRAVAILLE

Je crois que j'ai un
dédoublement de personnalité.
Je suis généralement en train de
réfléchir à ou de faire plus de
trois choses en même temps.
Ça fait partie du personnage.

Je suis un enfant
de la classe ouvrière.

Je reste fidèle
à mes

RACINES

et c'est ce qui me vaut
l'attention des médias.

J'AI TOUJOURS
PENSÉ QUE
JE N'AVAIS
QU'UNE SEULE
VIE, ET QUE
JE NE FERAIS
QUE CE QUE,
MOI, J'AVAIS
ENVIE
DE FAIRE.

Je sais que je suis un

P

R

O

V

O

C

A

T

E

U

R.

Vous n'êtes pas obligé d'aimer ça,

mais vous êtes obligé
de faire avec.

Ça fait un moment que j'ai accepté de ne pas m'intégrer. Je ne me suis jamais vraiment intégré. Je n'ai aucune envie de m'intégrer.

†

Certains des plus grands artistes ne parlaient pas de manière distinguée et ne correspondaient pas à la norme. Mais un Van Gogh vaut 30 millions de livres sterling aujourd'hui. C'est ce qu'il y a à l'intérieur qui compte.

†

Si je ne travaillais pas dans la mode, je serais photographe de guerre.

J'aime que les gens commettent
des erreurs – il en sort des choses
géniales. Il faut rompre avec les codes.

†

Je suis capable de tout faire
tant que ça vient du cœur.

†

Si les gens ne supportent pas un peu
de franchise, c'est leur problème.

J'AIME

FAIRE

T O M B E R

L E S   B A R R I È R E S.

Je suis un

schizophrène

romantique.

L'amour romantique, c'est ma raison d'être.

†

Je ne pense pas comme la plupart des gens. Mes pensées sont parfois assez perverses.

†

Je suis un grand anarchiste. Je ne crois pas à la religion, ni au fait qu'on puisse exercer son autorité sur autrui.

†

Les gens trouvent mes créations agressives. Mais je ne les vois pas comme ça. Pour moi, elles sont romantiques, et parlent d'un côté sombre de la personnalité.

Je ne suis pas agressif, mais c'est vrai que je cherche à faire évoluer les mentalités. Si ça choque les gens, tant pis pour eux.

†

J'ai toujours été fasciné par ce qui est macabre.

†

J'oscille entre la vie et la mort, le bonheur et la tristesse, le bien et le mal.

Il faut être

OUVERT D'ESPRIT

ne pas juger,
et apprendre à connaître

LE MONDE D'ALEXANDER MCQUEEN.

2

L'art de la coupe

selon

Lee McQueen

J'essaie de bousculer

la silhouette.

Modifier la silhouette

c'est changer

notre manière

d'appréhender notre allure.

La coupe est au cœur de tout ce que je fais.

†

Je veux être celui qui aura créé une certaine silhouette, une manière d'envisager la coupe, comme ça quand je serai mort et enterré, les gens sauront que le XXIe siècle a commencé avec Alexander McQueen.

†

Il s'agit toujours de pousser à l'extrême le corps humain, la nature humaine.

†

J'aime me considérer comme un chirurgien esthétique armé d'un scalpel.

Sans vouloir être élitiste, je dirais qu'aujourd'hui, tout ce qui est « arty » est vide de substance. Il n'y a aucune technique. Et je crois vraiment qu'il faut connaître la technique avant de chercher à la détruire.

†

La construction des vêtements victoriens était si resserrée, lourde et rigide. Je suis à fond pour le retour de la construction – mais en la rendant moderne et légère.

†

Mon truc c'est la construction et la manipulation.

Je suis
déterminé à
mettre les
choses en pièces.

Pas pour les
détruire,
mais pour mieux
les déformer.

La mode c'est comme
l'architecture – il faut être
créatif mais aussi avoir des
connaissances techniques.

UNE VESTE SUR MESURE
EST CINTRÉE À
LA TAILLE.

LA

FORME
DE MES COSTUMES
ÉPOUSE LA COURBE
SINUEUSE DE LA
COLONNE VERTÉBRALE.

J'aime que les choses soient modernes tout en conservant une touche de tradition.

†

Je ne suis pas de ces couturiers qui restent assis et pointent du doigt. Je ne peux pas travailler comme ça. Moi j'ai fait mes classes dans l'atelier. Je viens de Savile Row.

†

Mon travail de stylisme se fait principalement pendant les essayages. C'est là que je modifie la coupe.

Je ne veux pas regarder des formes. Je ne veux pas faire référence à quoi que ce soit, qu'il s'agisse d'une image ou d'un dessin. Je veux que tout soit nouveau.

†

Le styliste passe son temps à découper le corps pour créer différentes proportions et formes. C'est son travail : transcender ce qu'est la mode, ce qu'elle pourrait être.

Je dessine en oblique, pour voir le corps sous son plus mauvais angle. Il y a toutes les bosses et les creux, la cambrure en S du dos, les fesses. C'est comme ça que j'obtiens une coupe, des proportions et une silhouette qui fonctionnent pour l'ensemble du corps.

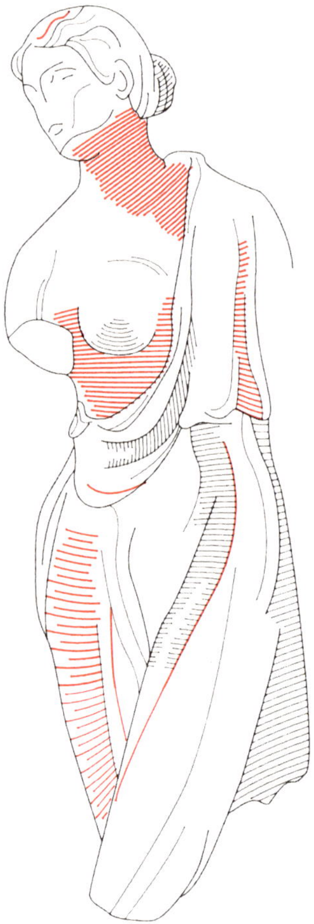

Avec les bustiers et les tailles cintrées, j'ai joué avec l'idée d'une silhouette dépourvue de contraintes. Je voulais exagérer les formes féminines, presque comme une statue classique.

Il n'y a
rien de
plus
érotique
qu'une
femme dans
un costume
deux pièces.

À travers la coupe, j'essaie d'attirer l'attention sur notre perpétuel désir de perfection. Les parties du corps sur lesquelles je me concentre pour une collection changent en fonction des sources d'inspiration et des références, et des silhouettes que celles-ci exigent.

†

Les bumsters, c'était un truc artistique, pour transformer l'apparence de la femme uniquement par le biais de la coupe ; pour allonger le torse. Mais là, j'ai poussé le principe à l'extrême. Les filles avaient une allure menaçante parce qu'il y avait tellement de buste et si peu de jambes, à cause de la hauteur de la jambe. C'était ça le concept, rien à voir avec le fameux « sourire du plombier ».

Pour moi, c'est cette partie du corps – moins les fesses que la chute des reins – qui est la plus érotique, que ce soit chez l'homme ou la femme.

†

La confection d'un costume, c'est juste une forme de construction, c'est la rigueur du stylisme mais au final, vous vous retrouvez quand même avec une veste à simple ou double boutonnage. C'est le récit qui rend le vêtement intéressant, ainsi que le romantisme qui le sous-tend et les détails... Voilà ce qui distingue McQueen : les détails.

Je crée des vêtements
pour flatter les vraies gens,
pas les mannequins.
LES VRAIES GENS
ont des bosses et des
bourrelets, et des

(« POIGNÉES
D'AMOUR »)

ET J'AIME ÇA.

Mes potes sont
électriciens, plombiers,
de vrais ouvriers.
Je n'aime pas
toutes ces fioritures,
tout ce cinéma.

3

La mode

selon

Lee McQueen

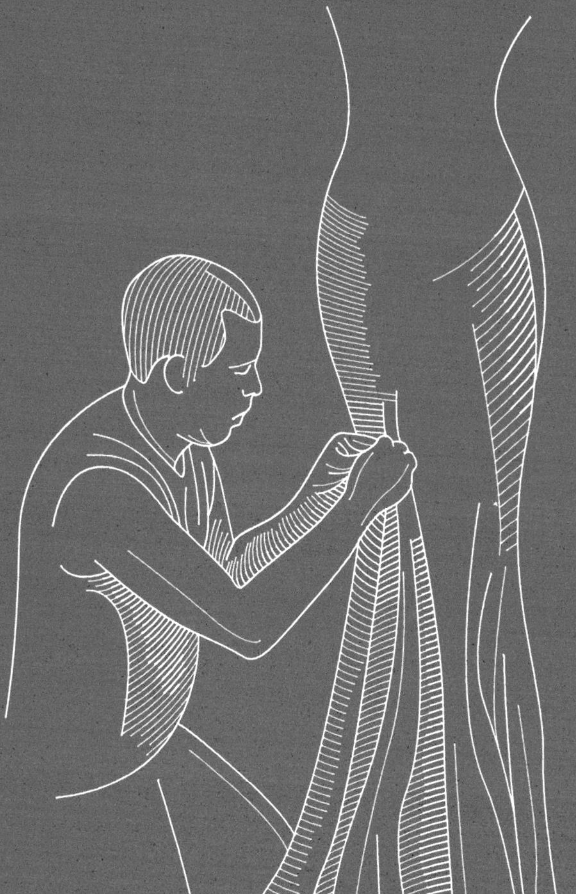

LA MODE EST UNE GROSSE BULLE

QUE PARFOIS
J'AIMERAIS
FAIRE
ÉCLATER.

Si j'étais Dieu, j'arrêterais la mode pendant cinq ans. Elle a besoin d'une pause.

†

Comme toutes les industries du divertissement, la mode est capricieuse.

†

Je suis le vecteur d'une expression artistique. La mode n'est que le médium.

†

Je ne me suis jamais conformé à un quelconque idéal de mode. Mon idée a toujours été de montrer la réalité.

Je n'aimerais pas voir mes créations sur tout le monde – ça me rendrait dingue.

†

Le style ne s'achète pas. Avoir du style n'est pas donné à tout le monde. On naît avec, ou pas.

†

Je ne pense pas qu'on puisse devenir un bon ou un grand créateur. À mon avis on l'est, un point c'est tout. La compréhension des couleurs, des proportions, de la forme, de la coupe et de l'équilibre, c'est inscrit dans les gènes.

EN TANT
QUE CRÉATEUR,
VOUS DEVEZ
TOUJOURS ALLER
DE L'AVANT,
SUIVRE LES
TENDANCES

OU

BIEN

CRÉER

LES

VÔTRES.

C'EST CE QUE JE FAIS.

J'aime surtout l'accessoire
pour son côté sado-maso.

Je crois que
l'unique but de
la mode, c'est de

R
E
É
R
C

et pas

D'
A C
C U M
U L E R

Je fais des observations sur notre époque.
Mon travail documente la société
d'aujourd'hui.

†

J'aime quand il y a de l'agressivité,
pas seulement pour le plaisir de l'agressivité,
mais pour sa manière de secouer une création.

†

J'aime que les gens tracent leur route au
lieu de rester dans les clous. C'est quoi
l'intérêt de dessiner une mini-jupe,
si ça existe déjà ?

La mode est parfois très raciste ; qualifier les vêtements d'autres cultures de costumes… C'est commun et dépassé.

†

Ce que j'essaie d'apporter à la mode, c'est une sorte d'originalité.

†

Mes vêtements dégagent une intensité éprouvante. Quand quelque chose vous touche aussi profondément, ça vous fait réfléchir sur votre propre existence.

C'est ça, la mode –
l'occasion de *jouer*

avec les limites,

de *les repousser.*

La mode devrait être
une forme d'évasion,
pas une forme

D'EMPRISONNEMENT

Je ne suis pas né pour
vous donner un

TWIN-SET ET DES PERLES

Impossible d'imaginer Anna Wintour
dans un bumster.

†

Je mise sur mon honnêteté, et dans le milieu de la mode, ça passe mal : les gens préfèrent s'entendre dire qu'ils sont bons et que leur magazine est beau.

†

Faire entrer le vêtement dans le XXIe siècle, c'est une corvée de tous les instants.

Mes vêtements sont séduisants,
très subversifs, très sombres.
Ils laissent un sillage
d'insaisissable mystère
derrière la personne
qui les porte.

Il faut se laisser guider par ce qui vous tient à cœur, même si c'est dur. C'est essentiel de ne pas se laisser étouffer par la pression que représente le fait de devenir le prochain grand nom de la mode.

†

Je sais ce que c'est que d'être un jeune créateur qui galère. C'est parfois démoralisant si votre esthétique est claire mais pas immédiatement vendeuse parce qu'incomprise.

†

Si j'ai influencé la mode, c'est en mettant tout le monde en pétard.

Je pense pouvoir dire que
j'ai laissé mon empreinte sur

LA MODE
LONDONIENNE
ET
INTERNATIONALE

et que j'ai donc fait mon boulot.

Je veux qu'un
habit soit un

comme dans le temps.

En fait, je fais ce métier pour transformer les mentalités plus que le corps. J'essaie de modifier la mode à la manière d'un scientifique, en proposant ce qui est pertinent aujourd'hui et continuera de l'être demain.

†

Ce qui m'intéresse, c'est de créer pour la postérité. Les gens qui achètent du McQueen transmettront les habits à leurs enfants, ce qui est très rare de nos jours.

4

La haute couture

selon

Lee McQueen

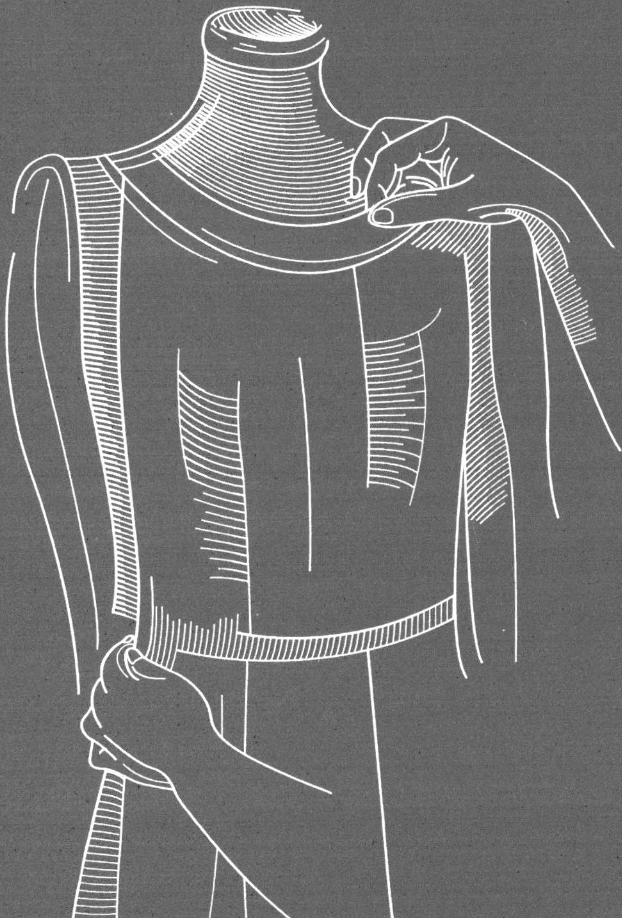

Tout ce que je fais
relève d'un

savoir-faire.

La haute couture parisienne a commencé avec Charles Worth, qui était anglais, et elle recommencera avec Alexander McQueen.

†

La haute couture se situe au-delà de l'au-delà. C'est là que les rêves d'une vie dans le monde de la mode deviennent réalité.

†

Structure et délicatesse, c'est ça la haute couture. Je ne veux pas broder tout ce qui se présente ou jouer avec des tonnes de tulle.

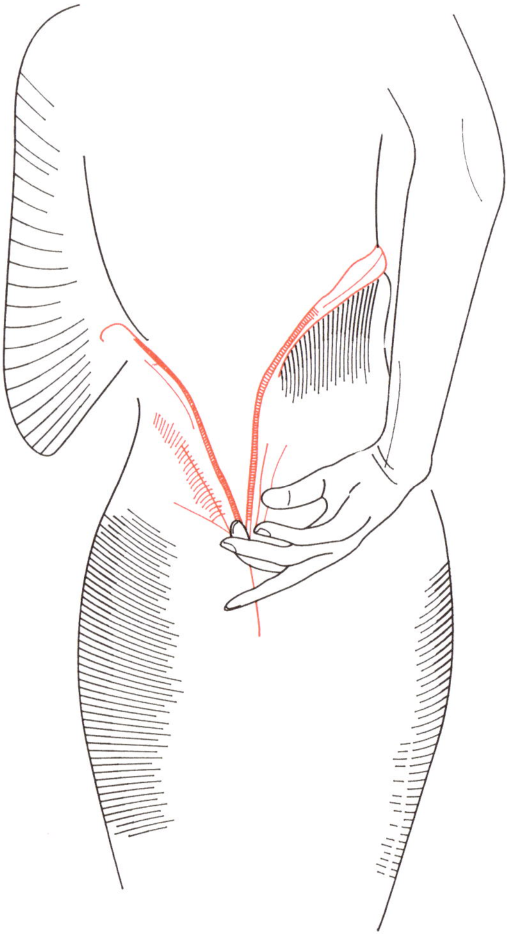

Les vêtements ne sont pas pour la « femme moderne », mais pour la femme privée qui cherche à explorer son imaginaire mythique.

À mon avis, la haute couture s'adresse à une élite qui peut se permettre ce genre de savoir-faire. Elle doit rester secrète et personnelle.

†

La haute couture ne s'adresse pas à la personne lambda. Ces gens, on ne les voit jamais. On n'est jamais invité à leurs soirées. Et moi, je travaille juste pour eux.

†

Les gens doivent comprendre mon parcours. Avant Central Saint Martin's, j'avais fait ce métier pendant sept ans. Je n'étais pas un étudiant qui s'était soudain retrouvé dans la haute couture. Les épouses des clients pour lesquels je faisais des costumes sur Savile Row sont les clientes des grands couturiers. Je connaissais déjà ce monde.

LA HAUTE
COUTURE
EST CE QUI,

DANS LE
DOMAINE
DE LA
MODE

SE
RAPPROCHE
LE PLUS
DE L'ART.

Givenchy est
fondé sur une

LIGNE
CLASSIQUE,
NETTE,

---

loin de la tendance
du *maintenant*
ou *jamais*.

La haute couture est une question de tradition et, comme je viens de Savile Row, je crois en la tradition.

†

Je ne suis pas Givenchy,
je suis Alexander McQueen.

†

McQueen parle de notre époque, Givenchy d'allure – et c'est sacrément difficile de concilier les deux.

Pour une maison de cette stature,
la mode doit suivre une certaine ligne,
et j'ai bien peur que ça ne soit pas
celle des bumsters McQueen.

†

Lorsque j'ai fait ma première collection
haute couture Givenchy, je ne comprenais
pas vraiment la direction que la maison devait
prendre. Puis j'ai compris que si j'étais là,
c'était par ce que je suis moi et que je fais ce
que je fais. Mais c'est devenu plus difficile
parce que les ateliers pouvaient réaliser
tous mes rêves, et du coup, j'avais du
mal à savoir où m'arrêter.

Givenchy est centré sur le client.

McQUEEN UNIQUE-MENT SUR MOI-MÊME

L'atelier et moi, on a un langage
commun, universel, même si
je ne parle pas le français.
Quand je travaille avec eux,
ils savent instantanément,
dès lors que je bouge la main,
que je démarre.

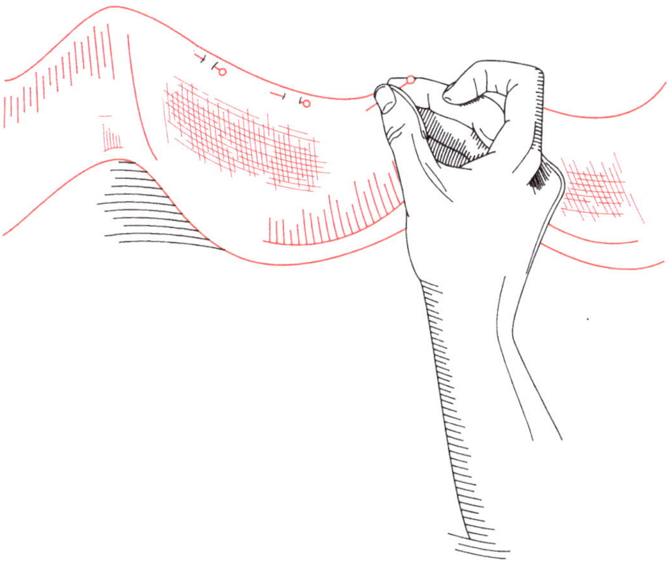

Je pense qu'ils m'aiment vraiment là-haut, dans l'atelier. Ils ne me considèrent pas comme un ridicule petit londonien qui chipote sur un ourlet.

†

Travailler au sein d'un atelier de couture a été fondamental pour ma carrière [...]. Mais comme j'avais été tailleur pour hommes, je ne comprenais pas totalement les principes de la douceur, de la légèreté. J'ai appris la légèreté chez Givenchy. J'ai appris à m'adoucir. Pour moi, ça a été formateur. Travailler chez Givenchy m'a permis d'apprendre mon métier.

Je pense que la
haute couture
a toute sa pertinence
aujourd'hui.

La mode des
créateurs ne devrait
pas être

J E
T A B
L E.

5

Les défilés de mode

selon

Lee McQueen

LE DÉFILÉ EST CENSÉ

PROVOQUER UNE

RÉACTION ÉMOTIONNELLE.

MES 30 MINUTES

DE LIBERTÉ TOTALE.

J'ai besoin d'inspiration. J'ai besoin de nourrir mon imagination, et les défilés sont ce qui me stimule et me rend enthousiaste par rapport à ce que je fais.

†

Aucune envie de faire dans l'ambiance cocktail, je préfère que les gens quittent mes shows pour aller vomir. Je préfère les réactions extrêmes.

Au final, je dépense trente mille dollars pour un défilé et j'ai trente minutes d'attention de la part de six cents personnes. Franchement, si c'est pour faire un show qui ne veut rien dire, c'est pas la peine. Mais si les gens quittent votre défilé sans avoir eu un peu d'émotion, alors là je pense que vous ne faites pas du bon boulot non plus.

†

Je ne vois aucun intérêt à ce que le public sorte du défilé sans éprouver la moindre émotion. Nous sommes tous humains ; nous comprenons ce qui nous excite, ce qui nous révulse. Mais vous savez, les gens ont peur de ce qui surgit lorsqu'ils se retrouvent seuls la nuit dans leur chambre.

Les contes,
c'est ce que
nous aimions
enfants,
et les défilés
ne sont
rien d'autre
que ça.

Ça m'enthousiasme de visualiser une illusion dans ma tête puis de voir la chose réelle en direct. C'est une progression dans mon esprit, et l'évolution de ce qui constitue, pour moi, la mode.

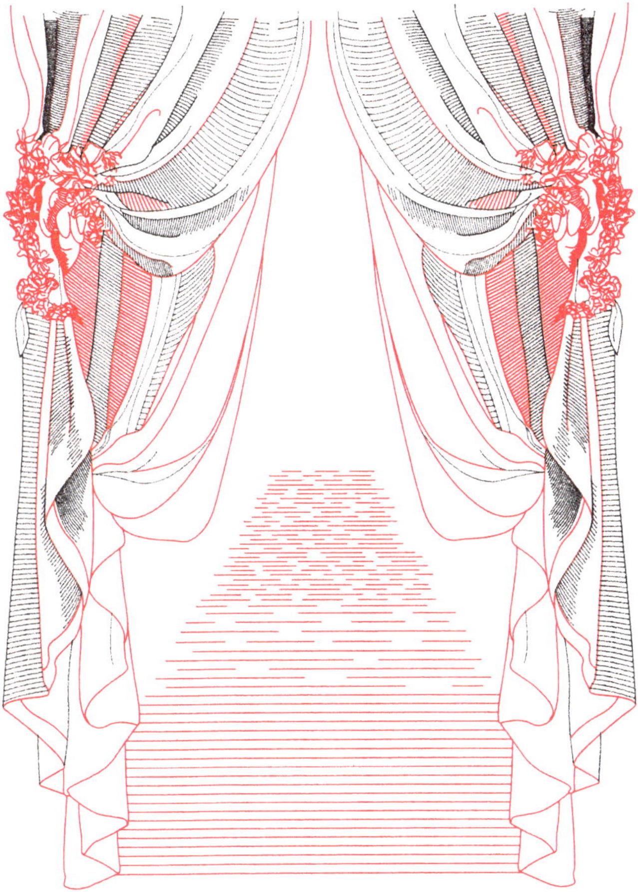

Les défilés
parlent de
ce qui est

enfoui dans
la psyché
des gens.

J'utilise des choses que les gens cherchent à dissimuler dans leur tête. Des choses sur la guerre, la religion, le sexe, des choses auxquelles on pense tous mais qu'on ne montre pas. Moi si, et je les force à les regarder. Certains s'écrient que c'est répugnant, et alors je leur réponds : « Écoute, mon petit, tu pensais déjà à tout ça, alors ne me raconte pas des salades. »

†

C'est bien de plonger le public dans la stupeur.

Avant, je le faisais pour choquer les gens, pour faire réagir, mais maintenant je le fais juste pour moi. Mes défilés reflètent toujours où j'en suis sur le plan émotionnel dans ma vie.

†

C'était mon meilleur défilé, ce moment avec Shalom [« No. 13 », printemps/été 1999] ! Cette combinaison d'art, d'artisanat et de technologie – cette union étrange entre l'homme et la machine.

Les défilés
sont mes
propres
cauchemars
éveillés.

En général, mes défilés
prennent leur source dans
mon univers personnel ; ce
que je ressens à ce moment-là.
Le public est mon thérapeute.
C'est comme un exorcisme.

On a rompu avec la tradition en ne faisant pas appel aux gens habituellement chargés de la production des défilés de mode.

Il doit toujours y avoir une forme d'échange avec le public pour que le message que vous aviez en tête passe bien.

†

Je n'ai jamais été un grand réseauteur, plutôt un façonneur d'images – tous ces défilés choc, c'est comme ça que j'ai eu mes premiers soutiens.

†

Je travaille avec des gens que j'admire et que je respecte. Jamais en fonction de qui ils sont. Ce n'est pas une question de célébrité, sinon ça serait un manque de respect pour le travail, pour tous ceux qui bossent sur les shows.

Pendant mes défilés, on ressent autant d'énergie, d'effervescence et d'excitation que dans un concert de rock. J'aime couper le souffle aux gens. C'est ça, ma came.

†

C'est la naissance d'une nouvelle
aube pour la mode.
Il n'y a plus de retour possible
pour moi désormais.
Je vais vous faire voyager comme
jamais auparavant.

JE N'AI PAS BESOIN
DE *VEDETTES*
À MES DÉFILÉS

LES
HABITS

SONT LES
VEDETTES.

6

La Grande-Bretagne

selon

Lee McQueen

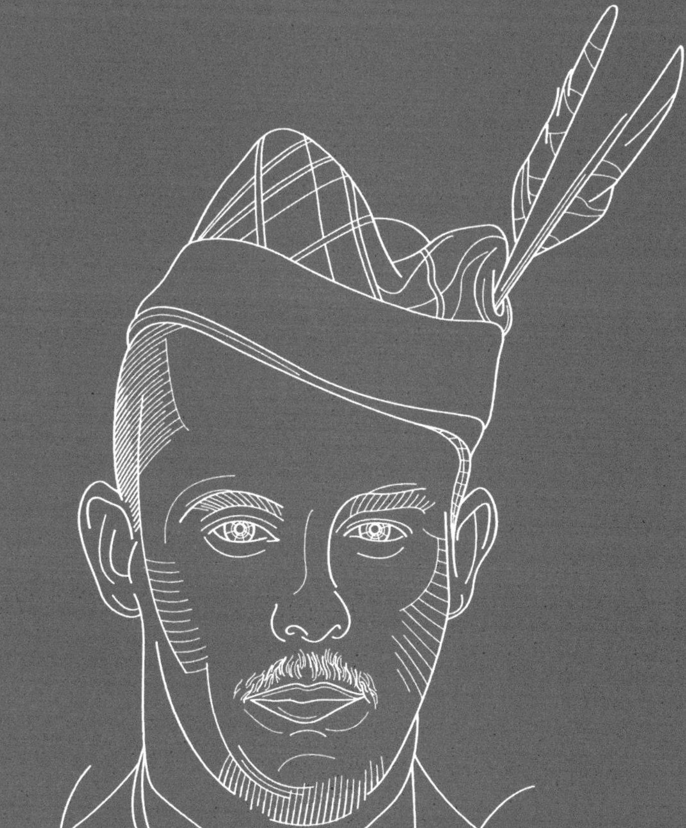

J'aime bien
Londres,

mais

j'adore
l'Écosse

C'est bien de savoir d'où l'on vient.
C'est ce qui fait ce que vous êtes aujourd'hui.
C'est de l'ADN, c'est dans votre sang.

†

Ma famille, c'étaient des Celtes de
l'île de Skye. Je me sens plus chez
moi en Écosse qu'en Angleterre.

†

Ma mère a retracé l'origine des McQueen
à Skye et dans le Mull of Kintyre. J'ai su
ce qu'avaient été les Highlands Clearances
(*N.D.T.* : déplacements forcés de la population au XVIIIe siècle).

Il y a toujours une énergie
à Londres : la pauvreté, le
chômage, la consommation
de drogues, la vie nocturne –
c'est ainsi que je pense
mes propres vêtements.
Il s'agit de l'énergie
brute de Londres.

Je déteste quand les gens idéalisent l'Écosse. Son histoire n'a rien de romantique. Ce que les Britanniques y ont fait relève du génocide.

†

« Highland Rape » [automne/hiver 1995] portait sur le viol de l'Écosse par l'Angleterre.

†

La mode britannique est intrépide et sûre d'elle. Elle refuse de se plier aux diktats commerciaux, ce qui génère un flot constant de nouvelles idées qui puisent dans la tradition britannique.

Je continue de défiler à Londres parce que je suis fier d'être un créateur britannique.

C'EST LÀ QUE RÉSIDE MON CŒUR ET

C'est à Londres que j'ai grandi

QUE JE PUISE MON INSPIRATION.

La société britannique est tellement multiculturelle. Nous bénéficions de tant d'influences du monde entier sur une seule et même île. C'est nous qui lançons les modes. Nous ne sommes pas des suiveurs, mais des créateurs.

†

Quand j'ai reçu l'ordre de l'Empire britannique, la Reine a été si adorable. Elle a souri, ses yeux étaient si bleus, et j'ai juste souri en retour et je me suis senti comme un caneton.

En tant que lieu où puiser l'inspiration, la Grande-Bretagne est ce qu'il y a de mieux au monde. L'anarchie qui y règne est une source d'inspiration.

Lorsque je travaillais sur les costumes du prince de Galles, j'avais l'habitude d'inscrire « McQueen was here » sur l'entoilage pour être sûr de toujours rester proche de son cœur.

†

La Grande-Bretagne a toujours montré la voie dans tous les domaines, de l'art à la pop. Même déjà à l'époque d'Henry VIII. C'est une nation où les gens viennent jalouser notre culture et notre héritage, bon ou mauvais ; c'est un endroit unique au monde.

C'est pour ça que les gens viennent à Londres. Pas pour voir des robes droites – ça, ils peuvent en voir n'importe où dans le monde.

7

Les femmes

selon

Lee McQueen

Les critiques
qui m'ont collé
l'étiquette de

MISOGYNE

ont tout
faux.

Lorsqu'une femme porte du McQueen,
il y a une certaine sévérité dans les
vêtements qui lui donne un air puissant.
Ça tient les gens à distance. Il faut avoir
de sacrées couilles pour s'adresser à une
femme qui porte mes vêtements.

†

J'ai trois grandes sœurs, et toute ma jeunesse
je les ai vues endurer beaucoup de choses.
J'ai toujours cherché à les protéger.
Elles m'appelaient pour que je vienne
dans leur chambre les aider à choisir leurs
habits pour aller travailler. Genre, « quelle jupe
avec quel gilet ? » Mais moi, j'essayais toujours
de leur donner une allure forte, imprenable.

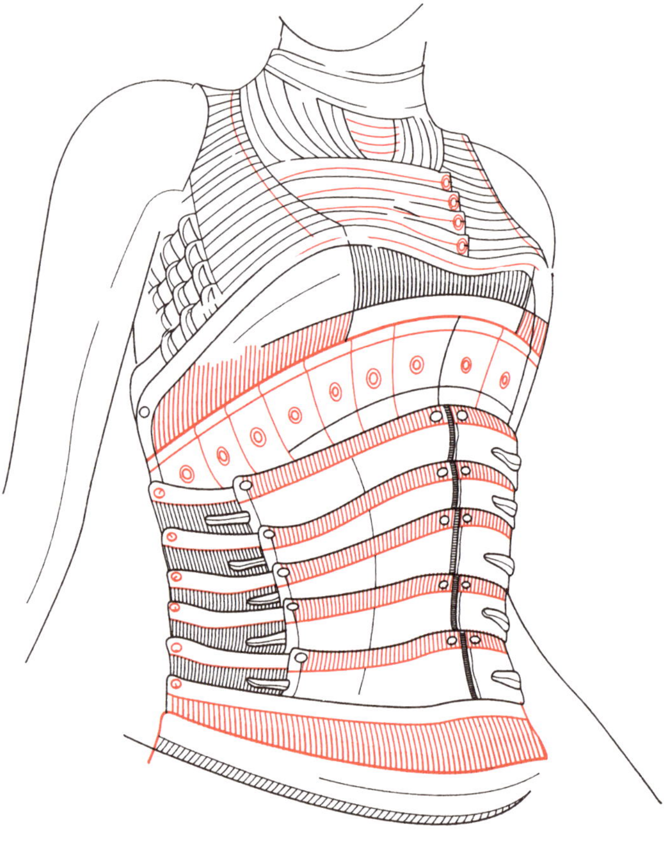

C'est presque comme mettre
une armure sur une femme.
C'est une façon très
psychologique d'habiller.

JE VEUX
QUE LES
GENS AIENT
PEUR
DES FEMMES
QUE
J'HABILLE.

Je crée des vêtements parce que je ne veux pas que les femmes aient l'air innocentes et naïves, car je sais ce qui peut leur arriver. Je veux que les femmes aient l'air plus puissantes.

†

Sous mon travail, il y a toujours, de manière sous-jacente, une interprétation un peu sinistre de la sexualité des femmes, et ça tient à ce que je les ai vues subir dans ma vie. D'où je viens, une femme rencontrait un homme, avait des gosses, déménageait à Dagenham – dans une petite maison avec deux pièces en bas, deux chambres à l'étage –, préparait le dîner, allait se coucher. C'était l'image que j'avais des femmes et je ne voulais pas de ça. Je voulais me sortir cette image de la tête.

Je n'aime pas que l'on profite des femmes.
Vraiment pas. Je n'aime pas que les hommes
sifflent les femmes dans la rue, j'estime
qu'elles méritent plus de respect.

†

Je n'envisage pas mes vêtements sur un cintre.
J'essaie de puiser dans la vie des femmes
ce qui pourra les mettre en valeur elles,
pas moi ni mon ego.

†

Je considère que c'est mon boulot d'accentuer
chez les gens cette part de leur personnalité –
le contraire de la pudeur – derrière laquelle
ils pourront se cacher.

J'aime que les hommes gardent leurs distances par rapport aux femmes.

J'aime que les hommes soient **ABASOURDIS** par une femme qui fait son entrée.

Je n'aime pas les robes froufroutantes et sophistiquées.

Une femme peut être belle et bien habillée sans avoir l'air fragile.

Quand je me représente une femme, je visualise son esprit et sa personnalité, plus que son physique.

†

Au fil du temps, j'ai appris à respecter davantage les femmes. Surtout en tant qu'homme gay. Il n'y a pas de contact physique. J'entre dans leur esprit, je m'intéresse à ce dont elles ont besoin, à leurs désirs. À leurs objectifs. C'est comme être un chirurgien de l'esprit.

†

Il ne s'agit pas de voir une belle femme et d'en faire sa muse. Mon inspiration vient plutôt des femmes d'esprit du passé, comme Catherine la Grande, ou Marie-Antoinette. Des gens au destin tragique. Jeanne d'Arc ou Colette. Des femmes emblématiques.

Si vous regardez leurs personnalités, et le monde où elles [Isabella Blow, Daphne Guinness, Maiko Rothermere, Annabelle Neilson, Plum Sykes – les muses de McQueen] vivent, toutes ces femmes ont pris des risques. Elles ne sont pas raffinées comme les modèles d'un John Singer Sargent. Elles sont punks dans leur propre monde.

†

Isabella [Blow] était hallucinante. Sa façon de penser a illuminé le monde de la mode. Même quand elle était au plus bas, elle était sur son 31. J'ai passé des moments inoubliables avec Isabella. Je me souviens d'un séjour à l'île Maurice avec elle : je rentrais de ma séance de plongée sous-marine, il faisait 40° et elle se tenait là sur la plage, en McQueen de la tête aux pieds, avec un chapeau Philip Treacy.

TIPPI HEDREN POUSSÉE AU MAX…

C'est la femme McQueen,
pas vrai ?

8

L'inspiration

selon

Lee McQueen

L’inspiration ne sort pas d’un bloc-notes… elle est éclectique. Elle vient de Degas et Monet et de ma *belle-sœur à Dagenham.*

Dans n'importe quelle collection, il y a probablement plus de trois cents concepts auxquels je fais référence.

†

Mes influences sont issues de mon imagination, rarement de sources directes. Elles viennent généralement, par exemple, de la façon dont je veux que les gens fassent l'amour ou de comment je voudrais voir les gens agir. Elles naissent dans mon subconscient profond, ou dans une forme de perversité.

J'ai très souvent des blocages, mais c'est sous pression que je travaille le mieux. Je peux concevoir une collection en un jour, et c'est ce que je fais, toujours.

†

Ce n'est pas une manière précise de penser, c'est juste ce qui me passe par la tête à ce moment-là. Ce peut être n'importe quoi : un homme qui marche dans la rue ou une bombe nucléaire qui explose. Quelque chose qui déclenche une émotion en moi. En fait, je vois tout, d'une manière ou d'une autre, dans un monde d'art. La façon dont les gens font ce qu'ils font, s'embrassent…

JE PUISE
MES IDÉES
DANS MES
RÊVES.

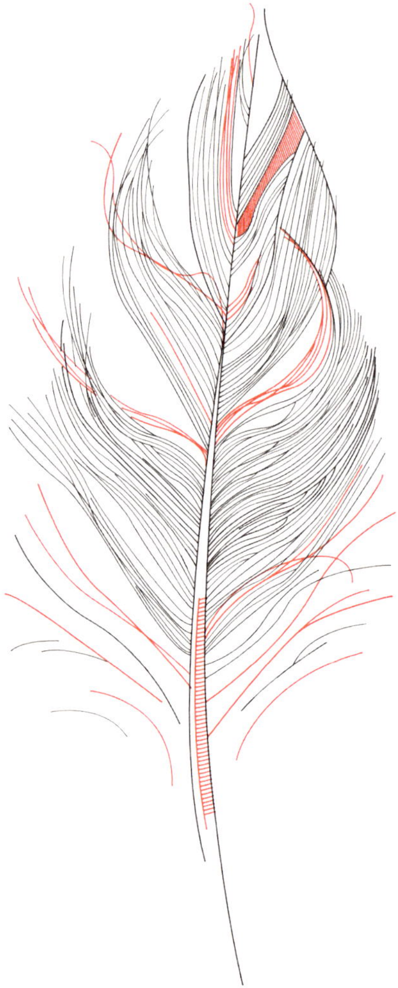

Mon esprit doit être
complètement centré sur
mes propres illusions.

Je m'inspire de ce que je vois
dans les rues de la ville :

des

ENFANTS DE HOXTON,

aux

PUNKS À CAMDEN,

en passant par

l'élégante qui
se promène sur
Bond Street.

†

L'idée d'attacher une mèche de cheveux aux étiquettes de mes vêtements vient de l'époque victorienne où les prostituées vendaient des mèches de leurs cheveux bouclés pour en faire des rajouts. Les hommes les offraient à leurs fiancées dans de jolis écrins. J'ai repris cette idée pour en faire mon étiquette signature avec une mèche de cheveux sertie sous un morceau de plastique. Pour les premières collections, j'utilisais mes propres cheveux : je me donnais à la collection, si l'on veut.

Je suis impressionné par le marquis de Sade, que je considère comme un grand philosophe et un homme de son temps. Même si certains le voient comme un pervers, pour moi, son influence tient à sa façon de stimuler la pensée… ce qui m'effraie un peu.

†

J'aime aussi le côté macabre qui se dégage des portraits des époques tudor et jacobéenne.

Mon art préféré,
c'est l'art flamand.
Memling et
Van Eyck.
Les Époux Arnolfini
est un de
mes tableaux
préférés.

Les gens me demandent toujours s'il m'arrive d'être à court d'idées. Comment je vais m'y prendre pour surpasser tel défilé, faire mieux que la partie d'échecs [« It's Only a Game », printemps/été 2005] ? Ou que le défilé avec la neige [« The Overlook », automne/hiver 1999] ? Je ne sais pas l'expliquer. C'est comme s'il y avait quelqu'un là-haut qui me disait : « Maintenant, tu vas faire ça. »

Pour moi,
la vie est un
peu comme un
conte de fées
des frères
Grimm.

J'ai vu ce tableau [*Le Supplice de Jane Grey* de Paul Delaroche] pour la première fois il y a quinze ans. Comme je suis un incorrigible romantique, l'émotion que cette œuvre a suscitée en moi ce jour-là ne m'a jamais quitté.

†

Je passe mon temps à regarder les chaînes « National Geographic » et « History ». Je suis un passionné d'histoire. Je m'en inspire constamment.

†

L'idée des « Armadillo shoes » m'est venue de H. R. Giger, et du film *Alien*, et ensuite j'ai demandé à un sculpteur de créer une chaussure qui aurait l'air de surgir du pied. Je suis un grand malade, non ?

†

J'ai tapé « Atlantide » sur Wikipédia, le premier résultat qui est sorti, c'est la définition de Platon et l'endroit où elle se trouvait selon lui. L'Atlantide, pour moi, c'est le pays imaginaire par excellence. C'est un lieu situé dans l'esprit. Là où les gens se réfugient quand ils vont mal. Il paraît qu'elle n'a jamais existé. Mais si c'était le cas, j'irais sans doute y jeter un œil par moi-même.

QUAND LES TEMPS SONT DURS, L'IMAGINATION ET L'ÉVASION SONT VITALES.

9

La nature

selon

Lee McQueen

TOUT CE
QUE JE FAIS
EST LIÉ
À LA

NATURE

D'UNE
MANIÈRE
OU D'UNE
AUTRE.

J'ai réalisé de nombreuses collections sur le thème de l'homme et de la machine, de l'homme et de la nature mais, en définitive, mon travail est toujours guidé par la nature. Il doit être en lien avec la Terre. Les choses transformées et retransformées perdent de leur substance.

†

Rien ne pourra jamais être plus beau que la nature.

Les oiseaux en vol me fascinent.
J'admire les aigles et les faucons.
Les plumes sont une source
d'inspiration : leurs couleurs,
formes, légèreté et structure.
Une plume est tellement
complexe. En fait, j'essaie
de transposer à la femme
la beauté des oiseaux.

L'idée maîtresse du défilé tournait autour de la gazelle de Thomson [« It's a Jungle Out There », automne/hiver 1997]. Cette gazelle se caractérise par des yeux sombres, un épais trait noir sur le flanc, bordé de blanc et de brun, ses cornes. Elle est aussi un maillon essentiel de la chaîne alimentaire en Afrique. À peine née, elle meurt – je veux dire par là qu'elle a de la chance si elle survit ne serait-ce que quelques mois… Pour moi, c'est une métaphore de la vie humaine. On peut tous être éliminés assez facilement… On est là, on n'est plus là, c'est la jungle !

†

Je me suis intéressé à la révolution industrielle parce que, pour moi, c'est à ce moment-là que l'équilibre a été rompu, que l'homme est devenu plus puissant que la nature, que les dégâts ont vraiment commencé.

La
nature
est un
tissu
en soi.

Les animaux me fascinent
parce qu'ils ont une force,
une énergie et une peur qu'on
trouve aussi dans l'acte sexuel.

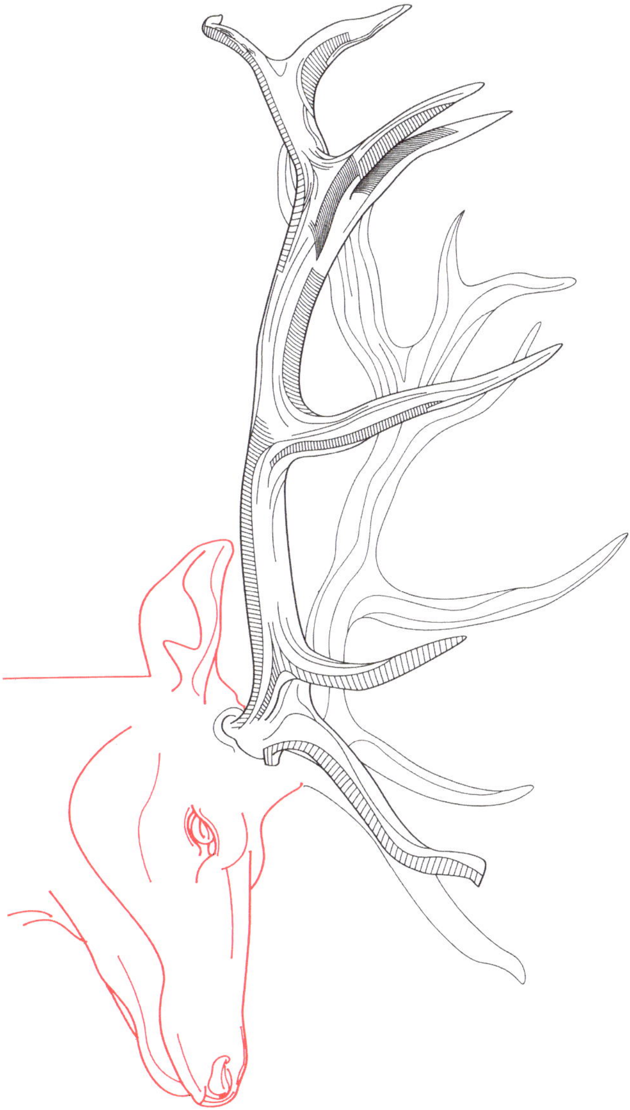

C'est sous l'eau
que je me sens
le plus en paix.

Nous courons le risque de tuer la planète par notre cupidité. Chaque espèce est fragile, mais les animaux sont les grands oubliés tandis que nous provoquons notre propre extinction – et la leur.

†

Les coquillages, sur la plage, avaient perdu leur fonction première, alors on leur en a donné une autre en les utilisant sur une robe. Pendant le défilé [« Voss », printemps/été 2001], Erin O'Connor les a arrachés de sur sa robe, mettant fin à nouveau, donc, à leur fonction. Un peu comme la mode, en fait.

†

J'aime particulièrement la mer, peut-être parce que je suis du signe Poisson. Elle m'apaise.

10

La beauté

selon

Lee McQueen

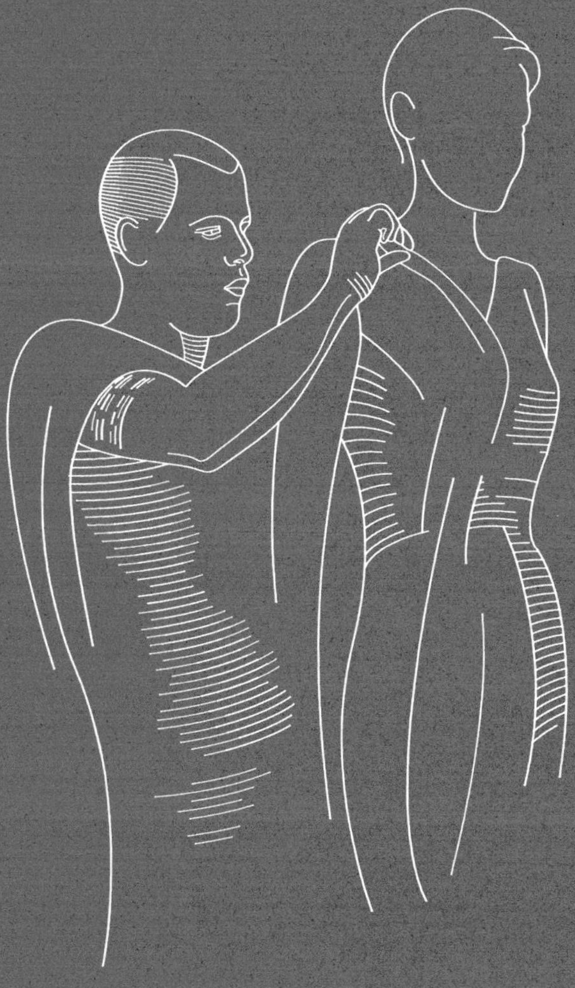

La vie n'est pas parfaite,
nous ne sommes pas
tous parfaits.

Nous ne sommes pas tous
des mannequins taille 32.

LA BEAUTÉ
INTÉRIEURE
EXISTE.

Je trouve qu'il y a de la beauté dans toute chose. Dans ce que les gens « normaux » trouvent laid, je vois généralement du beau.

†

Du paradis à l'enfer et retour, la vie est une drôle d'affaire. La beauté peut surgir des choses les plus étranges, voire des plus dégoûtantes.

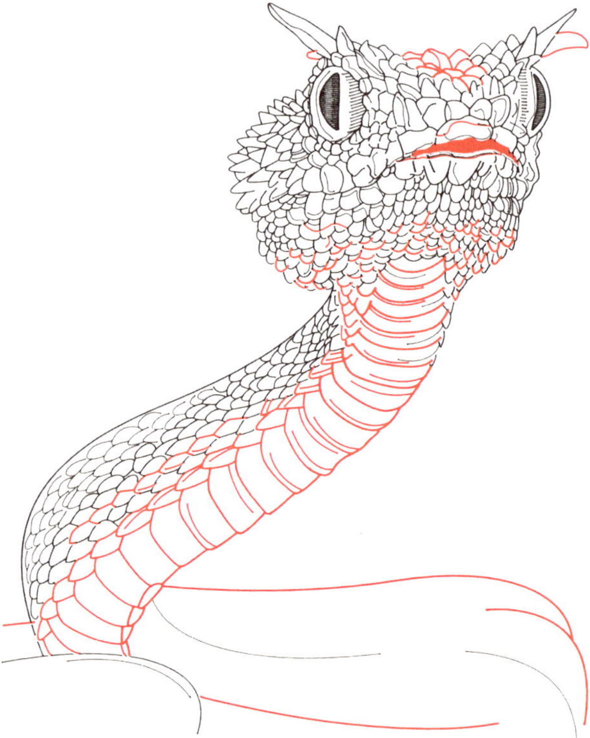

Ce sont les choses laides que
je remarque le plus, parce
que les autres personnes ont
tendance à ne pas les voir.

Quand on regarde les magazines grand public, il n'y en a que pour la beauté des gens. Pour rien au monde je n'échangerais l'équipe avec laquelle je travaille contre un top model. Les membres de mon équipe ont tellement de dignité, alors qu'il y en a si peu dans la haute couture. Je les trouve tous très beaux.

†

Il y a de la beauté dans la colère. Pour moi, la colère est une passion. Si vous ne ressentez pas de passion pour quelque chose, abstenez-vous. Comment pensez-vous faire avancer les choses, si vous ne vous battez pas ? Il arrive un moment où il faut faire abstraction du mercantilisme et agir avec son cœur.

ÊTRE RADICAL, C'EST REMETTRE EN QUESTION CE QUI EST ACCEPTÉ ET CE QUI NE L'EST PAS. PARFOIS, C'EST

VULGAIRE,

MAIS IL EN SURGIT DE LA BEAUTÉ.

Je vois de la beauté
dans le grotesque,
comme tant d'artistes.

Je dois forcer
les gens
à regarder.

Il y a un truc [...] à la Edgar Allan Poe, assez profond et mélancolique dans mes collections.

†

Pour moi, la mélancolie est une source de beauté.

†

Les gens ne tiennent pas compte des choses laides dans la vie et, ce faisant, ils passent à côté de la beauté qui se cache sous le fruit abîmé.

Chez moi, la métamorphose s'apparente un peu à de la chirurgie esthétique, mais en moins drastique.

Vous vous souvenez des fruits en décomposition de Sam Taylor-Wood ? Les choses pourrissent [...]. J'ai utilisé des fleurs [dans « Sarabande », printemps/été 2007] parce qu'elles meurent. Mon humeur, à cette époque, était sombre et romantique.

†

Joel-Peter Witkin m'émeut aussi profondément que Bosch. La photographie de Léda et du cygne est l'une de mes œuvres préférées. L'homme y est tellement gracieux.

†

Il faut contempler la mort parce qu'elle fait partie de la vie. C'est quelque chose de triste : à la fois mélancolique et romantique. C'est le terme d'un cycle – tout a une fin. Le cycle de la vie est positif parce qu'il laisse place à de nouvelles choses.

La question
n'est pas
la mort,

mais la
conscience
de sa
présence.

Sources

LIVRES

Andrew Bolton, *Alexander McQueen: Savage Beauty*, New York, Metropolitan Museum of Art, 2011 · Chloe Fox, *Vogue on: Alexander McQueen*, Quadrille Publishing Ltd, 2021 · Claire Wilcox éd., *Alexander McQueen*, Londres, Harry N. Abrams, Victoria & Albert Museum, 2015

MAGAZINES, JOURNAUX ET SITES WEB

AAP Newsfeed · *AnOther* · *AnOtherMan* · *Art Review* · *Dazed & Confused* · *Domus* · *Drapers* · *Elle US* · *Harper's Bazaar* · *Harpers & Queen* · *Index* · *i-D* · *Interview* · *L'Officiel* · *Muse* · *Numéro* · *Nylon* · *Purple* · *Reuters* · *Self Service* · *SHOWstudio* · *Sky* · *Style.com* · *Tatler* · *Time Out (Londres)* · *The Cut* · *The Daily Mirror* · *The Daily Telegraph* · *The Evening Standard* · *The Face* · *The Fashion* · *The Financial Times* · *The Gazette* · *The Guardian* · *The Independent* · *The International Herald Tribune* · *The Metropolitan Museum of Art (metmuseum.org)* · *The New Yorker* · *The New York Times* · *The Pink Paper* · *The Scotsman* · *The Sunday Times* · *The Times* · *The Victoria & Albert Museum (vam.ac.uk)* · *Vogue* américain · *Vogue* anglais · *W* · *Women's Wear Daily* · *Wynn*

DOCUMENTAIRES

« Breaking the Rules – Fashion Rebel Look », *British Style Genius* (BBC Two, 2008) · « Cutting Up Rough », *The Works* (BBC Two, 20 juillet 1997) « A Chat with Alexander McQueen » (Fashion Television) « Fashion in Motion: Alexander McQueen » (Victoria & Albert Museum, juin 1999)

DIVERS

Notes de défilé, « Natural Dis-tinction Un-Natural Selection » (Alexander McQueen, printemps/été 2009)

À propos de l'auteur

Louise Rytter est une curatrice de mode indépendante, spécialiste de stratégie et rédactrice en ligne. Anciennement conservatrice adjointe au Victoria & Albert Museum, elle a collaboré à l'exposition « Alexander McQueen : Savage Beauty ». Elle a également été rédactrice en chef du contenu de la plus grande exposition virtuelle de style au monde, « We Wear Culture », sur Google Arts & Culture. Elle est co-auteur de *Louis Vuitton Catwalk: The Complete Fashion Collections* (2018) publié par Thames & Hudson.

Publié pour la première fois au Royaume-Uni en 2022 sous le titre
The World According to Lee McQueen par Thames & Hudson Ltd,
181A High Holborn, Londres WC1V 7QX

Traduit de l'anglais par Hélène Borraz

Conception graphique : Hannah Montague

Cet ouvrage a été reproduit et achevé d'imprimer en décembre 2022 par l'imprimerie C&C Offset Printing Co. Ltd pour Thames & Hudson Ltd.

Dépôt légal : 1er trimestre 2023
ISBN : 978-0-500-02656-4
Imprimé en Chine

MIXTE
Papier | Pour une gestion forestière responsable
FSC® C008047
FSC
www.fsc.org